民國文化與文學^{研究}文叢

十四編

李　怡　主編

第 9 冊

1930 年代中國現代派詩歌研究

羅振亞著

國家圖書館出版品預行編目資料

1930 年代中國現代派詩歌研究／羅振亞 著 -- 初版 -- 新北市：
花木蘭文化事業有限公司，2021〔民110〕
序 2+ 目 4+258 面；19×26 公分
（民國文化與文學研究文叢 十四編；第 9 冊）
ISBN 978-986-518-520-6（精裝）
1. 中國文學史 2. 當代詩歌 3. 詩評
820.9 110011211

ISBN-978-986-518-520-6

9 789865 185206

民國文化與文學研究文叢
十四編　第 九 冊　　　　　ISBN：978-986-518-520-6

1930 年代中國現代派詩歌研究

作　　者　羅振亞
主　　編　李 怡
企　　劃　四川大學中國詩歌研究院
總 編 輯　杜潔祥
副總編輯　楊嘉樂
編　　輯　許郁翎、張雅淋、潘玟靜　美術編輯　陳逸婷
出　　版　花木蘭文化事業有限公司
發 行 人　高小娟
聯絡地址　235 新北市中和區中安街七二號十三樓
　　　　　電話：02-2923-1455／傳真：02-2923-1452
網　　址　http://www.huamulan.tw 信箱 service@huamulans.com
印　　刷　普羅文化出版廣告事業
初　　版　2021 年 9 月
全書字數　216943 字
定　　價　十四編 26 冊（精裝）台幣 70,000 元　　版權所有 · 請勿翻印

1930 年代中國現代派詩歌研究

羅振亞 著

作者簡介

羅振亞，1963 年出生於黑龍江訥河，文學博士，南開大學文學院教授、博士生導師、南開大學穆旦詩歌研究中心主任，享受國務院政府特殊津貼，入選教育部「新世紀優秀人才」。出版《朦朧詩後先鋒詩歌研究》《中國現代主義詩歌史論》《與先鋒對話》等專著十餘種；在《中國社會科學》《文學評論》《文藝研究》等刊物發表文章三百餘篇，其中數篇被《新華文摘》《中國社會科學文摘》等全文轉載。兼任中國作家協會詩歌委員會委員、中國新文學學會副會長、中國寫作學會副會長、中國聞一多研究會副會長、中國現代文學研究會理事、中國當代文學研究會理事、中國文藝理論學會理事、天津中國現當代文學學會會長、《文學評論》《中國當代文學研究》等刊編委；主持有國家社會科學基金項目、教育部課題多種；成果曾獲天津市、黑龍江省優秀社科成果一等獎、青年一等獎與優秀教學成果一等獎等多種獎勵。

提　　要

　　成果以 1930 年代中國的現代派詩歌為對象，全方位探討其歷史流變、詩學思想、情感結構、藝術個性和詩歌史價值；同時，將研究對象置於 1930 年代文化語境中，解析現代派詩歌現象，總結其內在律動模式和流變規律，把握其與當時複雜歷史、詩歌藝術傳統的關聯，最終為其在文學史上定位；特別是從 1930 年代詩歌實際情形出發，對戴望舒、卞之琳、何其芳、廢名、施蟄存、林庚、金克木、徐遲等近二十位代表性詩人的思想與藝術個性進行深入細緻的解剖，以使對現代詩派的把握落到實處，從而凸顯出 1930 年代現代派詩歌建構中諸種各個詩人個體間互相補充糾偏、異質同構的「對話」圖景，完成了一部清晰立體、客觀科學的詩歌群落、詩學發展史建構。

研治文學史的方法與心態——代序

李　怡

　　我曾經以「作為方法的民國」為題討論過中國現代文學研究的「方法」問題，最近幾年，「作為方法」的討論連同這樣的竹內好－溝口雄三式的表述都流行一時，這在客觀上容易讓我們誤解：莫非又是一種學術術語的時髦？屬於「各領風騷三五年」的概念遊戲？

　　但「方法」的確重要，儘管人們對它也可能誤解重重。

　　在漢語傳統中，「方」與「法」都是指行事的辦法和技術，《康熙字典》釋義：「術也，法也。《易·繫辭》：方以類聚。《疏》：方謂法術性行。《左傳·昭二十九年》：官修其方。《注》：方，法術。」「法」字在漢語中多用來表示「法律」「刑法」等義，它的含義古今變化不大。後來由「法律」義引申出「標準」「方法」等義。這與拉丁語系 method 或 way 的來源含義大同小異——據說古希臘文中有「沿著」和「道路」的意思，表示人們活動所選擇的正確途徑或道路。在我們後來熟悉的馬克思主義哲學中，「世界觀」與「方法論」的相互關係更得到了反覆的闡述：人們關於世界是什麼、怎麼樣的根本觀點是「世界觀」，而借助這種觀點作指導去認識世界和改造世界的具體理論表述，就是所謂的「方法論」。

　　在我們的傳統認知中，關於世界之「觀」是基礎，是指導，方法之「論」則是這一基本觀念的運用和落實。因而雖然它們緊密結合，但是究竟還是以「世界觀」為依託，所以在「改造世界觀」的社會主潮中，我們對於「世界觀」的闡述和強調遠遠多於對「方法」的討論，在新中國改革開放前的國家思想主流中，「方法」常常被擱置在一邊，滿眼皆是「世界觀」應當如何端正的問題。這到新時期之初，終於有了反彈，史稱「1985 方法論熱」，

一時間，文藝方法論迭出，西方文藝社會學、心理學、語言學、原型批評、接受美學、結構主義、解構主義、新批評、現象學、存在主義、解釋學、以及借鑒的自然科學方法（系統論、控制論、信息論、模糊數學、耗散結構、熵定律、測不準原理等等），這些令人眼花繚亂的「新方法」衝破了單一的庸俗社會學的「舊方法」，開闢了新的文學研究的空間。不過，在今天看來，卻又因為沒有進一步推動「世界觀」的深入變革而常常流於批評概念的僵硬引入，以致令有的理論家頗感遺憾：「僅僅強調『方法論革命』，這主要是針對『感悟式印象式批評』和過去的『庸俗社會學』而來的，主要是針對我們把握世界的『方式』而言的。『方法論革命』沒有也不能夠關注到『批評主體自身素質』的革命。」〔註1〕

平心而論，這也怪不得 1985，在那個剛剛「解凍」的年代，所有的探索都還在悄悄進行，關於世界和人的整體認知——更深的「觀念」——尚是禁區處處，一切的新論都還在小心翼翼中展開，就包括對「反映論」的質疑都還在躲躲閃閃、欲言又止中進行，遑論其他？〔註2〕

1960 年 1 月 25 日，日本的中國研究專家竹內好發表演講《作為方法的亞洲》。數十年後，他已經不在人世，但思想的影響卻日益擴大，2011 年 7 月，溝口雄三《作為方法的中國》在三聯書店出版。〔註3〕 此前，中文譯本已經在臺灣推出，題為《做為「方法」的中國》。〔註4〕而有的中國學者（如孫歌、李冬木、汪暉、陳光興、葛兆光等）也早在 1990 年代就注意到了《方法としての中國》，並陸續加以介紹和評述。最近 10 年的中國思想文化與文學批評界，則可以說出現了一股「作為方法」的表述潮流，「作為方法的日本」、「作為方法的竹內好」、「亞洲」作為方法，以及「作為方法的 80 年代」等等都在我們學術話語中流行開來，從 1985 年至 1990 年直到 2011 年，「方法」再次引人注目，進入了學界的視野。

這裡的變化當然是顯著的。

雖然名為「方法」，但是竹內好、溝口雄三思考的起點卻是研究者的立場和研究對象的特殊性。中國何以值得成為日本學者的「方法」總結？歸

〔註1〕吳炫：《批評科學化與方法論崇拜》，《文藝理論研究》，1990 年 5 期。
〔註2〕參見夏中義：《反映論與「1985」方法論年》，《社會科學輯刊》，2015 年 3 期。
〔註3〕溝口雄三：《作為方法的中國》，孫軍悅譯，北京：三聯書店，2011 年。
〔註4〕林右崇譯，國立編譯館，1999 年。

根結底，是竹內好、溝口雄三這樣的日本學者在反思他們自己的學術立場，中國恰好可以充當這種反省的參照和借鏡。日本學人通過中國這樣一個「他者」的來參照進行自我的批判，實現從「西方」話語突圍，重新確立自己的主體性。竹內好所謂中國「迴心型」近現代化歷程，迴異於日本式的近代化「轉向型」，比較中被審判的是日本文化自己。溝口雄三批評那種「沒有中國的中國學」，其實也是通過這樣一個案例來反駁歐洲中心的觀念，尋找和包括日本在內的建立非歐洲區域的學術主體性，換句話說，無論是竹內好還是溝口雄三都試圖借助「中國」獨特性這一問題突破歐洲觀念中心的束縛，重建自身的思想主體性。如果套用我們多年來習慣的說法，那就是竹內好 - 溝口雄三的「方法之論」既是「方法論」，又是「世界觀」，是「世界觀」與「方法論」有機結合下的對世界與人的整體認知。

事實上，這也是「作為方法」之所以成為「思潮」的重要原因。在告別了 1980 年代浮躁的「方法熱」之後，在歷經了 1990 年代波詭雲譎的「現代—後現代」翻轉之後，中國學術也步入了一個反省自我、定義自我的時期，日本學人作為先行者的反省姿態當然格外引人注目。

如果我們承認中國當代學術需要重新釐定的立場和觀念實在很多，那麼「作為方法」的思潮就還會在一定時期內延續下去，並由「方法」的檢討深入到對一系列人與世界基本問題的探索。

在中國現當代文學的領域中，我堅持認為考察具體的國家社會形態是清理文學之根的必要，在這個意義上，「民國作為方法」或「共和國作為方法」比來自日本的「中國作為方法」更為切實和有效。同時，「民國作為方法」與「共和國作為方法」本身也不是一勞永逸的學術概念，它們都只是提醒我們一種尊重歷史事實的基本學術態度，至於在這樣一個態度的前提下我們究竟可以獲得哪些主要認知，又以何種角度進入文學史的闡述，則是一些需要具體處理、不斷回答的問題，比如具體國家體制下形成的文學機制問題，國家觀念與民族意識的互動與衝突，適應於民國與共和國語境的文學闡述方法，以及具體歷史環境中現代中國作家的文學選擇等等，嚴格說來，繼續沿用過去一些大而無當的概念已經不能令人滿意了，因為它沒有辦法抵近這些具體歷史真相，撫摸這些歷史的細節。

「民國作為方法」是對陳舊的庸俗社會學理論及時髦無根的西方批評理論的整體突破，而突破之後的我們則需要更自覺更主動地沉入歷史，進

入事實，在具體的事實解讀的基礎上發現更多的「方法」，完成連續不斷的觀念與技術的突破。如此一來，「民國作為方法」就是一個需要持續展開的未竟的工程。

對文學史「方法」的追問，能夠對自己近些年來的思考有所總結，這不是為了指導別人，而是為自我反省、自我提高。自我的總結，我首先想起的也是「方法」的問題，如上所述，方法並不只是操作的技術，它同樣是對世界的一種認知，是對我們精神世界的清理。在這一意義上，所有的關於方法的概括歸根到底又可以說是一種關於自我的追問，所以又可以稱作「自我作為方法」。

那麼，在今天的自我追問當中，什麼是繞不開的話題呢？我認為是虛無。

在心理學上，「虛無」在一種無法把捉的空洞狀態，在思想史上，「虛無」卻是豐富而複雜的存在，可能是為零，也可能是無限，可能是什麼也沒有，但也可能是人類認知的至高點。是一個複雜的概念。在今天，討論思想史意義的「虛無」可能有點奢侈，至少應該同時進入古希臘哲學與中國哲學的儒道兩家，東西方思想的比較才可能幫助我們稍微一窺前往的門徑。但是，作為心理狀態的空洞感卻可能如影隨形，揮之不去，成為我們無可迴避的現實。這裡的原因比較多樣，有個人理想與社會現實感的斷裂，有學術理念與學術環境的衝突，有人生的無奈與執著夢想的矛盾……當然，這種內與外的不和諧本來就是人生的常態，對於凡俗的人生而言，也就是一種生活的調節問題，並不值得誇大其詞，也無須糾纏不休。但對於一位以實現為志業的人來說，卻恐怕是另外一種情形。既然我們選擇了將思想作為人生的第一現實，那麼關乎思想的問題就不那麼輕而易舉就被生活的煙雲所蕩滌出去，它會執拗地拽住你，纏繞你，刺激你，逼迫你作出解釋，完成回答，更要命的是，我們自己一方面企圖「逃避痛苦」，規避選擇，另一方面，卻又情不自禁地為思想本身所吸引，不斷嘗試著挑戰虛無，圓滿自我。

這或許就是每一位真誠的思想者的宿命。

在魯迅眼中，虛無是一種無所不在的「真實」，「當我沉默著的時候，我覺得充實；我將開口，同時感到空虛」（《野草》題辭）「絕望之為虛妄，正與希望相同」（《希望》）「於浩歌狂熱之際中寒；於天上看見深淵。於一

切眼中看見無所有；於無所希望中得救。」(《墓碣文》) 所以，他實際上是穿透了虛無，抵達了絕望。對於魯迅而言，已經沒有必要與虛無相糾纏，他反抗的是更深刻的黑暗──絕望。

虛無與絕望還是有所不同的。在現實的世界上，盼望有所把捉又陡然失落，或自以為理所當然實際無可奈何，這才是虛無感，但虛無感的不斷浮現卻也說明在大多數的時候，我們還浸泡在現實的各自期待當中，較之於魯迅，我們都更加牢固地被焊接在這一張制度化生存的網絡上，以它為據，以它為食，以它為夢想，儘管它無情，它強硬，它狡黠。但是，只要我們還不能如魯迅一般自由撰稿，獨自謀生，那就，就注定了必須付出一生與之糾纏，與之往返。在這個時候，反抗虛無總比順從虛無更值得我們去追求。

於是，我也願意自己的每一本文集都是自己挑戰虛無、反抗虛無的一種總結和記錄。

在我的想像之中，每一個學術命題的提出就是一次祛除虛無的嘗試，而每一次探入思想荒原的嘗試都是生命的不屈的抗爭。

回首這些年來思想歷程，我發現，自己最願意分享的幾個主題包括：現代性、國與族、地方與文獻。

「現代性」是我們無法拒絕卻又並不心甘情願的現實。

「國與族」的認同與疏離可能會糾結我們一生。

「地方」是我們最可能遺忘又最不該遺忘的土地與空間。

「文獻」在事實上絕不像它看上去那麼僵硬和呆板，發現了文獻的靈性我們才真的有可能跳出「虛無」的魔障。

如果仔細勘察，以上的主題之中或許就包含著若干反抗虛無的「方法」。

2021 年 6 月於長灘一號

序

張錦池

　　呈現於讀者面前的這部《1930年代中國現代派詩歌研究》，是羅君振亞的第二部學術性的專著。他的第一部學術性的專著，是飲譽於同行的《中國現代主義詩歌流派史》。振亞是剛過而立之年的青年學者，又博於學，慎於思，明於辨，篤於行。我相信，他以後還會有第三本、第四本⋯⋯

　　振亞與我算是有緣分的。他讀本科時，我不只給他們整整上了一學年的課，還曾指導過他的教育實習。我對學生的要求是嚴而近於苛的，可他經受得起。他獲得碩士學位後回母校任教，從事中國現代文學史的教學工作。期中教學檢查時，我曾數度去聽他的課。我對曾問業於我的青年教師的教學要求是嚴而近於苛的，可他又經受得起。所以，成了我的學生中出於藍而為積薪者之一。

　　兩個月前振亞在系資料室不無遲疑地對我說：「我的《中國現代主義詩歌流派史》的序，是請呂家鄉先生寫的，他是我的碩士導師。我的《1930年代中國現代派詩歌研究》，想請您寫，您當年教過我，還曾指導我教育實習。」我雖知自己非適當人選，還是毫不猶豫，就答應了。因為，振亞以其今日學業上的成就，請哪位名家為其學術著作作序，諒非難事；而他所拳拳不忘者，乃在昔日與所從問業之師，這一重見於今日的古人之遺風，令我這個年屆花甲頹老而無成的「北大荒」學人感動不已，也欣慰不已。

　　這本專著，我認為寫得不錯，是中國1930年代現代派詩歌研究的力作。能將對詩篇的微觀考析和對詩人乃至整個詩派的宏觀研究結合起來；雖放眼於現代派詩歌的審美價值的探尋，而並未偏廢指出其教化價值上的得失。明顯地反映出作者是以一顆具有詩人氣質的心，在體驗他筆端的詩人的心。因

此，字裏行間，顯示了才氣；運筆施墨，飽含著激情；當然也就難免不無溢美或稚嫩之辭。但總體來說，則是立論比較平穩而自有創見新解，立論比較平實而自有深度厚度，無意擺理論架式而自有高度，不薄他人研究成果而自有開拓，這是難能可貴的。我的教學經歷雖是以從事現代文學的教學為起點的，但對現代文學卻談不上有什麼造詣，況且離開現代文學教研室已近三十年。不知道方家和讀者讀完這部書以後，會不會與我讀這部書稿有同感。

　　作為教師，目睹自己的學生出於藍而為積薪者，是種莫大的幸福和幸運。謝謝羅君振亞，也給了我這一幸福和幸運。

張錦池

1997 年 6 月 4 日午

目

次

緒論　中國現代派詩歌的命運、傾向與價值

　　20 世紀 80 年代前後，學術界曾經對中國是否有現代主義文學的問題爭論不休。1978 年，一個叫 W・J・F・詹納爾的英國學者，在柏林舉行的中國文學學術研討會上斷言，五四以後的中國文壇根本就沒出現過現代主義；即便是 30 年代的現代派詩人戴望舒的詩中也「很少有使他成為『現代人』的東西，而更多的東西是使他成為一個浪漫主義者」〔註1〕；到了 80 年代中後期，國內更有許多評論者認為：由於中國的經濟基礎薄弱，還「不到吃飽飯沒事的程度」，並且歷來缺少相應的哲學觀念支撐；所以中國這片土壤無法生長出現代主義文學，即便生長了也只能走向偽現代主義。至於後現代主義文學，對於中國大陸更是不敢想像的奢侈的東西。事實真的是這樣嗎？回答恐怕是否定的。那種奇怪的觀點是悖離歷史主義批評原則的估衡誤差，是文學觀念錯位鑄成的意識迷津。無論怎麼說，20 世紀的中國文學史上尤其是詩歌中，存在著一股現代主義、後現代主義的先鋒潮流，是誰也否認不了的客觀存在。儘管在八十餘年漫長的歷史跋涉中，它斷斷續續，時沉時浮，儘管在新詩運動的繁富格局裏，它既不能與波瀾壯闊的現實主義大潮比肩，也難以同常動不息的浪漫主義大潮抗衡；但它卻以不絕如縷的頑韌風采，構成了新詩潮之中意義特殊的一個連續性的藝術系列。它對詩壇一次次的變構衝擊，不但形成了自己獨立的藝術精神、特質和傳統，引渡出一批才華功力兼俱的詩人和

〔註 1〕W・J・F・詹納爾：《現代中國文學能否出現》，《編譯參考》1980 年第 9 期。

形質雙佳的優卓文本，提供了詩歌生長的諸多可能性，支撐起了新詩史上最富有創造活力和藝術成就的歷史空間；而且還促發了中國新詩乃至中國現當代文學的歷史轉型，影響著中國新詩的走向和趨勢。

反叛的歷史圖景

　　按照名正才能言順的古訓，本書面臨的首要任務就是對「先鋒詩歌」概念的界定正名，它是本課題研究的邏輯起點。

　　何謂「先鋒」？何謂「先鋒詩歌」？學界對這兩個問題的闡釋都稱得上歧義叢生，聚訟紛紜，其變動不居與複雜多變似乎讓人難以尋找到帶有公約性的滿意答案。依《拉普斯詞典》所說「先鋒」原本為軍事用語，意指「一支武裝力量——陸軍、海軍或者空軍——的先頭部隊，其任務是為（這支武裝力量）進入行動做準備」，有前沿或開路者的涵義，它「是由空想社會主義者亨利·德·聖西門在 1825 年首次應用於文化方面的」〔註 2〕；並在被轉運到文學藝術領域後語義異變為一種文化精神、姿態和方法，具體隱喻「在現代主義文化潮流中成功的作家和藝術家的運動的美」〔註 3〕，或者代指「一小批勇於形式實驗的，標新立異的，標舉藝術革新旗幟的『前衛』藝術家」〔註 4〕。作為創造同義語的詩歌特別是現代主義、後現代主義詩歌和先鋒之間存在著天生先在的相通，「現代主義顯著的特徵之一，是它具有先鋒的文學藝術特質」〔註 5〕，總以和現實文化對抗的「先鋒」名義和姿態出現；沿著這一邏輯思路推導，兼具時間與社會學意義的「先鋒詩歌」當是那些具有超前意識和革新精神的實驗性、探索性詩歌的統稱，它至少具備反叛性、實驗性和邊緣性三點特徵。

　　若以這一標準檢視 20 世紀的新詩歷史就會驚喜地發現：和以現實主義及浪漫主義為主體，注意探索詩與現實世界聯繫更強調思想價值的外張詩（包

〔註 2〕羅伯特·休斯：《新藝術的震撼》中譯本，第 325 頁，上海人民美術出版社，1989 年。

〔註 3〕王蒙、潘凱雄：《先鋒考——作為一種文化精神的先鋒》，《今日先鋒》1994 年第 1 期。

〔註 4〕陳旭光：《中西詩學的會通：20 世紀中國現代主義詩學研究》第 22 頁，北京大學出版社，2002 年。

〔註 5〕M·H·艾布拉姆斯：《歐美文學術語詞典》「現代主義」詞條，北京大學出版社，1990 年。

括從早期白話詩發端經文學研究會詩人群、湖畔詩派、中國詩歌會、七月詩派、晉察冀詩歌，直到十七年期間那些借景傳情直抒胸臆的詩歌）流脈相對應；「先鋒詩歌」已在夾雜一些浪漫主義詩歌（如新月詩派等）在內的以現代主義、後現代主義為主體，注意探索詩歌與心靈內宇宙聯繫更突出藝術價值的內傾詩那裡，組構起一條頗為壯觀的連綿風景線。從 20 年代的象徵詩派、30 年代的現代詩派、40 年代的九葉詩派，到五六十年代的臺灣現代詩、七八十年代之交的朦朧詩派、80 年代中期的第三代詩潮，再到 90 年代的個人化寫作、70 後詩人群以及女性主義詩歌，它們都堪稱各自時代詩歌陣營中的先遣隊，只是那時從來沒有人用「先鋒詩歌」的字樣為這一流脈命名。

　　有個現象頗令人深思，那就是以象徵詩派為開端，每一階段的先鋒詩潮雖然都對前一階段的先鋒詩潮有所承繼；但卻也都因前一階段先鋒詩潮「影響的焦慮」而萌動，都以對前一階段先鋒詩潮的反叛與解構而崛起，現代詩派對象徵詩派如此，九葉詩派對現代詩派如此，90 年代的個人化寫作對後朦朧詩如此，70 後詩人對 90 年代的個人化寫作也是如此。那麼為什麼會發生如此現象呢？這恐怕得從先鋒藝術的本性說起。有人說「先鋒藝術的最重要特徵就是反叛」〔註6〕，這話一點不假。作為以理性、邏輯、秩序著稱的知識分子中的特殊者，先鋒詩人為避免被文化權力的盤剝，經常受骨子裏的叛逆性格慫恿而向理性、邏輯、秩序揮戈，通過「造反──後悔──再造反──受傷──再造反──成長」的過程走向「精神成熟」〔註7〕。新詩的歷史已充分證明，貫穿其始終的叛逆可視為 20 世紀先鋒詩歌甚至整個新詩發生成長、壯大成熟的原動力。文言衰而白話詩起，白話詩過於粗淺平白則有謹嚴純熟的新格律詩與以意象象徵為支撐的象徵詩興；1930 年代現代詩派脫離現實的純詩和淡化藝術的革命詩走向極端後又有綜合人生和藝術的九葉詩派出；1950 年代以降明白清淺的詩風壓倒一切，於是就孕育了含蓄委婉的朦朧詩；至朦朧詩後先鋒詩歌時期，反叛更上升為整體特徵。

　　有關 20 世紀先鋒詩潮的話題必須從「五四」談起。「五四」那種吐舊納新的開放氣度，使西方的各種文化、文學思潮在中國操演一番之後，悄然誘發出一種從技巧、情趣到觀念完全簇新的現代主義先鋒詩歌萌芽。新詩草創期的詩作中，已經初露某些現代主義藝術的端倪。《蝴蝶》（胡適）、《小河》

〔註 6〕徐敬亞：《崛起的詩群》，《當代文藝思潮》1983 年第 1 期。
〔註 7〕徐敬亞：《圭臬之死》，《鴨綠江》1988 年第 7、8 期。

（周作人）、《月夜》（沈尹默）、《鳳凰涅槃》（郭沫若）等歌唱就或濃或淡地打上了西方象徵派、意象派詩的象徵胎痕；但象徵尚未覺醒為本體意識，而僅僅以藝術手段的方式零星地散落著。直到引進法國象徵詩的始作俑者李金髮1925 年出版詩集《微雨》，才標誌著現代主義詩歌真正在中國翩然蒞臨。從此，中國先鋒詩歌幾經磨難，左衝右突，留下了一條巨大的命運軌跡曲線。數次崛起，數次沉落，其間交織著無限的喜悅與酸辛，充滿著諸多的經驗與教訓，每一個流派都在尋找著自己個性的太陽。象徵詩派的臺柱子李金髮，在他的《微雨》《食客與凶年》《為幸福而歌》三本詩集中，攜著生澀得令人驚諤的語言意象與暗示象徵的奇特觀念聯絡、獨步於時光飛逝、生命苦痛與愛情失常等悲劇性的情思荒原，表現生命欲揶揄的神秘和悲哀的美麗，在體裁風格與情趣上別開生面；但他的語言古怪蕪雜，其象徵藝術也多表現為超離本土的生吞活剝，所以常常為人詬病。取法並傾向象徵派的後期創造社三詩人王獨清、穆木天、馮乃超，則善於以形式美、音畫美的營造，處理憂鬱傷感的迷朦情思，或長於聲的律動，或耽於「音畫」之美，或感覺出奇的細敏。象徵詩派的其他成員胡也頻、蓬子、石民等人也都各懷絕技。從總體上看，象徵詩派以內心世界的挖掘替代社會人生的吶喊，醜、死與痛苦之愛情思「黑洞」的疊合，暗合了世紀末的頹廢情調，但它反常的灰色情思「黑洞」裏，也時而流泄出縷縷思戀家園故國、歌頌美好愛情、再現異域風光的亮色；藝術上充滿暗示效應的朦朧美建構、音樂美與畫意美整合的形式自覺、遠取譬與通感等的語言探險，與新月詩派的新格律詩探索相呼應，一同衝擊了五四以來詩壇藝術上大而無當的直露風氣，反撥了詩歌形式的板結與詩意的濫情，為詩壇帶來了「新的顫慄」。但象徵詩人不無偏激地認為「詩的世界是潛在意識的世界」〔註 8〕，「藝術家唯一工作，就是忠實表現自己的世界」〔註 9〕，這種詩歌觀念的貴族性牽拉，使他們在綜合中西藝術經驗時不以晦澀為悲劇，反倒把它提高到美學原則的高度去加以推崇，模仿力大大超過了創造力，詩藝不夠成熟，發掘內心的同時，付出了疏離現實的代價，溝通中西詩藝的願望未得到理想的實現。往往使借鑑只停浮於赤裸的複製上，語言中西雜燴不倫不類，增加了漢語固有的模糊；過分省略造成的無規則的印象集結，使不少詩淪為散亂的「珠子」、難以索解的「笨謎」。

〔註 8〕穆木天：《譚詩》，《中國現代詩論》上冊，第 98 頁，花城出版社，1985 年。
〔註 9〕李金髮：《烈火》，《美育》，1928 年創刊號。

20 世紀 30 年代初葉，圍繞著施蟄存主編的《現代》雜誌，出現的以自我為中心、追求超現實的純藝術流派——現代詩派，表明中國先鋒詩歌從模仿與移植，進入了獨立自覺的創造階段。《現代》的群體意識凝聚，使詩派擁有龐大的詩人群落，除了從新月、象徵詩派蟬蛻出的戴望舒、卞之琳外，還有何其芳、廢名、李廣田、林庚、金克木、徐遲等抒情分子；並且它派中有派，具體分為主情與主知兩大陣營。與新月詩派相比，它也重內心的發掘；但「新月派所涉取的內容多與實際隔著一層，現代派卻敢於衝破幻影，直面人生」〔註10〕，表現了特定時代一些知識分子的精神狀態。它以古典詩的比興、意境與西方現代派詩的象徵、暗示溝通，解決了象徵詩派遺留的中西藝術結合的問題，走出了自己的路。首先它以象徵意識的自覺與古典性意象的起用，保證了現代人心靈傳達的隱顯適度，在編織一個個誘人而難解的情結情境之時，強化了文本內蘊的多義性與朦朧美；其次它通過悟性的哲理滲透，對要表現情思的「隱」、「埋」的客觀化處理，乃至對結構肌理有機性的注意，創造了感性與智慧平衡的非個人化的藝術境界；再次它以散文入詩替代白話入詩，形成了自由而精緻、富有旋律美的詩體與語言特點，為繆斯在五四自由詩的「野馬」與新月詩派新格律詩的「鐐拷」之間找到了恰適平衡的位置。現代詩派的藝術技巧更稔熟，民族風味更濃鬱，它最終取代了新月詩派在詩壇的地位。

20 世紀 40 年代後，先鋒詩歌轉入了相對沈寂的季節。現代詩派將絕未絕之際，辛笛、陳敬容、杜運燮、唐祈、唐湜、鄭敏、杭約赫、袁可嘉、穆旦等組構成當時唯一的現代主義詩潮流——九葉詩派。懷著強烈的人民意識從事新詩現代化運動的「九葉」，既非誇張的宣傳主義或「農民派」，也非中國式的唯美派，詩是經驗的提純與昇華的觀念變異，使他們大膽地把象徵主義融入現實主義，在感知方式上以客觀化的外傾抒情方式傳遞心靈對現實的體驗與感受，凸現了現實與理想錯位情境下，民族在血泊中籲求奮起、渴盼新生的時代焦灼感與陣痛感，溝通了個人的情感與人民的情感。九葉詩派在結合中西方的藝術時，因借鑒範疇由前期象徵主義詩人向後期象徵主義詩人的位移，所以現代味兒更足。它追求現實主義與現代主義的交錯，追求現實、象徵、玄學的綜合傳統，不僅達到了思想知覺化、知性與感性的融合；而且以意象的知性強化、意象與意境的合一，完成了意象藝術的新變；它將自由

〔註10〕唐祈：《論中國新詩的發展及其傳統》，《河北師院學報》1984 年第 3 期。

聯想與觀察刻畫合而為一，內心開掘與外在描繪渾然一體，結構上追求戲劇化與高層化，使詩的有限空間裏深藏著無限指歸；它在詩歌形式上注重散文美，並對斷句破行進行了大膽的嘗試，製造了虛實嵌合的陌生化語言效應。九葉詩派綜合人生與藝術過程中所形成的內斂、蘊藉、沉雄的整體風格，把新詩從象徵主義推進到了中國式的現代主義階段。可惜現代詩派的「小處敏感，大處茫然」的缺點在它身上依然存在，藝術上也有些悖離民族傳統的歐化傾向。

新中國成立後，大陸失去了適宜的土壤，先鋒詩歌潮流一度中斷。但在社會背景完全不同的「孤島」臺灣，紀弦等一批詩人卻內承 30 年代現代詩派的餘緒，外受西方現代派勁風吹拂，掀起一場持續二十餘年的現代主義詩歌運動，影響之大竟成為詩壇主流。其主要成分包括現代詩社、藍星詩社、創世紀詩社的鼎立三足，以及後期的笠詩社；其主要詩人有紀弦、鄭愁予、覃子豪、余光中、洛夫、瘂弦等。臺灣現代詩追求純粹性，常常鍾情於探索人性人生的孤絕詠歎、懷念故土舊事的鄉愁情結、歌頌愛情親情的美好等一系列帶有超越性、永恆性特徵的精神命題。其純粹性追求引起了兩個直接變化：一是總「企圖在物象的背後搜尋一種似有似無，經驗世界中從未出現過的，感官所不及的一些另外的存在」〔註11〕，究明事物的本質，充滿著強烈的知性內涵。二是由於與大陸隔絕等原因的影響，為數不少的詩罩上了一層傷感悲戚色彩。藝術上，臺灣現代詩借助張力的經營，創造新、奇、飽、美的意象語言體系；通過「以圖示詩」的形式實驗，調動讀者聽與看的雙重閱讀經驗；在題材轉換、人文精神內涵、悟性思維等方面洋溢的古典風味，比戴望舒領銜的現代詩派對傳統的挖掘更為成熟與自覺。臺灣現代詩基本上完成了他們提出的「領導新詩再革命，推進新詩現代化」的歷史使命，對抗了當時風行的八股文藝。

20 世紀 70 年代末，中國先鋒的歷史揭開了新篇章。當初正是文革後的政治道德秩序、價值觀念全面鬆動帶來的荒原情緒彌漫，與原有文學的矯情浮誇泯滅個性，共同催化了朦朧詩的橫空出世。舒婷、北島、楊煉、江河、顧城等人的集聚與發難，謝冕、孫紹振、徐敬亞先鋒理論的高揚與論爭，使朦朧詩一時成了文學界的重大現象與熱門話題。出於對「十七年」和「文革」詩

〔註11〕洛夫：《從〈金色的面具〉到〈瓶之存在〉》，葉維廉編《中國現代作家論》，
　　　　臺灣聯經出版公司 1976 年。

歌那種政治代替人性、集體消弭個人、現實描摹和浪漫抒情畸形傳統的逆反，朦朧詩人喊出了「在沒有英雄的時代我只想做一個人」的聲音，高揚主體個性。其詩歌骨子裏的基本框架仍是經世致用的使命意識與批判精神，那種對理想人格的尋找，對人道主義的呼喚，對不滿心態的呈現，都凝聚著個人的身世感，更為時代心靈的雕塑。無論是鑰匙「丟了」（梁小斌《中國，我的鑰匙丟了》）、蒲公英「迷途」（北島《迷途》）等細節，還是「我不會屈服」（顧城《不要說了，我不會屈服》）、向不平現實拋出「粗大的問號」（舒婷《風暴過去之後》）的情思，都是時代培植的「公民情緒」。它不乏苦澀的理想主義奔湧，但悲涼的英雄意識閃爍與強烈的思索感，決定了朦朧詩的思想探索比以往的現代主義詩潮都高出一籌，即便低音區的歌唱也不讓人消沉。朦朧詩的文化選擇傾向於象徵主義、意象主義詩歌，它以意象思維恢復了詩的情思哲學生命，意象思維中的哲學思悟沉澱與滲入，又使詩獲得了厚實思考的品格與弦外之響；它以象徵為中心，引進意識流、蒙太奇手法，重組時空；通過自覺性與修飾性重視，探掘語言的張力潛能，孕育出了朦朧的審美品格，實現了一次現代主義的輝煌定格，既輸送出多種藝術範式，又影響了同時期的其他詩人。但朦朧詩包孕的卓爾不群的英雄情調、使命意識與批判精神，以及那種過分內傾朦朧的貴族化審美形態，都讓平民化的後來者第三代詩人格格不入，也注定了後來者對它的必然超越。

　　所以對朦朧詩的報復果然很快在第三代詩那裡應驗了，甚至朦朧詩的足跟尚未站穩，第三代詩便從 1984 年起悍然向它宣戰，革起前代革命者的理想化英雄化貴族化之命。其實早在 1982 年這場蓄謀已久的叛亂已初露端倪，一方面楊煉、江河等朦朧詩人自猶大似的梁小斌那篇決裂書《詩人的崩潰》始出離朦朧詩，和廖亦武、歐陽江河、石光華、宋渠、宋煒、周倫祐等後來史詩情結濃鬱的整體主義和新傳統主義詩人聯手，企圖通過對東方文化的尋根為民族振興尋找精神依託，重構文化和雄渾博大的現代民族史詩，雖然他們的探索最終因違反史詩固定符碼操作系統而使原創重建的行為近於失語讀者解析近於猜謎，陷入虛妄的幻想；但《諾日朗》（楊煉）、《太陽和它的反光》（江河）、《大循環》（廖亦武）、《懸棺》（歐陽江河）等文本也的確在某種程度上顯現了民族原型和東方智慧，神性十足，保證了決裂的按序進行。另一方面從蘭州《飛天》上的「大學生詩苑」崛起、吮吸朦朧詩奶汁長成的「大學生詩派」，也因青春和詩歌本身的易動狂熱在于堅、宋琳、伊甸、韓東等人的率領

下，為擺脫影響的遮蔽紛紛喊出「PASS 舒婷」「打倒北島」的口號，向朦朧詩反戈一擊，兩股力量的合流共同促成了朦朧詩的解體；並在 1986 年《深圳青年報》和《詩歌報》的兩報大展中最終對朦朧詩施行了全面的引爆和顛覆。它的非非主義、莽漢主義、撒嬌派、野牛派、霹靂詩、三腳貓、離心原則、四方盒子、莫名其妙、邊緣詩群等稀奇古怪、五花八門的命名，已使它「弒父」意味、草莽式的反叛與置換朦朧詩的惡作劇心理昭然若揭。第三代詩以對新詩潮為代表的現代主義傾向的「反叛」姿態贏得了「後現代」的首要特徵，其中大學生詩派的「一些理論觀點，尤其是『反崇高』和『消滅意象』事實上也已經成了整個後新潮詩學的源頭和濫觴」〔註 12〕，即帶有文革造反色彩「非非」式地一反到底，反英雄、反崇高、反抒情、反傳統、反詩歌。針對朦朧詩高蹈主體的崇高化、使命感和理想主義，它「更關心那個在社會與自然的臨界無所作為的自我。這個『自我』對一切皆採取無所謂的態度：戀愛、藝術、失敗或成功」〔註 13〕，竭力從日常立場出發，展示平民個體的下意識潛意識世界，展示生存本質的孤獨、荒誕、醜陋、死亡與性意識一類悲劇性宿命體驗，在本質形態上更接近了西方現代主義本體，把詩引向真正人的道路的同時，也消解了崇高。針對朦朧詩的意象化象徵化，它主張「反對現代派，首先要反對詩歌中的象徵主義」，因「象徵主義造成了語言的混亂和晦澀」〔註 14〕，在抒情策略上斷然由意象藝術向事態結構轉移，既凸現生理與心理動作感，又通過語言還原、「反詩」（或曰不變形詩）的冷抒情、口語化的語感手段，自動呈現生命狀態，「腰間掛著詩篇的豪豬」的莽漢主義詩群粗魯地以獨家專利褻瀆出擊，非非主義反崇高、優美和文化，他們詩派用平淡口語，共同顛覆朦朧詩的意象藝術，開發敘述性語言的再生能力；對朦朧詩優雅的反叛，使它吹送出一股俗美的信風，觀照視點向普通人的普通生活聚光，反對博大高深，審美情調漸趨俏皮幽默，語言俚俗，驅逐了貴族氣，這些表明它在藝術形式上比朦朧詩有更多的拓展。第三代詩對朦朧詩的解構帶來了空前的文化奇觀，但也因其破壞品格和無建樹性而使其在熱鬧繁盛至極後開始走向沉落，其精神生命的孱弱，形式的無根漂泊，必然使它走向繁而不榮的混亂。

〔註 12〕於可訓：《當代詩學》，第 208～209 頁，湖南人民出版社，2000 年。

〔註 13〕周倫佑：《第三代詩與第三代詩人》，《褻瀆中的第三朵語言花》，第 4 頁，敦煌文藝出版社，1994 年。

〔註 14〕尚仲敏：《反對現代派》，《磁場與魔方》，第 234 頁，北京師範大學出版社，1993 年。

　　90 年代先鋒詩歌中的「個人化寫作」正是從對第三代詩的反思與反叛開始起步的。詩人們認識到第三代詩「有著運動的性質」、「對運動的熱衷高於對寫作的內部真相的探究」〔註 15〕缺陷後，有意識地施行偏離和校正，注意用個人化的文本替代集體抒情的喧囂。針對第三代詩高蹈抒情的聖詞彌漫和與現實過分黏合、大詞盛行的兩種偏向，詩人們學會了有策略地「及物」與「深入當代」，既以經自身把握處理「此在」日常處境和經驗的立場去規避烏托邦和宏大敘事，促成缺乏血性、情感虛擬、實驗氣與表演氣十足的「白色寫作」向真誠厚重、介入現實、詩意創造的「紅色寫作」皈依的同時，恢復了詩歌處理現實和時代語境的能力；甚至在「只要我在寫，我的寫作就與時代和歷史有關」（翟永明語）的實踐觀統攝下，對歷史和現實題材也多從細節進行處理，將之個人化，因為在他們看來歷史乃任一在場的事件，個人日常細節植入詩歌就滲透歷史因子，就是歷史的呈現，《家住洪水泛濫的河流命名的馬路》（丁麗英）、《女人在園子裏養了些什麼》（宋曉賢）、《參加為鋼琴家琳達小姐舉辦的晚會》（張曙光）等，都是以對平淡無奇的事物撫摸，以一種寫實、理性、日常詩風張揚來介入現實文化境況的。90 年代的「個人化寫作」專注於寫作自身，注意尋找介入現實與傳統語境的有效方法，把技藝作為評判詩歌水平高低的尺度依據。詩人們有的注重對日常現實顯微鏡式的觀察臨摹（如桑克、呂德安），有的致力於審美對象的分析與沉思（如臧棣、于堅）；甚至有的將八十年代中後期就嘗試「敘事」意識堅定自覺化（如張曙光、孫文波），使敘事文本成為 90 年代的獨特景觀，敘述的、分析的、抒情的、沉思的、神性的、日常的等各式品類多語喧嘩，真正達成了寫作個人化的時代。90 年代的「個人化寫作」對差異性原則的推崇張揚，本為收縮延續上時代「寫作可能性」卻又為詩歌的進一步發展提供了多種新的「寫作可能性」。但也必須承認 80 年代拳頭詩人詩作少的老大難問題依然困惑著詩界，高揚差異性的負面效應，使「個人化寫作」失去了轟動效應和集體興奮，過度迷戀技藝也不時發生「寫作遠遠大於詩歌」的藝術悲劇。90 年代的「個人化寫作」是「派中有派」，以歐陽江河、王家新、西川、臧棣等為代表的知識分子寫作一翼致力於思想批判的精神立場，語言修辭意識的高度敏感使其崇尚技術的形式打磨，文本接近智性體式而又過分依賴知識，存在明顯的匠氣；而以于堅、韓

〔註 15〕孫文波：《我理解的：個人寫作、敘事及其他》見《中國詩歌：90 年代備忘錄》，第 10～11 頁，人民文學出版社，2000 年。

東、伊沙、李亞偉等為代表的民間寫作詩人一路張揚日常性，強調平民立場，喜好通過事物和語言的自動呈現解構象徵和深度隱喻，有時乾脆用推崇的口語和語感呈現個人化的日常經驗，活力四溢但經典稀少，甚至一些詩存在著遊戲傾向，常停滯於虛空的「先鋒姿態」中。這兩股自 80 年代以來就各自為戰、短長互見的詩歌勢力，在 1999 年 4 月的「盤峰論劍」後衝突加劇到白熱化程度，從而開始了橫向的對抗、反叛和裂變、分化，應該說這本身對激活民主氛圍、增添詩壇「人氣」、為更年輕的詩人出山都不無好處；但也「內耗」嚴重，教訓深刻，使詩格局顯得愈加模糊雜亂。

如果說上述的先鋒詩歌基本上都是以上一階段的詩歌潮流為反叛對象，那麼 70 後詩人以及「下半身」詩歌團體則將反叛的武器對準了新詩以往所有的詩歌群落。這群以沈浩波、盛興、馬非、李紅旗、朵漁、朱劍、南人等為前鋒的寫作無「根」者，因對邊緣、前衛的生活及體驗最為敏感，容易獲得另類特徵，他們不僅在詩歌「怎麼說」上與此前詩歌不同，而且在詩歌「說什麼」上也進行了「革命」；他們主張創作無意義無目的，在更加零散化、日常化、邊緣化視點的基礎上以梅洛・龐蒂的「身體哲學」為依據，公然而赤裸地要把「知識、文化、傳統、詩意、抒情、哲理、思考、承擔……」〔註 16〕等所有的藝術傳統都一網打盡，並在實踐中將平民詩歌的身體詩學和小說界的身體寫作進一步擴大化為肉體詩學，專事肉慾與軀體表演為經驗內容的性事化描寫，靠對生活和情感深度的拆解宣判了營造詩意的時代的徹底終結。對詩本身的輕視和輕慢使他們自然地遊戲消費詩歌，只講在場敘述的「快樂」原則，不加剪裁修飾地恢復觀照對象，現場感強烈，甚至追求肉體的在場感，對語言進行扭曲斷裂的施暴，搞泛性化轉喻，慣用口語化的荷爾蒙敘述和遊戲段子式的言說方式，如阿蜚的《交易》、巫昂的《豔陽天》、南人的《看芭蕾舞》、尹麗川的《為什麼不再舒服一點》等「段子」式的書寫，基本上都是在臍下三寸之地構築肉體烏托邦，追求文本原創和生理心理的欲望快感，把肉身本能和原欲當作寫作資源。70 後創作，因生命和肉體本然態的開釋，一定程度上增加了詩歌的世俗性活力，也表現出以遊戲為寫作終極意義的傾向；由於詩人人格和文學結構的不健全，以及要先鋒到死的狂熱和浮躁，使之大多萎縮為一種真而非美、有刺激而無意義的平庸遊戲，非但沒從本質上撼動以往的詩歌，在寫作策略上走出對第三代詩、90 年代「個人化寫作」模仿的

〔註 16〕沈浩波：《下半身寫作及反對上半身》，《下半身》創刊號，2000 年 7 月。

柵欄，甚至還沒有足夠的成功文本賦予 70 後詩歌概念以深刻的內涵，因此只能說它「是一場非常失敗的運動」。

　　進入 21 世紀以後，在對中國先鋒詩歌的認識上出現了視若南北兩極的學術指認，有人認為它已經完全被邊緣化，有人則認為它進入了空前復興期。這兩種指認都分別看到了詩壇的部分「真相」，而遮蔽了詩壇的另外「真相」所在。21 世紀的先鋒詩壇實際上充滿著喜憂參半的矛盾「亂象」，但它一直在尋找突破的機遇和方式，並以其「行動」的力量昭示出一種希望：一是詩人們在突破過程中學會了承擔，使寫作倫理大面積地得以復蘇；二是詩人們注重藝術環節的打造與生活經驗向詩性經驗的轉化，使詩作處理生活的藝術能力普遍有所提高；三是以詩學風格、創作主體、傳播載體與地域色彩的多元展現，實現了詩的自由本質，使個人化寫作精神落到了實處。21 世紀先鋒詩歌的突破是有限度的，整體感覺平淡，經典文本匱乏，詩歌寫作本身存在的失衡現象，和藝術的泛化問題、潛伏的傳播方式危機問題等糾結一處，決定它仍然任重而道遠。

　　女性主義詩歌也是當代詩壇一處不打旗號而有流派性質的獨立風景，在先鋒詩歌近三十年的時間跨度中，它不僅和男性寫作一樣參與經歷了上述不斷反叛的過程；而且其本身也留下了一段自我否定的生命軌跡。意義特殊的 1984 年，翟永明發表的組詩《女人》及序言《黑夜的意識》可視為女性主義詩歌誕生的標誌，而後標舉女性意識的唐亞平、伊蕾、陸憶敏、張真、海男與之呼應，她們以反叛舒婷一代的角色確證，終於支撐起足以與男性對抗的女性主義詩歌空間。這種帶有「詩到女性為止」傾向的軀體詩學，一反女性詩溫柔敦厚的羞澀傳統，將目光收束到性別意識自身，大膽袒露女性隱秘的生理心理經驗、性行為性慾望和死亡意識，通過傾訴和獨白建構詩人和世界的基本關係，敘述氣勢與穿透力強，結構意緒化彌散化；它以從感覺、思維到話語完全女性化的經營改變了女性被書寫的命運，以軀體符號為女性主義詩歌找到了精神棲息的空間——「自己的屋子」。但它只為少數人寫作的高度個人化傾向勢必減弱共感效應，自白話語助長了一些詩的迷狂，過度突顯性別意識也暴露出性問題上的纏繞和普拉斯似的瘋狂情感的弊端。出於對軀體詩學的警覺，銳利不減的「老」詩人和唐丹鴻、丁麗英、魯西西、周瓚、安琪、呂約等「新」詩人組構的 90 年代的女性主義詩群，在舒婷一代和翟永明、伊蕾、唐亞平等一代完成了女性寫作覺醒、確認的兩個階段後，又進入原有激

情和語言技術對接混凝的時期。具體說來就是努力淡化、超越性別意識，向接通女性視角和人類普泛精神意識的雙性同體理想邁進，在堅守女性的敏感細膩之外發現思想的洞見，王小妮的《不要幫我，讓我自己亂》、小葉秀子的《婚姻》都可作如是觀；對塵世的認同和平凡心態的恢復，敦促她們順應深入的個人化寫作潮流，開始深入日常化與傳統，向「屋子」外的當下世俗現實人生、生活場景俯就，同時向過去的現實即傳統題材和精神向度回歸，人文視境更加寬闊，葉玉琳的《子夜你來看我》和翟永明取材於中國戲曲、小說、民間傳說的《時間美人之歌》《編織行為之歌》就體現了這一轉變流向；抒情方式上也由自白話語轉向更加貼近內心的技術性寫作，追求內省式敘述和語言的明澈化。激情同技術遇合的 90 年代女性主義詩歌，結束了 80 年代激情噴湧的單向追索的貧乏歷史，告別了軀體寫作中的急噪、焦慮和輕浮色彩，獲得了從感情世界走向理性觀察的可能支撐；當然隨之而來的就是感召力減弱，寫作難度的加大。

20 世紀先鋒詩潮的生命運行軌跡的呈現表明，它在 90 餘年的湧動中流經了時空上的諸多區域。它在每個區域中都信守著自己的走向；但卻無一不肇源於對詩壇庸俗化秩序的發撥。客觀地說，中國先鋒詩潮的反叛是有破壞也有建設；有疏離也有超越。有時是破壞大於建設，疏離大於超越；有時是建設大於破壞，超越大於疏離。正如謝冕先生所說，我們「這個古老而深厚的民族，需要的是顛倒與失衡的強刺激」〔註17〕，這種反叛證明詩人們置身的文化存在著多種維度、聲音和價值體系，這是文化彈性和活力的保證。同時像現代詩派對當時通行的直說傳統的對抗，臺灣現代派詩歌對同時期大陸詩歌嚴肅性和史詩性的互補，90 年代個人化寫作對秩序化寫作的抵制，也保持了詩人個體寫作的差異性和獨立性；九葉詩派在血火交迸的年代對人的心靈和經驗的關注，第三代詩對朦朧詩使命感和責任意識的反叛，女性詩歌對性和生理感覺的書寫，都拓寬了詩歌題材和寫作方式，都「在使人保持主體的自在性、自由性，恢復人的平常心態，使人少一些迷狂和不必要的精神壓力上，確實具有積極意義」〔註18〕。但是這種反叛的破壞惡果有時也令人觸目驚心。如第三代詩人偏激地以粗俗語拆解深度模式和詩意結構，就褻瀆了

〔註17〕孟繁華：《夢幻與宿命：中國當代文學的精神歷程》，第 232 頁，廣東人民出版社，1999 年。
〔註18〕龍泉明：《我看「後新詩潮」》，《文學評論》2000 年第 3 期。

詩歌本性；所以被人稱為有遊戲化之嫌的「詩歌的敗家子」，他們的「詩正離我們遠去。它不再關心這土地和土地上面的故事，它們用似是而非的深奧掩飾淺薄和貧乏」〔註19〕；臺灣現代派詩中的《山路上的螞蟻》等某些圖像詩，90年代的伊沙的《結結巴巴》《老狐狸》，和70後詩人沈浩波的《一把好乳》等作品，那種「惡毒」的語言顛覆，有時簡直就是對讀者的玩劣捉弄，語言的把玩狂歡使詩蛻化為無關緊要的耍貧閒談。眾所周知，先鋒也是相對的，任何人和流派都無法永遠享受先鋒的待遇，20世紀先鋒詩歌幾十年來一心思變，使活水流轉的詩壇為歷史輸送了源源不斷的實驗文本；但注定了有些拼命追新逐奇的詩人們必然心浮氣躁，忽視藝術的相對恒定性，不願亦難得雕琢打磨文本，自然拿不出有長久生命力的佳品。另外一味和傳統對抗，也容易造成對傳統割裂和虛無態度，使藝術化作無源之水，如第三代中的非非主義毫無依據的前文化語言建構，近於誰也無法抵達麾下的空想風旗，就是最顯在的藝術悲劇。所以先鋒詩歌最好的選擇應該是破壞和建設雙管齊下，既解構前人又為後來者建構；否則只能走向沒落或虛空。

中西藝術融匯中的現代主義探險

　　20世紀的中國先鋒詩歌不是偶然孤立的文學現象。突破閉鎖態勢的開放性發生、發展機制，決定了它的質地構成，不僅僅來自現實土壤的艱難孕育，還導源於古典詩歌與西方現代主義、後現代主義詩歌的雙向催生。或者說，20世紀先鋒詩歌乃是眾多詩人貫通古今，進行縱橫立體合成的晶體。需要指出的是，大體說來1984年以前的中國先鋒詩歌屬於現代主義範疇，而1984年以後的中國先鋒詩歌則進入了後現代主義時代，為分析方便起見，本書特把它分為「中西藝術融匯中的現代主義創造」、「後現代：原創與實驗」前後兩個時段進行論述。

一、對西方現代派詩歌的接受

　　現代新詩如果沒有外來詩歌的刺激與衝擊就無從談起。五四時期，西方各式各樣的文藝思潮紛至沓來地湧入國門，並給了國內每個詩歌探險家以堅實的支撐，龐德之於胡適，惠特曼之於郭沫若，泰戈爾之於冰心，濟慈之於

〔註19〕謝冕：《世紀留言》，第157頁，中國廣播電視出版社，1997年。

聞一多，都已渾融為其生命存在的一部分。此間，被人視為怪胎的西方現代派詩歌（包括意象派、象徵派、超現實主義派等），也因其自身正值生命的旺季，符合一批心靈苦悶的中國知識分子的情思需要，而被援引入境，促成了象徵詩派的異軍突起；之後幾十年間，具有 20 世紀現代意識的許多詩人，都運用西方現代主義、後現代主義詩歌的形式材料鑄造自己的詩魂，終成一代詩人。如穆旦作為中國詩人其「最好的品質卻是非中國的」〔註 20〕。臺灣現代詩派的萌生更是西詩移植的結果，在和大陸的政治疏離造成的一代詩人的斷奶期裏，「傳統的既不可親，五四的新文學又無緣親近，結果只剩下西化的一條生路竟或是死路了」〔註 21〕。20 世紀中國先鋒詩歌不僅從西方詩歌那裡借鑒了形式技巧，而且在意味構成上也潛移默化地汲取了它的因子。西方現代派詩歌重視內在的精神世界，尤其是重視下意識潛意識的傳達，將外部世界作為內在世界的情思對應物，借助想像的力量重組心理時空，大量運用象徵、通感、暗喻等手法。它的總體特徵投影於中國 20 世紀先鋒詩歌中，引起了後者的一系列藝術新變。

知性強化。感性化的東方民族，慣於通過直覺與感悟去把握世界，在傳統詩教方面極為關注現象世界，對人生萬物、宇間的一切很少做深入玄妙的形而上的思索，缺少大的哲理思辯。可中國先鋒詩中卻出現了不少執著於事物存在永恆認知的知性特徵，顯然這在傳統的天人合一、神與物遊的悟性智慧影響之外，更多受惠於西方現代派詩歌的啟迪。因為西方現代派詩歌的每次崛起，總與某種哲學或社會思潮相伴隨，總喜歡在抽象的領域內獲得主旨，所以詩的背後常有大的哲學。如里爾克的《豹》，借對籠中困獸的觀照，從哲學高度把握了現代人的生存困境與生命異化的痛苦；瓦雷里的《海濱墓園》、艾略特的《荒原》都是對時間、永恆與生存等超驗問題的冥思。受西方現代派詩人的啟悟，許多中國現代主義詩篇，也都做了同樣的智性思考。現代詩派生發出一種以智為主腦、使人深思的「新的智慧詩」，戴望舒有莊周化蝶意味的《我思想》，可視為一部壓縮的齊物論；顧城的《遠和近》中人與自然的對位沉思，發掘了人被異化的抽象精神命題；九葉詩人的大量詠物詩都是靜觀默察的理性結晶，企圖對某些物象之上抽象玄妙的事體進行把捉；臺灣現代詩對人性、人生乃至生命本質的超越性凝眸，同樣蟄伏著知性內涵，羅門

〔註 20〕王佐良：《一個中國詩人》，《生活與文學》（英國），1946 年。
〔註 21〕余光中：《天狼星》，第 153 頁，臺北洪苑書店，1976 年。

的《城里人》用直接思考的方式，闡明都市文明將帶來扭曲生命本質的負價值（這知性的一脈延伸到後朦朧詩人歐陽江河、王家新、西川充滿思辯知性的深度抒情那裡，從意味到形式都已是智慧的生長）。20世紀中國先鋒詩歌中的知性強化，是傳統詩歌中少而又少的，它一方面墊高了現代主義詩歌本位，帶來了歷史意識的覺醒，使《深淵》（瘂弦）、《火燒的城》（杭約赫）等一批《荒原》式的作品相繼問世，使尋根浪潮在江河、楊煉以及第三代詩人的一些史詩建構中長久彌漫，雄渾深厚；一方面也將一些中國先鋒詩歌引向了不可知的彼岸世界，衍生出一些玄秘得難以解讀的文本。畢竟東方式的沉靜、古典詩學感性的思維方式、現實環境的牽拉以及個體經驗承受力的制約，不允許中國詩人過分涉足《荒原》似的境界，走向超離現實的純知性探險。

　　詩意的凡俗化。在和諧優雅的古典詩裏，常常是美與善結伴而行；可是隨著都市對人的異化，現代機械對田園詩意的驅趕，現代主義詩人開始視醜、惡、夢等頹廢事物為生命生活的原態與本色。象徵主義者看來世間一切本無詩性與非詩性之分，日常生活中的一切均可入詩；所以作為資本主義文明危機的「客觀對應物」，破碎的偶像、枯死的葉、白骨、殘垣斷壁散佈於艾略特的《荒原》上，乞丐、妓女、賭徒的身影閃回在波德萊爾的《惡之花》中。與其偏愛醜惡陰暗的審美習尚相應，中國先鋒詩也踏上了審醜與凡俗化的行旅。李金髮坦言世界上美醜善惡都可成為詩的對象，其詩多用棄婦、黑夜、荒野、墳墓等詭奇陰冷意象，表現唯醜的人生。現代詩派、九葉詩派重在觀照都市人生世相，某種意義上消解了田園文明情調。波德萊爾寫巴黎景色中的老人、窮人、盲人等小人物的視點啟迪，使卞之琳留心平常細節，以「古鎮的夢」、「天安門」等凡俗事物傳達不凡俗思想，孫大雨、張君甚至把打字小姐的淫亂、性病、厭倦引入純淨之詩，《自己的寫照》《肺結核患者》就充滿都市的異化景觀與荒原感受。袁可嘉的《上海》、杭約赫的《火燒的城》等則是現代中國人的精神疾病與荒誕無聊、自卑意識的曝光。臺灣現代詩也抗拒都市文明，羅門的《城裏的人》闡明鋼鐵與大樓支撐的都市將人變成了賺錢工具，感歎「欲望是未納稅的私貨／良心是嚴正的關員（第三代詩的凡俗化極至是把醜、性推上詩之殿堂；至於伊沙的《車過黃河》《野種之歌》等對艾滋病、同性戀、吸毒的惡俗形態選材與黑色幽默式的調侃更趨向後現代主義特徵）。

　　象徵意識的確立與暗示效應的張揚，也是20世紀中國先鋒詩歌異於傳

統詩歌的「反常」品質。20 世紀中國先鋒詩歌的知化實際涵括兩個方面，即意味上的傾向理性，表現上的傾向客觀，所以它也起用象徵這種全球性的藝術手段，以期達到「非個人化」的理想境界；但對西方現代派詩的認同借鑒，已使它的象徵語言與傳統詩相去甚遠。傳統詩的象徵旨在向讀者闡述經驗，並且僅僅是一種隱喻性手段，如用松柏喻高潔，以香草喻美人，固然有一定的暗示力；但因比興物象基本上是邏輯性較強的原型，所以單一而直接，稍事思索即可把握其所指。20 世紀中國先鋒詩歌承接波德萊爾、龐德、艾略特等的客觀對應物、思想知覺化原則，也以客觀外世界對應、表現主觀內世界；但它暗示的卻常是內心隱秘或抽象觀念等模糊朦朧、渺不可知的審美體驗，並且多為個人化的私設象徵，只出現喻體而不出現被喻體，象徵意象異常複雜，有時一個意象就指代多種不同事物，這些因素無形中加大了詩歌解釋的適應面與暗示的高難度，具有多向性、不確定性的特徵。在它那裡象徵已由一般性的藝術方法上升為詩的本體生命構成。如穆木天的《落花》至少有三層含義，直觀意上細雨落花織就的場景滲透著情人的惆悵，比喻意上說明愛情溫暖而落花讓人淒涼，象徵意上則昭示著人生不會完滿，不可理喻，希望與失望、歡樂與憂傷同在；何其芳的《預言》中那個年輕「女神」既是少女，又是希望，還是未來，或更多的什麼；顧城的《一代人》中的「黑夜」人們理解時更可見仁見智；紀弦有關「蒼蠅」、「煙斗」的詩篇，也都是具有複合隱喻意義的象徵性建構。中國先鋒詩歌中的象徵本體覺悟，衝擊了傳統比興象徵模式的陳屙，拓展了詩的深層意味空間。當然有時跨越似與不似間距離的陌生象徵，也將暗示的指喻功能推向了令人望而生畏的極致，李金髮、穆旦、顧城的某些跨度過大的「遠取譬」，就是自造的被人冷落的藝術悲劇。象徵的特質之一是對不可言說之物言說的暗示性，因此象徵主義詩人都將暗示當作藝術理想強調。中國先鋒詩深得象徵派理論精髓，甚至有時在暗示之路上走得更遠。李金髮是充滿暗示的詩怪。現代詩派認為對詩要「不求甚解」，只要「彷彿得之」即可，戴望舒的煙、水、巷，廢名的星、燈，何其芳的花環、羅衫、橋等意象，都使感情加深而內斂、表現加曲而擴張。袁可嘉更在《上海》中追求間接客觀的表現。洛夫說詩是暗示的，其《湯姆之歌》以似謬實真的矛盾語戲劇動向，鑄造了冷峻而深刻的寓意，意在言外。朦朧詩人的暗示手段愈嫻熟普泛，顧城的《小巷》象徵性意象暗示的心態，是生存的孤獨、不被理解的失落還是環境的困窘？隱喻的多義性設置了讀者再造的廣

闊場。中國先鋒詩歌對暗示效應的張揚，暗合了現代詩無法完全讀懂的本質，加大了詩的容量和張力。

異於古典詩象徵暗示的比興手段，20世紀中國先鋒詩潮在暗示功能上常採用令人眩迷的通感方法，這與其說是李賀似的古典詩人制約的結果，不如說是源於對波德萊爾等人交感理論的皈依。葉維廉要「用一杯炒米茶／把月色和脆豆／徐徐送下」，戴望舒要咀嚼「太陽的香味」，「家」在芒克那裡是「發甜」的，「鐘聲」在穆木天那裡是「蒼白」的，袁可嘉說打字小姐的「呵欠」是「紅色」的。官感間的越俎代庖，官感間違反正常邏輯的交錯挪移，比比皆是。這種全息通感的運用，既宣告了現代詩人的最大心靈自由，又使藝術形象十分奇美，「反常」又「合道」，缺點是有時過於突兀。

二、與古典詩歌的內在聯繫

新詩的引發模式與反傳統的姿態，很容易讓人感到20世紀中國先鋒詩潮與古典詩歌無緣而對立，其實這是一種錯覺。有些現象頗值得人們深思。為什麼許多新詩人後來都走回頭路去寫舊詩？為什麼新詩已有半個多世紀的歷史，一般研究者也難以完整地背上幾首，而對舊詩佳篇即便孩童也能倒背如流？為什麼趙毅衡、石天河等人發現龐德、馬拉美使用的新玩藝——意象，竟是我們祖宗的遺產，人們都「疑是春色在鄰家」，實為「牆裏開花牆外香」？我想它們不外乎都在證明一個命題：在新詩，尤其先鋒詩歌中古典詩歌的傳統仍然強大有力，它對中國先鋒詩歌的影響雖然比不得西方現代派詩歌影響那樣直觀而淺顯，卻更潛在巨大，更根深蒂固滲透骨髓。20世紀中國先鋒詩歌的許多表現都可以尋找到古典詩歌的淵源。

法國學者米歇爾·魯阿稱戴望舒、艾青等受西方文學影響的詩人思想本質上都是中國式的，蘇珊娜·貝爾納更乾脆地斷言戴望舒「作品中西化成分是顯見的，但壓倒一切的是中國詩風」〔註22〕，這種判斷十分準確。事實上20世紀中國先鋒詩歌與古典詩歌最深層的血緣聯繫就表現在精神情調上。傳統詩主要包括進與退兩種言誌感受，即達則兼濟天下，窮則獨善其身，而在這儒道互補的文化結構中，它一直重群體輕個體，以入世為正格；中國現代主義詩歌從個體本位出發，似乎與任個人排眾數的西方文化相通，但它心靈化的背後分明有傳統詩精神的本質制約與延伸。所以，中國現代主義詩歌也

〔註22〕蘇珊娜·貝爾納：《生活的夢》，《讀書》1982年第7期。

始終流貫著兩股血脈，一是入世情懷，一是出世奇思。第一股傾向是其主流，穆木天的《心響》、王獨清的《弔羅馬》、辛笛的《巴黎旅意》、余光中與洛夫等大量的臺灣思鄉詩，都隸屬於傳統主題，其悲涼格調的深層文化意蘊是以家國為本的入世心理。九葉詩人袁可嘉的《南京》《上海》，杜運燮的《追物價的人》以個人化視境承擔非個人化的情感，突進並揭露了現實的黑暗，洛夫的《剔牙》表面像是客觀的觀照，實際是對人類苦難的終極關懷。朦朧詩的文化取向更與民族的命運相聯繫，舒婷的《祖國啊！我親愛的祖國》中的憂思發展了傳統文化精神。以上這些詩人詩中那種執著奮鬥的精神，那種憂國憂民的意識，那種對現實生活的關注，都是屈原以來的憂患之流脈的動人閃耀。入世不見容於社會，逃於佛老超脫境界的出世奇思便不絕如縷地彌漫開來，象徵詩派的李金髮、胡也頻等對愛情的沉迷，現代詩派典型的系列「山居」詩，臺灣現代詩的生命本質異化的沉思（以及第三代詩的個體孤獨與自戀情結），無一不與陶淵明採菊東籬、魏晉文人捫虱而談崇尚通脫、妙悟禪機的傳統風尚內在地牽繫著，表面上悠閒超然，實則為希冀超越現實的苦難風雨、鬱鬱不得志的故作灑脫。中國先鋒詩歌的入世情懷與出世奇思，正是傳統詩精神的一體兩面，是屈宋以來「憂患之思」與「搖落之秋」精神的對應變格；並且它深厚的悲涼、感傷情調，雖與現實的紛亂苦難、詩人個體的敏感弱質相關，與人類向內做深入的感情拓進容易走向感傷相關，但更本質深隱的根源還在於時代氛圍與詩人身世以外的傳統詩抒情基調影響，因為古典詩歌在「歡愉之辭難工，而窮苦之言易好」的定向審美選擇原則支配下，幾千年來一致地悲涼。對於這個問題，看看戴望舒《生涯》的纏綿悲怨，想想李煜《浪淘沙》等晚唐五代詩詞的淒清悱惻，答案會不宣自明（第三代詩的審醜與瑣屑更多是向西方現代主義傾斜的結果）。

其次，陶冶了含蓄蘊藉的意境審美趣味。中國人不像西方人那樣，體驗情感時把心靈放在首位，而善於使情感在物中得以依託，或者說是進行主客渾然的心物感應與共振，這種情景交融、體物寫志的賦的精神，是東方詩歌意境理論的精髓。對之南北朝的劉勰就給予了高度的重視，提出了神與物遊的理論；後經意與境諧的觀念過渡，至清代的王國維則徑直提出了意境說。作為意境這種傳統法度的東西，20 世紀中國先鋒詩歌自然要加以承襲；並在實踐中自覺地將它與西方的意象藝術溝通，用外在物象整體契合、烘托內在的情思，求超逸象外、言近旨遠的效果。象徵詩派挑明「詩是要暗示的，詩是

最忌說明的」〔註23〕，詩要有大的暗示能，李金髮詩的意象細節間缺少和諧，所以意境支離破碎，穆木天的《落花》等詩已較好地統一了情景關係；到現代詩派的田埂、牧歌、園林時期，因注意了詩歌肌理的整體性，骨子裏總能透出完整的精神氛圍或情調，卞之琳講意境，何其芳講情調，戴望舒兼而有之；九葉詩人辛笛的《秋天的下午》、鄭敏的《金黃的稻束》同樣使眾多意象向情思定點斂聚，構成物我交融、意蘊豐厚的複合有機體；余光中、鄭愁予更為顯明，就是朦朧詩人舒婷、顧城等人的《還鄉》《冬日的溫情》也或有媚態的流動美，或如印象派畫面。中國先鋒詩歌對主客契合、物我同一的古典意境承繼，一方面使藝術走向了外簡內厚、蘊藉含蓄、張力無窮的世界；一方面又使詩的意象、象徵手法也都古典氣十足。一葉知秋，戴望舒的《雨巷》整首詩的意境是李璟《攤破浣溪沙》中「丁香空結雨中愁」一句的稀釋與再造，手法上以丁香喻美人與古詩用丁香花蕊象徵愁心的內在精神極其一致，構思也暗合了《詩經·蒹葭》的「求女」與《離騷》用「求女」隱喻追求理想的模式。何其芳、余光中、鄭愁予等人的古詩意境、意象翻新更不必說。

　　崇尚音樂性與繪畫美。我們在閱讀20世紀中國先鋒詩時總揮趕不去音樂性、繪畫性仍大有市場的直覺印象，這自然與瓦雷里、蘭波等象徵詩人有瓜葛；但更應該歸於古典詩歌的隱性輻射。從詩經、楚辭、樂府到唐詩、宋詞、元曲，中國詩歌走了一條與音樂、繪畫聯姻的道路；所以白居易的《琵琶行》音節之悅耳才飲譽古今，蘇東坡才大加稱道王維的詩畫一統。20世紀中國先鋒詩歌繼承並發揚了古典詩歌音樂樂感節律的可唱性與畫面色調的可視性。王獨清的《玫瑰花》交錯音色感覺，結合動靜效果，創造了「色的聽覺」即「音畫」的高美境界；臺灣現代詩人林亨泰、白萩等人「以圖示詩」，混合著讀與看的雙重經驗，《風景（二）》《流浪者》都諧合了意味與形式，詩意蔥籠；戴望舒的《雨巷》更因壓倒優勢的音樂性而被人贊為「替新詩的音節開了一個新的紀元」，貫通全篇的六江韻部與複杳的旋律，將詩人縈回不絕的感傷表現得起伏婉轉，之後的《我的記憶》雖然反叛了音樂性，可40年代寫的《我思想》又向音樂性回歸，並且流傳下來的又恰恰是詩人自己反對過的音樂詩；舒婷的《雙桅船》、余光中的《鄉愁》、鄭敏的《池塘》也或對仗、對偶或迴環、重疊，是音樂與繪畫織就的華章。其實，詩應該像下棋一樣講些規矩，規矩不僅可以增加形式美感，有時還能起到對意味的增殖作用。

〔註23〕穆木天：《再譚詩》，《中國現代詩論》上冊，第98頁，花城出版社，1985年。

三、綜合現代與古典的創造性背離

置於 20 世紀宏闊的歷史背景上，中國先鋒詩歌向西方現代派詩歌、古典詩歌參照兩個異質文化系統實行了雙向開放；並能從現實、讀者與自我需求出發有所揚棄，自覺結合橫的移植與縱的繼承、東方智慧與西方藝術，從而以強烈的現代意識與背離性創造，實現了西方詩歌的東方化與古典傳統的現代化，實現了認同後的超越，拔地聳起了一種優卓的審美個性。它傾心於西方現代派詩歌注重整體思維、形而上抽象思考的品質，又不原裝販運異域文化，師洋不化，而剔除了其自我擴張、虛無情調與異化的荒誕；它共鳴於古典詩特有的憂患與悟性、意境與凝煉，又不炫耀傳統的絢爛，泥古不前，而擺脫了它的呆滯韻律與忘情自然，它擇取中西遺產的同時又融入新機，用極具現代風韻的藝術技巧，傳達現實的感受，從而以不同程度的「增殖」和「變異」，跨越了盲目仿傚、原樣演繹西方詩、古典詩形態的柵欄，創造了中國式的現代主義詩歌。如他們也寫頹唐與死亡，但傳統的精神牽引，又沒使他們墮入徹底的絕望，而在頹唐中希求振作，在死亡中看到新生。

其實，20 世紀中國先鋒詩歌從誕生那天起就一直在尋找融匯中西藝術的理想途徑。象徵詩派主張民族色彩與異域薰香並存；溝通中國比興與西方意象象徵理論，可惜因脫離了本土文化精神，夙願懸而未解；現代詩派在晚唐五代精緻冶豔詩詞的感傷迷離與後期象徵主義詩歌的象徵暗示間，找到了契合點，確立了雋永的象徵與親切的純詩風格；九葉詩派融古典詩的凝煉、現代詩的自由、象徵詩的比喻節制於一爐，借移植的「蘆笛」吹奏出沉雄而低緩的時代音響；臺灣現代詩以從西化到回歸的浪子姿態，為藝術灌入了強勁的知性與張力風；朦朧詩吸收了世紀末的虛無，卻因傳統理想英雄主義與憂患意識支撐，承擔了民族心靈歷史的建構；第三代詩在綜合古典與現代時因過度向後者傾斜，已釋放出無數孤寂的精靈，好在向傳統與民族的尋根尚壓著陣腳使它未徹底跌倒。

20 世紀中國先鋒詩歌的古典與現代合奏，為藝術輸送了活力，提高了藝術的美學品味，同時提供了豐富的歷史啟迪：在交流與聯繫意味著一切的今天，封閉就會作繭自縛，畫地為牢；只有保持開放氣度，博取眾家之長，才能得到匯入世界藝術潮流的「入場券」；但在開放過程中應該培養消化能力，使外國藝術經驗本土化，使傳統藝術經驗現代化。

「後現代」：原創與實驗

先鋒的別名是創新，從以個別性對抗解構公眾傳統的本性出發，它對沒一字無來歷的思維方式不屑一顧，「先鋒作家意味著逃避重複，拒絕傳統」，在他們面前「一切既有的成功都喪失了參照意義」〔註 24〕；先鋒探索這種異端的傾向，和先鋒詩人對前代詩人給定的經驗模式與藝術規範的反叛行為、詩歌天生固有的實驗屬性的撞擊，必然帶來詩歌藝術原創意義上的新變。20世紀先鋒詩歌的運動軌跡再次印證了這一規律和法則的神秘威力，其生命的每一次噴發都極度高揚詩歌本體和創新意識，將藝術複雜性的俘獲當作最大的誘惑。如從穆木天、王獨清到戴望舒、梁宗岱，從紀弦、鄭愁予到第三代詩的一些詩人，都異口同聲地提倡「純粹詩歌」，想努力地把詩寫得像詩；就是極具使命感的九葉詩派、朦朧詩派，也都刻意雕琢藝術的完美和新奇。如王獨清詩中色的聽覺即「音畫」的創造，廢名詩歌的時空跳躍，杭約赫詩歌的斷句破行，臺灣現代詩人林亨泰、白萩的「以圖示詩」，朦朧詩的意象與蒙太奇、意識流手段的聯姻，都將形式因素視為詩歌魅力來源的憑依，這些已無須多論。到了 1984 年以後的先鋒詩歌時期，語言意識高度自覺，語感竟然被推崇為詩歌魅力的來源和詩歌的生命形式自身；90 年代的個人化寫作甚至「把技藝的成熟與經驗的成熟作為檢驗一個詩人是否正在成熟的一個重要標準」〔註 25〕。70 後詩人則視「技術」和「個人經驗」同等重要，多以文本的快感敘事求取原創性；女性主義詩歌進入 90 年代後也轉向技術性的寫作，注意按美的標準安置組合從體內呼出的詞語與技巧。一句話，朦朧詩後的先鋒詩歌始終秉承「文學是一種允許人們以任何方式講述任何事情的建制」〔註 26〕原則，矢志尋找著詩歌藝術的可能性；並在一次次的實驗中刷新著詩歌的本質內涵。

朦朧詩後先鋒詩歌的一個突出特點是共同置疑、瓦解意象與象徵藝術。對詩歌本體純粹性的崇尚，使朦朧詩為止的中國現代主義詩歌都反對直陳其事與浪漫抒瀉，強調借助感性的客觀對應物、象徵與暗示方式，處理朦朧意緒與瞬間的感覺幻覺，尤其象徵本體意識的覺醒強化常使詩飽具知性張力，這種間接性客觀性的表現渠道使詩朦朧隱曲，意蘊豐厚；但是自第三代詩歌

〔註 24〕南帆：《先鋒作家的命運》，《今日先鋒》1995 年第 3 期。
〔註 25〕程光煒：《90 年代詩歌：另一意義的命名》，《學術思想評論》1997 年第 1 期。
〔註 26〕德里達：《文學行動》，第 3 頁，中國社會科學出版社，1998 年。

始現代主義詩歌的意象與象徵藝術卻遁入歷史的終結。在認為世界上只有事物而沒有意義邏輯的朦朧詩後先鋒詩人看來，包括現代主義詩歌在內的那種以主觀擴張方式介入世界的中國傳統變形詩，既不能和客觀表現對象完全吻合，又顯得有些做作和矯情，並且在使事物澄明時也常因賦予事物以先在意義而遮蔽事物的豐富性和具體性；所以在抒情策略上他們不約而同地起來顛覆以隱喻為核心並在象喻系統已趨飽和的傳統思維和言說方式，以「反詩」形式進行詩歌創造，強調事物事件的客觀自我呈現，以達到為事物去蔽、給事物重新命名的目的。非非詩派主張「還原語言」，他們詩派努力「回到事物中去」，于堅「拒絕隱喻」，要「從隱喻後退」〔註27〕，伊沙對「意象詩和口語詩能夠兼容嗎」的回答是「不可以」，稱意象詩的影響導致自己「1990 年前後的詩作時有『夾生』」〔註28〕。70 後詩人全部的寫作動機就是客觀恢複審美對象，追求現場自足感。像韓東的《有關大雁塔》中的「大雁塔」已不見楊煉《大雁塔》的雄偉崇高，而只是一般的對象，詩人攀上它的目的不過是「看看四周的風景／然後再下來」，其象徵性所指被悄然解構；伊沙的《車過黃河》寫到「列車正經過黃河／我正在廁所小便／我深知這不該……只一泡尿工夫／黃河已經流遠」，將偉大民族源頭和驕傲的喻體和日常猥瑣毫無詩意的小便拷合本身，就已含向傳統使壞之意，那種輕慢的寫法和態度更是對正值事物的塗擦消泯。如果說這兩首詩是對比喻與象徵等外在修辭傾向的棄絕，懸置拆解物象背後的文化內涵與深度象徵所指，造成詩歌總體傾向的淡漠；那麼斯人的《我在街上走》、于堅的《作品第 52 號》、余叢的《生活在南方》和沈浩波的《老傢伙》等詩則是通過非變形的口語對抗「消滅」意象和先在的主體自我，不動聲色地客觀描寫恢復，回到事物和語言本身，甚至發展到極至已不大在意語義的終極目標，而迷戀於語感營構，用語言自動呈現一種生命的感覺狀態，合目的又無目的地展現詩人精神本能的運動形式，如「一張是紅桃 K ／另外兩張／反扣在沙漠上／看不出什麼／三張紙牌都很新／新得難以理解／它們的間隔並不算遠／卻永遠保持著差距／猛然看見／像是很隨便的／被丟在那裡／但仔細觀察／又像精心安排／一張近點／一張遠點／另一張當然不遠不近／另一張是紅桃 K ／撒哈拉沙漠／空洞而又柔軟／日光是那

〔註27〕于堅：《從隱喻後退》，《作家》1997 年第 3 期。
〔註28〕《扒了皮你就能認清我——伊沙批判》，《十詩人批判書》，第 274 頁，時代文藝出版社，2001 年。

樣刺人／那樣發亮／三張紙牌在陽光下／靜靜地反射出／幾圈小小的／光環」（楊黎《撒哈拉沙漠上的三張紙牌》），詩沉沉靜靜地，無語義所指，它的存在不為什麼，也沒什麼言外之響、形上意趣，遠離了情感和想像，只是語流的持續滑動下事物存在清晰確切的伸展敞開，有種符號的能指自足性，真正做到了「詩到語言為止」。朦朧詩後先鋒詩歌打破意象和象徵感知方式的冷態抒情，在他們詩派、非非詩派、莽漢主義詩群和 90 年代的伊沙、阿堅、徐江、侯馬、胡續冬、殷龍龍等詩人那裡都大有市場，它以對世界和事物的原生性還原，指向了藝術上的靜觀樸淡之美。當然這種傾向不是要使詩徹底客觀化，它自動儀似的細節、畫面、過程攝製裡仍有人的靈魂影像閃動；並且它也只是一種主流形態，對朦朧詩後先鋒詩歌沒有構成絕對的覆蓋，事實上隱喻性的意象與象徵思維雖然日漸衰落但不可能徹底消亡。

　　重視日常性敘述也是朦朧詩後先鋒詩歌的基本走向。詩是抒情的，這固若金湯的先驗信條到朦朧詩後先鋒詩歌那裡似乎已行不通了，抒情傳統雖然存在但光輝明顯被敘事所遮蓋，並且其本身也因即興和盲目的痼疾遭受強烈質疑而發生了巨大變異。為什麼會發生如此逆轉和變異呢？我以為是詩歌內部發展規律的審美慣性和觀照對象的合力使然。20 世紀 30 年代的卞之琳、艾青等人對以往很少入詩的材料的汲納，40 年代徐遲為《抒情的放逐》的吶喊助威，五六十年代生活具象詩的隱性影響，雖然在客觀效果上是對艾略特「非個人化」理論的應和，但骨子裡卻還是抒情的，只是主張要採取隱蔽一些的客觀化方式而已；但它們的確為解構抒情做好了堅實充分的鋪墊。尤其是到了 80 年代，隨著朦朧詩建立在移情說上的意象抒情策略的新鮮、彈性與深度消失後走入裝腔作勢、拐彎抹角，和日常凡俗生活相對應的動態渾然社會流意識流情緒流的承載呼喚，以及種種傳統或當下因素的順勢延伸或切近逼迫，都讓朦朧詩後的先鋒詩人紛紛失去了對傳統抒情藝術的信任，倡言要「反抒情」（如非非主義詩群），「必須向敘事的詩歌過渡」[註29]，70 後詩人更力求向和「發生主義」理論契合的在場敘述靠攏，並在實踐中走向事態和過程的敘述；因為在他們看來這是對生活更為老實的做法。因為生活始終是敘述式的，所以它適合敘述描寫而不適合虛擬闡釋。於是我們看到大量這樣的詩歌出現在朦朧詩後先鋒詩歌的文本中，「就這樣睜開眼睛躺著／你聽見天

────────────

〔註29〕西川：《90 年代與我》，《中國詩歌：九十年代備忘錄》，第 265 頁，人民文學
　　　　出版社，2000 年。

亮／街上有人說話／聽不清在說什麼／只覺得語言十分動聽／以為晨星灑落一地／那是你的兩個同胞／他們起的很早／睡足一覺以後／發聲純淨／富有彈性／原來這就是你的語言／在天亮時分／中國話令你心平氣和／想起身做點什麼」（王小龍《語言》），在平實的語調中，生活化的事件與心理流程緩緩展開，它和胡冬的《我想乘上一艘慢船到巴黎去》、于堅 90 年代前後鋪排「在場」日常場景狀態的「事件」詩系列一樣，都不再注重語詞意識而轉向重視語句意識，詞意象逐漸向句意象（心理意象轉向行為動作結）轉化了。為對抗激情的弊端，一向受普拉斯的自白風格影響的女性主義詩人 90 年代也向日常敘述位移，增強觀察和分析成分同時大面積描繪生活場景，「在落花鋪滿的小徑上／他停住　門迎上來／倒下　他年輕的日子在門扉上行走」（虹影《門前》），蒙太奇鏡頭的視覺性畫面推移流動中，那種慢慢滲出的對逝去歲月充滿淡淡傷感的悲悼情緒頗令人思索，戲劇性傾向十分突出。並且朦朧詩後先鋒詩歌這種向小說化戲劇化靠攏的敘述性不是整齊劃一的，它除了鋪排戲劇性場景或採用人物對話間接客觀地抒情達意、使詩裏具有帶些情節的對話細節與畫面外，還存在許多種支撐詩意的敘述形態，如以《傾向》為陣地的張棗、陳東東、朱朱、西川等知識分子詩人所寫的場景、事態都是詩人想像力撫摸過的存在，「我在天亮前夢見／一匹紙馬馳過／深夜的圍籬／／夢中的紙馬／馱著果實的情人／站在貼紅字的窗下……」（西渡《夢中的紙馬》）相剋因子想像和理性的謀面，使詩在線性時間內還原了夢境想像的怪誕和美好，一定的敘事長度和冷靜的真實把生活還原到無法再還原的程度，想像力和具體性雙雙獲得了豐收。但不論哪一種敘述，都因主觀性敘述的減少、主體聲音的隱蔽，產生了客觀的非個人化效果，給人一種親歷感。對於詩歌這種向敘事文學所做的「非詩化」擴張，已經有無數的憂慮和批評，我以為這實在沒有必要。因為它決不會以犧牲自己的個性生命為代價，其散點式的敘述既不完整，又是灌注著主觀情緒的詩性敘事，它是敘述的更是詩的；尤為令人欣慰的是敘述性的強化，還對尚情的中國詩歌傳統構成了一次藝術「革命」。記得當年卞之琳有一段夫子自道，「抒情詩創作上小說化，『非個人化』，也有利於我自己在傾向上比較能跳出小我，開拓視野，由內向到外向，由片面到全面」〔註30〕，真是精湛絕倫，朦朧詩後先鋒詩歌的敘述化探索，可以納個人情思、萬物體悟、人生世界於一爐，拓寬情緒容量寬度和生活表現疆域，

〔註30〕卞之琳：《雕蟲紀曆・序》，人民文學出版社，1984 年。

使詩歌動感加強、情緒的渲泄獲得了沉實的依託；對生活和現實的處理能力也有所提高。

朦朧詩後先鋒詩歌還十分注意多元技巧綜合的創造與調試。詩人們不僅關心異質經驗的相互包容、現實生活經驗內涵與介入方式的整體平衡，而且還非常重視修辭技巧、語言詞彙、文體形態等各種藝術元素間的渾融。如前文有所交代的跨文體嫁接與混響，在伊沙的《風光無限37》似的「雜感詩」、孫文波的《祖國之書，或其他》似的戲劇性獨白連綴詩、馬永波的《電影院》似的小說散文筆法詩、海子的《太陽》七部書似的「雜」體詩（包括詩劇、長詩、第一合唱劇、儀式和祭祀劇以及詩體小說）等文本中，都有文體駁雜傾向的大面積生長。像翟永明的戲劇性文體更兼具情緒、體驗、事物的直接體現和對情緒、體驗、事物的觀察、分析和評論兩種視點。《十四首素歌》奇數標題部分都描述回憶與場景，偶數標題部分則是詩人對上一節的評述，在和母親的精神對話中既回放了母親的生命歷史、詩人的記憶軌跡，又對母親的一生、自身的成長和家族內部的盛衰進行了冷靜的觀察思考，有一種理性的徹悟。這種文體間的互通有無，與保證詩歌走出單一抒情表達困境同步，也加大了詩歌適應觀照對象的幅度。其次，隨著「詩歌從語言開始」〔註31〕、「詩到語言為止」〔註32〕的語言意識高度自覺，朦朧詩後先鋒詩人們在為增強藝術表現力的總前提下，紛紛嘗試將各種反差強烈的意象、語彙、探索取向雜糅，以應和原創性體驗和豐富性生活的傳達需求。如海子的《馬》把屍體、大地、門、箭枝、蒙古、血、玉米等科學的想像的、實有的虛擬的、詩意的非詩意的異質意象並置，貌似唐突實則吻合了詩人失戀後精神自焚和自戕的狂躁暴烈情緒特質。新莽漢主義者胡續東的《hola，胡安》把新的舊的、古老的時尚的、電腦詞彙外語詞彙四川土話、正文鑲嵌引文等質地相悖詞彙「一鍋煮」，從中體驗詞彙組合時那種自由與文化施暴的快樂；于堅的《0檔案》和它也「異曲同工」。為追求詩歌的原生性，詩人們竟常對語言進行扭曲、色調的極端強調和暴力組合，如韋白的《老D的夢境》取消非定性自我的失名運用和伊沙的《結結巴巴》對固定語的拆解歪曲、楊黎的《高處》的回到聲音和于堅的《遠方的朋友》生命節奏的自然語感外化、伊沙的《命名：日》和沈浩波的《一日千里》中對「日」歹毒的泛性化轉喻，以及安琪的《龐德，或詩

〔註31〕尚仲敏：《內心的言詞》，《非非年鑒‧1988理論》（內刊）。
〔註32〕韓東：《自傳與詩見》，《詩歌報》1988年7月6日。

的肋骨》「散沙」一盤意象、思想、句子的硬性拷合，都稱得上新、奇、特的空前創造，驚人越軌，奪人耳目。這種非正統的「雜色」語言在共時性框架裏的異質並置，規避了詩歌向單色化陷阱的邁進，豐富而飽滿，有陌生化的刺激和表現功效；當然有時也對語言構成了一種傷害和破壞。再次，作為人類精神文化最前衛的變構因素和「對權威、經典、範型明目張膽的『誤讀』策略」〔註33〕，戲謔反諷差不多敷衍為朦朧詩後所有先鋒詩人的技巧支撐。還在第三代詩時期，李亞偉、陸憶敏、王小妮、韓東、尚仲敏、王小龍、張鋒、何小竹、胡冬等詩人就以之為武器幹起了抗衡權力話語的「勾當」。王小妮的《等巴士的人們》寫到，「光芒臨身的人正糜爛變質。／剛剛委瑣無光的地方／明媚起來了」，以對現場日常生活的反諷介入，質疑「神」的存在，耐人尋味；李亞偉的《中文系》「也學外國文學／著重學鮑狄埃學高爾基，有晚上／廁所裏奔出一神色慌張的講師／大聲喊：同學們／快撤，裏面有現代派」，這一荒誕細節捕捉隱含著對高校封閉保守的教學方式和超穩定型文化傳統的厭棄否定。到了 90 年代戲謔反諷在徐江的《戴安娜之秋》、侯馬的《現代文學館》、馬非《惡作劇似地改寫》、盛興的《春天》、陳東東的《喜劇》和呂約的《複雜》等詩中，漸由局部穿插的手段晉升為結構全篇的基本架構和自覺意識，反諷的途徑和形態也是姚黃魏紫。這方面的高手當推伊沙，他好玩佯謬的把戲，以同音諧音詞語的移花接木偷樑換柱、嚴肅莊重文雅的事物和戲仿嘲謔粗鄙態度的混同攪拌，篡改誤讀既有指稱重新為世界命名。如同樣寫《半坡》，楊煉寄寓著尋求原始生命強力的旨趣，而他在交代完半坡之於西安的位置提起讀者的審美期待後，卻佯裝無知地把歷史文化遺址的半坡改換成隻具地形指稱意義的半坡收束，「我不知道大坡的另一面遠在哪裏，只知道下坡路人走著會輕鬆愉快」，一個「大題小作」的惡作劇就輕而易舉地拆解了深度模式，流瀉出價值虛無主義情調。深得伊沙藝術精髓的沈浩波也有出色表演，其《靜物》寫到「賣肉的少婦坐著／敞著懷／露出雪白的奶子／／案板前面／買肉的我，站著／張著嘴，像一個饕餮之徒」，正待人的欲望和性的聯想被引出時，一句「而唯一的動靜／由她懷中的孩子發出／吧嗒吧嗒／扣人心弦」，就擊碎了「我」和讀者的想像和經驗，巧妙地完成了對精神上「饕餮之徒」的道德敲擊。記得有人說過在詩歌美學的歷史上，側重破壞顛覆的 80 年代是減

〔註33〕陳仲義：《扇形的展開：中國現代詩學講論》，第 301 頁，浙江文藝出版社，
　　　2000 年。

法運算，而到了側重恢復和重建的 90 年代，則因實驗傾向的加強呈加法運算，其實這種估衡決非沒有道理。朦朧詩後先鋒詩歌在文體、語言、技法、格調各種因素間的均衡包容性的探索，完善了綜合處置歷史語境和複雜生存體驗的能力，它既是主體獨立自由精神的外顯——視境闊達，整體旨趣日益強壯；又在藝術上漸趨成熟，由平面的「躺著」的詩走向了具有交流、複調特徵的立體的「站著」的詩。

朦朧詩後先鋒詩歌對意識形態寫作的反叛，使它徹底擺脫了外在代言的角色，無論是形還是質上都出現了一系列的變異。在詩人們那裡，宏大敘事消歇，歷史深度式微，情感表現零度化，價值形態平面化，結構零散化，語言日常化；特別是詩壇多元即無元的駁雜狀態，語言書寫的「狂歡」取向，這一切對以往現代主義詩歌進行解構的品性和跡象，都在強有力地證明著一個事實：朦朧詩後先鋒詩歌已經進入後現代主義時代，美、抒情同詩歌本身的命運一樣走向了邊緣。所以某些敏感而深邃的批評家很早就大膽地指出 1984 年中國式的後現代寫作就已在他們、非非、莽漢、海上等詩群中出現，他們的詩「既拆除深度，又拆除對深度的拆除；既消解價值，也消解對價值的消解；既反抗意識形態集體順役的『崇高』，又使自由自為的個體主體性豎立；既採用習語、口語等『大眾』語型，又通過這一語型來對『大眾』進行譏諷」〔註34〕；並尋找出後現代主義在中國的一些特色：「拼貼、渙散、破碎、模糊、重複、錯位、混沌以及徹底的多元」，確認伊沙是一位坦然的面對後現代的詩人，其拒絕農業抒情的《餓死詩人》為「『後現代』的範本」〔註35〕，至於 90 年代和世紀末的今天，後現代主義的地位更加鞏固。但是必須指出的是，中國的後現代主義詩歌不像西方的後現代主義誕生於後工業社會，而崛起於文化和心理語境都準備不足的市場經濟和前工業社會；加之民族文化心理機制中的理性實踐精神制約，詩人們很難認可西方後現代主義的價值虛無，並且蟄伏在詩人心底的抒情藝術傳統也不允許徹底的情感冷漠。尤其是中國後現代主義詩歌在急功近利的浮躁心態下產生，甚至不少先鋒詩人還處於跟著西方先鋒派屁股後模仿的「偽先鋒」，所以必然伴生著諸多缺點，實驗有時就平滑為隨意的遊戲，1986 年的群體大展就「是自有新詩歷史以來最散漫、也最放

〔註34〕李志清：《現代詩：作為生存、歷史、個體生命話語的特殊「知識」——陳超先生訪談錄》，《學術思想評論》二輯，第 157 頁，遼寧大學出版社，1997 年。
〔註35〕劉納：《詩：激情與策略》，第 16 頁，中國社會出版社，1996 年。

縱的一次充滿遊戲精神的詩性智慧的大展示」〔註36〕，之後這種遊戲色彩愈加濃厚。如沈浩波的《朋友妻》、大仙的《工藝品》、徐江的《為「哇塞」而完成的一首詩》等大量文本拒絕精神提升，詩意過度地私密平面，變輕的藝術對現實幾乎失語，根本提不到什麼共感效應。看重技藝本該值得肯定，某些詩人超離刻意單向的唯形式道路、把藝術追尋當作調整自我和現實關係的激活點的做法也相當令人興奮，海子從抒情詩向大詩轉移即是以生命代價換來的輝煌，但大部分詩人對西方後現代主義的形式誤讀，又使它以無限度的實驗把詩推上了沉湎於遊戲快感的深淵，藝術上走偏鋒的「歐陽鋒」多，「郭靖」式的光明正大者少，一些詩歌迷戀於語言把玩，遮蔽了世界的真實狀態，「寫作遠遠大於詩歌」，抒情趨於疲軟，伊沙的《老狐狸》、男爵的《和京不特談真理狗屎》等詩語言狂歡的結果是在領略解構快感的同時，卻和靈魂無關，走上了形式至上或迷蹤的險途，70 後的網絡狂歡幾乎將詩變成了肉體分泌物和段子卡通式的一次性消費品，這些無疑都限制了後現代主義詩歌的影響穿透力，也決定了後現代主義詩歌難以像西方那樣意義徹底和純粹。也正因為如此，朦朧詩後的先鋒詩壇上才成分複雜，後現代主義詩歌並沒有統治詩壇，而現代主義詩歌仍大有市場，現代和後現代「和平共處」，從而構成詩壇多元統一的格局；如此說來有人將中國的後現代主義稱為一種變體式的「泛後現代主義」〔註37〕也就不無道理了，它和中國的現代主義詩歌比較是先鋒的，而和西方真正的後現代主義詩歌比較又帶有「準」的性質。

　　毋庸諱言，朦朧詩後先鋒詩歌每一次原創性的實驗都和創新息息相連，它以無窮的活力衝擊了詩壇的僵化與惰性，輸送出一批藝術技巧新奇優卓的詩人和詩作，以詩和日常生活的新關聯的建立拓展了詩歌視野天地和精神內涵，提高了詩歌的表現力；但唯新是舉的心理騷動也注定了它的藝術觀念缺乏相對的穩定性，在主題思路和藝術範式等方面往往前一種尚未定型後一種又接踵而至，這曝暑曝寒的過速流動節奏既讓一些詩人的心理難以適應，也導致了近二十年詩壇沒有產生人人景仰的領袖和經典，大都「各領風騷三五年」，誰都難以永恆，群星閃爍而無太陽，給人一種靠宣言、身份和詩學概念而不是靠實踐和文本支撐詩壇的奇特印象。值得深思的是進入 90 年代後一向

〔註36〕謝冕《20 世紀中國新詩：1978～1989》，《詩探索》1995 年第 2 期。
〔註37〕語見張德厚《給新詩以現代化激勵的「泛後現代主義」》，《社會科學輯刊》1994
　　　年第 3 期。

以殉道精神著稱的先鋒詩歌，竟然調轉風頭謀求和大眾文化聯姻結緣，並且不乏奏效之例，如《1998 中國新詩年鑒》《後朦朧詩選萃》等書籍頻頻走俏，某些先鋒詩句不時閃回於《精品購物指南》或廣告詞中，不知這對先鋒詩歌的未來是喜是憂，是坦途還是歧路。

邊緣處境與生存策略

　　20 世紀中國先鋒詩歌的殷實業績令人仰慕，但回望它的生命來路卻又伴隨著幾多坎坷與酸澀。它好像先天就有些孱弱，後天又有些水土不服；所以總是步履艱難，斷斷續續，處於一種被割裂的狀態。20 年代因缺少融化中西藝術的心理機制，沒形成大的浪潮和大的氣候，大革命失敗後僅存的一點現代主義土壤被沖涮得乾乾淨淨；30 年代的現代詩派曾經憑其一點實力用勁苦撐，旋即因抗戰烽火的燒灼而告消衰；九葉詩派雖靈光重現也沒能東山再起；五六十年代臺灣現代詩的孤絕存在，更未能維持長久；第三代詩歌經過一陣繁榮後馬上又陷入沈寂；90 年代的個人化寫作、70 後詩歌以及女性主義詩歌的銳力開拓，似乎使詩歌在社會上的地位有所升溫，卻依然沒有改變先鋒詩歌的命運。也就是說，我們必須正視這樣一個殘酷的現實：從邊緣出發的 20 世紀中國先鋒詩歌命運不佳，經歷無數次的拼搏和撕殺，至今仍沒有完全接近中心，不但沒有像浪漫主義潮流那樣蔚為大觀的幸運，更沒有像現實主義潮流那樣統領詩壇主潮風騷的殊榮，從未取得過舉足輕重或與後兩種潮流分庭抗禮的主導地位；並且在生存方式上還遠遠沒有擺脫和主流文化相對的「先鋒文學所特有的亞文化特徵」〔註38〕，依舊在文化的邊緣吶喊著、抗爭著，他們要獲得公眾的徹底認可也許還有相當長的一段距離。

　　彷彿是種先在的命運邏輯，一切先鋒總是和孤獨結伴而行。20 世紀的中國先鋒詩歌在現當代文學史上一直以簇新思想和審美觀念的代表者著稱；可是也始終悖論式地蜷曲於文化的邊緣一角。為什麼其命運如此坎坷多舛？這種現象背後集聚著眾多文學或非文學因素的緣由。處於現代主義的前期，兵荒馬亂的苦難環境與救亡圖存的社會使命，生存與溫飽問題的迫切，使它難以躍入形而上的人性探討境界；富有理性實踐精神的民族文化心理機制，制

〔註38〕呂周聚《中國當代先鋒詩歌研究》，第 103 頁，中國廣播電視出版社，2001年。

約著詩人難以產生西方現代派那種非理性的瘋狂與荒誕、極端個人化的自我擴張與生存本體的虛無危機意識，而只能悖離西方現代派個體與社會的分裂狀態，力求使自我探索上升為群體意識的詩意閃爍；潛伏在詩人心靈深處的悠久豐厚的藝術傳統，決不允許外來影響反客為主的同化；尤其是在現實主義和浪漫主義大潮的衝擊與擠壓下，中國現代主義詩歌自身狹窄的視野、灰色的情調與晦澀難懂的藝術，離奇古怪，更限制了它的影響穿透力。這一切注定了中國現代主義詩派無法根深葉茂，只能成為現實主義大潮邊的支流而已。而到了市場經濟為主導的朦朧詩後先鋒詩歌時期，除卻上述因素外，特定的文化語境決定邊緣幾乎成了詩歌的宿命。更何況朦朧詩後先鋒詩歌還存在相當顯豁的缺失：朦朧詩後先鋒詩歌非但構不成高度理想的發展模式，相反由於先鋒的本性就是不斷求新，難得成熟是其本性，它還存有許多不可逆轉的遺憾或缺失。它追新逐奇、唯新是舉的實驗，使詩壇生氣四溢的另一面是詩人們的心浮氣躁，忽視藝術的相對穩定性；所以近二十年裏經典稀少大師虛位，外不能和里爾克、瓦雷里、艾略特等世界級大師比肩，內愧對時代和中國偉大的詩學傳統，甚至還未建立起和自己的命名相符的詩學體系，處境艦尬。它的民刊策略也時時助長詩歌的良莠不齊，非詩、偽詩、垃圾詩紛紛出籠，使經典作品和大詩人的成長受到了極大限制。它受西方後現代主義的解構思維與藝術精神激勵，大搞能指滑動、零度寫作、文本平面化的激進語言實驗與狂歡，這確實在一定程度上反叛、質疑了主流中心話語；但也消泯了許多優秀的傳統、意義和價值，造成詩意的大面積流失，使詩迷蹤為一種喪失中心、不關乎生命的文本遊戲與後現代拼貼，不無文化虛無主義之嫌，實質是對充滿批判精神的西方後現代主義的誤讀。它的從不尋求「適應」性寫作的異端色彩，常常極力標舉詩的自主性和排他性，使多數詩歌只為圈子和詩人自己而寫，個人化寫作成為躲避宏大敘事的藉口，當下生存狀態、本能狀態的撫摸與書齋裏的智力寫作合謀，將詩導入了逃逸性寫作的邊緣，沒有很好地傳達處於轉型期國人焦灼疲憊的靈魂震盪和歷史境況及其壓力，對現實語境共同疏離、隔膜所造成的從自語到失語的遭遇，決定這些詩歌自然無法為時代提供出必要的思想與精神向度，匱乏產生轟動效應的機制，這讓人們不得不為詩的前途與命運憂心忡忡。事實證明，自 20 世紀 80 年代以降，雖然和主流詩歌既排斥又滲透的先鋒詩歌不斷為主流詩歌輸送藝術優長的營養，但卻從來沒有成為社會文化的主流與中心，並且影響日趨邊緣化、圈子

化；它每一次運動的結果都是泥沙俱下，魚龍混雜；一方面先鋒詩人悲壯地前行，一方面先鋒詩歌命運愈加黯淡。如此說來，20 世紀的先鋒詩歌也就自然難以成為文學「顯象」了。

正是基於 20 世紀中國先鋒詩潮存在著許多負面價值；所以人們對它的評價始終是實行低調處理，或貶為異數，或斥為逆流，或視為另類，甚至有人認為它一無是處。實際上這也偏離了事實本身。作為中國幾千年文學史上出現的有嚴格意義與龐大規模的現代主義、後現代主義先鋒詩潮，它的存在本身便證明了它有許多正面效應，證明了人與文的雙重自覺。現代主義時段的先鋒詩歌那種內在把握世界的思維方式，雖然疏離或淡化了現代中國的社會現實；但卻從對人類生存境遇、感覺頗具哲學與心理深度的掘探途徑，折射了時代風雲的變幻，構築了時代心靈的歷史，提供了豐富的認識價值。尤其像九葉詩派、朦朧詩派等對現實主義的合理擴張和融匯，又觸摸到了時代生活的本質核心，為詩憑添了許多沉實與客觀內涵。它那種形式感與獨創意識，為新詩藝術輸入了寶貴的新鮮血液。重視心靈感應的象徵意識，感性與理性融合的陌生化語言操作，流轉開放的結構形態，音色交錯的純詩探索，乃至朦朧暗示的美感效應，都豐富了新詩的技巧，提高了新詩的品位，給人一種耳目一新的奇特感，它所擁有的創新精神永遠是充滿生機的象徵。它從純到不純的位移，它與現實主義的合流與歸趨，為後者輸送了現代的藝術思維和手法技巧，使現實主義主潮愈加壯大豐富與深化；既補正了現實主義的泥於物象、浪漫主義的情感極化，走出了藝術的偏頗，又推進了新詩現代化的進程。它那種立足現實自覺結合傳統與現代、橫的借鑒與縱的繼承的選擇，實現了西方藝術的東方化，古典精神的現代化，保證了中國新詩向世界藝術潮流匯入與個性的確立，即便在今天也不無啟迪意義。現代主義時段的先鋒詩歌留給未來的啟示已經不少，至於朦朧詩後的先鋒詩歌提供給人們思考的就更多。它從對意識形態寫作的反抗，到個人化話語的自覺構築，再到身體詩學的大面積崛起，在短暫而輝煌的歷史進程中，留下了一批優卓的精神化石。它們的邊緣思想和反叛立場所帶來的自我調節與超越的能力機制，既利於消解中心和權威，營造平等活躍的氛圍，保證主體人格與藝術的獨立；也對抗了狹隘的激進主義因子，構成了詩壇活力、生氣和希望的基本來源，以對繆斯的發展具有啟迪意義的因素的提供，讓人們對先鋒詩的未來充滿信心。它們在清醒的語言本體意識統攝下的藝術解構與建構實驗，催生了國人認知範

式的革命，即從儒釋道互補的傳統悟性思維、五四後的辯證唯物主義和歷史唯物主義思維、新時期的系統論控制論信息論思維，晉入到了語言學時代，藝術氣象因之煥然一新。它們對詩歌本體的堅守和對寫作本身的探求，如事態意識的強化、反諷的大劑量投入、文體間的互動交響、多元技術的綜合調適、個人化寫作的張揚等，都在延續新詩先鋒精神傳統的同時，豐富、刷新或改寫了新詩藝術表現的歷史，耕拓和啟迪了新詩可能的向度和走勢，抵禦與帶動了主流詩歌界，以一種新傳統的凝結，和與現實主義、浪漫主義、現代主義詩歌的共態融匯、異質同構，實現了詩壇多元互補的生態平衡，正是現實主義精神、浪漫主義氣質與現代主義、後現代主義技巧的綜合機制，才使中國新詩得以豐富多姿，能夠一直向理想的境地奔赴。

也許是受 20 世紀先鋒詩歌諸多合理優質的暗示，一些時間神話的信仰者就樂觀地預言：詩壇的明天必定是現代主義、後現代主義的天下。這種近乎於迷信的偏見是缺乏依據並且迂腐可笑的，且不說它那種由現實主義、浪漫主義、現代主義到後現代主義四種思潮形態一種高於一種的邏輯，背離了文學發展的複雜性的事實；就是它那種一味褒揚先鋒詩歌，對其缺憾極力遮蔽的做法也是不可取的。當然我們也不能因為 20 世紀先鋒詩歌存在著種種弊端而認同這樣一種比較流行的觀點：與西方「後現代主義的終結」（1991 年後現代學者集聚的德國斯圖加特研討班即以此為題目）一致，以後現代主義、後現代主義為主體的中國先鋒詩歌在不久的將來必然壽終正寢。而需要以沙裏淘金的態度，甄別優劣，揚長避短，保證先鋒詩歌的健康前行。

不錯，20 世紀先鋒詩歌中的現代主義潮流在中國缺少良好的土壤，東方文化中強大深厚的現實主義、浪漫主義乃至現代主義傳統的制衡與牽拉，使它果實苦澀，最終也沒能抵達嚴格意義的現代主義藝術領域，對傳統文學而言，它是嶄新的；而對西方現代主義而言，它又具有「準」的性質，所以袁可嘉先生才十分科學地稱之為中國式的現代主義。而朦朧詩後的後現代主義詩歌依託的民刊多數時斷時續或曇花一現，影視、錄像、卡拉 OK 等文化和亞文化的衝擊；尤其是它自身發展歷史上沒有經過充分現代主義階段的先天不足，以及百病相擾的侷限，都注定它難以根深葉茂。但是我相信中國先鋒詩歌也不會就此終結或滅絕，而將繼續影響 21 世紀的生活和藝術。

由於 20 世紀先鋒詩歌身在邊緣，同時它每次亮相時那種不馴服的「異端」姿態和反傳統的價值取向必然引起社會「程序」的注意和控制，屬於「體

「制」範圍內的報刊和載體便大都相應地對先鋒詩人關起門來，使其每次出現時的處境都十分艱難。而園地可以關閉，青春和詩情是關閉不住的。既然正式出版物不接納或不願接納他們，繆斯的生命無法堂而皇之地正常生長；它就必須另謀出路，通過隱蔽神秘的渠道釋放自己。於是在多數時間裏，民刊策略便成為了先鋒詩歌的基本生存與傳播方式。

當初李金髮領銜的象徵詩派壓根兒就沒有自己的園地，流派的分子間僅僅是因為同聲呼應結成了藝術趣味相近的群體。現代詩派開始是依附於走「中間路線」的《現代》雜誌上面，而後卞之琳等人編輯的《水星》，戴望舒、卞之琳、孫大雨、梁宗岱、馮至等創辦了《新詩》等幾個同仁化雜誌南北呼應，才使其走上發展的鼎盛狀態；以自辦刊物這一特殊出版形式開闢了一條民刊路線傳統，並一直延續至今。九葉詩派、臺灣現代詩派基本上繼承了這個傳統，前者借助《詩創造》《中國新詩》兩本詩人們出資創辦的刊物，後者也是憑靠紀弦獨資創辦《現代詩》以及多數詩人自籌資金運轉的《藍星》《創世紀》《笠》等詩刊，登上詩壇並逐漸產生影響的。朦朧詩的崛起也是在被主流報刊拒絕的情況下，受雜亂無章的政治氣候中民主自由之風裏挾和 1978～1979 年「中國民刊的鼎盛時期」〔註39〕的氛圍感召，使《今天》於 1978 年脫穎而出，有效地參與了中國新詩建設和思想解放。朦朧詩伊始，從早期的油印，經打字膠印，到電腦照排，乃至過渡到正式出版的各類民刊雜誌，構成了一個布局分散但影響巨大的民間詩壇。所以有人斷言，「在當代中國一直存在著兩個『詩壇』。一個是官方詩壇，另一個是非官方詩壇」，「儘管非官方詩歌刊物的發行量有限，它們的重要性是不容低估的」〔註40〕。或者說一切非官方的詩歌先鋒無不是在弘揚承繼現代詩派組織社團、自辦刊物的「傳統」中成長壯大起來，從「地下」轉到「地上」再進入話語中心地帶，最終得到社會認可和讀者接受的，當然先鋒詩歌一旦進入話語中心，其「先鋒性」即會銳減乃至褪盡。

第三代詩對朦朧詩的啟蒙意識和貴族化審美傾向並不買帳，奇怪的是詩人們不自覺間顯影於詩歌文本中的處境、出路和突圍方法表明，它在生存方式上仍延續了朦朧詩的民刊路線。作為《今天》的傳導體──大學生刊物群，如

〔註39〕廖亦武：《沉淪的聖殿：中國 20 世紀 70 年代地下詩歌遺照》，第 317 頁，新疆青少年出版社，1999 年。
〔註40〕奚密：《從邊緣出發》，第 206 頁，廣東人民出版社，2000 年。

影響較大的《未名湖》（北京大學）、《赤子心》（吉林大學）、《珞珈山》（武漢大學）、《崛起的一代》（貴州大學）等就是在這樣的背景下孕育萌動的。尚仲敏等在重慶辦的《大學生詩報》，韓東、于堅在南京辦的《他們》，周倫祐和楊黎在成都辦的《非非》，還有上海的《海上》《大陸》，成都的《現代詩內部交流資料》《次生林》《紅旗》，杭州的《詩交流》等等，也以類似的情形面世；特別是 1986 年《詩歌報》和《深圳青年報》舉辦的「現代詩群體大展」更可視為民刊進入 80 年代後首次集中亮相與檢閱，它是民刊第一個繁盛期到來的突出標誌，六十多個社團齊刷刷地從「地下」噴湧而出才僅僅展露了「冰山」之一角，其內在的龐大喧騰可想而知。經過 1986 年「現代詩群體大展」的壯麗奇觀，到 80 年代後期民間「詩江湖」及報刊都出現了一段震盪的「眩暈」，一直到 90 年代中期之前都是將發展步子放緩，形式多以報紙為主，銳力與活氣明顯不足。這期間強力苦撐的是那些態度相對中庸、嚴肅，致力於詩歌藝術本身的詩歌團體和民間刊物，如北京芒克與楊煉領頭的《幸存者》、北京的西川與上海的陳東東創辦的《傾向》（後更名為《南方詩志》）、北京芒克與唐曉渡統領的《現代漢詩》、浙江梁曉明與河南耿占春經營的《北回歸線》、美國嚴力主辦的《一行》，以及 90 年代初陸續出刊的四川的《象罔》《九十年代》《反對》《女子詩報》，北京的《發現》《大騷動》，上海的《南方詩志》，天津的《葵》，深圳的《聲音》，河南的《陣地》，廣東的《聲音》，等等，它們共同創造著一種秩序、文化精神，以書面口語糾正第三代詩的口水化寫作，流派意識已不像 80 年代那麼強烈。社會轉向的 90 年代中期以後，由於藝術空間加大、人們心態平和與時代空氣相對寬鬆，為民刊復興準備了成功的條件；加之詩人們對主流詩刊停滯狀態的不滿及其經濟情況改觀的推動，民刊再度掀起洶湧的大潮。在原有詩刊詩報基礎上又出現了許多民刊，如《羿》（廣州）《尺度》（北京）、《詩參考》（北京）、《翼》（北京，女子詩刊）、《詩江湖》（北京）、《東北亞》（黑龍江）、《唐》（西安）、《標準》（北京）、《詩歌與人》（廣州）、《鋒刃》（湖南）、《詩前沿》（北京）、《阿波里奈爾》（杭州）、《下半身》（北京）、《朋友們》（北京）、《詩文本》（廣州），等等，它們和漫天飛的自印詩集、世紀末到來的網刊媾和，形成繁花似錦、熱鬧非凡的景象。這時期的民刊不但在裝幀和印刷質量上一改以往的寒酸粗糙，從封面設計、內文編排到外觀包裝的整體形式都相當精美考究，甚至達到了豪華的程度；同仁化和地域性因素的強化滲透，仍使一些刊物成為滋生流派團體的基本背景和大本營。

　　從對民間刊物歷史的粗線條梳理足以看出：和邊緣的生存狀態相連，民刊策略已經構成中國先鋒詩歌的基本生存與傳播方式。這種方式是新詩的邊緣處境與中國文化的獨特體制使然，同時和先鋒詩人的民間立場有關。如果說先鋒詩歌當初選擇邊緣的民間立場更多逼迫無奈的成分，那麼隨著時間的流駛則越來越成為一種自覺的追求，詩人們不但不以邊緣狀態懊惱，相反在悟透民間、主流各自的包孕尤其是邊緣的潛在意義後，開始有意強化邊緣效應，故意和主流文化之間保持一定的必要的距離。詩人們清楚，民間詩歌是中國當代詩歌之源，《詩經》《楚辭》以來的中國詩歌歷史表明好詩歌最早無不來自民間，然後才逐漸被文人採納並精細化，而一旦文人將之精細到一定的模式化程度時這種詩歌形式即告消衰，緊接著另一種新生的詩歌樣式又會在民間萌芽，也就是說民間永遠是詩歌的活力與原創的象徵。所以後期的先鋒詩人普遍蔑視對抗主流和中心話語，牴觸烙印著官方意識形態色彩的報刊，有時為了維護獨立立場甚至走極端，寧可作品不發表也不願迎合大眾趣味而在主流報刊露面，以自居民間和邊緣而驕傲榮耀。並且這種傾向到先鋒詩歌早已由「地下」轉到「地上」的 90 年代越加強化和鮮明。以至於在世紀末的民間寫作和知識分子寫作論爭中，雙方都向民間立場靠攏，都怕和主流詩歌扯上干係，更否認被對方指認為主流詩歌盟主。在楊克主編的正規出版的三本「中國新詩年鑑」（分別為 1998、1999、2000 年）封面上，無一不赫然寫著「藝術上我們秉承：真正的永恆的民間立場」字樣；以至於在 1998 年《詩刊》進行《中國新詩調查》評選的 50 名「最有印象的當代詩人」之一的西川，在接受記者採訪時憤怒地說「我感到恥辱」，他們對官方和國家出版物的贊許興趣索然；以至於 2000 年出現了臺灣詩人洛夫在給《中國新詩年鑑》寄去長詩的信中囑託如不能入選望轉給民間刊物的情況(1)，這些都足以看出詩人們對所謂的主流詩壇的不屑，足以看出「民間」二字在先鋒詩壇和先鋒詩人心中的分量。

　　民間立場意味著詩人回到寫作本身，它直接帶來的後果是使先鋒詩界注重前衛性的創造和新的藝術生長點的發掘，這種一貫的作風既使先鋒性能夠在民間得以薪火承傳，也對主流文化和官辦刊物構成了有益的挑戰。民間刊物和那些老牌官辦刊物最大區別在於它從不論資排輩，按名氣與地位取捨稿件，而以推舉新人為己任。事實上 30 年代的何其芳、林庚、徐遲，40 年代的袁可嘉、杭約赫、杜運燮，五六十年代的鄭愁予、蓉子、瘂弦，70 年代後期

的顧城、北島、芒克，80 年代的楊黎、于堅、韓東、翟永明，90 年代的張曙光、伊沙、徐江，以及世紀末崛起的沈浩波、朵漁、尹麗川、安琪等詩人，最初也的確都是從民刊中走出，而後逐漸成為詩壇的新生力量的，這些詩人構築了挑戰主流詩歌和話語權力的基本陣容。而無法得到社會認同的青年群體，由於在文化角色上相當長一段時間經歷著「脫離舊的同一性和嚮往新的同一性的矛盾」的「自我分裂」的邊緣感〔註 41〕〔註 42〕，必然導致他們在不滿中爆發出否定現存秩序的批判激情和創造活力，成為傾向預演未來文學視界的最富有可能性的文學主體；這一特點和民間立場固有的自由創造品質相遇，又注定民間刊物和民間詩歌群體往往帶著強烈的前衛和實驗色彩。檢索一下20 世紀新詩的藝術歷史，撲面而來的清新陌生氣息大多來自民間刊物的詩歌，每一次藝術技巧的變構也大多來自民間刊物的詩歌。從穆木天、王獨清的「音色」創造，到現代詩派鍾情的詩情智化；從九葉詩人的斷句破行，到臺島詩人的「以圖示詩」；從舒婷、北島的意識流引入，到他們詩派的語感強調、整個第三代都心儀的反詩的事態冷抒情；從張曙光、孫文波等倡導的詩性敘述，到貫通近二十年先鋒詩歌歷史的詩體交錯混響；從于堅的拒絕隱喻，到伊沙的身體寫作和反諷策略；從徐江、侯馬、宋曉賢、阿堅等的後口語寫作精神，到余怒突出歧義和強指的超現實寫作⋯⋯它們都催化、刺激了文學的某種可能性，對主流詩歌界形成了威壓和挑戰。我以為在詩歌日益邊緣化的時代，對新的詩歌藝術生長點的發現和確立比推出大師名作更顯得急迫，也更有建設意義。也正是因為民間立場寫作的探索性和衝擊力逼人，加上民間刊物編輯經驗的日益豐富、印刷質量的大幅度提高，民間立場的邊緣性好像有了邊緣效應的神力，影響力和權威性有時超過主流報刊，不但詩壇的文化惰性和沉悶局面被徹底打破，而且也敦促一些官辦報刊對民間先鋒詩人變冷漠、忽視、輕慢為熱情、接納、歡迎，如《詩選刊》《詩刊》《星星》《詩潮》《詩歌月刊》《綠風》等刊物近些年都注意選發民間刊物上的作品，《詩歌月刊》《詩神》還出過民間詩歌專號，甚至個別曾經耍過老爺作風的抱殘守缺的官方刊物也不得不放下架子，注意吸納民間詩刊的新鮮養料，調整原來自大、平庸的辦刊方針。其實「在邊緣和中心之間、非主流與主流之間不僅存在著對抗、差

〔註 41〕據于堅《當代詩歌的民間傳統》一文披露，《當代作家評論》2001 年第 4 期。
〔註 42〕R・D・萊恩語，轉引自巴赫列爾《青年問題和青年學》，第 144 頁，社會科學文獻出版社，1986 年。

異，更主要的則是交流、制約」〔註43〕，如果主流詩刊的規範沉穩和民間詩刊的野性活力真正實現雙向互動，將十分有助於健康豐富、具有創造活力的文化生態格局形成。

　　歷史處境的邊緣化、生存傳播方式的民刊化和寫作立場的民間化，表明20世紀中國先鋒詩歌還存在著相當典型的亞文化特徵。這種亞文化特徵標誌著先鋒詩歌在當代文化環境中的歷史位置，但還遠沒有達到中心和主流的地步，這固然是先鋒詩人的有意拒絕和主流文化匱乏必要的開放機製造成的結果，但也暴露出先鋒詩歌仍有許多嚴重的缺點。民刊如火如荼地發展，使那些不為主流刊物認可的好詩浮出地面，但也是「拔出蘿蔔帶出泥」，好詩被發掘出來的同時，一些非詩、偽詩、垃圾詩也魚目混珠地招搖過市，破壞了民刊的聲譽；民刊的同仁化，既造就了不少風格相近的詩歌團體流派，又由於人際關係因素帶來選稿的隨意而潛藏危機，一些並不先鋒的詩歌混入使先鋒詩壇不再純粹；多數民刊的即時性和短暫性，使其生存能力低差，雖能夠增進詩壇的活氣和熱鬧，卻不利於相對穩定的大詩人的產生。儘管如此，20世紀中國先鋒詩歌已經以一種新的品質為中國新詩壇寫下了一曲動人的樂章，它的反叛姿態，它的創新精神，它的邊緣立場，以及它為藝術坎坷跋涉的軌跡，都將被鍾情和關心繆斯的人們所銘記。而今，隨著中國加入WTO及世界經濟的一體化，邊緣與中心、非主流與主流、官刊和民刊之間的界限越來越模糊，這無疑為先鋒詩歌的發展進一步提供了機遇。先鋒詩人不該永遠固守邊緣，拒絕成為主流文化；而要力求從邊緣到中心，由非主流晉升為主流，然後再產生新的先鋒，只有這樣不斷地循環往復社會文化與先鋒詩歌才會逐步趨於深化與成熟。

〔註43〕韓東《論民間》，《芙蓉》2000年第1期。

第一章　由來與歸宿：現代詩派的發生動因與歷史流變

　　有人說「1936～1937 年這一時期為中國新詩自五四以來一個不再的黃金時代」〔註1〕，這話委實不錯。經過郭沫若、胡適領銜的自由詩蓬勃日上的「早晨」，三十年代新詩已跨入生長的青春季節，跨入貯滿希望的「正午」。這期間，臧克家、蒲風等支撐的現實主義大潮宏闊洶湧；陳夢家、方瑋德等主演的後期新月詩帳幕仍未降下；尤其是以戴望舒、卞之琳、何其芳為中心的現代詩派更是日益壯大、興盛，將李金髮等人開闢的象徵詩風推上了成熟的峰巔狀態。而後中國現代詩則緩緩地行駛進四十年代夕陽殘照的「黃昏」了。

　　但是在相當長的時間裏，標誌著新詩藝術走向成熟的承上啟下的現代詩派，卻遭受著評論界毀過於譽的厄運。原本頹廢中有深刻、晦澀中見朦朧的「白天鵝」，被扭曲為消極頹廢、晦澀難懂、倍受歧視的「醜小鴨」。為糾正新詩研究中的估衡誤差，筆者將以歷史與美學批評結合的方法，還現代詩派一個遲到的真實。

　　30 年代出現、後被人們廣泛沿用的稱謂「現代派」〔註2〕，其實是一個內涵欠確切、外延也模糊的概念。它的含義既不同於 20 世紀歐美流行的象徵派、意象派、未來派等現代主義藝術潮流，也非指中國 20 年代李金髮、王獨

〔註1〕紀弦：《三十自述》，《三十前集》，詩領土出版社，1945 年。
〔註2〕孫作雲於 1935 年 5 月 15 日《清華週刊》第 43 卷第 1 期的《論「現代派」詩》一文中首先提出。

清、穆木天等開拓的象徵主義詩歌；而是指 30 年代以施蟄存主編的雜誌《現代》為陣地形成的一個詩歌流派，按施蟄存的說法確切地應稱之為「《現代》詩」或「《現代》派」。為避免與廣義的「現代派」含義混淆，又不至於貶低《現代》的創作規模與影響，筆者特稱之為「現代詩派」。

一、《現代》雜誌的引發

談到現代詩派時，艾青認為「現代派是含糊其辭的稱呼」〔註3〕，它指的是「以《現代》雜誌為中心發表新詩的一群」〔註4〕；王瑤在《中國詩歌發展講話》中也認為「現代派因 1932 年 5 月由施蟄存主編《現代》雜誌而得名」。他們無形中都認同了一個事實：現代詩派濫觴於 1932 年創刊的純文藝雜誌《現代》，或者說《現代》是現代詩派的基地與大本營。

1932 年 5 月，現代書局的老闆洪雪帆、張靜廬委託「不是左翼作家，和國民黨也沒有關係」、「有過辦文藝刊物的經驗」〔註5〕的施蟄存，創辦了文藝刊物《現代》。該刊自創刊至 1934 年 11 月的 6 卷 1 期，共出刊 31 期，歷時三載，從 6 卷 2 期始改由汪馥泉接手編輯，改為綜合性的文化雜誌，出三期後停刊。《現代》因為是「一・二八」戰後上海較早推出的大型文藝雜誌，創刊適時，所以得到了作家們的廣泛支持。這份雜誌比不得以同人化相標榜的《創造季刊》《創造週報》，也有異於有意倡導某種共同文風的《新月》《太陽月刊》，書局老闆的意圖是把它辦成一個帶有自由主義色彩的、不左不右的、「採取中間路線」的刊物。遠在創刊號的宣言中，它的編者施蟄存就貫徹了這一意圖，公開聲明「因為不是同人雜誌，故本志並不預備造成任何一種文學上的思潮、主義或黨派」，沒有造成某一種文學流派的企圖；而要使之成為中國現代作家的大集合，希望得到中國全體作家的協助，因此對任何流派、主義的作家都一視同仁。即便在過去幾十年後的今天，施蟄存仍拒不承認這個刊物上所發的詩在事實上形成了流派。並且《現代》的抒情群落亦鬆散而又龐雜，遠有郭沫若、朱湘、李金髮等詩人的輝光重現，近有戴望舒、卞之琳、何其芳、廢名等新星閃爍，什麼莪伽（艾青）、臧克家、侯汝華、李心若……左翼詩人、右翼詩人、現實主義詩人、浪漫主義詩人、現代主義詩人，都共同

〔註 3〕艾青：《與青年詩人談詩》，《詩刊》1980 年第 10 期。
〔註 4〕艾青：《中國新詩六十年》，《文藝研究》1980 年第 5 期。
〔註 5〕施蟄存：《〈現代〉雜憶》，《新文學史料》1981 年第 1 期。

躋身《現代》，「和平共處」，幾乎當時所有的現代派詩人與用現代手法寫詩的人都在它上面露過臉。而眾多的抒情分子之間的政治傾向、美學觀念、思想情趣又大異其趣，用施蟄存的話說是「《現代》詩人的思想、風格、題材，都並不一致」〔註6〕。

可是，由於社會心理投影的內在制約，由於編者個人的愛好與主觀標準的隱匿支配，又使這本以非同人化標榜的《現代》，在不經意間形成了總體傾向，大多數作品都飽具著新鮮態勢與先鋒意識，積澱起一種內在的不易察覺的現代主義情結，即雖然不排斥現實主義、浪漫主義，但更傾向於現代主義。其具體表現：一是比重較大地刊載現代風味濃鬱的詩歌作品，培養了相對穩定的現代主義詩歌創作隊伍。據統計，《現代》共發表 88 位詩人長短詩 220首左右，其中現代派味道濃鬱的詩占二分之一足，也許編者施蟄存對前三卷的統計結果更具說服力。以下是其統計的詩人與詩作分布表：

戴望舒	15	艾青（莪伽）	4	何其芳	2
李金髮	5	朱湘	2	宋清如	5
郭沫若	2	臧克家	3	李心若	4
金克木	4	陳江帆	3	鍾敬文	1
林庚	1	伊湄	3	施蟄存	9
歐外歐	1	侯汝華	2		

在 17 位詩人的 66 首詩中，嚴格意義上的現代詩人有 12 人，詩作有 51首之多，可見現代派詩歌在《現代》詩歌欄目中所佔比重之大。當時，在刊物上頻頻閃光的詩派主將是戴望舒，比較活躍的有卞之琳、何其芳、廢名、莪伽、臧克家、侯汝華、李心若、林庚、陳江帆、金克木、南星、玲君、史衛斯、路易士（即後來移居臺灣的紀弦）、徐遲、吳奔星、禾金、宋清如等人。這些相對穩定的受刊物青睞者，構成了刊物抒情群落的主體，體現了刊物的總體風貌，他們詩歌的「形式和風格還都是相近的」。

《現代》的現代主義情結形成的第二個表現是在詩作與理論評介上，對現代主義的關注格外多些。它不但發表了大量外國詩人的現代派作品，如法國的核佛爾與果爾蒙、英國的夏芝、美國的桑德堡、意大利的馬里奈諦、日本的天野隆一；而且刊載了許多評介西方象徵派、意象派詩歌詩人的理論文章，如徐遲的《意象派的七詩人》《哀慈拉·邦德及其同人》、邵洵美的《現代

〔註6〕施蟄存：《〈現代〉雜憶》，《新文學史料》1981 年第 1 期。

美國詩壇概觀》、高明的《未來派的詩》，戴望舒譯的《葉賽寧和俄國意象派詩》、高明譯的《英美新興詩派》。同時，《現代》所發的評論也都或多或少地帶有現代主義味道，如蘇雪林的《論李金髮的詩》《評聞一多的詩》、穆木天的《王獨清及其詩歌》、杜衡的《〈望舒草〉序》、林庚的《詩與自由詩》、戴望舒的《詩論零札》等。這些譯詩、譯著與評論，對現代詩派的形成也起了推波助瀾的作用。

正是有了《現代》這種現代主義情結，《現代》周圍才漸漸集合起一批現代主義詩人，形成了一股不很強大的現代主義詩歌潮流。以至於編者施蟄存不無得意地函告寄居法國的戴望舒說：有一個南京的刊物說你以《現代》為大本營，提倡象徵詩，現在所有大雜誌，其中的詩大都是你的黨徒……徐志摩而後，你有希望成為中國大詩人。由一個雜誌引發，結果釀成一個影響深遠的詩歌流派，這是為盈利辦刊、商業動機濃鬱的現代書局老闆與施蟄存、杜衡等編者們始料不及的。

正是沿著這條線索，許多論者便順藤摸瓜，斷言現代詩派是因雜誌而得名，完全是由雜誌促成。筆者認為這是相當皮相的認識，事實上即便沒有《現代》雜誌創刊，30 年代的中國依然會湧起一股現代主義詩歌潮流，只不過不一定以「現代」命名而已。也就是說，現代詩派「不能看作是哪一個雜誌或某一個詩人倡導或振臂一呼的結果」〔註7〕，《現代》雜誌只是現代詩派的催生劑或一截導火索，在現代詩派崛起的背後，還蟄伏著不少難以為人察覺到的發生背景。

二、詩群崛起的背後

文學是現實社會與創作主體相互撞擊的結晶；所以現代詩派萌發的根本原因，恐怕只能從詩作為一種意識形態與現實的對應關係、創作主體的心理結構和詩歌的內部運行規律中去找尋。確切地說，現代詩派是古典詩與象徵、新月詩以及現代人情緒三位一體的綜合結晶。

一方面人們感到現代詩派的崛起，是時代氣候在人們心中投影締結的珠胎。劉勰說：「事變染乎世情，興廢繫乎時序」，這是一種集體無意識化為民族心理深層的哲理，文學的成長變化與時代的動向密切相關。即便在隸屬於

〔註7〕孫玉石：《面對歷史的沉思》，《中國現代詩歌藝術》，第 244 頁，人民文學出版社，1992 年。

內視點的詩歌藝術中，也必不可缺少生活土壤溫床的支撐，也必然要接受社會現實因素的制約。我們知道，那是一個以彷徨（魯迅）、沉淪（郁達夫）、幻滅（茅盾）為題目的時代啊！大革命失敗後的白色恐怖與社會動盪，為現代主義的哲學思潮與社會心理——非理性主義、悲觀主義、虛無主義、厭世主義在中國版土尤其是現代都市大面積生長準備了良好的條件。從理想的雲端跌入現實地面的普遍幻滅情緒，與價值紊亂的時代氛圍，直接影響了 1927 年前後嶄露聲名的詩人們的價值取向，這種心靈的震顫也使文化人又一次經歷了重新的排隊組合。一部分如殷夫、蒲風以及中國詩歌會諸詩人，以詩為匕首、投槍，投入戰鬥與生活，旋起了一股剛健雄豪的詩風；而另一部分以現代詩派為主體的敏感、內向而脆弱的詩人群，則因五四狂潮的陡跌而轉向內宇宙的探索與外宇宙的否定，咀嚼心靈律動甚或詩化病態青春，轉向象牙塔中的雕琢，或者徘徊於「雨巷」，或者沉思於「荒街」，或者隱居於「山林」，或者踏上迷離的「夢中道路」，或者醉心於「愛」的甜美，以文學上的純藝術追求對抗著外部世界的殘酷與嚴峻。也就是說，大革命失敗後的文化、社會環境，為現代詩派的崛起準備了理想的土壤與溫床。但是在這些詩人苦痛灰色的心靈吟誦中仍曲折地透著時代的折光。如此說來，那種籠統地稱現代詩派的產生是有閒階級逃避現實的結果，恐怕是過於武斷了。

　　另一方面現代詩派的崛起，是文學本身運行規律作用的結果。現代詩人們不是西方現代派的單純移植者，他們創造的詩不只是西方現代派藝術的舶來品；而是雙管齊下，踏著東西方文化的兩條路軌，在古老民族的歷史積澱與法國象徵詩的交匯處進行古典與現代的成功嫁接的。

　　在一定意義上說現代詩派是「新月派與象徵派的合流」。首先它是對新月派水到渠成的承繼過渡。作為中國的巴那斯派——新月派（情感節制、音律嚴格），到了後期已明顯地表現出現代色彩，為現代詩派的發生、發展鋪平了道路。徐志摩、聞一多等人對波特萊爾的傾心、對微妙靈魂的探索、對以醜寫美原則手法的運用，以及大量暗喻象徵的創造，已初露象徵主義傾向；而後來的孫大雨、林徽音、朱湘、陳夢家都不自覺地寫過不少現代味十足的詩，表現現代人錯綜的意識，尤其是孫大雨的《自己的寫照》「為中國新詩後來的現代化傾向，作了最早的預言」〔註 8〕。就是現代詩派中何其芳詩的精美詩形、卞之琳詩的客觀化與戲劇性獨白、戴望舒早期詩的格律呈現，也都不難

〔註 8〕瘂弦：《未完工的紀念碑》，《中國新詩研究》，第 83 頁，洪苑書店，1982 年。

看出從新月到現代的演變軌跡。至於新月詩派後來誤入內容蒼白、形式僵化的泥淖與危機，就更敦促著一些詩人迅速出離新月詩風，轉向現代的創造，擺脫格律束縛，代之以自由的詩風，逸出了嶄新的風貌〔註9〕。其次現代詩派是以李金髮為代表的象徵詩派的復出與超越。20 年代異軍突起的象徵詩派，以比喻、意象的重視，以觀念的奇特聯絡與感覺的推崇，去除了胡適、劉大白、劉半農等寫實詩與郭沫若、蔣光慈等抒情詩「狂叫」與「直說」的弊端；但卻過於生澀神秘，令人難以讀懂，對之「縱是文科大學生也將瞠目不解」〔註10〕。所以在他們身上現代詩人「無論如何也看不出這一派詩風的優秀來」〔註11〕，並開始對之進行創造性超越，即吸取象徵詩派挖掘人的潛意識、銳意創新的純詩創作態度與用意象抒情的方法，而剔除其晦澀弊端，騰放出一種具體的境界與淳樸的詩風。

現代詩派在藝術上賴以支撐的具體做法，是以向中國藝術傳統的向心復歸，以中國藝術傳統固有的價值標準和審美趣味（意識的先結構）為底座，向法國象徵詩派借了個火兒，照亮了具有中國民族和東方色彩的現代派詩歌殿堂，實現了李金髮以來將中西藝術「兩家所有，試為溝通」的夙願，達到了化古與化歐的統一。他們將古典詩詞尤其是晚唐五代時期溫庭筠、李商隱詩精緻冶豔的風韻、朦朧的意境、纏綿的純詩情調，與法國象徵詩對朦朧美、音樂美的追求融為一體，找到了中國古詩與法國象徵詩的相通契合點——親切和含蓄；並且在古詩純粹的精華與西方象徵主義焊接過程中，勇於創新自成一格。追求朦朧意境卻力戒象徵詩以及李金髮等人詩歌的生澀神秘；強調情緒卻不走反理性的極端，從而以內容與形式的平衡、表現自己與隱匿自己的適度、異域營養與傳統營養的統一吸收，形成了流派的自覺創造風格，佔據了現代主義的盟主地位，宣告了一個以自我為中心的、追求超現實的純藝術流派——現代詩派的崛起。

三、有「派」又有「流」

一個流派若無發展，只能是凝固的死水一潭，現代詩派的可貴在於不但有「派」而且有「流」。1933 年至 1934 年間，卞之琳等人在北平編輯的《水

〔註9〕參見羅振亞：《新月詩派的巴那斯主義傾向》，《北方論叢》1997 年第 4 期。
〔註10〕蒲風：《詩壇小評》，《新詩歌》第 1 卷第 6 期。
〔註11〕杜衡：《〈望舒草〉序》，上海復興書局，1932 年。

星》、鄭振鐸等人在北平主編的《文學季刊》，與上海的《現代》遙相呼應，將現代詩派推向了發展的時期；而至 1936 年，戴望舒又邀請卞之琳、孫大雨、梁宗岱、馮至等詩人創辦了《新詩》雜誌，繼續倡導純詩運動，把現代詩派推向了頂峰。與《新詩》創辦的同時或前後，《現代詩風》（上海脈望出版社）、《星火》（上海文藝社）、《今代文藝》（上海今代文藝社）以及《菜花》《小雅》《詩志》等刊物也相繼問世，它們的推波助瀾，使現代詩派這一藝術潮流繼續蔓延與拓展，漸入現代詩派發展的鼎盛時期。其標誌是不僅擁有了眾多的創作園地，形成了一批穩定的創作隊伍，出現了集團性的代表詩人群體，如新詩的領袖與尤物——戴望舒，玲瓏的晦澀風——卞之琳，新詩怪——廢名，現代之賦——何其芳與李廣田，古今散文——施蟄存與侯汝華等。而且產生了一批斐然的創作成果，如戴望舒出版了《我的記憶》（1929）、《望舒草》（1933）、《望舒詩稿》（1937）、林庚出版了《夜》（1933）、《春野與窗》（1934）、南星出版了《石像辭》、李廣田出版了《漢園集·行雲集》、徐遲出版了《二十歲人》（1936）、卞之琳創作了《十年詩草》（1942）、何其芳創作了《預言》（1945）等；尤為令人欣慰的是，眾多詩人的創作表現出醒目的特徵：多在時代主潮外咀嚼心靈潮汐，感傷憂鬱，不乏顧影自憐因子，潛心於藝術雕琢，體現出朦朧婉約的藝術風貌。聲勢之浩大，技藝之成熟，使現代詩派蔚為壯觀，與「新詩歌派」、「新月詩派」相峙鼎足，構成了「五四」以來詩歌歷史上一個不再的黃金時代。對之，親身經歷過藝術實踐的路易士說：「其時南方各地詩風頗盛，人才輩出，質佳量豐，是一種嗅之馥郁的文化的景氣」〔註 12〕；詩人吳奔星也認為 1936 年一批從事詩藝的朋友，站在純藝術的立場，努力於詩園開拓，改變了詩壇荒涼得了不得的局面，使新詩出現了新文學運動以來的「狂飆期」，詩藝進入了「成熟期」〔註 13〕。這些評價大致是不錯的。

　　不論是在詩內還是詩外，政治與藝術的關係問題似乎是一個永遠也無法迴避的話題。並且，它在大多數情境下表現為不是文學選擇時代，而是時代選擇文學。1937 年，抗日戰爭的隆隆炮火宣告了現代詩派從巔峰狀態走向消亡。在那個民族面臨危機、國難當頭的時刻，藝術與生活再也不是漠不相關的兩種東西，戰爭與革命已容不得娛性詩生長，不需要夜鶯般的歌唱與琴聲，而呼喚著杜鵑啼血與鼓手迭出。一心躲在象牙塔內吟唱的純詩，如果不顧及

〔註 12〕紀弦：《三十自述》，《三十前集》，詩領土出版社，1945 年。
〔註 13〕吳奔星：《社中人語》，《小雅》1936 年第 3 期。

烽火連天的現實和歷史使命,無異於誤入窮山空谷。在現代的血腥世界中,不沾血腥的東西,是沒有確定的前途的。在生與死、血與火搏鬥的無情戰爭面前,現代詩派慘淡經營的詩之夢幻色彩、神秘氣息乃至頹廢詩風顯得格格不入。於是,正如當年不約而同地逃避現實一樣,這些歌手的詩歌觀念發生了驚人的蟬蛻和變化,不再把寫詩當成純個人的技術操作,潛伏於心中的愛國主義核能又不約而同地爆炸了。詩派的重鎮戴望舒去香港參加救亡文化運動,詩也一改陰柔雅麗的詩風,告別了「絳色的沉哀」與「苦澀的青果」的小眾情調,以愛國主義的熱情呼喊投入了救亡鬥爭的抗戰洪流,「為災難樹里程碑」,1939 年寫的《元日祝福》已沖涮柔婉的脂粉氣,石破天驚,而 1942 年在獄中寫下的《獄中題壁》《我用殘損的手掌》更可謂高亢激越的正氣歌,表現了崇高的民族氣節與高尚風格,愛國情懷已與革命事業息息相通;一直沉迷於風花雪月、如煙似夢的何其芳也開始宣告從此「不愛雲、不愛月,也不愛星星」,而要「吱吱喳喳地發議論」,奔赴革命聖地延安,寫下了《我為少男少女們歌唱》《生活是多麼廣闊》等謳歌光明與革命、剛勁磅礡的詩篇,從夢幻之曲到為時代歌唱;卞之琳接受了延安洗禮後,創作了與早期格調迥異的《慰勞信集》;徐遲也放開歌喉為民族的解放戰爭而歌唱。在大時代的潮流面前,他們的創作或則與現實主義匯流,或則向現實主義靠攏,開始將藝術自覺地融入到廣闊豐富的外部世界中;抗戰的烽火,使詩人們的現代性創作與其他的浪漫主義、現實主義創作潮流走向了歷史的綜合。當然也有一小部分詩人從詩壇上隱身遠去,再未露面;甚或仍然固守純粹詩風大罵國防文學,如路易士。這幾種因素敦促著現代詩派的歷史從此一天天地步入消衰。

有人說,變異也是一種突破。我以為現代詩派的變異也許比「突破」要複雜得多。不錯,現代詩派這種向現實突破的機制是對時代的迫切呼應,必要而且及時;但在其中也不乏「何其芳現象」的因子,即在思想內涵逐漸走上坡路的同時,藝術水準上卻走了一條下坡路,功利觀念與審美價值之間發生了無法調和的矛盾和衝突。也許這就是所謂世事難以兩全的痛苦代價吧!

第二章 「純詩」藝術的理論基石：
現代詩派的詩學思想

　　對現代詩派進行一番冷靜的巡視後，我們捕捉到這樣一個令人興奮的事實：現代抒唱群落中的不少歌者都擅長使「雙槍」，兼具詩人與詩論家的雙重身份。隨著中國先鋒詩潮在 30 年代的壯大強化，日趨走向理論自覺的現代抒情主體——流派核心層的戴望舒、施蟄存、卞之琳、杜衡與林庚、金克木、徐遲、廢名、梁宗岱、曹葆華等詩人，都紛紛著文，在《現代》《水星》《新詩》《小雅》上陸續發表，如《詩論零札》（戴望舒）、《望舒草‧序》（杜衡）、《又關於本刊的詩》（施蟄存）、《象徵主義》（梁宗岱）、《論中國新詩的新途徑》（金克木）等。這批應和時代與藝術發展需求，探討現代主義詩歌理論的代表性文獻，都表現出了相當的理論自覺。現代詩派相對系統的現代主義詩學理論建構，因其注重本體、有的放矢，在對整個現代詩派發揮催生助長作用的同時，也在某種程度上規定了現代詩的藝術流向。

一、個性化詩歌「內質」的注重

　　現代詩派是站在別人的肩上開始藝術攀登的，前驅者的經驗抑或教訓對他們來說都意味著無窮的啟迪。它崛起之前，詩壇潮漲潮落的喧騰中有兩類詩：早期白話詩與新月詩。前者沖毀了舊詩堤岸，講究話怎麼說就怎麼寫，注重形式的自由解放；後者促成了新詩的規範化，後期對「三美」的過度張揚，使之漸入形式主義的泥沼。二者都程度不同地存在著忽視詩情、詩意、詩味的偏頗。出於對這兩類詩的反撥與矯正，現代詩派的歌者們自走上現代

化前沿開始，便無不承續古詩「以意為主」、「情者文之經」、「情動於中而形於言」等傳統詩學觀念，重視意蘊「內質」的鑄造，將情思之根視為詩歌枝繁葉茂的必要前提。杜衡說：「沒有真摯的感情做骨子，僅僅是官能的遊戲，像這樣的寫詩也實在是走了使藝術墮落的一條路」，少「架空的抒情」才是「詩歌的正路」〔註1〕。戴望舒的《詩論零札》的核心思想即詩情，強調感情在詩歌中的重要性，將之視為詩歌的生命支撐與先決條件，17 則論述中涉及詩情者就達 9 則之多；他主張「新的詩應該有新的情緒和表達這情緒的形式」，「詩當將自己的情緒表現出來，而使人感到一種東西」。他之所以後來疏遠重音樂性的魏爾侖，而趨近重感覺的果爾蒙·耶麥，與他對詩情的看重是分不開的。徐遲認為內容乃詩的基本元素，詩要寫「實情實理」；林庚更鮮明地坦言詩的「內容永遠是人生最根本的情緒」〔註2〕。在這方面最具說服力的是施蟄存的一段話。當讀者們投書《現代》抱怨其詩無從索解時，他則在《又關於本刊的詩》一文中宣稱：「《現代》中的詩是詩，而且是純然的現代的詩。它們是現代人在現代生活中所感受的現代的情緒。」此處所言之「詩」涵義深長，它是從文學體裁的本質與純詩藝術表現的立場出發，所特指的「詩質」；此處所言之「現代情緒」，當指一部分找不到出路的知識分子那種苦悶憂鬱的心理狀態。

　　一句話，現代詩派是一個注重詩歌內質的抒情群落，詩人們林林總總的主張都有一個共同的指向：詩是心靈化藝術，人之主體是詩國的太陽，主情主義是現代詩派的核心觀念。這種指向與黑格爾老人對真正的詩都「出於內在的本質」的界定極其相似，這種對內質意蘊的強調，使現代詩派抓住了詩歌的本質特徵。

　　應該說人生派與浪漫派詩歌也無不重視感情的作用。現代詩派在這方面的優卓之處是因為接受瓦雷里創作「完全排除非詩情成份」觀念影響，特別講究情緒由實情向詩情的轉換，在詩情的變異上下工夫，即從心靈的融入與重組，使內向化的詩歌本質得以確立，顯現出獨特的內質個性。戴望舒認為「新詩最重要的是詩情上的 Nuance（變異——筆者注），而不是字句上的 Nuance」，「詩的韻律不在字的抑揚頓挫上，而在詩的情緒的抑揚頓挫上，即在詩情的程度上」。他受意象派理論啟發，講究詩情的變異與豐富性，要求詩歌表現人的感情漣漪與細微的情緒，表現「神經系統的不明了的瞬間的感覺

〔註1〕杜衡：《望舒草·序》，上海復興書局，1932 年。
〔註2〕林庚：《春野與窗·自跋》，開明書局，1934 年。

和心境」。所以稱讚果爾蒙的詩的「心靈的微妙與感覺的微妙」。而杜衡、施蟄存的內質理論更伸向了潛意識表現領域，認為詩人寫詩，正如「一個人在夢裏洩漏自己的潛意識，在詩作裏洩漏隱秘的靈魂」〔註3〕，「隱秘的靈魂」說穿了就是人的潛意識。金克木則說：「新的機械文明，新的都市，新的享樂，新的受苦，都明擺在我們的面前，而這些新東西的共同特點便是強烈的刺激我們的感覺」，現代詩人的任務便是要「用纖微難以捉摸的連繫來表現都市中神經衰弱者的敏銳感覺」〔註4〕；並且在表現這種敏銳纖細感覺時，他強調反即興與詩情的錘鍊轉移，主張感情第一次流過不能成詩，只有待它再次流過時捉摸其發展，玩味其心緒，並將情緒化為形象方可成詩。

一種觀念孕育一種詩歌，心靈化的理論前提使現代詩群不去描摹外在的生活視境，也不凌駕於時代與現實之上做豪放而空洞的抒情；而是不論面對新事物舊事物、雅物俗物，都能做心靈的觀照與反省，賦予其詩意的蘊含與色彩。同時潛意識與感覺理論的滲入，又注定了他們的歌唱常疏離時代風雲，表現徘徊於十字街頭找不到出路的小資產階級知識分子的鬱悶愁苦；詩在他們那裡成為「受傷的靈魂」的外化載體或心靈雕塑，其中雖不乏一定的時代培植的「公民情緒」，有些詩也或多或少地折射了時代的精神面影，但大部分內容狹窄，聲音纖弱，充滿感傷，社會價值不高，這也注定了它後來的必然解體與後來者對它的超越。

二、象徵主義的闡揚

現代詩派的詩學理論，常常是有感而發，帶著較強的針對性。確切說它們是匡正時弊的結晶。現代詩派崛起之前，詩歌的各種類型，諸如現實主義、浪漫主義、象徵主義，短短十幾年間在中國都被操演了一遍。它們不但在某種程度上都對感情內質有所忽視；而且在藝術追求上也都普遍地有所迷失。現實主義詩學強調真實，反對無病呻吟、向壁虛構，胡適甚至還提出過詩的經驗主義主張，強調以個人經驗寫詩；它重生活而輕想像，重白描而輕比興，清楚明白而直露粗淺。浪漫主義詩學重自我表現與擴張，以坦白奔放為上乘，具有強烈的情感衝擊力；但野馬脫韁似的直抒，又使它流於狂叫與直說，放縱與矯情。這兩種詩學似乎是冤家對頭，實際上二者骨子裏的詩感方式卻驚

〔註3〕杜衡：《望舒草·序》，上海復興書局，1932年。
〔註4〕金克木：《論中國新詩的新途徑》，《新詩》1937年第4期。

人地相似，即它們都強調真實，一種是生活真實，一種是情感真實。李金髮等人開拓的象徵主義詩風以意象抒情，彈撥出不可重複的絕妙精神音響；但它借鑒西方詩藝時，由於過分神化西方詩且古典詩學根基淺薄，所以模仿力超越了創造力，不以晦澀為悲劇，反倒把它提高到美學層次上加以認識，常常意蘊模糊，指向不明。現代詩派對於「通行狂叫，通行直說」的傾向「私心裏反叛著」，在「中國那時所有的象徵詩人身上是無論如何也看不出這一派詩風的優秀來」〔註 5〕。

　　鑒於各類詩藝術上的迷失，現代詩派大膽借鑒中國古代晚唐五代詩歌風格與西方現代藝術中的象徵派、意象派理論，確立了自己獨到的詩學觀念，提供了一系列醫治詩壇藝術「流行病」的現代性藥方，形成了一整套象徵主義的詩藝要義。

　　在現代詩派的詩人們看來，「詩是由真實經過想像而出來的，不單是真實也不單是想像〔註 6〕，這一思想是現代詩派的一個理論綱領，它把握住了象徵主義詩歌「幽微精妙」的真諦。杜衡更認為「詩是一種吞吞吐吐的東西，術語地來說，它的動機是在於表現自己與隱藏自己之間」〔註 7〕，這段精闢的論述與戴望舒的詩論珠聯璧合，是戴望舒詩學思想最理想最形象的詮釋。1934 年，施蟄存在答覆指責《現代》的詩讀之如入五里霧中的讀者吳銳霆時說：「散文是比較樸素的，詩是不可避免地需要一點雕琢的。易言之，散文較為平直，詩則較為曲折」；林庚也認為詩的含義是難懂的、深藏的。現代詩人眾多的表述無疑昭示出了詩派的藝術理想：在直白與晦澀之間取一個中介點，創造一種交合真實與想像、隱顯適度的半透明的朦朧美。

　　作為一種隱約恍惚、未說明的美，朦朧美是模糊認識與模糊思維在美學意義上的反映。現代詩派的朦朧美詩學理論，顯然是受惠於中西詩藝的啟悟。法國的波特萊爾稱詩是富於啟發的巫術，馬拉美在批評巴那斯主義詩歌時更直截明瞭地說「指明對象，就使詩歌給予我們的滿足減少四分之三」。西方象徵主義詩歌講究朦朧，中國古詩也講究朦朧。劉勰提出過「隱秀」理論，司空圖在《詩品》中則把「不著一字，盡得風流」的朦朧作為美學的最高境界，李商隱等人的詩更常常是「意在言外」，頗多曲折蘊藉之美。受它們的雙重輻射，

〔註 5〕杜衡：《望舒草·序》，上海復興書局，1932 年。
〔註 6〕戴望舒：《詩論零札》，《現代》第 2 卷第 2 期，1932 年 11 月。
〔註 7〕杜衡：《望舒草·序》，上海復興書局，1932 年。

現代詩派也把朦朧美作為一種美學境界加以追索，這種朦朧一是表現在內質層面的潛意識範疇的飄忽不定難以把捉，一是表現在美學形態上的那種輕紗遮水、淡霧罩山的風格，現代詩派的不少詩都抵達了朦朧美境界，似真似幻，多元曲折，貯滿暗示能。如《煩憂》（戴望舒）、《寂寞》（卞之琳）、《歡樂》（何其芳）、《夢》（李白風）、《煙雲》（禾金）、《年華》（金克木）等詩，情緒與象體本身就迷離不定，缺少明晰度，寫來自然朦朧含蓄。而《斷章》（卞之琳）、《預言》（何其芳）、《春天的心》（林庚）、《幻象》（路易士）、《星》（廢名）等詩，大都局部清晰，每句都明白如話；可組合為一個整體時卻讓人感到意向游移不定，帶有暗示或複調效應，讀之會頓生霧裏看花之感。

現代詩派提出了多種創造朦朧美的理論途徑，其中主要的有兩種：一是契合說，一是象徵說。

契合論是象徵主義詩歌的一個基本原則。「契合」原是波特萊爾一首詩的題目，原詩是這樣的：「自然是座大神殿，在那裡／圓柱有時發出模糊的話／行人經過象徵的森林下／接受著它們親密的注視／有如遠方的漫長的回聲／混合幽暗和深沉的一片／渺茫如黑夜，浩蕩如白天／顏色，芳香與聲音相呼應／有些芳香如新鮮的孩肌／宛轉如清笛，清綠如草地／——更有些呢，朽腐，濃鬱，雄壯／／具有無限的曠邈與開敞／像琥珀，麝香，安息香，馨香／歌唱心靈與官能的熱狂。」波特萊爾這種從神秘主義哲學家史威登堡的對應論翻版而來的契合說，認為自然與「生存不過是一片大和諧」，它對現代詩派的影響甚大，使現代詩派的詩人產生了這樣的思想：「像一切普遍而且基本的真理一樣，象徵之道也可以一以貫之，曰『契合』而已」〔註8〕。他們悟出自然萬物與人的心靈存在著對應契合關係，大自然是主觀世界的「象徵的森林」；並且主張以一個個堅實的意象符號，暗示與外物相應的思想認識與感覺情緒，以達心靈世界與物理世界的交響。他們的詩也實現了這種詩學思想。如梁宗岱的《晚禱》，形象化圖景中就有多層的象徵意義，詩人與戀人的心靈溝通，心靈與宇宙的融洽契合，使愛與恨、靈與肉、有限與無限在萬化冥合中達成了契合。戴望舒的《單戀者》、林庚的《春野》、史衛斯的《初雪》等詩，也都達到了情與景、意與象的融成一片，達到了物我兩忘的契合境界，不少詩中運用了感覺「交響」的通感手法。

馬拉美說「暗示才是創造」。步西方現代派詩人後塵，現代詩派的抒情分

〔註 8〕梁宗岱：《象徵主義》，《文學季刊》1934 年第 2 期。

子把詩歌創作看成是一種象徵行為，認為沒有象徵就沒有藝術；並在結合傳統的「興」的理論上，提出「詩裏面感情的抒寫逐漸削減，具體的形象乃成為詩的主要生命」（戴望舒語）的理想，主張以自然深層的律呂、聲色俱佳的對應物、象徵幽遠的心態心音，以此岸世界象徵彼岸世界，實現情思與外物的雙向交流，使抽象意蘊獲得感性寄託。現代詩派的藝術操作就是循著這一思路進行的，不少詩歌文本充滿象徵意味。如《雨巷》是廣義的象徵，象徵手法與情景交融的美學原則結合，使象徵的含義比較明瞭但又不乏朦朧，表面寫戀愛情緒，實則是戀愛情緒與政治情緒的共振契合體；莪伽（艾青）的《病監》則以近於恐怖的意象表現結核病人的苦痛，以肺結核的「暖花房」象徵社會的黑暗壓迫，頗有《惡之花》的風貌。

三、向新月詩的「三美」理論開戰

　　《現代》的編者施蟄存，稱戴望舒《詩論零札》中的 17 條詩論「似乎在青年詩人中頗有啟發，因而使自由詩摧毀了《新月》派的堡壘」，這句話說到了點子上。

　　好像是一場「惡作劇」，曾經十足地迷戀過魏爾侖與新月詩音樂美的戴望舒，1932 年那組《詩論零札》，猶如專門衝著新月詩派扔過去的「定時炸彈」。新月詩派主張新詩應該具備音樂的美（音節）、繪畫的美（詞藻）、建築的美（節的勻稱和句的均齊）；而戴望舒的《詩論零札》卻將自己的主張與它極端對立，作出非此即彼的絕對化判斷：「詩不能藉重音樂，它應該去了音樂成分」；「詩不能藉重繪畫的長處」，「單是美的字眼的組合，不是詩的特點」；「所謂形式，決非表面上的字的排列，也決非新的字眼的堆積」。戴望舒的觀念為何會發生如此巨大的逆轉，其中自有緣故。

　　不錯，新月詩派的新格律詩運動功不可沒，它匡正了郭沫若與早期白話詩那種情思泛濫散漫無序的詩風，將新詩引向了規範與建設；但是任何事物的發展一旦趨於極致就會走向反面，新月後期的詞語雕琢、累於格律已使詩派陷入形式主義的死胡同。聞一多等人在《詩的格律》等文章中口口聲聲要講究「相體裁衣」，但在具體的實踐環節中卻又嚴格規定行間整齊、音尺相等，這勢必要造成程式化的不足；尤其是「豆腐乾體」的極度膨脹，又一次限制了現代人豐富複雜又微妙細膩的心理感受的抒放。順應藝術發展與情感抒發的需要，現代詩派自然要衝破新格律詩的束縛，進一步放開詩的手腳，以詩

情為骨架，呼喚一種新的詩美形式呈現。

於是作為一股潮流與趨勢，不獨戴望舒要反對「三美」，要創造一種自由化又帶內在節奏美的、不乞援於一般意義上的音樂的純詩，其他詩人也都紛紛撰文發表反叛新月詩「三美」的理論。施蟄存說：「新詩研究者都不自覺地墜入西洋舊體詩的傳統中，他們以為詩應該是整齊的用韻法的，至少該有整齊的音節，這與填詞有什麼區別呢？」〔註9〕他認識到了格律乃是新詩的桎梏以及打破之的必要。杜衡也不滿現代詩人對新月的模仿，感到「固定著一個樣式寫，久而生厭；而我們也的確感覺到刻意音節的美，有時候倒還不如去哼舊詩」〔註10〕。廢名在《談新詩》中更直截了當地批評新月的追求，說「我覺得徐志摩那一派的人是虛張聲勢，在白話新詩發展的道路上，他們所走的是一條岔道」。

詩人們的論述雖然姚黃魏紫，不盡相同，但在一點上卻達成了共識，那就是新月詩派的新格律詩已適應不了新詩發展的需要，甚至某種程度上已成為繆斯前行的障礙與羈絆。那麼該建立一種怎樣的理想詩體呢？詩人們也做了精神大體一致的回答。「在形似分行的散文中，同樣可以表現出一種文字的或詩情的節奏〔註11〕；「我們的新詩應該就是自由詩，只要有詩的內容，然後詩該怎樣做就怎樣做」〔註12〕，金克木認為「絕沒有先用一個固定的型式來套自己的情緒來做好詩的道理」〔註13〕，因此主張寫無定型的自由詩，杜衡更是肯定戴望舒的自由化、散文化的追求，稱戴望舒創作了舒卷自如、淳樸自然的《我的記憶》一詩後，「找到了一條浩浩蕩蕩的大路」〔註14〕。可見，現代詩派的詩人們都企圖致力於創造一種棄格律就旋律、具有散文美的自由詩體。現代詩派不但提出了這樣的理論，還在具體實驗中印證了這一理論。如《那座城》（李廣田）、《幻想》（李白風）、《短章為 S 作》（羅莫辰）等詩都是「沒有韻的，句子也很不整齊，但它們卻有相當完美的『肌理』，它們是現代的詩形，是詩」〔註15〕，都以內在的情韻節奏代替了外在的聲韻節奏。

〔註 9〕施蟄存：《又關於本刊的詩》，《現代》第 4 卷第 1 期。
〔註 10〕杜衡：《望舒草‧序》，上海復興書局，1932 年。
〔註 11〕施蟄存：《〈現代〉雜憶》，《新文學史料》1981 年第 1 期。
〔註 12〕廢名：《新詩應該是自由詩》，《文學集刊》，1944 年第 1 輯。
〔註 13〕金克木：《雜論新詩》，《新詩》第 2 卷第 3、4 合期。
〔註 14〕杜衡：《望舒草‧序》，上海復興書局，1932 年。
〔註 15〕施蟄存：《〈現代〉雜憶》，《新文學史料》1981 年第 1 期。

　　現代詩派理論與創作同步的自由詩藝探索，匡正了詩壇形式主義的時弊，豐富了詩的內在意蘊，敦促著詩更接近自然之美，更接近讀者；但它把自由化與新月的音韻、節律等完全對立起來，無疑是絕對化的理論偏頗。其實，自由化與格律美並非水火不容的南北兩極。

第三章　病態的詩化青春：現代詩派的情思空間

　　與現實的詩、浪漫的詩向時代擴張求索大眾化境界不同，現代派詩歌為一群遠離現實鬥爭漩渦，而又苦於找不到出路的敏感知識分子的青春心理戲劇的記錄，它在意味上多私淑於「月的淒清和夢的幻影」，呈露出一脈風韻獨標的貴族化審美流向。

一、尋找「純然的現代的詩」

　　《現代》中的詩是詩，而且是純然的現代的詩，它們是現代人在現代生活中所感受的現代的情緒，用現代的詞藻排列成現代的詩形〔註1〕。現代詩人是一群「純詩」藝術的信徒。這顯然受益於法國象徵詩純粹詩歌觀念的輻照，也與以李金髮為臺柱的象徵詩派倡導的「純粹詩歌」一脈相承。何其芳說：「文藝什麼都不為，只是為了抒寫自己」〔註2〕。戴望舒寫詩「差不多是他靈魂的蘇息、淨化。從烏煙瘴氣的現實社會中逃避出來……詩，對於望舒差不多已經成了這樣的作用。」〔註3〕他們把詩當作心靈的避風港與遁逃王國，用來對抗現實社會強加給人們連綿不斷的「風雨」，和一切的痛苦與煩憂；但是卻比象徵派體現出更為自覺的現代意識。同樣是尋找純粹，在象徵詩派的穆木天那裡，是把「詩的世界」和「散文的世界」作為對象領域來分開，這就注定使詩遠離了廣闊的社會現實生活，而現代派心目中「純然的現代的詩」並

〔註1〕施蟄存：《又關於本刊的詩》，《現代》第4卷第1期。
〔註2〕何其芳：《〈夜歌〉後記一》，重慶詩文學社，1945年。
〔註3〕杜衡：《望舒草·序》，上海復興書局，1932年。

不是在對象領域上來限定詩的王國，而是在質上來要求詩成之為詩。似乎無論大材料、小材料、新材料、舊材料，只要一經現代詩人的「詩化」處理，便靈性勃發，情趣盎然，都可以寫成「純然的現代詩」，這無形當中就把詩的領域擴大了。注重詩歌情緒的新穎性，力求在人們忽略的日常生活和瑣細的事物中發現詩，以敏銳的感覺穿透力將一些最無詩意的事物納為詩情抒發的機緣和載體，是現代詩派處理藝術與現實關係的獨特個性與貢獻所在。所以，當我們徜徉在現代詩派構築的藝術空間時便會驚奇地發現，無論是「荒雨之街」、寂寞「山徑」，還是「桃色的雲」、「藍色的眼睛」；無論是平淡無奇的「鑰匙」、虛寂的「音樂風」，還是「理髮店」的玄思，「樂園鳥」的嚶鳴，從自然到歷史，從現實到夢幻，無不在心靈與生命的同一地平線上昭示美麗或神秘的情思，幻化為溢滿內在精神的符號。

　　呂家鄉先生論述戴望舒時說過這樣一段話，「他所以受象徵詩人的吸引，既不是由於看中了象徵派的『特殊的手法』，也不是由於取了十九世紀法國象徵派詩人的『意境和思想態度』，而首先是由於他讚賞一些傑出的象徵詩人對詩的內在物質的注重」〔註4〕，這段話用於整個現代詩派的評價也許更恰適。的確，鑒於激越的革命戰歌與整飭華美的新月詩歌都病在輕視詩的內在特質，而顯粗糙或少生氣的教訓，現代派從問鼎詩壇的那一天起就反對將形式凌駕於內容之上，十分注重詩的內在特質——詩情的提煉與鑄造，無論面對怎樣的對象世界，總能憑藉「由真實經過想像」的詩歌特異功能，擁托出一片盎然詩情的奪人魅力。究其實，它又是如何抵達這一神奇意境的呢？那就是它不僅僅客觀地觀照描摹事物本身，而是以「心靈」總態度的介入，積極尋找物與物、「我」與物之間的微妙聯繫，從而實現了象徵派詩歌物「我」渾然、萬化冥合的理想的「契合」境界（當然還有不少寫實詩並不具備契合特徵）。

　　這種物與物，物與「我」交匯觀照的感知方式有幾種表現形態。物「我」契合的詩所佔的比重最大，「給什麼智慧給我／小小的白蝴蝶／翻開了空白之頁／合上了空白之頁／／翻開了的書頁／寂寞／合上了書頁／寂寞」（戴望舒《蝴蝶》），是把描寫對象心靈化，小小是蝶翅綴滿的是人生寂苦之感。蝴蝶與人生寂寞本是一無聯繫，但詩以書頁將之貫連，遍染上莊周的虛無思想；《微雨的夜》（徐遲）中不盡的雨，既是自然的又是心靈的，那綿綿雨絲正是詩人悵惘情思的外化。雨與蝴蝶都乃詩人情緒對應物，詩人是以之觸發了心

─────────────────────

〔註4〕呂家鄉：《戴望舒：別開生面的政治抒情詩人》，《學術月刊》1985 年第 11 期。

理感覺。物「我」契合的另一種方式，是心靈物態化。如《我的記憶》（戴望舒）中作者的情思與對應物毫無任何聯繫，但卻因追懷往事情懷的滲透，使往日的詩稿、壓乾的花片、燃著的煙捲等不相干的事物產生了一種渾然的向心關係，染上追懷的黯淡；《歡樂》（何其芳）在詩人的聯想中成了白鴿的羽翅、蘆笛、潺潺流水、溫情的手，有聲有色有形有味，可視可觸。這種主客契合的境界不同於一般的借物言志、情景交融，「我」與物在這裡已渾然一體，難辨涇渭，寫物就是寫「我」。現代詩的又一種感知方式是物與物之間的契合。如「你的腳步常低響在我清夜的記憶中／在我沉思的心上踏起甜蜜的凄動／有如虛擱的懸琴　失去親切的手指／黃昏風過　弦弦猶顫著昔日的聲息」（何其芳《有憶》），多種感覺性能的聯通，使本是象徵詩派的特有想像，在這裡卻晉升為詩情的生命構成，它承載的是甜蜜與痛夢交錯的潛意識情感震顫。「咀嚼著大陽的香味」（戴望舒《致螢火》），「紫藍的林子」、「青灰的山坡」、「綠的草原」（莪伽《當黎明穿上了白衣》），「各種的點線／這樣豔麗地／紅的音藍的色」（玲君《樂音之感謝》），「墨綠的夢」（路易士《舷邊吟》），眾多五官挪移的通感已完全轉換成沉入想像的真切生命體驗。

　　這種物物契合，物「我」契合的感知方式，使一切被觀照的對象都被主體點化成飽藏作者真切體驗的心靈境界，這既洞開了外部與內部世界的廣闊空間，又因想像功能的支撐，將不具形的事物、意念有形有色地凸現在讀者面前。而這一切恐怕都是「心靈」總態度作用的結果；並且因為它多揭示詩人內心更為深層、現代的東西，幽微精妙，有較大的模糊性，所以讀者對之閱讀時不能拘泥於一字一句去挖掘其微言大義，只能把捉其整體的情緒。要知道，真正的現代詩具有不可完全解讀性，只可意會，不可言傳。

二、纖細幽微的「現代情緒」

　　相對於澎湃激蕩的時代風雲主潮來說，現代詩人歌唱的音調顯得幽微而纖細。人們都說：「認識你自己」難而又難，但事實上最瞭解自己的永遠也不會是別人。當事者卞之琳的自剖辭，十分充分地活畫出了現代派意味拓展的趨向。「當時由於方向不明，小處敏感，大處茫然；面對歷史事件、時代風雲，我總不知要表達或如何表達自己的悲喜反應。這時期寫詩，總像是身在幽谷，雖然心在峰巔」﹝註5﹞。現代派的感知方式，注定了它的抒唱視點總是偏向於

﹝註5﹞卞之琳：《雕蟲紀曆·序》，人民文學出版社，1979年。

個體心靈的隱秘之隅，而對群黎的苦痛與時代風雨採取疏離態度；即使偶而涉筆於社會與時代也常常是別有用心，大多凝神注目其非本質方面，偏愛以碎破感去評價其價值與意義，產生現實的失落感，只將它作為緣情抒志的載體與窗口而已。

（一）逃離現實，憧憬天國的世外桃源，幾乎是所有現代派詩人的普遍特點

這群置身於白色恐怖中的敏感抒情主體，對理想有所追求而不可得，對現實有所不滿又無可奈何。由於方向模糊不明，漸漸都退縮到時代潮流之外，甚或怯於直面慘淡的人生與淋漓的鮮血，成為徘徊荒街的尋夢者、孤寂的夜行人和可憐的單戀者，咀嚼一己的喜怒悲歡心境，投映在價值形態上便有了充滿自怨自艾無病呻吟的濁世哀音，對現實生活的迷惘、感傷、失望、厭棄、憂鬱情調彌漫為壓倒優勢的基本主題。這種色彩基本上遍染了所有詩人的精神凝結物。戴望舒無奈地詠歎道「我是青春和衰老的結合體／我有健康的身體和病的心」（《我的素描》），生活是「從黑茫茫的霧到黑茫茫的霧」（《夜行者》），所以自己「漂泊的孤身」「要與殘月同沉」（《流浪人的夜歌》），悲觀與沉重已力透紙背。何其芳對寂寞品味深切，與之結下了不解之緣，整本詩集《預言》蘊含的就是青春的病態——季候病，是「刻骨的相思，戀中的徵候」，是飄忽而微茫的心靈語言。金克木將生命化入西風中的雲煙，歎息其「是一粒白點兒／在悠悠的碧落裏／神秘地碾成雲片了」（《生命》），歎息「年華象豬血樣地暗紫了」，「靜待宰割」（《年華》），平靜中有淡淡的哀愁。玲君的詩集《綠》乃一連串人生詰問與脆弱記憶的複合體，天真明麗中籠罩著超載的憂鬱，透著來自北國的寂寥的蒼涼。《寂寞的心》雖然詩品極高，卻充滿著徐志摩「我不知道風是在哪個方向吹」似的哀楚與惶惑。南星說自己心裏冷漠，所說的話狹窄又瑣碎，他的詩也的確低沉無聊，《石像群》《謝絕》完全可以視為無病呻吟的生命浪費，有「為賦新詩強說愁」之嫌。李心若厭棄人世，《無題》與《燈》都是寂寞與凄清的寫照。孫大雨、張君甚至把醜惡異化的事物也牽引進純淨的詩中，《自己的寫照》與《肺結核患者》都充滿了現代都市的異化景觀和荒原感受，什麼打字小姐的荒淫、性病、厭倦都讓人感到一種強烈的現代性。卞之琳把自己詩稱為《雕蟲紀曆》，雖其間不無自謙成分，但也點明其作品的氣魄規格之小，這與徐遲把自己的詩集《二十歲人》迷戀情事，感傷苦悶批評為「廢物」有同樣意味。最有代表性的是後來移居臺灣的

詩人路易士（紀弦），公開申明要創造詩以與左翼文學對立，他的詩歌精美形式下包裹的盡是生死煩憂、虛無空洞，《跋涉》中「二十世紀的旋風使我迷惑／明日之夢也朦朧」，感歎人生無常與不可知自不待言，《烏鴉》更見其心靈的陰暗和失落感之沉重得難以挽回。「烏鴉來了／唱黑色之歌／投我的悲哀在地上／殘如落葉」，果然詩人後來踏上了「黑色」的歧途，五十年代移居臺灣主編《現代詩》時仍一直維護自己的純詩立場。

總之，幾乎每個現代派詩人的詩都仿若秋蟬敗葉，憂鬱頹唐，蒙上了一種「欲語淚先流」的陰影，甚至有的還流露出一定程度的無奈的命定觀念。這是抒情群體遠離時代和人民的必然報應；同時也可以看出，大革命的失敗給予知識者的精神震動，在力度上遠遠超過了新文化運動，大量具有困惑感、寂寞感、孤獨感的詩篇，正是社會激蕩的心理折射與反應。雖然它感傷氣太濃，但也寄寓著詩人們對黑暗現狀的不滿與懷疑情緒。

（二）現代派的詩大多展示著超越現實的出世奇思

也許是抒情主體過於屣弱，也許是黑暗現實過於殘酷，置身於現時的詩人們都不願與現實碰撞，而做著無可奈何的超離夢；於是逐漸皈依道家的哲學境界，用以對抗兇猛無情的人間風雨。中國哲學乃入世與出世的統一，儒教偏於前者，道教重於後者，儒經偏於「外王」入世，道經則重於出世「內聖」。面對著室外的一片蕭殺之氣，現代詩人們痛感於「外王」無望，於是轉而棄儒經而依道經的「內聖」原則，乞盼以此消解現實中存在的苦痛與「病的心」。具體說來又方式各異，或則隱遁山林，或則沉迷愛情，或則求助死亡。

隱遁山林似乎是古代文人的一種傳統，但實際上這是超脫不起的心態，是不得已而為之的做法。現代派詩人走這條途徑的人最多，他們企圖將自然作精神的慰藉所，以我與物相關相融的天人合一，忘卻塵世的一切煩惱。由於這些詩人大多來自農村的書香門弟或是世家望族的有閒者，有特殊的條件與心境，所以一時間寫山居的感覺竟成為一種時髦的遊戲。隨意打開詩集，這類詩就目不暇接，《山居》（史衛斯）、《山居》（玲君）、《山徑》（吳奔星）、《伐山人》（劉振典）。有些詩真的怡然自得，閒適淡泊，有種樂不思蜀的味道。如「午間聽騎驢的鈴聲由遠方來／夜裏看山的眼睛巡邏似探海燈／我的廖寂、你的冷靜與／山的憂鬱是三位同一體」（玲君《山居》），「誰家曝冬衣於窗外／我曝一曝記憶如曝藏書……曝一曝記憶遂斃了千載書蠹／我的陽光是一卷『談龍』」（史衛斯《曝書》）。前者心平氣和，物我兩忘互化，詩人之心已「為大山所鐐銬」；

後者抒寫詩人靜臥山中,讀著周作人的《談龍集》,已不知魏晉不辨唐宋。但是大量的詩仍有無可奈何的成份,如上述劉振典、吳奔星的詩中,無論是暗喻現代派詩人的「伐山人」,還是攀援在山徑上的詩人,都同樣是身在山林,心在現實,「身在天山,心老淪州」,發現隱遁徒勞,即便浪跡莽榛荊棘仍拋不下「無邊的幽怨」。要知道這些詩人正處風華正茂,不是萬般無奈,誰願像古人一樣甘心隱遁於深山老林?是否可以這樣說,這些詩的平淨淡遠的古典氛圍的內核,是排遣不去的寂寞與為排遣寂寞刻意做出的曠達?

沉迷愛情也是現代派超越現實的歌唱母題。事實上歌唱愛情差不多是所有青年詩人必須溫習的課程,現代派詩人也不例外;然而由於這些詩人大都有著失敗或慘痛的愛情經驗,有的還甚至不知真正的愛情滋味,所以他們筆下的愛情與其說是沉痛而少甜蜜的,勿寧說是空想的未然態的。戴望舒《雨巷》中的「丁香姑娘」純潔而憂鬱,可似乎更是一種理想與美好事物的借指,且無語而來無語而去,可望而不可即,所以命中注定詩人只是一個「可憐的單戀者」,對他來說戀愛不過是「絳色的沉哀」(《林中小語》);何其芳的愛情詩空想色彩更濃鬱,《預言》與《雨巷》有異曲同工之妙,「年輕的神」也是來而又去,空剩詩人的一片迷惘,對他而言愛情也只是一種欺騙(《羅衫》)、一種悲哀(《贈人》)。而他的那首《愛情》「南方的愛情是沉沉地睡著的/它醒來撲翅聲也催人入眠/北方的愛情是警醒著的/而且有輕巧的殘忍的腳步」,倒更像是對南北方自然的對照思考。旋螯存筆下的愛情也是悲劇性的,《祝英臺》《烏賊魚的戀》裏都鼓蕩著感傷無望的情懷。似乎只是史衛斯才徹頭徹尾、地地道道地將生命完全融入了愛情中,為一線溫柔目光的注視,寧可承受一切的不幸。這雖然不無浪漫蒂克的矯情成份;但畢竟使枯寂的生活多了一份溫馨清新的詩意。

與象徵詩派一致,現代派又將品味死亡作為消解迴避現實的情思意向與必要手段。如戴望舒在《寒風中聞雀聲》,貌似平淡而感傷地呼喚「吹吧無情的風/吹斷我飄搖的生命」,何其芳更要「在長長的送葬行列間/我埋葬我自己」;甚至歌頌幼兒「美麗的夭亡」(《花環》)。當然,這只能侷限於藝術的範疇內,誰也不會去親身實踐,只是它襯托了詩人們的不滿與欲思掙脫的情懷。

前面分別論述了現代派的兩個主要情思意向——濁世哀音與出世奇想,實際上它們互為因果,難於割裂。現代派詩人們不可能徹底逃離生命與生活之孤寂憂鬱,所謂的超越只能是一種暫時的幻想,一個無法兌現的夢。仔細

辨別不難看出，現代派的濁世哀音與出世奇想編織成的價值形態，正介乎於古典與現代之間，它來回的徘徊恰好說明除時代原因外，是西方現代派中的象徵主義、唐五代詩詞交錯的結果。那種孤獨、迷惘與冥思有波德萊爾、耶麥、瓦雷里的影子晃動，而那孤獨中的安靜、迷惘中的知命，又讓人想到了古典精神情調的延伸與衍化。由於傳統的牽拉，它始終沒有完全越過西方現代主義的正宗感受界碑。並且，這群病態的詩化青春中也不少具有積極意義的進步思想潛流的淘動，而並非單純的寂寞頹唐。那裡有對都市畸形文明的厭倦（如陳江帆的《減價的不良症》《海關鐘》），對美好未來的憧憬（如莪伽的《蘆笛》《黎明》），對反動統治的絕望（如金克木的《愁春》），對祖國式微的深情（如卞之琳的《尺八》）。卞之琳、林庚、金克木、曹葆華對於社會與人生的哲學沉思，與戴望舒、何其芳、玲君對於愛情的深摯體味，都能給人們以精神的啟迪和一定的健康美感。即便那些純粹抒寫個人的詩也或濃或淡、或多或少地折射著時代風雲，它的哀傷情調是「這個時代做中國人的苦惱」在詩人心靈上的感應，這實在並不完全是他們自己的過錯。可惜，這種成分的詩在現代詩派的創作中所佔比重太小，因而顯得太無力。

三、另一種深入

　　孫玉石先生在論及現代詩派時說，它的心理態勢與時代生活比較狹窄而單調；「但就整體人生經驗和情感潛流的容量來看，它又是出自特有的廣闊與深邃的丰采」〔註6〕，表現出一個理論家的精警。的確，現代詩派雖然沒有直接反映尖銳而嚴峻的現代社會現實，但在將現代意識詩化為藝術感覺方面，卻最終促成了新詩向內心體驗與個性自我袒露的轉移，將現代人的精神深層揭示得更為綿密、細膩與繁富，打開了比現實生活廣闊十倍的心靈空間，在更高層次上開掘了詩歌與現實的聯繫。也正是因為這一點，不但卞之琳等人創造的主知詩面向外部世界；就連戴望舒等人創造的一些抒情詩也飽含著政治抒情成分，毫不誇飾地說，《雨巷》就既是一首單戀詩，又是戀愛情緒與政治情緒的共振契合體，是手寫自我、心繫風雲的佳構。另外，在那個人們都關注血與火的時節，它們的詩卻向現代人的心靈，尤其是潛意識領域進行了大規模的進軍，這種選擇是否可以理解為一種有效的彌補與拓展呢？

〔註6〕孫玉石：《中國現代詩歌藝術·面對歷史的沉思》，第246頁，人民文學出版社，1992年。

第四章　製作「合適的鞋子」：現代詩派的藝術創新

　　客觀說來，現代派凸現的情思意蘊並不新鮮，它在諸多古典詩詞以及象徵派詩作那裡都存在過；現代派主要是借助完美的形式創新、合適的藝術「鞋子」製作打開局面並稱雄詩壇的。試想，當歷史跨入三十年代門檻，面對新詩十幾年的經驗積蓄，再像郭沫若、康白情等現代文學草創期詩人那樣，僅憑一時的才氣聰敏暗合文學脈動走向便獲得了空前成就談何容易？跋涉於充滿挑剔與選擇、成就才是方向的里程上，不亮出幾張貨真價實的底牌又如何能立穩足跟，令人刮目？

　　現代派最大的成就在於以兼收並蓄的開放態度，在古典詩歌與西方現代詩歌藝術經驗融化點上刻意求新、戛然創造，凝聚成了卓然獨立的現代派風格。溝通東西兩家，融匯中外詩歌傳統於一爐，自新詩生起一直是懸而未決的難題；可它在現代派既傳統又現代，具有雙重文化品格的抒情群落手中終於被化解了。為尋求與敏感深邃現代情緒相協調的形式，他們把目光投向了兩個影響源——古典詩詞與西方現代派詩歌，在古典詩詞中他們選擇了一些富於情調的唐人絕句與李商隱、溫庭筠、李煜等晚唐五代精緻冶豔的詩詞，在西方現代派詩歌方面他們選擇了法國後期象徵派詩人及其影響下的外國詩人（如耶麥、瓦雷里、洛爾迦等）、美國的意象派詩歌（如龐德、羅厄爾等）、二十年代崛起的現代主義詩潮（如艾略特、桑德堡等）；之所以這樣是因為前者感傷的情調與迷離的美感和後者的象徵暗示、朦朧幽遠，在現代派詩人病態的藝術心靈中不謀而合地溝通了，即洋與古在他們的心理結構中相晤於一

室，契默為一體。所以蠱惑於晚唐五代詞憔悴紅顏上嫵媚的何其芳，「又在幾位班納斯派以後的法蘭西詩人的篇什中找到了同樣的沉迷」〔註1〕，曾拜倒在花間詞足下的卞之琳才會對二十年代西方現代主義文學「一見如故，有所寫作不無共鳴」〔註2〕。

但是融合併不等同於簡單嫁接，深諳此道的現代派詩人借鑒的藝術來源多種多樣，但真正的來源卻是他們自己。鑒於新月詩派耽於外在音律的形式主義與象徵詩派單純模仿西方象徵詩而缺乏創造力的迷失教訓，他們毅然轉向對富於永恆魅力的古典詩美的回歸，從其價值標準和審美趣味的固有意識先結構出發，有選擇地吸收異域藝術的有機營養；或者說接受了現代詩歌觀念後再去反觀中國傳統詩歌，在二者的交匯點上大膽創造，鍾情於古典詩歌的富麗典雅又不泥古，追索朦朧品格又力戒神秘晦澀，從而建立起一種簇新的詩歌美學：雋永的象徵與親切的純詩，衣服是象徵主義的，骨子裏卻澆鑄著民族與傳統的材料。法國的蘇珊娜・貝爾納確認戴望舒「作品中西化成分是顯見的，但壓倒一切的是中國詩風」〔註3〕，實際上概括了現代派詩人的共性風貌，他們大多數只承襲了象徵主義技巧，而象徵體系、意象系統乃至情感構成都根植於東方式的民族文化傳統。戴望舒、何其芳的某些特點總讓人想起晚唐溫、李詩歌韻味，眾所周知的《雨巷》是典型的象徵形式與古典內容混凝的範本，不消說意境受古典詩詞啟發，連意象也成為「丁香空結雨中愁」一句的稀釋與現代翻版，但它卻有所創新，將古人借喻愁心的丁香結化為丁香樣的姑娘，象徵美好朦朧的理想，流露的淒清迷茫情調更為大革命失敗以後一部分進步小資產階級知識分子所特有；金克木、林庚的詩也都是現代與古典的合奏，古典閒適的意趣裏寄寓著懷舊情調，雖用暗示交感與象徵，但那溫婉的情感抒放方式仍打著中國式的舊詩詞的胎記；卞之琳的詩既有舊詩的凝煉精微和完美意境，又不乏西方現代詩的戲劇性處境、玄理暗示；但充滿其智力空間的又是現代情緒。正是現代與古典合奏，才響徹起一片片美妙動人的樂音；正是開放性與消化力統一，才孵化出現代派詩歌的優卓審美態勢。

〔註1〕何其芳：《夢中道路》，《何其芳文集》（二），第85頁，人民文學出版社，1982年。

〔註2〕卞之琳：《雕蟲紀曆・序》，人民文學出版社，1979年。

〔註3〕蘇珊娜・貝爾納：《生活的夢》，《讀書》1982年第7期。

一、朦朧的意象美

當年讀者吳霆銳投書《現代》雜誌，批評其刊載的詩為「謎詩」，這雖然有點言過其實，確也證明現代派詩歌決非清澈可鑒的靜水一潭，而透著一種花月掩映、光色隱約的朦朧美。這種隱顯適度的朦朧美主要是由獨特的意象藝術鑄成。

意象朦朧美實在不能說是現代詩派偶然的自家發明，而是中外詩歌綜合影響的產物。中國古典詩歌中的純粹部分有所謂「古詩之妙，專求意象」一說，如霧裏觀花，水中望月；意象派詩歌反對將詩作「情緒噴射器」，主張詩應成為意象組合的情緒方程式；象徵派詩人更力求給詩穿上意象的衣服，使之像面紗後的美麗的雙眼。受其浸染導引，現代派詩人便在觀念中認為詩是吞吞吐吐的東西，它的動機在於表現自己與隱藏自己之間，詩「是一個意象的抒寫或一串意象的抒寫」〔註4〕，施蟄存則乾脆地稱自己寫的是「意象抒情詩」，說詩不同散文，讀者可以「不求甚解」，只要「彷彿得之」，產生與詩人相近的感覺就算讀懂了一首詩。這種種自白足以表明創造朦朧美，是現代詩派「有心栽花」刻意雕琢的結果。

他們沿襲通過感覺把握事物的傳統思維方式，紛紛起用可感觸的古典傳統化的繁富意象為誘因，尋找微妙精細的現代心靈感應傳達上的恰適隱顯度，既不全隱晦澀也不全顯直露。而這種介乎隱藏自己與表現自己之間的模糊抒情方式狀態，外化為意象時就具有了一定的飄忽性、模糊性和不確定性。如何其芳的《圓月夜》「說呀，是什麼哀怨，什麼寒冷搖撼／你的心，如林葉顫抖於月光的摩撫／搖墜了你眼中純潔的珍珠，悲傷的露？」那種如煙似夢的憂鬱情思感覺並不直抒，而是將之放在輕柔的抒情氛圍中，攫取林葉、月光、珍珠等意象加以暗示，撲朔迷離，充滿美麗的憂傷，又使之獲得了立體化支撐。戴望舒的《雨巷》也局部細節清晰、整體朦朧，雨巷、丁香、姑娘、紙傘幾個語符單個看來清楚而具體，但它們相互間各以其意義吸引組構成情緒場時卻模糊而難以一下子說清，是失戀的愁悵？是理想破滅的悲哀？抑或是……？恍惚迷離，亦實亦虛。施蟄存更擅長通過聯想與幻覺抒寫主觀的內心體驗，《銀魚》就以土耳其風的女浴場、柔白的床巾、初戀的少女三個意象的閃跳，從形體、容貌到心靈展示了女性美的魅力，微妙瞬間感受的凝結陌

〔註 4〕徐遲：《意象派的七個詩人》，《現代》第 4 卷第 6 期。

生而貼切。上述偏重於情感抒發的詩人創作的詩，因隱藏度較小，透明淡遠，所以易解得多。而像卞之琳、廢名、曹葆華、林庚等理重於情的詩人創作則有較高的理解難度，但只要把握住其情思邏輯的宏觀脈向，抓住詩人自設的路標仍可觸摸到詩作的終極目的的白線。卞之琳的《道旁》「家駄在身上像一隻蝸牛／弓了背，弓了手杖，弓了腿／倦行人挨近來問樹下人／（閒看流水裏行雲的）／『請教北安村打哪兒走』／／驕傲於被問路於自己／異鄉人懂得水裏的微笑／又後悔不曾開倦行人的話匣／像家裏的小弟弟檢查／遠方回來的哥哥的行篋」，這首詩比起他的《斷章》《魚化石》尚屬淺顯之作，但卻仍隱曲深沉，給人如墜五里雲霧之感。初讀貌似恬淡拙樸，實則幽遠異常，當我們確認了詩人常從諧趣入手，於細鎖事物中包藏不盡理思，體現相對、平衡的觀念等特徵後就會發現，它戲劇性處境中行於路上、歇於道旁的二人，實際代表了兩種互補的人生態度與境界，那是一種人生之路的思索，既有樂趣又有惆悵，既有肯定又有憂慮。讀廢名的《理髮店》更如瞎子摸象，但仔細琢磨又是不壞的詩。「理髮店的胰子沫／同宇宙不相干／又好似魚相忘於江湖／匠人手下的剃刀／想起人類的理解／劃得許多痕跡／牆上下等的無線電開了／是靈魂之吐沫」，視點時空的疾變跳移，意象的紛亂有種風馬牛不相及之感，但小心翼翼地摸準了開啟詩文本之門的內在思路邏輯鑰匙，隱性意向便悄然隆起：那是對現代人孤獨與人類難以理解命題的感喟，雖然走筆輕鬆，實則悲涼不已。這裡說現代詩善用古典性意象只是大體傾向的概括，並非絕對化的。並且我們發現，不論是戴望舒的淚、煙、水、巷，何其芳的花環、羅衫、橋，李廣田的窗、秋、雨，還是卞之琳的荒街、苦雨、寒夜，廢名的燈、星，曹葆華的漠風、夜夢，在承載心理意緒烙印民族性審美印跡同時，都反叛著摹寫，擯棄了架空的理想抒情，間接客觀的意象用來制約主觀，使感情加深而內斂，表現加曲而擴張，顯示了恍傷迷離的藝術潛在力。

現代詩意象的又一個特點是尋求與象徵的聯繫，鑄成主題內蘊的多義性、多重性，閃爍出朦朧美。眾所周知，意象作為一種心靈載體，一定情境下它本身就具備某種象徵品格，有種借有限表無限、借剎那表永恆的意義；尤其在古老中華民族的文學傳統中，那些古典性意象更易積累成象徵涵量，而它們對詩文本的介入或貫穿，自然就賦予詩一種言外之旨，詩的深層意蘊常常寄居在結構的第二層、第三層虛實隱露的形象間，引導你去探尋，去捕捉，

去品味。如何其芳的《預言》，只寫了等待年輕女神和年輕女神的悄然離去嗎？顯然不是。在它第一視象背後隱藏的深層意味又是什麼？是追求愛神，追求希望，還是追求美？似乎都對，似乎又都不完全對，在歡樂讚美與眷念惆悵的情懷流轉中讓你感到模糊而不確定。再有卞之琳的《魚化石》似乎「解」更多，從人與魚不同視角接近它可以得出不同答案。魚化石究竟象徵什麼？是一個女子愛的凝結，還是亙古不變的愛之結晶？是活的歷史見證，還是自由與永恆？飄渺不定，確有一種「文似看山不喜平」的不平妙處，它使繆斯變得空靈迷朦，美不勝收。

現代派的意象特質與它題材對象的遇合更強化了朦朧美。現代派涉筆的是廣袤深遠的內心領域，是微妙恍惚的感覺、體驗、情緒，這種隸屬於意識、潛意識層面的東西本身就模糊混沌，不可描述，再加上意象婉曲間接的表現就更朦朧。它常常使詩只獲得一種情緒感染，而具體感染來源對象是什麼卻怎麼也說不真切。如戴望舒的《煩憂》中寂寞、相思等心理內涵本來就聲形全無難以捉摸，可詩人卻偏偏又以秋、海加以比附襯托；造成復述式結構，有如陀螺，旋過去再轉過來，藏頭露尾，只點明煩憂感受卻不寫煩憂原因，確有一種「謎」的味道。

藝術成功與否的關鍵在於「度」的把握。現代派詩的朦朧美為何沒有像象徵詩派的李金髮一樣墮入晦澀的淵藪呢？原因就在於在意象組合過程中注意攝取傳統詩歌的意境範疇，注意肌理的整體效應，從而提供給讀者一個完整的誘人的精神情感氛圍或情調。李金髮等人由於沒有超越模仿境地，是穿著象徵派鞋子走路，組合意象時彆扭而古怪，隨意跳閃，不注意整體有機性，所以才把詩寫成支離破碎、晦澀難懂的笨謎與魔術。而現代派是穿著自己鞋子走路，注意到結構的整體和諧性，所以總能組構起一個可以讓讀者進入的古典美學意境一般的氛圍。戴望舒說單是美的字眼的組合不是詩的特點，卞之琳也曾說：不管您含蓄如何艱深，如何複雜的意思，一點窗子，或一點線索總應給人家。這一點線索與窗子即可理解為內部結構的有機性、整體性。如林加的《暮景》在意象組合時就注意到了意象分子間的一致諧合，落日、蘆草、破船、長翼鳥等外在景物，無不浸漬著清冷蕭瑟之氣，而它們與詩人半生流浪返回故園的黯淡落魄心境恰好十分合稱，所以形成了情緒統一、意蘊豐厚的意境，透出了一股古典情韻的美感。何其芳的《有憶》那種絢爛柔美更讓人聯想到李商隱纏綿悱惻的《無題》詩，因注意了肌理構成，所以成

了團塊的整體生命跡象。現代派詩意象組合的肌理整體效應，因有了與傳統意境審美鑒賞心理契合，所以便壓住了陣腳，使朦朧美沒出格為晦澀神秘的暗瘡，雖然不可一目了然，卻可領悟理解。

朦朧美給現代派帶來了聲譽，也帶來了麻煩。當年現代派刊物曾近乎白熱化地討論之的利弊優劣。朱光潛認為晦澀無可辯護，難懂的詩卻有存在理由；林庚說詩只有從容自然與緊張精警之別，懂與不懂原本說不清楚；施蟄存則將不懂的責任歸之於讀者。我們以為這大可不必。詩在某種程度上說就是貴族化產物，具有不可完全解讀性（能夠完全解讀的不是詩而是散文），詩之妙正在於似與不似、可解與不可解之間，這是詩獨立享有的權利；詩應該維護自己的先鋒前衛性。「老嫗能解」並不是什麼值得仿傚的理想境界；當然，在需要詩化為匕首投槍的動亂時代，仍一味求隱、朦朧那就無疑於自設迷津了。

二、智慧：凝聚與舒放

早在三十年代金克木先生就十分銳敏地捕捉到了這一端倪，稱文壇崛起了一種「新的智慧詩」，這是極其可貴的。只可惜後人對它的理解多失之於偏狹，認為它主要指內涵哲思化。近來有人對它做出了接近事實的解釋，認為「現代派的智性追求有兩個內涵：一個是相對於情感與理想而言，傾向理性；一個是相對於主體與客體而言，傾向客體」，並且二者都「僅指藝術形式的表現而言」〔註5〕。我認為，現代派的新智慧詩在這裡不單純指意味，也不單純指形式，而應該是內涵與表現的雙向統一。

將哲理頓悟溶化於象徵中，尋找感情與理智的交錯平衡。詩人們對宇宙人生凝眸的經驗結晶、對後期象徵主義詩歌的傾心，與象徵性意象固有的理性積澱這三方面的綜合，使理性智慧不由自主地躍為詩的主腦，詩情智化漸漸衍移為許多詩的審美趨向。這一趨向在不同詩人中存在著程度的差異，在那些感傷的情濃於理的詩人那裡還不甚明顯，但他們的性靈之河的流淌中也不時裸露出一些理意的石子，如戴望舒的《燈》、何其芳的《花環》便是。前者在美的渴求與幻滅心態流程裏，凸現了希圖超越世事糾紛的哲學寂寞，暗示出人生不過是「最綺麗的夢網」、美麗的夢難再回來；後者從少女夭亡的故事昇華抽象出智慧意念，「開落在幽谷裏的花最香／無人記憶的朝露最有

〔註5〕曹萬生：《論三十年代的現代派》，《四川師大學報》1991 年第 6 期。

光……沒有照過影子的小溪最清亮」，不乏思辨的美妙遐思裏，牧歌化和詩化了孤獨意識，點明在惡濁世界生存死亡是美的。這類詩雖然閃爍哲思光彩，但還仍然是被情調氛圍包裹的，無論是《燈》對生命價值的思考，還是《花環》的死亡與孤獨觀照，都是滲透在絕望的寂寞或哀傷幽怨的自傷調安魂曲中進行的。而這種詩情智化在廢名、卞之琳、徐遲、曹葆華等人那裡情形則大不一樣，他們的一些詩差不多完全成了智慧的凝聚與發現，充滿近乎神秘的玄思意味。廢名常將禪宗的靜觀本心與象徵主義的直覺體驗融為一處，在苦澀沉思中閃出亦禪亦道的機鋒。如《海》「我立在池岸／望那一朵好花／亭亭玉立／出水妙善——／『我將永不愛海了』／荷花微笑道：／「善男子，花將長在你的海裏」，這是一首地道的關於「悟」的禪理詩。初看不涉理路，再讀則覺它是相對性原理思辯，第五句表明詩人已進入（心智）禪宗的無明狀態，後幾句則表明世間花本非花，海亦非海，花海同一，愛花即是愛海，「花將長在你的海裏」，就是生長在你自己的悟性裏，它用非理性形式表現帶有理性意味的禪意真是奇妙。金克木的《生命》則從形而上的美的角度，對生命存在的形式作深邃的哲學思考。卞之琳的《斷章》《距離的組織》，袁伽的《搏動》，徐遲的《都會的滿月》等也都隸屬於這類詩。這類詩常在小景物中寄寓大哲學，字裏行間充滿了暗合人類精神深層的真知灼見，精粹但也難懂。

現代詩派這種不使人動情而使人深思為特點的詩情智化，絕對不同於僅僅以詩的形式說明道理的舊式哲理，也有別於賣弄聰明的精粹警句片斷，甚至與五四時期晶瑩透徹的說理詩也不可同日而語。因為它的理意是與情緒合為一體，溶化於象徵意象中的頓悟，因為它是通過非邏輯的詩之道路生產的，因為它是哲學的，但更是詩的；所以便不等同於哲學概念圖解、形式邏輯證明，而散發出藝術魅力的芬芳，令人回味依依。上文例舉的《燈》與《花環》，用可聞可視的客觀物象與音響作象徵體傳遞心靈，寫得詩意蔥籠自不待言；就連卞之琳知性十足的《圓寶盆》也同樣閃動著令人歎為觀止的美學魅力和新奇絕倫的悟性之光。讀著這首詩你時時會感受到宇宙萬物相對觀念在詩人筆下的交響，有限與無限，主觀與客觀、簡單與繁富、藍天與生命之船，一切都是相對的，從中領略到智慧的陶洗與快感；但是昭示相對論決非它的題旨所歸，推動詩的動力也不是理論邏輯，而是心靈活動節奏。它是以超現實的想像抒寫圓寶盆這一智慧之盒，展示了獲得理智之美的快樂旋律，以詩的方式創造了感性與理性平衡的天地。至於相對論只是作為一種哲學觀念無形地

規導灌入於詩的審美思維與想像中。正是這種詩的方式支撐，使現代派的詩情智化沒有陷入哲學泥淖，強化了藝術厚度，讓讀者愉悅地得到了智慧的提升。

現代派智性追求的另一個特徵是非個人化的智慧表現。受瓦雷里、艾略特等後期象徵主義詩人觀念影響，現代派詩人們為閃避說教與感傷，在創作中都極力放逐逃避抒情，追求一種智慧凝聚，一種非個人化境界。具體做法除了上述的起用意象客觀、間接地抒發情感外，還有兩個途徑，一是「埋」，二是「隱」。

所謂的「埋」，即是指詩人把握生活時對情思的過濾、篩選和錘鍊，絕對地反即興，創作中靠理智控制比受情感多些。為防止情思泛濫不把詩美殺掉，他們在情感第一次濃烈流過時，從不做詩，而是竭力克制住感情衝動，待噴湧情感冷卻後，再以回味的方式體驗、分析、觀察那些只剩下大致輪廓的感觸，剔除多餘蕪雜的部分，留下純粹的詩的材料，然後在其中開掘出令人意想不到的底蘊，這種經濃縮、錘鍊冷處理的詩情詩思源異常純粹含蓄。通過有「距離」的「組織」來表現情感的詩，在才華橫溢卻不信筆揮灑的現代詩人中不勝枚舉。戴望舒的《雨巷》可謂情思綿綿，但它再現的仍是一種回味中的情感。有關戀愛的種種複雜記憶不時在詩人腦中閃回幻化，常常以清晰抑或模糊的圖像撞擊著詩人的心靈之門，這給了詩人一種創作衝動；於是詩人把貯存的記憶以藝術方式喚回，在審美距離的透視下以雨巷為觸媒展示出來。這樣便使普通而平凡的回憶獲得了豐厚深邃的內蘊，既抒放了失戀的苦痛惆悵，又概括了大革命失敗後知識分子的心態特徵，簡雋而深沉。卞之琳更在詩集自序中闡明在情感不能自已時總傾向於克制，彷彿故意要做「冷血動物」，他的《斷章》《魚化石》完全是靜觀默想的沉思結晶體，沒有數十次的咀嚼，沒有上百次的沉澱，它怎麼能傳達出那樣別致精警的體驗。這裡的「埋」是一種理性的靜觀與凝定，它的冷靜，它的克制，它的內斂是防治濫情的良劑。

「隱」在這裡指表現方法上的冷處理手段。它很少郭沫若、徐志摩式劍拔弩張的大呼小叫；而是不動聲色，把心中一團火似的激烈情感或思考隱在幕後，沉著冷靜地將實情轉化過來的詩情滲透於客觀的描述與戲劇性場面或對話中，使詩成為有意味的形式。這種近乎於戲劇化，小說化、典型化的非個人化傾向是有案可查的，聞一多提出過，徐志摩嘗試過；但是到了卞之琳、廢名等人手裏才漸趨成熟。卞之琳說，「我總喜歡表達我國舊說的『意境』或

西方的所說『戲劇化處境』……甚至偶而用出了戲擬 parody」〔註6〕，如《酸梅湯》就是運用戲劇對白或獨白成功的作品。「可不是？你這幾杯酸梅湯／只怕沒人要喝了，我想／你得帶回家去，到明天……得，老頭兒，來一杯／今年再喝一杯酸梅湯／最後一杯了。…啊喲，好涼」。沒有任何情感傾向流露，畫家式的白描手法繪製的畫面裏，一切都呈客觀狀態；可洋車夫對賣酸梅湯老頭半調侃半同情的神態和他滿不在乎的樂觀性格都在獨白中表現了出來。他的《尺八》《舊元夜遐思》也都用了戲劇表現手法。廢名一些傾向於客觀淘洗的詩如《理髮店》《寂寞》也表現了一定的非個人化傾向。可以說，卞之琳與廢名是非個人化方向少有的探索者。現代派詩中這種不作任何界定指向，不做任何評價與變形的非個人化傾向乃至「談話的風格」，是一種冷抒情方式；但它不是一種實在意義上的冷，在冷之後常隱藏著詩人激情的脈動。也就是說，這種冷靜的分析表現是一種熱到頂點的冷，是一種理智的節制與情思的約束，它往往更具有凝聚力與衝擊度，它是一種更高層次上的美，並且它也消除了讀者所謂「隔」的理解困難。

現代詩派智性追求遞進出的一些珍珠似的精品，對提高抒情詩的品位，刺激讀者新鮮的閱讀力功績卓著；但過度的智性化則超過了讀者理解度，又不可避免地出現了為小眾的短處，神秘玄乎難以索解。智慧詩，是最有誘惑力又最偏激的道路。

三、自由而精緻的散文美

只有傻子才會幹出削足適履的把戲，而聰明者總是不斷製作合適的鞋子走路。那麼現代詩派尋找到了什麼樣的語言與體式外殼？一個極具戲劇性的藝術事件必須提醒人們注意。當戴望舒以一曲《雨巷》將新格律詩推向登峰造極境地，被葉聖陶盛讚「替新詩的音節開了一個新的紀元」後不久，這位雨巷詩人卻悄悄革起自己的命，在《詩論零札》中宣言「詩不能借助音樂，它應該去了音樂的成份」，「詩不能借助繪畫的長處」，「詩的韻律不在字的抑揚頓挫上，而在情緒的抑揚頓挫上」；並付諸實踐，又以《我的記憶》樹起一座自由詩的里程牌。這個事件透露出一種新的藝術信息：現代派正從新月派新格律詩的陰影籠罩下走出，在無數歧途中找到了浩浩蕩蕩的道路，為自己製作了合適的鞋子。即如當年象徵詩人掙脫巴那斯派刻意雕琢的形式一樣，現

〔註6〕卞之琳：《雕蟲紀曆·序》，人民文學出版社，1979年。

代詩派已突破新格律詩形式樊籬，走向自由形式的旋律；不再堆砌豔詞麗句，而用舒捲自如的生活化、口語化語言工具，表達現代人日常生活情緒，從而升發起一縷自由精緻散文美的希望曙色。

　　散文美這個不可阻止的審美趨向，幾乎在所有現代派詩人創作中都得到了不同程度的印證。如《我的記憶》「它生存在燃著的煙捲上／它生存在繪著百合花的筆桿上／它生存在破舊的粉盒上……」，與艾青的《大堰河，我的保姆》異曲同工。它娓娓道來從容自然，完全是口語化的；但卻精確而有風姿，有節制的瀟灑和功力的淳樸，大量排比複沓句式的起用，造成強烈的節奏感和旋律美，口語化與審美化的高度統一，是一種接近口語的「賦」的風格。而大量詩人始終都是散文化的，如施蟄存、史衛斯、路易士、廢名等，侯汝華《迷人的夜》寫到：「月在空中／月在水中／船家女的槳／輕拔著欲醉的柔夢」，主旋律重現中可感到輕柔拂動的詩情。金克木的《愁春》用排句層層遞進，將感情推向高潮。其中散的最凶的是李白風，「星花開在萬峰之雪頂／上有藍天／下有碧海／星花落下來時／一個美麗的娘娘蘇醒了……」（《星花》）形式上與散文詩幾乎毫無二致；但它的內涵又是純然的詩的，它的語言仿若清徹的溪流從心靈中天然漾出，不是一行一行地寫出，長短相間毫無韻律的句式造成的連綿氣勢，化為了詩美的整體呈現，是一種典型的情韻節奏。當然也有個別與現代自由體趨勢悖行、始終堅守格律的詩人，如林庚整本《北平情歌》都偏離了散文美情趣，所以遭到一致批評，說其有古詩的氛圍氣。這樣的自由體浩浩大路上的「落伍者」似乎只有林庚一個。

　　縱觀新詩發展歷史，它在形式上走過了一條否定的「之」字型道路，從五四時期的自由詩到新月詩派的新格律詩，再到現代派的散文化；但它不是一般意義的反覆與輪迴，而是螺旋形的上升超越。五四時期的自由詩明白如話，輕淺、直露、冗長，使古典詩的意境凝煉傳統消失殆盡，過度的散化如一匹脫韁的野馬，隨意走筆，不講究詩情律動。現代派則擯棄散文化而追求散文美，它視節奏為詩的藝術生命，把外在音律消融於詩的內在骨路，把形式沉澱到內容中去，形成了富於旋律美的詩體，在五四自由詩的「野馬」與新月格律詩的「鐐銬」之間找到了廣闊的形式天地，自由而精緻，從而把五四自由詩以「白話入詩」的白話詩時代，引向了「散文入詩」的現代詩時代。從自由體到新格律詩是新詩形式的一次進步，從新格律詩到散文美是新詩形式又一次更高意義上的進步。

　　現代詩派的形式變異根本上取決於詩情變異。現代詩派的詩情再也來不得新月那般典雅敦厚，現代都市滋潤出的微妙、繁富、流動的現代心靈感應，常呼喚一種整體詩美意蘊呈現；於是它便衝擊新月乃至古典詩歌狹窄詩體形式河床，進入審美意義上更為浩瀚、更為自由的心靈音樂海洋。戴望舒的那句「刻意追求音節的美，有時倒不如老實去哼舊詩」，昭示出它是基於詩情呼喚對新月反撥的結果。同時也與象徵詩風的影響變化有關，現代詩人早年感興趣的魏爾侖、道生都是音樂美的倡導者；而後來喜歡的果爾蒙、耶麥、艾略特等又都代表著自由詩風，所以說他們詩形式變異痕跡正是影響痕跡的複印而已。那麼現代詩派形式變異帶給詩壇以什麼影響呢？我想簡略說大致有以下幾點：乾脆、簡練、硬朗的口語化，剔除了韻文（包括新月詩）虛偽的人工氣、書卷氣，而以一種洗盡鉛華的肉體本色，為詩壇吹送了一股親切樸素、自然清新的氣息；基於內在詩情的精緻旋律與樂感，把現代人的內心世界表抒的更為綿密、繁富與委婉；實現了對初期象徵詩文白夾雜的語言，注重音樂效果的超越，變革了「純粹詩歌」內涵，創造社後期三詩人提倡的純粹詩歌多以音樂、色彩美或音畫效果為支撐，而現代詩人不再靠詞藻色彩和音節構造渲染朦朧氛圍，而嘗試的是不乞援於通常意義的音樂的自由體純詩，更利於表現現代性的題材與情思。艾青評價戴望舒時說「改用口語寫，也不押韻，這是他給新詩發展史立下的功勞」〔註7〕，這句話對整個詩派同樣合適。

　　現代詩派的藝術探索遠遠不止上面論及的三個方面，它還包括用全官感交錯的通感追求意象的陌生新鮮（如戴望舒的「咀嚼太陽的香味」），通過語詞的正反組合拓寬情思容量（如何其芳的「年輕的老人」、「美麗的天亡」），虛實契合為抽象感情尋找質感（如李心若的「準的航線勒死我的希望了」）等。這些手法鑄成的奇特觀念聯絡與前三個方面的特點融合，共同促成了現代詩派朦朧的藝術形態，使現代詩派的作品如一片霞，似一團煙，迷離閃爍，令你追尋，讓你回味。

〔註 7〕艾青：《戴望舒詩集·序》，四川人民出版社，1981 年。

第五章　一片沃野　二水分流：主情派與主知派的審美差異

在詩的競技場上，每個現代派詩人都有自己的拿手戲。林庚用原始語言傳達清麗幽邃的情思，灑脫醇例；陳江帆趨向田園，嚴整典雅，透著新古典主義的牧歌氣息；施蟄存善寫意象抒情詩，詭異飄渺；李廣田樸實濃厚，自然大度，是典型的「地之子」；金克木意境蒼老；南星深婉精微；曹葆華似古怪冷峭的岩石；番草如透明淒清的殘月。真是百花齊放，各臻其態。如此說來現代詩派不是失卻了規範統攝嗎？否。百川歸海，萬木歸林，現代派詩人個體的絢爛，正是它審美同一性天河散落的繽紛花雨；只是這條天河呈兩方流向，一是主情，一是主知。想想前文對意識與形式的雙重解讀，這個問題便會異常清晰起來。

無論怎麼說，東方民族是感性化民族，探討知性原非它之所長。這個民族特徵無形中注定了主情派擁有龐大的陣營，可以開列出成串的名字：戴望舒、何其芳、李廣田、南星、玲君、劉振典、李白風、侯汝華……這派詩以泄情為主要特徵，常在平凡事物中捕捉「情趣」，營造令人心迷神馳的可感受經驗世界氛圍。這種傾向於心靈內斂的詩，雖也借助象徵、暗示等手段施放朦朧的煙霧，但尚容易辨認和理解。

與主情派的龐大詩人群相比，走上知性前沿的詩人並不多，卞之琳、廢名、曹葆華、林庚、金克木、徐遲等是其主要構成，吳奔星、路易士的某些詩也接近它的邊緣。主知詩大多以沉思為主，善於從瑣碎一般的事物中開掘「意趣」或「理趣」，表現出可意會不可言傳的深潛意蘊。這類詩時時存在的理性

內涵與神秘玄思，因注意錘鍊淘洗，並已超出日常感性次元的界限，所以難免有些不好把握。

主情詩與主知詩同樣隸屬於現代詩派，同時馳名詩壇。但是詩歌觀念、心理結構與人生經歷的分野，又使二者如同大海有大海英姿、江河有江河風韻一樣，同操繆斯之笛卻吹奏出調式迥異的兩種音響，在詩的意味狀態、想像因式、結構風貌等方面姚黃魏紫，展示出不同的審美風格。本節擬以簡潔的筆致對之進行描述，不做繁瑣累贅的長篇大論，說明問題即可。

一、「情趣」與「意趣」

主情派與主知派在意味內涵構成上同樣面對平常事物，前者偏重展示「情趣」，後者偏重開掘「意趣」；因為前者內斂，即使涉足現實也高度心靈化，渲染擴展情緒，後者內斂又外傾，願探索宇宙人生奧秘，且有玄學色彩。如人言「自古聖賢皆寂寞」，但戴望舒與卞之琳的《寂寞》，感悟格調卻截然不同，一個是情種的寂寞，一個是智者的寂寞。請看戴望舒的《寂寞》：

> 園中野草漸離離，
> 扎根於我舊時的腳印，
> 給他們披青春的彩衣：
> 星下的盤桓從茲消隱。
>
> 日子過去，寂寞永存，
> 寄魂於離離的野草，
> 像那些可憐的靈魂，
> 長得如我一般高。
>
> 我今不復到園中去，
> 寂寞已如我一般高；
> 我夜坐聽風，晝眠聽雨，
> 悟得月如何缺，天如何老。

戴氏移寂寞於內心，又化萬物於寂寞，寫它非但「永存」，而且「寄魂於離離的野草」，「長得如我一般高」；情之所趨，把寂寞的氛圍烘托得淋漓充分，彷彿它充塞於整個作品的抒情空間，又充塞於讀者的內心，令人好憋悶。總之，全詩作祟的只有一個「情」字。其實，戴氏的創作一開始就呈現著向內心開掘的思維定勢。《凝淚出門》《自家傷感》《流浪人的夜歌》等詩，都可視為

個人傷感愁懷的抒發，有著憂鬱苦悶的情緒底色與基調。

再看卞之琳的《寂寞》：

> 鄉下小孩子怕寂寞，
>
> 枕頭邊養一隻蟈蟈；
>
> 長大了在城裏操勞，
>
> 他買了一個夜明表。
>
> 小時候他常常羨豔
>
> 墓園做蟈蟈的家園；
>
> 如今他死了三小時，
>
> 夜明表還不曾休止。

卞氏的客觀敘述背後卻深隱著人生思悟的哲理。由鄉下小孩到進城操勞一生的觀照，容納了悲哀的智性內涵：人生不過是充滿寂寞的旅程，寂寞與生俱來隨死而去，同時有大理想才有大寂寞，不懂寂寞也不會有人生的真正哀痛。夜明表與蟈蟈在這裡都包孕著對寂寞的感悟，蟈蟈以墓草為家園的樂土，唱盡不寂寞的歌後，走向墓草的結局，是再明確不過的暗示。可見，面對寂寞之海，智者在測試生命與死亡的距離，情種在勾勒自然與人心的關係；情種的寂寞雖閃爍游移仍可令讀者產生一種情緒感染，易於體悟，智者的寂寞必須憑藉一定的生命與審美體驗才能破譯。

二、情調象徵與哲理象徵

仔細辨析後會發現，主情詩與主理詩都將想像創造的象徵作為抒情言志的拐杖；但主情詩常追逐情調象徵，給人一種整體的情緒激蕩，後者則擅長於哲理象徵（或曰理念象徵、智慧象徵），從生活中淘洗智慧晶體，寄寓某種抽象的哲理或玄思。二者都給人以融洽無間與豐富無限的美感，都具有形而上意味；但主情詩感人肺腑，主知詩則啟人沉思。如何其芳的《預言》建構了一個象徵空間。「年輕的神」美麗溫柔，「我」熱切地盼望她來臨表露自己的愛戀；可她卻如同「無語而來」一般又「無語而去」，消失了「驕傲的足音」。那位女神是愛神的象徵，她的來去正是詩人由渴望到悵惘愛情心態歷程的記錄。似真似幻的如歌的行板曲調流動，暗示了詩人短暫的歡樂與無限悵惘的纏綿心曲。可難道詩僅僅是寫年輕女神無語而來又無語而去的愛情歡欣與愁情嗎？恐怕不是。我們知道現代詩人何其芳的詩善於運用象徵意象，構築多

重多義性內旨的文體，這種意象的運用常使詩具有一種言外之旨。《預言》的意味可以理解為追求愛神、希望，也可以理解成追求美，這種在歡樂讚美與眷戀惆悵情懷流轉中的詩意探索，具有朦朧而不確定的特質。也就是說，可望而不可即的涵蘊，正是理想與現實衝突所產生的悲劇情調；而「女神」正是這情調涵蓋象徵的載體。戴望舒的《雨巷》也有類似的效能，「雨巷」是現實的存在，也是惆悵情思的象徵物。侯汝華的《水手》等也是這樣的詩篇。

而莪伽短短八行的小詩《燈》，卻浸漬著另一種色彩。

> 盼望著能到天邊
> 去那盞燈的下面──
> 而天是比盼望更遠的！
> 雖然光的箭，已把距離
> 消滅到烏有了的程度；
> 但怎麼能使我的顫指，
> 輕輕地撫觸一下
> 那盞燈的輝煌的前額呢？

稍有閱讀經驗的讀者都會感到這是情感與智慧凝聚的明珠。在表層的感性圖像裏，想像捧出的不是緻密的思考與理意嗎？它飽藏著一種亮色的人生哲學，遠在天邊的燈，是太陽；是光明與溫暖，是理想追求的象徵。而它為主幹組織的象徵空間則既傳達了身處逆境中的詩人對自由光明的渴求，更象徵著人類對理想境界的追求永無止境，這個過程痛苦而恒久，但它卻是人類向上的動力。卞之琳的《白螺殼》也是一個富有深意的哲理象徵喻體，它的空靈純潔，它的美麗富有，它的玲瓏剔透，都隱喻著人生理想的種種美化事象。作者正是借之承載希望與悵惘兩種情感，催綻出一朵理智的詩之花。廢名的《海》、林庚的《那時》、金克木的《生命》也可視為理智象徵性較強的詩。

《預言》與《燈》等詩的剖析已經表明，情調象徵是性靈的音樂，哲理象徵是智慧的靈光；情調象徵的情趣多指向可感受的經驗世界，哲理象徵的意趣多為陌生的觀念世界；對情調象徵不能糾纏具體的細節內容，只有從整體視角縱深追蹤，才可獲得審美運動的底蘊，對哲理象徵則必須向本文深層與高層掘進，超越第一層的表面與有限，才能對它的本質與無限做出接近正確的理解。

三、情態文本與意態文本

　　主情詩與主知詩的差異，不僅表現在內涵與象徵手段的運用上；還表現在詩歌的結構方式上。一般說來，主情詩近於情態文本結構，而主知詩更近於意態文本結構。所謂的情態文本結構是從精神到符號功能的一維線性結構，它的想像始終與對象的經驗性表象存在離不開，所以很少歧義；而意態文本結構是冷態觀照式（有一定戲劇化處境因素）、間距式智性領悟的空間意指結構，它的想像已由經驗性象徵符號向超驗性象徵符號位移，意指方式也由線性走向了空間，所以與情態文本詩符號——對應性意指（至多有兩層內涵）構成對比，有兩重或多向意指的大幅度區間。如《雨巷》的寫作是在「我」與「姑娘」間的關係、詩人迷茫情感與江南雨巷的特有表象間的融匯中進行的，這種「我——姑娘」的關係結構使所有生成符號都獲得了基本明確的所指，姑娘至多包涵自身以外的希望語義；因此詩的意指對象比較容易把握。並且它所寫的「太息的眼光」、「頹圯的籬牆」、「油紙傘」都是雨巷中的具體表象……這是一種 A 能指——B 所指的線性隱喻的情感結構。這種結構特徵在戴望舒的《我的記憶》與何其芳的《羅衫》中表現得更為顯明。前者寫到被詩人視為「老朋友」的記憶到處存在，在燃著的煙捲上，在繪著百合花的筆桿上，在喝了一半的酒瓶上，在往日的詩稿上，在平靜的水上。總之記憶無處不在地生存著，它們與記憶的關係似乎繁富得很；實則十分單純，它們再繁富也都沒有超越過去美好而酸楚生活的範疇，所以詩的情緒仍是容易把捉的。後者也呈示著這一狀態。

> 我是曾裝飾過你一夏季的羅衫，
>
> 如今柔柔地折疊著，和著幽怨。
>
> ……
>
> 眉眉，當秋天暖暖的陽光照進你房裏，
>
> 你不打開衣箱，檢點你昔日的衣裳嗎？
>
> 我想再聽你的聲音。再向我說
>
> 「日子又快要漸漸地暖和。」
>
> 我將忘記快來的是冰與雪的冬天，
>
> 永遠不信你甜蜜的聲音是欺騙。

　　這是典型的線性情態文本結構，它以情感對應物——羅衫，傾吐失去愛

的痛苦與哀怨。詩歌發展了古詩以衣服與女主人的關係隱喻愛情的寫法，使全詩成為隱喻，表面寫羅衫，實際抒發對愛情的感慨：「你——我」雖在夏季戀愛過；可隨季節改變，「你」不再需要「我」而換上秋衣，「我」只能被折疊在箱裏幽怨。詩的結構視象與情愛幽怨是一對一的關係，一般人都理解不錯。

　　而主知詩的空間意指結構則是具有多向意指的結構，它常常以剎那表永恆，以有限表無限，具有一對多的功能，不大容易把握。在這方面，卞之琳的《斷章》堪稱代表作，對它從情愛、人生、哲思等層面都可做出相應的解釋。他的《圓寶盒》更是如此，可以說對它每個人都會有自己的閱讀答案。該詩傳達了詩人一種心得、悟、知、道，其中既充滿悟性自由，又涵括著宇宙萬物相對的思想。對於這樣的詩讀者根本無法做出確切的情思定位。具有「禪家和道人的風味」的廢名的詩，也體現著類似的美學形態。如他的《妝臺》即是具有複調特徵的結構。

> 因為夢裏夢見我是個鏡子，
>
> 沉在海裏他將也是個鏡子，
>
> 一位女郎拾去，
>
> 她將放上她的枚臺，
>
> 不可有悲哀。

　　它的本意在注重美；但從它的構思看又源於愛的甜蜜，還隱匿著人生的悲哀。對它的理解可仁智各見。也可以這樣說，主情詩的線性意指結構，常常多運用比興與具象的移情來進行構築，即便使用象徵也屬簡單象徵，所以難以出現歧義；而主知詩空間結構則多用象徵與意象抽象構築，並且象徵又多為複雜象徵，所以所指空間相對寬泛而多向。

　　通過分析，主情詩與主知詩的差異已逐漸明朗。它們同樣富於朦朧美風格；但前者透明厚實，後者則深邃晦澀。總之，它們以總體觀念的相通、各自詩藝的差異，在現代派詩史上矗立起兩座充滿啟迪意義的豐碑。

第六章 三十年代「新詩的另一個主流」

　　港臺學者對中國現代文學的研究多有偏頗，卻也時有創見。在談到三十年代的現代詩派的價值時，臺灣著名的文學史家周伯乃說：「現代派的詩受歐洲的象徵派影響很深，但他們儘量揚棄象徵派的晦澀、幽秘、矯飾之弊，而採納其音色的優美、內容的含蓄等優點，使其成為中國新詩的另一主流」〔註1〕，這一評價基本上符合歷史本身。事實上，隨著現代詩派對新月詩派地位的取代，它的確成了當時詩壇現實主義主流之外的另一主流。

　　可是現代詩派這一優卓的歷史存在卻始終命運多舛，自誕生至今的幾十年裏，人們對它的評價一直沒有走出毀過於譽的低調兒；有時甚至被視為反動詩歌的逆流，推向全面否定的極端。早在三十年代任鈞就批評它「努力企圖在新瓶子裏裝上那已經發黴的陳酒，或則除照樣哼些花呀，鳥呀，少女呀，七絃琴呀之外，還自許為什麼派、什麼派，故弄其文字上的虛玄，故弄其所謂『新奇的手法』，寫出許許多多為『低能的』讀者們所不懂的『美麗的』詩章來」〔註2〕；蒲風也否定它「特多早年的美麗的酸的回憶，並且不時出現一些避世的虛無的隱士的山林的思想……凡封建詩人所常用的字眼，都常是他們的唯一的材科」〔註3〕。我認為拋卻可能存在的文人相輕意識，這恐怕也仍

〔註1〕周伯乃：《現代派的詩》，《早期新詩的批評》，第154頁，臺灣成文出版社，
　　　　1981年。
〔註2〕任鈞：《關於新詩的路》·《新詩話》，新中國出版社，1946年。
〔註3〕蒲風：《五四到現在的中國詩壇鳥瞰》，《詩歌季刊》第1卷第1～2期。

是不公平的貶低。建國以後，它的複雜使大多數文學史書籍對之視而不見，排斥在視野之外；即便評論標準日趨多元化的新時期，一般的論者也都謹慎地肯定其藝術探索的審美價值，而對其思想探索則或閃爍其辭，諱莫如深，或輕描淡寫地說些套話空話。這實際上也是一種不負責任的表現。作為新時代的詩歌評論者，我們理應事實求是，還它一份歷史的清白。

一、時代心靈的折光

勿庸諱言，在以讚頌「鐵與血」的中國詩歌會為主幹的現實主義潮流空前高揚的時代，現代詩派存在著許多缺憾。他們沒有很好地去履行詩人的崇高職責，突入時代與火熱的現實；而是沉溺傾心於個人情思與潛意識的審視開掘，在書齋與純詩的象牙塔中孤芳自賞，顧影自憐，並且在 1936 年眾多詩人還站在「純詩」的立場上，與「國防文學」進行抗衡，這些都是不可取的。這種文化自由主義的立場，也注定了現代詩派的情思天地狹窄，歌聲纖細柔弱，充滿悲觀厭世的思想，「詩裏有謎」的美學情趣，也為之蒙上了神秘主義、頹廢主義的外衣，普遍存在著小處敏感、大處茫然的缺點。但是我們卻不能將現代詩派的詩一概視之為濁世的哀音，更不能視之為「反動詩歌的逆流」。現代詩派畢竟沒有象李金髮等人開拓的象徵詩派那樣頹廢絕望，更沒有象後期徐志摩與邵洵美之流那樣去營造反動陰暗或「頹加蕩」式的詩篇；並且它的許多詩篇都有個人與民族情緒的鬱結，或濃或淡地折射著時代的精神面影，曲折地透露出對時事的悲憤與憂思之情，充滿著積極進步的意義。如它有對進步革命友人的懷念（戴望舒《斷指》）、有對下層群黎百姓的終極關懷與同情（李心若《失業者》）、有對光明與理想的嚮往（莪伽《黎明》）、有對人間苦難不平的直面揭露（廢名《四月二十八日黃昏》）。那種追求人生價值的迷惘、對人生的沉思頓悟，那種對畸形世態的揶揄、憂鬱中的不平，那種對物質文明與精神頹敗間的反差的不協調的關注，都可以看出現代詩人的心靈為解決生活「失調」所做出的緊張努力，都反映出了「現代人在現代生活中的感受到的現代情緒」，都反映出了一代小資產階級知識分子在白色恐怖時期的生活與心態。所以有些評論者頗具識力地說「新月派所攝取的內容多與實際隔著一層，現代派卻敢於衝破幻影，直面人生」〔註4〕，雖重內心發掘，卻表現了特定時代一些知識分子的精神狀態。即便對現代派詩歌中的憂傷苦痛，也不

〔註 4〕唐祈：《論中國新詩的發展及其傳統》，《河北師院學報》1984 年第 3 期。

要一味地指責鞭伐，而應辯證地加以分析。在一定意義上說，現代詩派的浸滿憂鬱苦味兒的、交織都市風景與田園鄉愁的詩學主題，是不合理的社會制度的產兒。那種憂傷也完全是現代人的憂傷，是現代入被殘酷的現實風雨扭曲壓抑的心理變形。現代派詩人的情思投影裏，也隱含著時代、現實因子不自覺的折射與消融，他們所設置的一扇扇病態藝術窗口，實則是病態社會風貌的碎片；透過他們詩歌「病態的紅暈」，會感到他們憂思抗爭靈魂的脈動。在眾多的現實主義、浪漫主義詩人密切注視時代風雲與殘酷現實，而對人們心靈有所忽視，或重視心靈中昂揚樂觀的「明朗」面而輕視心靈中悲苦低沉的「陰暗」面時節，現代詩派的苦味兒情思抒唱，無疑構成了對時代心靈歷史風貌的必要反映與修補，消解了當時許多處於類似情思狀態的心靈饑渴。如果我們將視角從共時性的現實視點轉向歷時性的歷史視點，對現代詩派的評價就會在無形中出現逆轉。在當年風雲突變，戰爭激烈的彼時彼地，現代詩派發出的是微弱而不合時宜的聲音；但在暴風雨成為遙遠的過去、社會平和穩定的今天，它們卻具有了某種極其珍貴的認識價值，可以幫助人們瞭解那段歷史以及那段歷史中人們的心態。尤其是它的心靈總態度，更使詩歌的感性內涵獲得了張力與厚度，這種對人類心靈的關注與重視，對時下的生活與藝術也不無啟迪意義，列寧不還說「寂寞並不是一件小事情」嗎！

二、自覺成熟的創造

現代詩派在藝術上是自覺成熟的創造。或許現代詩派的藝術貢獻更大一些。不能否認現代詩派有些詩作字句生澀，過分地依仗象徵等間接的藝術手段、觀念的奇特聯絡，把詩搞成了多義性乃至猜謎式的技巧試驗，流於晦暗，令人望而生畏，有種小眾情調之嫌，如卞之琳的一些詩連解詩大家朱自清、劉西渭都難以做出令讀者作者認可的解釋，恐怕就是詩人在自設迷津了。但現代詩派的大部分作品仍稱得上是精巧圓熟的藝術精品。我一直十分固執地認為：從胡適、郭沫若到新月詩派，中國新詩不是模仿氣十足，就是傳統味太重，並且始終沒有徹底擺脫舊詩的糾纏。而現代詩派則以傳統與現代的成功嫁接創造純詩，創造具有散文美的自由體純詩，創造朦朧而又趨於智性的純詩，不但宣告了新詩步入了成熟，使自由詩的形式愈加完善、手法日趨多樣，完成了對象徵詩派與新月詩派的雙重超越；並且它更接近了詩本身，以一系列的理論倡導與實際操作，提高了新詩藝術的創作水準與品位，使抒情

持有了更多的蘊含。綜合的創作氣度胸襟，使它解決了新詩誕生以來一直懸而未解的問題即中西藝術的融匯問題；它以西方象徵主義詩歌與中國晚唐五代時期具有象徵意味的詩歌溝通，融古化歐，創建朦朧婉約的藝術風範。有浪漫派的奔放卻非脫韁之馬，狂熱無羈；有象徵派的含蓄卻不神秘晦澀；有古典派的典雅理性卻少刻板。現代詩派藝術上的成就表明，中國現代主義詩歌已進入了獨立自覺的成熟階段。現代詩派也昭示了自身發展的可能性，以種種個性原型的澆鑄，滲入了詩壇後來者的血液中。真正的藝術是不死的，它雖然存在的時間短暫；但昭示的卻往往指向永恆。抗戰的到來使現代詩派走向了消衰；但它那種慘淡的藝術經營氣質，對純詩藝術的鍾情，詩情智化的思考，也就是那種思想與藝術精神卻在後來者那裡得到了延伸，給後來者設下了豐富的啟迪場。如四十年代國統區上海湧起的以辛笛、陳敬容等為代表的九葉詩派，就是它傳遞出的遙遠的歷史回聲。此外，現代詩派的火種也曾被詩人路易士（紀弦）帶到了臺灣，這脈「現代餘緒」在臺灣釀成了一股聲勢浩大的現代主義詩歌運動。就是八十年代崛起的朦朧詩，在審美特質上也與現代詩派存在著內在因緣，舒婷的情詩酷肖何其芳就是最有力的明證。另外，現代詩派對詩的本質、朦朧與晦澀、隱與顯、格律與自由等詩學命題的討論，也促成了詩歌觀念的積極反思與發展，為新詩的進一步前行提供了堅實有力的理論後盾。

現代詩派從沒有忘記對自身侷限的克服與超越。抗戰爆發後，戴望舒、卞之琳、何其芳、莪伽等人的蛻變傳送出了這一令人欣慰的信息；可惜它僅僅停浮於幾個人身上，整個詩派並沒有完全繼續前進。這樣，綜合人生與藝術、平衡現實與心靈的課題，自然就落在了下一個現代主義詩歌流派——九葉詩派肩上。

第七章　戴望舒詩歌的特質情思與傳達策略

　　也許是才高氣傲之故，臺島詩人余光中認為戴望舒在絕對標準上只是一個二流的次要的詩人，他的詩境界「空虛而非空靈，病在朦朧與抽象」，語言常「失卻控制，不是陷於歐化，便是落入舊詩的老調」。〔註1〕這種觀點無論如何也難以讓人信服。作為上承古典餘澤、下啟現代詩風的新詩中的「尤物」，作為現代詩派的重鎮、純詩運動的中堅，戴望舒儘管詩歌創作少得近乎吝嗇，在二十多年的時間裏僅僅留下《我的記憶》（1929年）、《望舒草》（1933年）、《望舒詩稿》（1937年，基本為前兩集合版）、《災難的歲月》（1948年）四本詩集，九十三首詩；但是卻標誌著象徵主義在中國發展的規模與深度，並且以藝術精神與藝術形式的共時性拓展，實現了象徵主義的中國化，預告了新詩現代主義的真正蒞臨，「他的詩歌中所內含的多種思想藝術質素，都顯示著或潛存著新詩的發展與流變的種種動向」。〔註2〕

一、「真實」與「想像」遇合的詩情

　　從嚴格意義上說，與善做理性暝思與擴張的卞之琳、廢名等人不同，戴望舒是一個感情至上的抒情詩人。

　　戴望舒的《詩論零札》的核心思想即詩情，他認為「詩當將自己的情緒表現出來，而使人感到一種東西」，「新詩最重要的是詩情上的 Nuance，而不

〔註1〕余光中：《評戴望舒的詩》，《名作欣賞》1992年第3期。
〔註2〕龍泉明：《中國新詩第二次整合的界碑》，《中國社會科學》1996年第5期。

是字句上的 Nuance（變異）」。受這種詩學思想燭照；他的詩也無不將感情放在首位，重視詩情的鑄造。這一點似乎與浪漫派詩人不謀而合；但它的優卓在於不似浪漫詩人那樣赤裸地抒放原生態的情感；而是從艾略特的「詩歌不是情緒的發瀉，而是情緒的迴避」觀念得到啟發，確立了詩人自己獨特的做詩態度與立場。「詩是由真實經過想像而出來的，不單是真實；亦不單是想像」。〔註 3〕即既要重視通過樸素、自然、清晰而達到真實的美學原則，又要重視暗示性聯想的想像作用，這種想像是偉大作品不可少的、不由自主的那種「夢遊症式」的心理狀態，而這種由真實而經過想像的心理狀態的重視，恰好貼近了象徵派詩歌的詩學思想，為通往象徵派詩歌的契合境界提供了最佳途徑；戴詩由真實經過想像而生的詩情大致有以下幾種契合方式，即物物契合、物「我」契合、日常生活情緒與政治情緒的契合。〔註 4〕物與物契合者如《款步》，「這裡，鮮紅並寂靜得／與你的嘴唇一樣的楓林間／雖然殘秋的風還未來到／但我已經從你的緘默裏／覺出了它的寒冷」，從女友的緘默覺出楓林的寒冷，即是用想像功能捕捉到的一種真切體驗。而《樂園鳥》《古神祠前》《我的記憶》《夕陽下》等則是主體與客體、物我契合的典範。如「遠山啼哭得紫了／哀悼著白日的長終／落葉卻飛舞歡迎／幽夜的衣角，那一片清風」（《夕陽下》），這首變形詩實現了客觀外物的主體化。遠山即遠山，何以啼哭得發紫？落葉即落葉，何以會歡迎清風？原來詩人是借助主體的移情，神不知鬼不覺地將遠山落葉以及溪水、晚雲等化作了情緒對應物，神遊自然天地間時情與物融，使外物也浸染上了哀傷沉靜的主觀化痕跡。《我的記憶》的主體心理在詩人的想像幻覺中脫離主體而化為酒瓶、花片、粉盒、筆桿等繽紛事象，實乃是主體心靈客體化的表現。至於第三種小情與大情、日常情緒與政治情緒的契合，在戴詩中所佔比重也不少。如眾口交謄的《雨巷》，底層視像是一個青年失戀的苦惱與惆悵，形而上底蘊則是大革命失敗後一部分知識分子追求理想而不可得、對現實不滿又無可奈何的情思。《單戀者》《煩憂》也都溝通了個人的內心波瀾與時代的現實風雨，達到了自我意識與群體意識的溝通與復合。如前者寫到「我覺得我在單戀著／但我不知道是戀著誰／是一個在迷茫的煙水中的國土嗎／是一枝在靜默中零落的花嗎／是一位我記不起的陌

〔註 3〕戴望舒：《詩論零札》，《現代》二卷一期，1932 年 11 月。
〔註 4〕參見呂家鄉：《戴望舒：別開生面的政治抒情詩人》，《學術月刊》1985 年第 11 期。

路麗人嗎？」這是一首單戀麗人的詩，但單戀的對象又遠不止麗人；而是日常生活情緒、自然情緒與政治情緒的複合體；後者也是兼容著戀愛煩憂與政治煩憂，是個人憂鬱與時代憂鬱的共振體。

戴詩這種由真實經過想像的心理狀態——詩情，因注重真實與想像的遇合；所以它既是符合真實原則的作者真切體驗到的心靈境界，又因想像聯想功能的介入而與概念道理的圖解劃開了界限，空靈又真實，不再訴諸理解力，而是訴諸感覺和想像，能引起人們心靈的呼應，含蓄深邃但又具體可解，滿貯著魅力，在透明與朦朧、顯與隱之間找到了理想的度，並以特殊的感知方式，帶來了戴詩異於他人的現代性的詩情特質。

一是微妙性。

戴望舒曾盛讚果爾蒙的詩「有著絕端地微妙——心靈的微妙與感覺的微妙，他的詩完全是給讀者的神經，給微細到纖毫的感覺的」，〔註5〕這段對果爾蒙詩印象與評價的語言好似為自己詩歌所做的恰如其分的自畫像。戴望舒認為「詩不是某一種官感的享樂，而是全官感或超官感的東西」，並在藝術實踐中表現出超常的感受力。他能從朝霞的顏色想到落日的沉哀（《山行》），從落葉的旋轉悟出人生之漂泊（《殘葉之歌》），能從飄落的鈴聲之幽微、青色珍珠墜落古井之沈寂，參透美好事物易逝的道理（《印象》）。詩人主張在平淡的生活裏發掘詩情，顯示複雜微妙的情思顫動與意緒，寫出多元素、多層次的心理內容，「把捉那幽微的精妙的去處」，〔註6〕不去表現一種意思或思想，而去表現一種幽深而又細微的感覺或情緒。這種精微程度為同輩詩人所不及的心理深度發掘，構成了戴詩藝術的特殊魅力。如《秋蠅》用「眼睛／衰弱的蒼蠅望得眩暈／這樣，窒息的下午啊／它無奈地搔著頭搔著肚子／／木葉，木葉，木葉／無邊木葉蕭蕭下……無數的眼睛漸漸模糊，昏黑／什麼東西壓到輕綃的翅上／身子像木葉一般地輕／載在巨鳥的翎翅上嗎」。它在立體化的流動的心理結構中，在秋蠅的意象中滲透著對日趨沒落的現實世界的厭惡與自己作為殉葬品的無奈的複雜體驗，詩人與秋蠅早已進入冥合狀態，秋蠅對窗外愈來愈昏暗的景物感受，對自身機體漸感沉滯衰亡的體驗，這多元素、多層次的心理流程，也同樣是詩人的。它交匯了幻覺、聯想與情感活動，創造

〔註5〕戴望舒：《果爾蒙、西萊納集譯後記》，《戴望舒譯詩集》，第31頁，湖南人民出版社，1983年。

〔註6〕朱自清：《中國新文學大系・詩集導言》，上海良友圖書印刷公司，1935年。

了一個全官感或超官感「心理格式塔」，其纖細其縱深非一般詩人可比。《微笑》的內容構成也不是作者分析認識的結果，而是從感覺到沉思到祈願的思緒流程。「輕嵐從遠山飄開／水蜘蛛在靜水上徘徊／說吧：無限意，無限意／／有人微笑／一顆心開出花來／有人微笑／許多臉兒憂鬱起來／／做定情之花帶的點綴吧／做迢遙之旅愁的憑藉吧」。一節以兩個隱喻和一個擬人化的呼喚寫出了微笑的感覺，明麗恰適，喻體與喻本間的神似而捨形似，令人回味無窮，微笑是無言的，卻包含著無法說出的無限情意，也很微妙。

上述詩例表明：戴望舒的不少詩都傾心於夢和想像的心理世界的微妙。因為只有深入到這方面的心理內容才最適合於展現隱微的內心世界，才能體現出現代性趨向。

眾所周知，西方象徵主義詩歌也常青睞於夢幻描寫，馬拉美就認為只有夢幻才可達到不屬於人世的美，寫夢才可以創造人類沒有的純粹的美，受之影響，戴望舒不少詩就把詩作裏的真實隱藏在想像的屏障中，是借助於夢幻鋪就的佳品，如《寒風中聞雀聲》《夕陽下》《生涯》《憂鬱》《古神祠前》《有贈》《偶成》；而夢本身神秘莫測，飄忽不定，寫之就顯示了詩情的微妙性。《小病》可稱為想像織成的華章，「從竹簾裏漏進來的泥土的香／在淺春的風裏它幾乎凝住了／小病的人嘴裏感到了萵苣的脆嫩／於是遂有了家鄉小園的神往……」小病的旅人無聊孤寂，從淺春的泥土香裏彷彿聞到了可口鮮嫩的萵苣味，於是勾起了家鄉小園的神往與思念；它把念遠思鄉的感覺化作在感覺家鄉小園如何呢？詩人駕想像的彩翼飛抵它的近旁進行透視，那陽光和暖，細風柔拂，蜂翅閃爍在萵苣花上，韭菜探出甜味的嫩芽，還有萊菔的葉子……平淡熟悉，寧靜和諧，溫情可愛，猜測試探的語氣，營構起的或然態美景，既朦朧虛幻，又透著對家鄉的惦念關切。而《秋天的夢》則是以夢為中心的心理過程的攝取，「迢遙的牧女的羊鈴／搖落了輕的樹葉／／秋天的夢是輕的／那是窈窕的牧女之戀／／於是我的夢是靜靜地來了／但卻載著沉重的昔日／／唔，現在，我是有一些寒冷／一些寒冷，和一些憂鬱」，前二節是想的遠方牧女的故事、夢的緣起，三節寫了夢的內容，四節則寫了夢醒後的感覺，無論是戀女之夢，還是詩人的昔日夢，都朦朧又微妙。

追求心靈的微妙與感覺的微妙，開掘多層次的心理內涵，以提高現代詩的心理深度，是戴望舒對新詩內涵拓展的獨到貢獻。

二是隱私性。

　　詩人當初對象徵主義詩歌心儀不已，其中一個重要的原因就是西方象徵主義詩歌那種吞吞吐吐地表現潛意識朦朧感覺的內涵與表現方式，與感傷的內向的詩人極為合拍。波特萊爾、阿波里奈爾、洛爾伽的詩中，不但存在著以意象對應物暗示情感的朦朧傾向；而且充滿對女性、愛情、往事的咀嚼與吟誦，戴望舒的詩又何嘗不是如此？詩人的摯友杜衡說詩人把詩當作另外一種人生，一種不敢輕易公開於俗世的人生，所以「偷偷地寫著，秘不示人」，「他厭惡別人當面翻閱他的詩集，讓人把自己的作品拿到大庭廣眾之下宣讀更是辦不到」，他像「一個人在夢裏洩露自己的潛意識，在詩作裏洩露隱秘的靈魂，然而也只是像夢一般地朦朧」，他體味到詩的「動機是在於表現自己與隱藏自己之間」。〔註7〕我以為杜衡這段話無異於披露一個事實：戴詩具有一種隱私性，這種隱私性包涵兩個方面：一是內涵的潛意識本身具有一定的隱私性，詩人是把詩當作了靈魂的逋逃之地、隱身之所，當作了個人情懷抒發的錦瑟，在那洩露隱秘的靈魂；一是在表現上加婉加曲，抒放中有約束，棄直瀉而取吞吐，避裸露而就掩飾，以此維護隱私性。

　　於是我們看到，除了《災難的歲月》中的個別詩篇外，戴詩的大多數詩都很少直接涉及政治主題，都力求避開政治視角；並且它不但政治因素缺席，而且在某種程度上還排斥外在觀實世界，而傾心於靈魂與自我的凝視。所以愛的體驗與主題的表現暗示，成了詩人九十三首詩中占壓倒之勢的主題，至少過了半數；出現最多的意象就是女性，《我的記憶》詩集的扉頁上更乾脆地寫著「給絳年」的字樣，其他一些情感略微闊大一些的詩，也多與女性、愛情有關。總之，戴詩結滿了一串串愛的情思之花，愛的人生隱私成為詩作的主要內容，正是戴詩現代性的一個突出表現。戴望舒的情詩既是他個人戀愛史的實錄，又是渴望愛情理想的外現，它從多角度寫出了愛的追求和困惑、甜蜜與悲傷。如在《路上的小語》中，詩人請求姑娘給他髮上「青色的花」、紅寶石一樣的「嘴唇」，火一般的「十八歲的心」，表現出一種勇敢奔放追求愛情的精神，熱烈火爆；《贈內》更有一種愛情至上味道，「不如寂寂地過一生／受著你光彩的薰沐／一旦為後人說起時／但叫人說往昔某人最幸福」，愛已高於一切，只要夫妻和美就是最大的幸福，而其他事情都乃過眼雲煙，終會「消失」。但是戴詩中這種情調的並不多，愛情的波折坎坷，使他的詩常是憂傷縈繞，飽含著「絳色的沉哀」，充滿得不到愛的回音的危機、相會的冷漠、

〔註7〕杜衡：《望舒草·序》，上海復興書局，1932年。

痛苦的別離、追求的幻滅與遺棄的哭訴。《林下的不語》如此;《雨巷》如此;《到我這裡來》虛擬為丈夫表達對亡妻的思念,熱烈的愛消失了而熱情猶在,愈見失落的悲哀;《回了心兒吧》這樣寫道「回來了,來一撫我的傷痕/用盈盈的微笑或輕輕的一吻」,看出了感情的破裂與心兒的悽楚。

戴詩的愛之情深繾綣,纏綿悱惻,其純潔與傷感令人傾倒;而詩人對愛情隱私維護的藝術手段更高妙。他很少毫無遮攔地高歌愛情,總是走隱約的道路,尋找情感的外在寄託或機智的淡化,欲言又止,吞吞吐吐,半隱半露。如《有贈》的後二節「我認識你充滿了怨恨的眼睛/我知道你願意緘在幽暗中的話語/你引我到了一個夢中/我卻又在另一個夢中忘了你//我的夢和我的遺忘中的人/哦,受過我暗自祝福的人/終日有意地灌溉著薔薇/我卻無心地讓寂寞的蘭花愁謝」。它以人稱的變化與「薔薇」、「蘭花」的暗喻象徵,把愛的故事抒放得十分策略,柔婉又內斂。再如《姿薄命》,「一枝,兩枝,三枝/床巾上的圖案花/為什麼不結果子啊/過去了:春天,夏天,秋天//明天夢已凝成了冰柱/還會有溫煦的太陽嗎/縱然有溫煦的太陽,跟著簷溜/去尋墜夢的叮咚吧」。詩巧借古詩中的棄婦題材,通篇以象徵手法來暗示企求愛而不可得、自己被遺棄的悲哀絕望,「混淆」了棄婦與詩人的悲情。《不寐》則是夢與現實難辨;《煩憂》《單戀者》乾脆迴避了愛的真相,以政治情緒的滲透干擾來維護愛的隱私。

這種種藝術上的「掩飾」使本已朦朧微妙的隱私更加隱蔽化,無法輕易把捉。它使現代的愛情體驗得到了古典形態的表現,既有西方象徵主義詩歌吞吐表現潛意識與個人情愛的長處;又顯露出了溫庭筠、馮延巳等晚唐五代詩詞作者們沉浸於兒女情長、紅香翠軟節制抒情風格的隱性影響。

三是憂鬱性。

戴望舒的詩不乏清新幽默乃至悲壯激越之作;但整體上卻承襲了中國古典詩歌傳統內在一致的哀愁調子,充滿知識分子特有的憂鬱氣息。這種現代詩的重要品質之一的憂鬱,是戴望舒貫穿於抗戰前所有作品的精魂。戴詩中大量存在的珠淚、夢、荒冢、殘葉、枯枝、啼哭、沉哀、廢園等意象辭藻的背後,即隱含著人與現實不相協調、理想無法實現的命運淒涼的心靈信息。如《燈》就寫了詩人獨對夜燈所產生的瞬間感悟。「燈」是人類生命流程及形態的見證者,是時間與歷史的見證者,它的凝著過程即是詩人對美的渴求和幻滅心態的過程。在「燈」的守護下,「我」的生命伴著木馬欄似的時間旋轉,

由穿著節日衣衫的歡樂兒童幻象而漸趨幻滅，時間依舊流駛，燈依舊守護，可節日卻已萎謝，彩衣卻已退色。這各感官的視覺幻象到觸覺、聽覺幻象的轉換，已凸現出詩人追憶過去生命時那種超越一切世事糾紛的寂寞心境，暗示出生命不過是終究要被打碎的「綺麗的夢網」而已。情人幽會該是幸福銷魂的時刻，可在詩人筆下的《夜》卻是另一番情調。

> 夜是清爽而溫暖；
> 飄過的風帶著青春和愛的香味，
> 我的頭是靠在你裸著的膝上，
> 你想笑，而我卻哭了。
> ……
> 我是怕著：那飄過的風
> 已把我們的青春和別人的一同帶去了；
> 愛呵，你起來找一下吧，
> 它可曾把我們的愛情帶去。

　　在幽會的幸福之夜，詩人卻想啜泣，怕飄過的風把青春與愛帶去，隱約地暗示出誰也逃不出生命的有限性，青春的愛情短暫，更是無法擺脫的遺恨悲哀。原來詩人的害怕來自對青春的生命體驗，也就是說一向與幸福快樂相伴相生的愛情，在戴詩中也變奏為無盡的憂傷或柔美與憂傷的二重奏。《山行》典型地濃縮著這種心態。「見了你朝霞的顏色／便感到我落月的沉哀／卻似曉天的雲片／煩怨飄上我心來」。詩人清晨與戀人在山徑上的散步伴著痛苦矛盾的情感體驗，既覺得自己配不上對方而煩怨，不見對方的聲音又痛苦不堪，真是纏綿得惱人，折磨人；「煩怨」、「嗚咽」、「沉哀」等語彙的選擇更強化了情思的苦味兒。即便戴詩中最明亮、最健康的歌唱，也夾雜著生命的憂傷、悽惶與苦悶，如《尋夢者》寫到若想得到「桃色的珠」，要「攀九年的冰山」、「航九年的旱海」先找到「金色的貝」，再在「海水裏養九年」、「天水裏養九年」，最後才可遂願，那種流貫詩間的不懈追求、艱辛、跋涉的精神，足可震醒一切人生昏睡者；但理想之日正是人生衰老之時、夢的實現即夢的幻滅道理的揭示，又令人無法不憂傷與喟歎。怪不得一些評論者說在中國現代派詩人中，戴望舒在痛苦之路上走得最遠呢！

　　戴詩的「痛苦」之情，有五四以後知識分子覺醒後無路可走的憂鬱；有大革命失敗後正直的人幻滅的悲哀；有個人不幸遭遇的煩惱；也有憂鬱傷感

的晚唐五代詩與充溢著世紀末哀痛苦悶的法國象徵詩的情調籠罩。它不同於西方象徵主義詩中的幽邃的憂患，而只是感受狀態的細碎感傷；它不似前者常進入超驗的思辯領域，而善在精微的感覺地帶盤旋。戴詩中這種憂鬱的基調質素，使詩人以獨特的詩情風貌與郭沫若的亢奮、聞一多的矛盾、徐志摩的飄逸平分秋色，共時互補，渲染出了中國現代詩情緒走向與色調的斑斕。

二、「表現自己」與「隱藏自己」之間

任何藝術革命總是從不滿拉開序幕的。戴望舒涉足詩壇之時，詩壇一方面「通行著一種自我表現的說法，做詩通行狂叫，通行直說，以坦白棄放為標榜」，〔註8〕詩人「對於這種傾向私心裏反叛著」；另一方面活躍著李金髮、馮乃超、王獨清、穆木天等象徵詩人們，由於他們借鑒西方現代主義詩歌的象徵、暗示手法同時，也搬來了神秘、看不懂的成分，詩寫得玄奧艱深令人難以卒讀，所以戴望舒從「所有的象徵詩人身上是無論如何也看不出這一派詩風的優秀來」。〔註9〕詩人之所以對詩壇的兩種傾向都存在不滿，是因為在他看來詩是一種吞吞吐吐的東西，它的動機是在於表現自己與隱藏自己之間，既要表現自己，又要隱藏自己。為抵達這種介乎朦朧與透明間、模糊又精確、藏而不露的半透明的理想境界，藝術上貫通中西的詩人博採眾長，另閃機鋒，在浪漫詩風與象徵詩風之間走一條中間道路，即融匯晚唐五代詩歌求鏡花水月的風度與波特萊爾、魏爾侖等人詩歌飄渺閃爍的朦朧個性，進行隱約抒情，既不直抒，也不全隱，在賦予詩歌以朦朧多義性的同時，又以明曉控制隱約，以清新融化醇厚。所以他的詩「很少架空的感情，鋪張而不虛偽，華美而有法度」，〔註10〕「也找一點朦朧的氣氛；但讓人可以看得懂」，〔註11〕走上了一條詩歌的正路。具體說來，最能調解「表現自己」與「隱藏自己」二者的藝術手段就是意象的功能；所以詩人對半透明式的理想詩歌境界的探尋，就是從具有凝煉性客觀性特徵的意象藝術切入的，並在這個方面體現了溝通中西詩藝的最高成就。

稍加注意就會發現。戴望舒的詩歌基本上避開了直抒胸臆的窠臼，而採用「思想知覺化」方式進行抒情，即把思想還原為知覺，像感知玫瑰香味一

〔註 8〕杜衡：《望舒草·序》，上海復興書局，1932 年。
〔註 9〕杜衡：《望舒草·序》，上海復興書局，1932 年。
〔註 10〕杜衡：《望舒草·序》，上海復興書局，1932 年。
〔註 11〕朱自清：《中國新文學大系·詩集導言》，上海良友圖書印刷公司，1935 年。

樣去感知思想，通過意象這一情緒的客觀對應物或象徵的營構加以暗示。如「希望今又成虛／且消受終天長怨／看風裏的蜘蛛／又可憐地飄斷／這一縷零絲緒」（《自家哀怨》），希望幻滅，終天長怨這虛幻飄渺的情思意念，借助狂風吹破的蛛網、風中的殘絮零絲這對應物表現，獲得具體化實物化的依託。再如《二月》，「春天已在野菊的頭上逡巡著了／春天已在斑鳩的羽上逡巡著了／春天已在青溪的藻上逡巡著了／綠蔭的林遂成為戀的眾香國」，它明明在寫一種情緒，但它不直接抒發，而是轉向對客觀事物的觀察，從中融人心靈的隱秘；所以由野菊、斑鳩、青溪、綠蔭的林，向詩下半部分暮色、惋歎的游女、蒲公英的彈跳轉換，即可視為詩人歡欣向晦暗情緒的波動轉換，物象因子們在詩人的心靈的平線上，無不昭示著內在的情思。《旅思》也許更為典型。

> 故鄉蘆花開的時候，
> 旅人的鞋跟染著征泥，
> 黏住了鞋跟，黏住了心的征泥，
> 幾時經可愛的手拂拭？
>
> 棧石星飯的歲月，
> 驟山驟雨的行程；
> 只有寂靜中的促織聲，
> 給旅人嘗一點家鄉的風味。

這首純粹的意象詩，前後兩節分別以征泥、促織聲為中心意象，它以二者間的重疊與轉換，展現了旅人落寞疲憊的心理狀態、難遣難排的濃鬱的鄉愁；於是鄉愁的感受再也不是清晰語義導致的結果，而完全靠意象的生成與轉化構成。戴詩這種「思想知覺化」方式，不僅具備化抽象為具象、化虛為實的神奇功力；同時意象的直接呈現，也節制了抒情成分，充滿著含蓄效應，使外在物象成了內在心象的外化，成了人化自然。但「思想智覺化」的追求，並非戴氏所獨有，它是現代詩派的一種普泛趨向，只是戴詩的意象藝術自有它的個性。

　　古典性與朦朧美。詩人說「不必一定拿新的事物來做題材（我不反對拿新的事物來做題材），舊的事物中也能找到新的詩情」，〔註12〕應和這種思想，

〔註12〕戴望舒：《詩論零札》，《現代》第 2 卷第 1 期，1932 年 11 月。

古典文學修養豐厚的詩人常將古典詩的長處復活在現代詩形裏，使詩的題材、形象、意境、情調都具有濃鬱的東方型特徵，連詩人的名字「望舒」都是取自《離騷》的一句詩「前望舒使先驅兮」。尤其是戴望舒常擇取那些古詩中積澱性強的意象，來暗示表現現代人微妙複雜的心理感受，使古典意象迸發出新機。戴詩中充斥的遊子、寒風、落月、黃昏、殘花、雨巷、花傘、蝴蝶、夢、淚、燈、煙、秋、夜、水等，就都是古詩中的常見意象，它們高頻率大劑量的出現，就昭示著詩人與傳統審美心理有不可或分的密切聯繫，這一傾向在第一本詩集《我的記憶》的「舊錦囊」中表現得更顯豁一些。如《雨巷》就是以古詩意象進行抒情的典範。不可否認它有濃鬱的象徵色彩，那孤獨的「我」、夢般的「姑娘」、寂寥的「雨巷」，都淒清迷茫，有強烈的象徵意味；「雨巷」的泥濘陰暗，沒有陽光與溫暖，狹窄破敗，正是沉悶窒息的黑暗現實的寫照，姣潔嫵媚又帶苦澀的丁香一樣的姑娘正是希望、理想與一切美好事物的假託。詩的想像創造了象徵，象徵反過來又擴大了想像，它使意境朦朧，一切都未明說一切又都在不言中說清，深得象徵詩幽微精妙的真諦。但《雨巷》更迴蕩著強勁的古典詩美音響，用卞之琳的話說它是李璟的《攤破浣溪沙》中「丁香空結雨中愁」一句詩的現代稀釋與延伸。以丁香結象徵詩人的愁心，本是傳統詩歌的拿手戲，在《雨巷》中卻成為現代人苦悶惆悵的情思抒發機緣點；當然它也有超越傳統的創造，古詩用丁香結喻愁心，它則把丁香與姑娘形象聯結，賦予了藝術以更為現代更為豐富的內涵。它的意境、情調也都極其古典化，浸漬著明顯的貴族士大夫的感傷氣息，詩中映出的物象氛圍是寂寥的雨巷、綿綿的細雨、頹圮的籬牆，它們都有淒冷清幽的共同品性；環境中出現的人也憂愁彷徨，默默彳亍冷漠惆悵，淒婉迷茫，物境與心境相互滲透交合，已主客難辨，情即景，景即情，它就如一幅墨蹟未乾的水彩畫，稀疏清冷的圖像後面潛伏著淡淡的憂傷與惆悵。象徵派的形式與古典派的內容嫁接融匯，形成了婉約朦朧的藝術風範。再如《樂園鳥》那種上下求索的苦行精神與屈原的詩有著內在的一致性，意象也是出於《離騷》的詩句「吾令鳳鳥飛騰，繼之以日夜」；「是幸福的雲遊還是永恆的苦役？」樂園鳥的「飲露」是神仙的佳餚還是為對於天的鄉思？樂園鳥是從樂園裏來還是到樂園裏去？一切都是未知數，意象本身帶有的多義性，使詩有種隔霧觀花感，或 A 或 B，亦 A 亦 B，由於詩沒將意義限定在一個固定的層面，反倒獲得了多種意向發展的可能性，虛實相生，如姻如夢，朦朧不已。戴詩的意象不但古典性的色彩

之濃，還常尋求意象與象徵的聯繫，《秋蠅》《古神祠前》《尋夢者》《樂園鳥》等都是具有總體象徵特點的詩篇。如《對於天的懷鄉病》中的古典意象「天」，就因與象徵的聯繫建立，使自身的含義超出了自然層面，幻化為一種高遠、美好的理想追求與未來的境界。《我的戀人》含義則因象徵手法的運用派生出無限朦朧；它對戀人的意象呈現是「她是羞澀的，有著桃色的臉／桃色的嘴唇，和一顆天青色的心」，「你可以說她的眼睛是變換了顏色／天青的顏色，她的心的顏色」，天清色是詩人常用的意象色，天青的眼睛與天青的心象徵著什麼？是尚未成熟的羞澀的愛情，還是憂鬱感傷的愛戀？是理想愛情的幻象，還是人生理想的暗示？似乎都是又似乎都不是，這種不確定性帶來了詩意的延伸擴展與朦朧美感。戴詩意象的象徵追求有所創造，那就是或明或暗地提供象徵的聯想方向，因而有象徵詩的含蓄蘊藉；卻遠離了它的雜亂與艱澀，有若隱若現的多向內涵，卻可以捕捉得到，很好地把握了「表現」與「隱藏」之間的分寸感。如《三頂禮》「引起寂寂的旅愁的／翻著軟浪的暗暗的海／我的戀人的髮／受我懷念的頂禮……」它通過戀人的髮寫對戀人的情，翻著軟浪的暗暗的海是戀人的髮引發的奇妙聯想與象徵暗喻，「海」引發了我的旅愁，也引起了我無限的戀情。明暗、虛實交織成的象徵的和絃，使喻體與喻本、象徵體與象徵義之間有一種微妙的聯繫，令人遐想，但二者間的互補呼應清晰又明朗。

　　統一性與整合美。戴詩不僅在物象選擇上常起用古詩中的常用意象，自身充滿迷朦、渺遠、空靈之氣，而且以意象與象徵、暗示的聯繫建立，創造了意蘊內涵的朦朧美。尤其是在意象之間的組合上講究和諧一致，所以常給人一種張弛有致的流動美感；而流動的便是氛圍，這種情調氛圍的統一、整合所造成的情境合一、心物相融，獲得了一種類乎古典意境的審美特質。這種意象與詩情渾然的詩出現的概率較高，如《印象》：

　　　　是飄落深谷去的

　　　　幽微的鈴聲吧，

　　　　是航到煙水去的

　　　　小小的漁船吧，

　　　　如果是青色的真珠；

　　　　它已墮到古井的暗水裏。

　　　　林梢閃著的頹唐的殘陽，

> 它輕輕地斂去了
> 跟著臉上淺淺的微笑。
>
> 從一個寂寞的地方起來的，
> 迢遙的，寂寞的鳴咽，
> 又徐徐回到寂寞的地方，寂寞地。

這是少見的純意象詩。它抽去了語義上前後的因果關聯，以一連串的意象的重疊並置直接呈現意緒。初看起來，綜合視覺、聽覺、幻覺類型的意象幽微的鈴聲、小小的漁船、青色的真珠、殘陽、微笑、古井等，是處於零碎隨意狀態的存在；但透過駁雜的外表就會發現各意象分子間內在的一致性：它們不僅都是古詩常用意象，積澱著悲涼感傷的情思；而且內涵與情調也都具有同一指向，即它們都是稍縱即逝、美妙而渺遠、抑鬱感傷的，它們在美好的事物或印象都必消逝的惆悵情調那裡，又都熨貼和諧地統一一處，形斷意連，意與象渾，構成了一個幽深隱約的情思意境。此詩表明戴詩比較注意意象的整合性、意象之間的內在關聯。前文例舉的《二月》也是以和煦的春意與溫馨又不乏煩惱的戀情合一，使全詩渾成為團塊的整體生命跡象。至於《雨巷》就更是意境化的象徵詩了。

從上述的分析可以看出，戴詩的意象運用雖然也有通感的現代手段，如「我躺在這裡／咀嚼著太陽的香味」(《致螢火》)、《我的戀人》有「一顆天青色的心」；也有「明天會有太淡的煙和太淡的酒／和磨不損的太堅固的時間」(《前夜》)，這種純現代的敘述方式；也有「月移花影地淡然消溶／飛機上的閱兵式」(《不寐》)、「急迫的眼睛／衰弱的蒼蠅望得昏眩」(《秋蠅》) 這樣奇異的組合；也有意象組合上的色調紛呈，《白蝴蝶》《印象》等為意象並置疊加，《流水》《古神祠前》等則以一中心意象帶動其他意象。但其中的古典化、朦朧化、統一化、意境化的傾向卻是其的總體特徵。由於它吸收了象徵手法，注重描寫朦朧的意象、情景交融以及構思上的鏤月裁雲、出人意料；但又融入了古詩的形象與情調，因此常常是語義的傳達精確明白，而內蘊卻模糊深藏，或者說無表面語義上的障礙，而象徵的內容卻相對寬泛模糊，令人無法做出切實的把握，確實達到了「表現自己與隱藏自己之間」的理想境界。

我們沒有必要迴避戴望舒詩歌存在的感情略有狹窄、舊詩詞氣息過濃的缺憾；但更應該看到，它那種形象完整而醇淨、結構縝密又自然、風格清麗而蘊蓄的優長。它那種忠於藝術與自我的真誠，那種對想像與真實結合的詩

質詩情的注重，那種融匯中西藝術隱顯適度的理想抒情境界的創造，以及那種舒捲自如的自由體詩形式，在提供苦難時代的心靈投影、衝擊詩壇向壁虛構的矯情誇飾與投降於想像過度泥實詩風的同時，也提高了現代詩文體的藝術品位，昭示了現代詩發展的可能前景。戴望舒不愧為 30 年代中國現代主義詩潮的領袖與藝術高峰。

第八章　反傳統的歌唱：論卞之琳的詩歌

　　論及現代詩派，我們無法不面對卞之琳。這不僅因為他雖非風雲一時的大詩人卻是非常現代主義的詩人；也不僅因為他上承「新月」，中出「現代」，下啟「九葉」，詩歌朦朧複雜而獨出風采；更不僅因為他以中西詩歌根本處的融匯而標誌著現代詩派的最後完成。而實在是緣於他在現代主義詩歌的荊棘地裏撥開了一條新道路，為新詩藝提供了簇新的經驗。他的詩在與整個現代詩派的低回迷朦情調、意象和象徵的思維方式同聲相應外，又以知性探險、非個人化境界、淘氣的機智手段，構成了對傳統詩美的抗擊與解構，彈奏出落寞寡合的孤獨精神音響。這一點理應作為進入卞之琳詩歌世界的邏輯起點。

　　說起卞之琳的詩歌，無疑是個充滿誘惑而又難纏的話題。彷彿是個悖論，卞之琳在六十餘年的創作歷程中寫作相當吝嗇，詩歌實際總數不足二百首，難與大詩人比肩；並且它們又多為技巧層面微不足道的小擺設，格局氣魄均小，連詩人自己也稱之為「雕蟲小技」。但是這些小東西卻引起了人們不衰的探究熱情，令一批批詩學研究者們以高於詩文本數十倍乃至上百倍的文字進行揣測、破譯；尤其是從沒有哪位詩人像他那樣讓人評說起來倍感艱難，歧見迭出，反差巨大。否定論者如當年的文壇左派譴責之沒有內容，晦澀難懂，聞一多也曾不無批評地稱卞為「技巧專家」；肯定論者則盛讚之「在技術上或表現方法上，比徐志摩該是又進了一步」，﹝註 1﹞他的文體「完全發展了徐志

﹝註 1﹞李廣田：《詩的藝術——評卞之琳的〈十年詩草〉》，《李廣田文學評論選》，第
　　　　233 頁，雲南人民出版社，1983 年。

摩的文體」。〔註2〕甚至一個評論者心中也有兩個卞之琳形象矛盾地絞合在一
處，一方面「他是三十年代文壇歌喉最動聽的鳥」；〔註3〕另一方面他的詩卻
是「晦澀的頂點」、「稀薄的頂點」，「大病在於質與藝不相稱，質薄而藝奢」，
〔註4〕這更反證了卞詩的複雜。我以為對卞詩不能從格局與氣魄方面苛求，而
應從其反傳統的智性向度上去進行解讀。

一、「知性上的探險」

　　現代詩派認為情乃詩之動因與安身立命之本，並以意象與象徵的獨特處
理方式，促成了感情表現的加深內斂。在這一點上，卞之琳與整個詩派是同
聲相應的，但卞之琳詩歌中還有另外一種品質，那就是理趣綿密充盈，在情
感流脈的背後常蟄伏著想像力對知性的追逐，詩在他那裡已不再僅僅是一種
情感，而成為一種情感的思想，一種智慧的晶體，從中人們「得到的不是一
個名目，而是人生、宇宙，一切加上一切的無從說起的經驗──詩的經驗」，
〔註5〕詩人這種以理作底、神會宇宙人生的理趣傾向，在早期詩中已露端倪，
《長途》《苦雨》《黃昏》《幾個人》等詩貌似雕塑鄉土，關注下層眾生的灰色
生活，有憑弔憂思、彷徨苦悶，也有激憤開朗以至喜悅；「但這一切都被一層
深思的面紗裹住」，〔註6〕它們的深層底蘊是借人與景的觀照，思索感慨命運
與人生。如「獨自在山坡上／小孩兒，我見你／一邊走一邊唱／都厭了，隨
地／撿一塊小石頭／向山谷一投／／說不定有人／小孩兒，曾把你（也不愛
也不憎）／好玩的撿起／像一塊小石頭／向塵世一投」（《投》），詩充滿相對
觀念，表明人生在世乃為偶然，就像小孩將石頭投向山谷一樣，人的生命也
是一種冥冥中的力量投向前世的，今日投石之人，從前也許正是被投之物，
這種處境上的對比與對調裏，有生命無法把握的「前定」困惑。《一塊破船片》
則昭示命運無常觀念，一個偶然因素即可致人於死地，剛才還美麗如畫的白

〔註2〕廢名：《十年詩草》，《論新詩及其他》，第 154 頁，遼寧教育出版社，1998 年。
〔註3〕司馬長風：《中國新文學史》中卷，第 203、209～210 頁，香港昭明出版社，
　　　1976 年。
〔註4〕司馬長風：《中國新文學史》中卷，第 203、209～210 頁，香港昭明出版社，
　　　1976 年。
〔註5〕李健吾：《李健吾文學評論選‧答〈魚目集〉作者》，第 112 頁，寧夏人民出
　　　版社，1983 年。
〔註6〕屠岸：《精微與冷雋的閃光：讀卞之琳詩集〈雕蟲紀曆〉》，《詩刊》1980 年第
　　　1 期。

帆，頃刻間就被粉碎成破船片，生命不也原本如此旋生旋滅嗎？

到 1934 至 1937 年間，詩人以一系列理意十足的詩篇為標誌，進入了知性探索的峰巔狀態。《舊元夜遐思》洞悉愛情真諦，《白螺殼》探討個人的成長與蛻變，《水成岩》表現時間體驗，《航海》揭示時空的辯證關係，《車站》思想人生道路。最具知性色彩的還是在英國玄學派和艾略特、瓦雷里啟迪下寫成的《斷章》《距離的組織》《道旁》《圓寶盒》以及五首無題詩。這些詩中的象徵有引發思考功能，卻沒有非常明確的意指關係，所以常包涵多側面多層次的複合意向；或者時空跨越迅疾，以距離、變異、對照作為組織法，豐厚而又費解，當然大部分還是可以讀懂的好詩。如「你站在橋上看風景／看風景的人在樓上看你／／明月裝飾了你的窗子／你裝飾了別人的夢」（《斷章》），這首歷來為人稱道的詩，每句語義清明，整體蘊含卻見仁見智。初看似一幅寫意畫，人已渾同，物我合一，寄託著奇妙的愛情；再讀漸有悲哀的汁液滲出，人生不過是互相裝飾；復想又有一種相對、平衡觀念支撐·人可以看風景也可以成為風景，主體變客體，可以被明月裝飾窗子，也可以反去裝飾別人夢境，宇宙萬物原本互相依存，息息相連。寥寥四句竟如此厚實豐富，真乃是小景物見大哲學的奇蹟。再如從時空相對性視點，揭示存在與意識關係的《距離的組織》，「想獨上高樓讀一遍《羅馬衰亡史》／忽有羅馬滅亡星出現在報上／報紙落。地圖開，因想起遠人的囑咐／寄來的風景也暮色蒼茫了……忽聽得一千重門外有自己的名字／好累呵！我的盆舟沒人戲弄嗎／友人帶來了雪意和五點鐘」，它經時空距離的二度組織，曲蘊人生危機失落感。前兩句以地球為座標的時空與超常的時空概念（羅馬滅亡星）對比，表現地球人對宇宙的展望，正當詩人感慨羅馬衰亡時，突見報上說一顆新發現的星，經一千五百光年其光線才至地球，這恰好是羅馬帝國傾頹之時間，這事本身就包含著時空的相對關係。而後這種時空相對觀則更為強化，既有歷史與現實的交錯，又有夢景與實情的渾融、友人與自我的對應。上文例舉的《無題五》也是有無相生觀念的感性顯現。就是連劉西渭、朱自清都猜不準確的《圓寶盒》也不是沒「解」，它實際上是借圓寶盒這一虛有之物表現作者的一種心得、道、知、悟，既響徹著悟性自由的快樂旋律，又飽蘊宇宙萬物相對思想。圓寶盒小而大，可以容納大千世界的色相，搭起精神契合的橋；也大而小，不過是一顆珍珠、寶石、星星，大與小乃相對而生。當然，對卞詩的解釋不能太鑿實，詩原本就是沒有唯一的解說定本。

從上面的分析可以看出，卞詩已成為人類知性的完整看法和個人經驗的結晶，那種對宇宙人生哲理奧妙的探尋常流露出某種只可意會不可言傳的玄學味兒；其理意理趣的基本內容，或者說支撐點乃是一種相對平衡的觀念，這種觀念賦予了卞詩一種辯證意識、一種思辯之美。要知道，辯證法不是詩，但詩中若有辯證意識的閃光，卻是一種令人企羨又十分難得的智慧境界。

那麼為什麼同是現代派詩人，其他詩人詩中沒有而偏偏卞之琳的詩中卻有濃厚的理意理趣？原因恐怕是多方面的。卞之琳本質上屬於靜觀默察的詩人，願向無窮放眼，向無限開窗，注重結晶昇華了的生命體驗與玄思，而茫然於時代風雲，如此冷靜客觀的心態決定了他的詩必然走向知性的探險。同時這種個性也決定了詩人在汲納中外藝術營養時，雖同戴望舒、何其芳一樣，醉心於西方象徵詩藝與晚唐五代時期精緻冶豔的詩詞；但真正令他在精神深處認同並促成其藝術成熟的卻是艾略特、龐德、里爾克等後期象徵主義詩人與李商隱式的靜觀型詩人。而後期象徵主義的一個重要特徵就是放逐情感，追求理性觀照；正是受這一特徵薰陶與老莊辯證思想的影響，卞之琳才步入了哲學智慧領地，擯棄了僅僅生動如畫的印象主義官感詩美，擺脫了具體事物的羈絆，洞察探尋世界的根柢本質，追求官感與內涵兼具的思辯美。尤其是愛因斯坦的相對論與弗洛依德的潛意識學說對詩人感覺思維方式的激蕩，使卞之琳更喜歡對生與死、動與靜、絕對與相對、偶然與必然、有限與無限、時間與空間、夢境與現實等相對命題，做不同一般的玩味思索，建構詩的立體內容與四維詩意空間，走上了以相對意識與精神為支撐的理意的詩路。

從所周知，哲學不等於詩。如果卞之琳詩歌的寫作動因是放映系統的哲思，那麼它將毫無魅力可言。卞詩的成功秘訣在於，詩人深得詩歌創作「詩有別趣，非關理也」理論的此中三昧；因此總力求在具體的境界中展示理，或把哲思凝聚在象徵形象中，或在情緒激流的湍動中湧現理性，從而使詩完成了合目的性、合規律性的詩意造型，使形象、情緒、思想三位一體後形成的思想磁力場深廣有力，既避免了理意哲思的硬性介入，又有較高的具象化程度。可以說，卞之琳的詩將詩的知性化與具象化程度，雙雙推向了現代詩史的高峰。如《距離的組織》中的相對辯證觀念，在詩中只是詩人深沉茫然失落情懷的點綴，推動詩的動力不是理性的邏輯而是情思運動節奏，思想觀念是在一片灰朦景象與想像的轉換中漸漸凸現出來的。這一點詩人的自白可作充分的佐證，他說《距離的組織》「整首詩並非講哲理，也不是表達什麼玄

秘思想而是沿襲我國詩詞的傳統，表現一種心情或意境」，〔註7〕再如《第一盞燈》一類的詩也體現了感性移情、以意象說話的傾向。「鳥吞小石子可以磨食品／獸畏火。人養火乃有文明／與太陽同起同睡的有福了／可是我讚美人間第一盞燈」，它表現作者多年悟出的一種「心得」，讚美人類的一切發現、發明與創造；但卻不直接說理，而是通過鳥吞石子、獸畏火、太陽、燈等幾個具體的細節與意象流動、轉換與撞擊來暗示。一二句首句的比喻為後句的說明，正如鳥吞石子助消化增加營養一樣，人類經歷了許多苦難才學會使用火，逐漸創造了文明，這又超出了獸；三句說明人得益於「火」與文明，能夠與太陽同起同睡「享福」了；尾句扣題，至此「第一盞燈」已成人類文明的象徵。

　　詩的最高層是哲理，優秀的抒情詩總在情感律動中流貫智慧節奏；同時詩也「不能容忍無形體的、光禿禿的抽象概念，抽象——必須體現在生動而美妙的形象中」。〔註8〕卞之琳的詩歌以融合感性與知情的情知化探索，提高了現代詩的思維層次與深度，抵達了把握世界與人類的本質境界，形而上視角打開了現代詩的神秘之門，對尚情的中國抒情詩傳統構成了一次強有力的衝擊與反叛。

二、冷雋的非個人化抒情

　　卞之琳寫詩，在規格不大的空間裏「喜歡淘洗，喜歡提煉，期待結晶，期待昇華」；在情感不能自已時「總傾向於克制，彷彿故意要做『冷血動物』」；還「喜歡表達我國舊說的『意境』或者西方所說的『戲劇化處境』，也可以說是傾向於小說化，典型化，非個人化，甚至偶而用出了戲擬」，〔註9〕這種淘洗提煉、客觀化、戲劇化的藝術趨赴，使卞詩一變現代詩的軟抒情方式為硬抒情方式，形成了冷雋的非個人化抒情風格，並獨領了現代詩派非個人化風格內涵的風騷。

　　淘洗與提煉。

　　優秀之詩常追求藝術的極值，在有限的狹小空間裏收穫豐厚的詩意。卞詩缺少宏篇巨製，大都為短小精悍之作。面對抒情對象，詩人喜歡用水的「淘洗」與火的「提煉」之功，去除其表層與蕪雜，而做人生化的內在抽象，使之

〔註7〕卞之琳：《雕蟲紀曆・序》，人民文學出版社，1984年。
〔註8〕別林斯基：《別林斯基選集》第2卷，第506頁，上海譯文出版社，1979年。
〔註9〕卞之琳：《雕蟲紀曆・序》，人民文學出版社，1984年。

只剩下本質與智慧晶體；因此他的詩常寥寥數句勝過萬語千言，一花一世界，一沙一天國，以有限寓無限，以一時一地啟示無窮。具體的方法則是做必要的壓縮與意義間隔，「有些詩行，本可以低徊反覆，感歎歌誦，各自成篇，結果只壓縮成一句半句」。〔註10〕卞詩不去鋪展每句每段的詩意，把話說盡；而是使詩的每個意義單元（最小為意象）都孤立凸現出來，產生縱深感，產生一段一意的西方詩中少見的、一行一意的密集詩意。如《歸》寫到「像一個天文學家離開了望遠鏡／從熱鬧中出來聞自己的足音／莫非在自己圈子外的圈子外／伸向黃昏去的路像一段灰心」，讀慣連續性較強的詩再讀它，可能會感到不夠順暢，句間轉換因少過渡也顯突兀，整體感差；可仔細讀會發現它緊湊簡練得近於絕句，一二三句與四句間的分別聯繫，構成了三個獨立又和諧的意義單元或者短詩內涵，雖然語義關聯詞的省略讓人感到其隱晦不明。它似乎是對孤寂悲觀情思的觀照，前兩句以對照視點言明天文學家失去憑依陷入孤寂的思索，由熱烈而冷清，由鬧而靜，由大而小；三句表現冷靜中尋找心靈歸宿的孤單，「圈子外的圈子外」這特殊句式強調了自己與眾人之疏遠，透著離開人群又被人疏遠的悵惘，與歸向何處的渺茫；於是結句延宕出一句狀繪無奈與沉重的詩語，黃昏路已昏暗不已，「灰心」更強化了這一心理內涵，令人思索再三。《尺八》也是雖短短二十行，卻有情語、心語、景語，溶歷史與現實於一爐，凝重厚實，僅在敘述上就有七個跳躍的段落，有種多聲部音樂的層疊感，跳出跳進的疑問與呼喊又加強了重合感。讀者不從其敘述方式入手，便無法捕捉其祖國式微哀愁的意指。

為詩的淘洗提煉，詩人惜墨如金，盡量把銜接省略到最低限度，不但全詩的組織上如此，即便在段落句子中也不放過，有時也運用一些典故與比喻。如「友人帶來了雪意和五點鐘」，本是一覺醒來天色將暮，要下雪了，這時恰好友人前來拜訪；可是幾種事態卻被詩人壓縮到一個句式裏，至於事態間轉換的內在關聯詞卻被抽掉了。再如「多少艎艨艟一齊發／白帆篷拜倒於風濤／英雄們求的金羊毛／終成了海倫的秀髮」，這是《燈蟲》的第二段，它既在聯想方向上與第一節相背而顯突兀，又用典頻繁手法多樣。只有熟悉希臘神話中伊阿宋和阿爾戈英雄的故事，瞭解金羊毛夜裏發光，才會找尋到該節詩與燈、蟲的聯繫；只有抓住隱喻的機制，才會建立起蟲翅與船帆的聯繫。

淘洗與提煉因過分濃縮、隱去了句間、節間的跳躍聯絡，常出現明顯的

〔註10〕卞之琳：《十年詩草》，第214頁，香港未名書屋，1941年。

詩意間隔與斷裂，讀者必須憑藉想像創造，搭設空白地帶的「橋」，修復斷裂，填補間隔，才能體悟到詩的審美指歸。這種淘洗提煉的工夫，在鑄成詩歌可發掘性的特殊味兒同時，有時也增加了閱讀困難，如《圓寶盒》《白螺殼》《寂寞》的內涵，連劉西渭、朱自清等解詩大家都猜不到點子上，就不能不說是詩人自造的悲劇了。

客觀化。

艾略特認為「詩不是放縱情感，而是逃避情感，不是表現個性，而是逃避個性」，「一個藝術家的前進是不斷的犧牲自己、不斷的消滅自己的個性」，〔註11〕瓦雷里也認為詩不是自我的表現。一句話，區別於前期象徵主義的自我表現，後期象徵主義有種消滅自我的非個人化傾向。吮吸後期象徵詩歌奶汁成長起來的卞之琳，受其影響在詩中常對情感做客觀化的冷處理，這既吻合詩人不願張揚的冷靜性情，也暗合了詩歌的非個性化機制。因此，「冷淡蓋深摯」便不僅僅是《苦雨》一首詩，而是卞之琳所有詩歌的風格縮影。一方面詩人採用克制與淡出策略隱蔽自我。詩人對自己飽經滄桑的生活很少做充滿激情的渲瀉，而是把自我意識放逐為背景，與之拉開距離做「冷血動物」；這樣在卞詩中找不到個人際遇、生活情感經歷的直接外化，既便對某些剎那感受也是以深沉的冷處理替代自我炫耀，以至於連聞一多也被蒙蔽錯認為他不寫情詩。《一個和尚》《寂寞》《斷章》《古鎮的夢》《一塊破船片》等許多詩，都體現著客觀冷靜的敘述方式，對生活情感做「冷眼旁觀」，沒有敘述者「我」的介入，個人情感被轉移到「第三者」處，呈現的全部就是客觀化世界。「茶館老王懶得沒開門／小周躲在屋簷下等候／隔了空洋車一排簷溜／一把傘拖來了一個老人／『早啊，今天還想賣燒餅？』／『賣不了什麼也得走走』」（《苦雨》），就純然是下層百姓生活的畫面，不動聲色的冷淡背後實則湧動著同情百姓、不滿現實的情濤。不但一般的詩如此，就是理應熱烈纏綿的愛情詩也概莫能外，以思考代抒泄，個人化情思流動中泛著淡淡的理意。「門薦有悲哀的印痕，淡墨紙也有／我明白海水洗得盡人間的煙火／白手絹至少可以包一些珊瑚吧／你卻更愛它月臺上綠旗後的揮舞」（《無題三》），不見海誓山盟、卿卿我我的纏綿，海水沖不掉煙火燒不毀的悲哀呈現，倒像對愛的思考而不是愛的抒發。當然，並不是說卞詩中沒有主體精神活動，只是它隱藏得太深

〔註11〕艾略特：《傳統與個人才能》，《艾略特詩學文集》，第8頁，國際文化出版公司，1989年。

不易發覺罷了。

　　為使情感客觀化，另一方面詩人還接受了「客觀聯繫物」理論，「借景抒情，借物抒情，惜人抒情，借事抒情」，僅提供詩的面貌，不說明詩的確切含義，不求直抒的情感衝擊力，而致力於形象的間接表現。如《傍晚》《黃昏》借景抒情，《白螺殼》《一塊破船片、》借物抒情，《一個和尚》《幾個人》借人抒情，《尺八》《路過居》借事抒情。《半島》有這樣的詩句「半島是大陸的纖手／遙指海上的三神山／小樓已有了三面水／可看而不可飲的／一脈泉乃湧到庭心／人跡仍描到門前／昨夜裏一點寶石／你望見的就是這裡／用窗簾藏卻大海吧／怕來客又遙望出帆」，它避開直接抒情，以半島為情思對應物，婉曲而巧妙地傳達出對愛的籲求與渴望，每處意象都成了情人身影、足跡、情思的寄託與代指。借景抒情乃中國詩的傳統，以意象抒情在新月詩人、象徵詩人以及現代詩派其他詩人那裡也不稀罕，如果卞詩僅僅停留於此也就不足為奇，卞詩的貢獻在於發展了中國詩歌這一物態化傳統，使之有了更為繁富、更為客觀、更為多樣化的創造。

　　戲劇化。

　　卞之琳的創作有中外兩個參照系，對艾略特的幾乎所有偉人的詩都是戲劇性的理論領會，與對聞一多「儘量採取小說戲劇的態度，利用小說戲劇的技巧」﹝註12﹞方法的秉承，使卞之琳打通了中國的意境與西方的戲劇性處境，「在自己詩創作裏常傾向於寫戲劇性處境、作戲劇性獨白或對話、甚至進行小說化」。﹝註13﹞即注重運用戲劇化手法，或採用人物對話或鋪排戲劇性場景，間接抒情達意；於是展現出來的往往是帶些情節的對話與細節、人物與畫面，在詩的小格局裏刻畫人物「典型環境裏的典型性格」，並且在戲劇化手法運用上比艾略特、聞一多與徐志摩等更具客觀性。《苦雨》《春城》《歸》《魚化石》《水成岩》《酸梅湯》等詩就都運用了戲劇獨白或對白（與他人對話、相互說話、對上帝說話都屬對白）；《舊元夜遐思》《寒夜》《道旁》《尺八》,《白螺殼》《音塵》等詩則都靠客觀自足的戲劇化場景支撐詩意。不論前者還是後者，都因主觀性敘述的減少、主體聲音的隱蔽，產生了客觀的非個人化效果，給人一種親歷感。

﹝註12﹞ 朱自清：《聞一多全集・序》，《朱自清序跋書評集》，三聯書店，1983 年。
﹝註13﹞ 卞之琳：《完成與開端：記念詩人聞一多八十生辰》，《人與詩：憶舊說新》，第 10 頁，三聯書店，1984 年。

　　《酸梅湯》可視為卞詩戲劇化獨白的典範之作。它用戲劇性獨白傳達體驗，在凝煉的基礎上，又俘獲了戲劇的故事性、生動逼真，與小說的人物性格的細緻揭示。「可不是？你這幾杯酸梅湯／只怕沒人要喝了，我想／你得帶回家去，到明天／下午再來吧……哪兒去，先生，要車不要／不理我‧誰也不理我！好／走吧……這倒有一大杯／喝掉它！得，老頭兒，來一杯／今年再喝一杯酸梅湯／最後一杯了……阿唷，好涼」。它交錯了心態與場景，以洋車夫（說話者）內心與黃昏街頭賣酸梅湯老頭的調侃，感歎世態年成不佳，很有戲劇氣氛，結尾六句從話語、口吻到心態，都見出了洋車夫賭氣中求痛快的樂天性格：別人不說話我說，酸梅湯沒人喝我喝，樹下睡眠也很有趣。它以當事者的現身說法，縮短了詩與讀者及生活狀態本身的距離。《道旁》則流露出強烈的戲劇化處境特點，以倦行人與樹下人對話的現實細節捕捉，在動與靜、行與止的對比中宣顯人生哲理。「家馱在身上像一隻蝸牛／弓了背，弓了手杖，弓了腿／倦行人挨近來問樹下了（閒看流水裏流雲的）／『請教北安村打哪兒走？』／／驕傲於被問路於自己／異鄉人值得水裏的微笑／又後悔不曾開倦行人的話匣／像家裏的小弟弟檢查／遠方回來的哥哥的行篋」，簡練的筆致勾勒出了人物行為動態及微妙心態，具有自然明晰的畫意。倦行人與樹下人的兩種行路態度反差構成了詩的戲劇性矛盾，倦行人為尋找宿地無心領略路上美景，樹下人雖也身在異鄉卻忙裏偷閒，一切都充滿樂趣。這是兩種人生態度對此，白描式的現實情節裏寄寓著象徵含義，它有對倦行人的理解同情，對樹下人的肯定與憂慮，對人生之路的興趣與悵惘，闡明人生艱難，人要在善意中給予更多的理解。也可理解為詩人以二重人格的互補對比，說明人既要像倦行人那樣艱苦勞作，也要像樹下人那樣逼視自身自我調劑。這樣使複雜情思在典型的戲擬形式裏獲得了綜合完整的呈現，證明了戲劇化手法的優長。

　　「這種抒情詩創作上小說化，『非個人化』，也有利於我自己在傾向上比較能跳出小我，開拓視野，由內向到外向，由片面到全面」。〔註14〕卞之琳這段話正道出了詩歌以戲劇化抒情的妙處。它可以納個人情思、萬物體悟、人生世界於一爐，減輕個人瑣碎情感的干擾，幫助詩人對世界與人類本質進行思索。對於卞之琳來說，它奠定了詩人後來反映人生世相的《慰勞信集》問世的基礎，也將卞詩構架由單聲部引向了多聲部，使詩充盈了生活氣，以過

〔註14〕卞之琳：《雕蟲紀曆‧序》，人民文學出版社，1984年。

程的注重強化了整體性指向能力與詩的可觀性。需要指出的是戲劇化只是一種手段，它吸收了敘事文學的筆法成分，但在事態構架裏仍注重情趣情緒滲透，終極指向還是人的主觀情思。

另外，格律的形式謹嚴也強化了詩的冷雋的非個人化風格。

卞之琳詩歌冷雋的非個人化風格，是以「反」詩形式走近詩歌的探索，它對於以抒情為本質使命的中國詩歌傳統，無疑構成了一次強有力的「革命」。

三、「淘氣」的智慧

優秀的藝術家面對傳統一般持兩種態度，或合理地吸收繼承使其日益光大，或「反其道以行」另尋規範。卞之琳大體上屬於後者，他的詩不僅意味、風格與傳統背道而馳，就是手段運用也有股對抗傳統的「擰勁兒」。「存心作戲擬」、「存心戲擬法國十九世紀末期二、三流象徵派十四行體詩」，〔註15〕兩個「存心」表露出他是故意「淘氣」向傳統使「壞」；好在他不像胡適那樣只負責破壞而不負責建設，所以「淘」得機智，「淘」出了個性。詩人曾寫過一首詩名為《淘氣》，他的詩就可視為一種「淘氣」的藝術。詩人在藝術手段上對傳統「淘氣」式的對抗，除了存心作戲擬、運用十四行體外，大體從以下幾個向度展開。

一是詩意的凡俗化處理。卞之琳自崛起於詩壇那天起對詩壇風氣即極其不滿。在他看來，當時詩壇傳統的直接體現者新月派詩、象徵派詩，或柔媚纏綿充滿才氣，或新奇朦朧略有神秘，它們都體現著創造藝術、美化生活的優卓個性；但它們那種貴族化傾向總都讓人感到隔膜與疏遠。所以他在創作中有意調整了觀照視點，為對抗新月、象徵詩，故意在俗白中擺弄小玩藝，剔除瑰麗的自然風光與柔美甜膩的愛情，而與日常生活中的一些細微、瑣屑、不入詩的事物邂逅，從中發掘詩的材料，包藏意味深長的玄想思理。這一點只要留意一下詩人的作品題目即可證明，如《牆頭草》《一塊破船片》《白螺殼》《燈蟲》等都是些凡俗而普通的物象，可卻被詩人賦予了獨特的意趣。下面狀態的詩在卞詩中十分常見，「古鎮上有兩種聲音／一樣的寂寥／白天是算命鑼／夜裏是梆子／／敲不破別人的夢／做著夢似的／瞎子在街上走……是深夜／又是清冷的下午／敲梆的過橋／敲鑼的又過橋／不斷的是橋下流水的聲音」（《古鎮的夢》），新月詩中與象徵詩中絢麗神秘的夢，在詩人筆下竟然

〔註15〕卞之琳：《雕蟲紀曆・序》，人民文學出版社，1984 年。

如此俗白，沒有花前月下小河潺潺，更缺少動人的夜鶯與豎琴聲，主宰古鎮的兩種聲音——算命鑼與梆子，將古鎮之夢襯托得寂寥淒冷幽暗，仿似死寂單調的《荒原》；但詩人正是以這古鎮兩種意象為中心，營造出荒涼的氛圍，透視 30 年代的社會黑暗，鞭笞人們冷漠麻木的心理，曲現苦悶憂鬱的心境，冷漠蓋深摯。即便對於像傳達人生宇宙感受這樣「莊重」的命題，卞詩也無雅趣雅情、雅物雅詞，而用身邊的瑣屑事物言說。如被文人騷客鍾情不已，該以簫聲細雨出之的《寂寞》，到了卞詩裏卻以醜陋的俗物蟈蟈去寄託，高雅的名士情懷好像活活給「糟踏」了；但該詩的魅力就在於借助俗物的力量，測試了生命的本質及與死亡的距離，新鮮而有活氣。再如意欲表現對民族命運飄搖世人麻木不醒焦慮的《舊元夜遐思》，卻以粗俗的玻璃、鼾聲、屠刀等現代意象出之，以求一種反諷效果。這種用凡俗事物表現並不凡俗淺淡的玄想思路的做法，是詩人不可重複的創造視點，恢復了世俗生活的本質面目。

　　詩意凡俗化處理的直接後果是使詩在嚴肅背後有種「淘氣」痕跡，《寂寞》如此，《春城》更是如此，它的寫法真是別致，「倒楣！又洗了一個灰土澡／汽車，你游在淺水裏，真是的／還給我開什麼玩笑……那才是胡鬧，對不住；且看／北京城、垃圾堆上放風箏……藍天白鴿，渺無飛機／飛機看景致，我告訴你／決不忍向玻璃瓦下蛋也」，乖謬荒誕的人事情結，雅俗美醜交結的矛盾張力，這種違反生活常態的題材本身已有了幽默因素；而詩人揶揄調侃的敘述方式，則加強了喜劇性的諧趣色彩，使荒誕的世相觀照飽含著否定意識與憂患感，玩笑出辛酸。另外詩人「淘氣」的敘述和議論使詩也十分活潑，如「天天下雨，自從你走了／自從你走了，天天下雨／兩地友人雨，我樂意負責／第三處沒消息，寄一把傘去」（《雨同我》），傳達生命與憂愁同在而無奈本是嚴肅的命題，可詩人寫的卻極風趣，一二句內容相同，但詩人卻先寫「天天下雨，自從你走了」，然後再反說一遍，顛來倒去倒去的別致形成耐人尋味，暗示雨同自己分不開，憂愁與人生永在，「你」可理解為「我」、「他」或任何一個人。這種「淘氣」行為，是動盪時代知識分子矛盾辛酸而又難以逃避心理的一種智慧化解。

　　二是俗白語言的活用與雜糅。卞詩始終以口語為主，有聞一多、徐志摩詩口語的「乾淨利落」，且圓順洗煉、深沉又富於變化，並且卞詩語言有種非正統的「野」與「雜」的品質，它至少有三點詩人所獨有。一是俗白得徹底而又蜷曲。它無警句妙語，少富麗離奇，普通的文字被賦予意象與生命後，不

僅有淺淡之後的淳厚，而且讓人驚歎其平淡同時，折服其句子調式的陌生新鮮，蜷曲有趣。如「驕傲於被問路於自己／異鄉人懂得水裏的微笑」（《道旁》），就活用了歐化倒裝句法與文言的被動句式，以蝸牛爬行的蜷曲之熱，略帶詼諧地傳達出「樹下人」內心得意的層疊，真是「歐化得有趣，歐化得自然」。「三日前山中的一道小水／掠過你一絲笑影而去」（《無題一》），也用了歐化的倒裝句法，增添了活潑生氣與波瀾。至於像「店小二」「酸梅湯」「核桃」等詞彙也都以俗為雅，寄寓著詩人對宇宙人生的獨特妙悟，如「我為你記下了流水帳」，這貌似枯燥的詩句中潛伏著多少豐富的內蘊，「流水帳」又怎樣的繁瑣而美麗。二是語詞的陌生跳脫。為蜷曲婉轉起見，卞詩常以語言的機智跳脫，建立人與世界陌生而不怪誕的跨時空聯繫，它具體表現為對詞性的活用與對漢語使用習慣的改變。如「我喝了一口街上的朦朧」（《記錄》），「友人帶來了雪意和五點鐘」（《距離的組織》），即是詞性活用，它跨時空跳轉的根據是傳統的時空觀與矛盾觀，雖然難於理解卻很新奇。至於像「踉蹌的踩著蟲聲／哭到了天邊」（《夜風》）；「嘔也嘔不出哀傷」（《長途》）則是以實動詞謂語與虛名詞賓語搭配，改變漢語語言習慣，構成詩意邏輯，擴大詩的彈性張力。三是卞詩因取法諸家，常將異質語言意象並用，使之互相撞擊出特殊韻味，引導詩擺脫浮淺的幻想沉迷，更具張力美。如「綠衣人稔熟的按門鈴／就按在住戶的心上／是游過黃海來的魚／是飛過西伯利亞來的雁／『翻開地圖看』，遠人說……在月夜，我要猜你那兒／準是一個孤獨的火車站／然而我正對一本歷史書／西望夕陽裏的咸陽古道／我等到了一匹快馬的蹄聲」（《音塵》），詩中的門鈴、魚、雁、地圖、坐椅、火車站、咸陽古道、蹄聲，通過中國的西方的、古代的現代的、科學的想像的、詩意的非詩意的意象並舉，將詩人因自身悲憫而孤獨地懷念友人的情懷表現得內斂節制又精緻現代。「隔江泥銜到你梁上／隔院泉挑到你杯裏／海外的奢侈品舶來你胸前／我想要研究交通史」（《無題四》），前兩句是傳統意象的變體，三四句是現代非詩意的俗物意象，尤其第四句沒一點浪漫味；但異質意象的融匯，卻苦澀而恰切地再現了詩人對主宰自己與情人未成眷屬而離散的「中介」交通者的疑惑。《舊元夜遐思》《雨同我》也都有類似的語言雜糅現象。這種將兩種或多種意象衝動雜糅的追求，避免了一色化語言令讀者朝一個方向簡單採取行動的弊端，多色「雜」的意象在共時性框架裏的異質對立與辭彙並置，促成了充實飽滿的詩歌生長空間的綿延。

　　司馬長風說卞詩最惹人皺眉的是在詩中加注加括號。《距離的組織》加了七個注，可謂世界之最，《魚化石》注釋的文字超出詩文字本身數倍，這既有詩人的道理，也看出了詩人的淘氣痕跡。

　　三是結構與主體的複雜轉換。這是卞詩難解又誘人的一個重要原因。廢名曾說卞詩「觀念跳得利害」，真說到了點子上。卞詩為表達頓悟的思想，追求淘洗與提煉，常在詩思結構、敘述方式上以距離、對照、變異作組織法，像李金髮似的搞語境的隨意轉換、意象間的陌生跳接。這種自由聯想因把銜接省略到最低限度，大幅度跳躍，所以易造成前言不搭後語的非邏輯境況，句子清楚整體模糊，閱讀時稍不留神就會跟不上作者的思路。如《距離的組織》那種迅捷的串連法、意識流的組合，令不少人望而生畏。一會是《羅馬衰滅史》，一會是遠人的囑咐，一會是灰色的天、海，一會是雪意與五點鐘，句與句、意象與意象間疏遠而散亂，思路在現實、心理、夢境中跳進跳出，無拘無束，如不憑想像力搭橋捕捉，其總體意向幾近無法解讀；但眾多散亂的「點」在詩人失落的灰色情緒中又都十分合諧默契，組構成渾融的共享空間。《舊元夜退思》也乃思接千載、視通萬里的意識流動曲線，只有八行的小詩卻貫穿了鏡子、燈火、愁眼、鼾聲、利刃、獨醒者等十餘個並不統一的意象，無機而飄忽；但卻共同烘托出內在的感傷焦慮。《無題四》《雨同我》等也是詩句間意象間跨度較大的詩。這種結構的跳躍、轉換、奇接，以暗示與凝煉度的強化給人以突兀新奇的感覺，能調動讀者的閱讀能動性；當然它因聯絡奇特缺少內在邏輯、聯想太遠以至有時與題旨無關，也陷入了純技巧的操作，讓人無法卒讀。

　　為求得多重聲部的複調效果，詩人在一些詩裏常交錯敘述場面與戲劇場面，使作者、敘述者、主人公三種主體層次的分離或重合，造成主體的轉換、互換。「極大多數詩裏的『我』也可和『你』或『他』（她）互換，當然要隨整首詩的局面互換」。〔註16〕如《無題四》中「付一枝鏡花，收一輪水月……我為你記下流水帳」，其中的「你」就可與「我」、「他」乃至「我們」互換。總之它是在回味那些感情交流中記下了一段「流水帳」。而《無題一》則是主體變換轉位的範例。第一節主述者是詩人，通過相會時流水的變化時間表示愛之生長；可到第二節的後兩句時，人稱則轉換交錯成「你」。《舊元夜退思》似乎更妙，「燈前的窗玻璃是一面鏡子／莫掀幃遠望吧，如不想自鑒／可是遠窗

────────────────

〔註16〕卞之琳：《雕蟲紀曆・序》，人民文學出版社，1984年。

是更深的鏡子／一星燈火裏看是誰的愁眼」,仿似主體「我」與「你」對話,又仿似「我」與內心對話,「誰」更可指代任何人。全節詩裏無一人稱出現,卻隱含了人稱可以互換的機制,有「一著一字,盡得風流」之妙。如果說前面幾首詩是主體轉換互換典型,那麼《尺八》就是敘述者、詩人與主人公分離主體分層又綜合的詩,其「海西客」、敘述者與詩人都可視為抒情主體的一部分。「海西客」聞尺八而動鄉愁,遂買尺八作紀念,敘述者在敘述海西客故事時又加入了自己的觀感,它與海西客並非是重合的;甚至敘述者也不同於詩人,詩人在北平經歷過日軍兵臨城下的危機,有祖國式微的痛苦,他讓敘述者在臺前而自己則在作品背後,不時閃現一身影,「歸去也」的呼換層疊,即為詩人情感介入。這種抒情主體的分層綜合,既有多聲部的複調效果,鑄成了眾多的情思指歸與聯想方向,單純而豐富,又使詩的非個人化程度加深了,使情感表現愈加節制,詩意愈加內斂。不可否認,它也有讓讀者理不清詩人思路脈絡而迷亂的時候。

綜上所述,卞之琳這位反傳統的歌者,通過知性上的探險、冷雋的非人人化抒情、淘氣的智慧揮發等一系列現代詩學策略選擇,背離了傳統詩學的內質,步入了新詩現代化的前沿,形成了貌似清水實為深潭的冷凝幽秘的詩風。

需要指出的是,我們這樣細緻地論述卞之琳詩歌反傳統的傾向,只是旨在標明卞之琳詩歌的獨特個性特徵,並非就以為卞之琳的詩與傳統詩美勢若水火兩極。相反詩人一直生長在傳統之中,從未割斷與傳統的聯繫;並且像受惠於西方詩一樣,卞之琳也是受惠於古典詩最多的詩人,他的許多詩就占盡了古詩詞含蓄凝煉的便宜。

第九章　扇上的煙雲：何其芳詩歌論

　　真正詩人的評定標準應該以其作品的質量而不是數量為尺度。與那些洋洋灑灑的高產詩人相比，20 世紀 30 年代在詩壇嶄露頭角的何其芳詩歌創作的數量少而又少。在解放前近二十年的歲月裏，他除了與李廣田、卞之琳合出一本《漢園集》外，僅僅留下兩本薄薄的詩集《預言》《夜歌》（又稱《夜歌和白天的歌》），但他卻無愧於真正詩人的稱謂，在詩壇上享有較高的聲譽。這兩本詩集既提供了一份詩人從夢幻之曲到為時代而歌心理流程的情思檔案，又以獨標一格的藝術開拓豐富了現代詩歌的表現方法，飽蘊著豐厚的審美價值。尤其是詩人作為《現代》詩群主幹創作的《預言》，更憂鬱而美麗，真誠又精緻，是典型的如煙似夢的藝術範本，30 年代一面世就曾風靡海內，奠定了詩人的藝術聲名；只可惜後來因藝術觀念偏狹、社會動盪，人們對它充滿了過多的誤解，有人甚至視之為藝術雕琢，思想不健康，有人乾脆在文學史中對之避而不談，這是不公平的。事實上，作為一幀卓然的藝術風景，《預言》是永恆的，作為一種獨特的藝術品類，詩已成為何其芳生命構成的一部分、人生的出發點與歸宿。

一、雲：凝聚與消散

　　少時的情緒記憶足可以影響人的一生。何其芳出生於四川萬縣的一個封建家庭，父親的暴躁冷漠與外部世界的陰暗喧囂，造就了詩人孤獨憂鬱的性格，這種性格與善於幻想的心理結構遇合，使詩人很早就走上了寂寞的「夢中道路」，構築自己的美麗的、寧靜的、「充滿著寂寞的歡欣的小天地」，〔註1〕漸

〔註 1〕何其芳：《一個平常的故事》，《何其芳文集》第 2 卷，第 217～218 頁，人民文學出版社，1982 年。

漸趨向了詩性世界；並以此逃避殘酷的現實，對抗身外風雨的侵襲。1931 年進入北京大學哲學系後，漸有新詩發表，不久與卞之琳、李廣田合出詩集《漢園集》，引起詩壇注目，成為「漢園三詩人」之一。但真正奠定何其芳在詩壇地位的藝術雕像則是詩集《預言》，它體現了詩人 30 年代初到抗戰前的創作風貌。

企圖在《預言》中找尋洪鐘大呂之音、激越慷慨之貌者會大失所望。因為當時何其芳是抒寫理想的浪漫詩人、純詩藝術的忠實信徒，他公開宣言「文藝什麼都不為，只是為了抒寫自己，抒寫自己的幻想、感覺和情感」。〔註2〕在這種向心型審美觀念的統攝下，《預言》自然不同於向外擴張、以再現現實為職責的現實主義詩歌，而十分注意心靈潮汐的律動，視界狹小，不過是一個遠離現實、苦於找不到出路的敏感知識分子青春心理戲劇的記錄。它以表現個人、個人夢幻、個人哀樂為主要內容，具體輻射為美、思索、為了愛的犧牲三個思想。它差不多都是飄在空中的東西，是詩人畫在「扇上的煙雲」，那裡有青春的寂寞感傷、愛與美的渺茫、幼稚的歡欣與苦悶。它是詩人在夢的輕波裏徘徊飄忽而微妙的心靈語言。

歷時性地看，寫於 1931 年到 1937 年的《預言》是詩人迷茫、苦悶、幻滅、追求的連綿心靈變奏的樂章。

卷一多為夢幻式的愛情吟唱。愛情是美好的，只可惜「愛情這響著溫柔的幸福的聲音的，在現實裏並不完全美好」，〔註3〕生活中詩人被他愛慕的少女拋棄過，愛慕他的兩位少女又都被他忽視了，這二者都屬於海市蜃樓式的愛情。這種愛情因為是沒有實現的或然態的愛情，所以也就無所謂痛苦與歡樂；然而若干年後它卻在詩人的頭腦中復蘇了，只是已僅剩下回憶。這種現實經歷折射在詩中便使情思複雜起來，既在幸福中感受不幸，又在不幸中咀嚼幸福；有甜美的期盼，也有痛楚的相思；有溫馨的懷想，也有清醒的失落，酸甜苦辣攪拌在一起難以名狀。《預言》一詩把愛擬為「年輕的神」，「我」熱切地盼望她來臨好向她表露愛戀，可她卻「無語而來」又「無語而去」，消失了驕傲的足音，空留下「我」之感歎與無望。這種愛儘管略顯飄渺，卻也是一

〔註2〕何其芳：《〈夜歌和白天的歌〉出版後記》，《何其芳文集》第 2 卷，第 253 頁，人民文學出版社，1982 年。
〔註3〕何其芳：《一個平常的故事》，《何其芳文集》第 2 卷，第 217～218 頁，人民文學出版社，1982 年。

首真摯熾熱的嚮往的夢之歌。一般說來，逝去的東西人們才愈覺其可貴，已成「珠淚玉煙」的愛情使詩人沉緬於記憶中，患了刻骨相思的「季候病」，一件《羅衫》惹起他對花一般時光的懷念，「和著幽怨」，一陣《腳步》在他心裏「踏起甜蜜的淒動」；他不斷地夢想著美好的愛的未來，「我要織一個美麗的夢／把我的未來睡在當中」（《我愛》）；他明知「對於夢裏的一枝花／或者一角衣裳的愛戀是無希望的」（《贈人》），但他又感到「無希望的愛戀是溫柔的」，偏偏鍾情地追求著，甚至甘心為之犧牲，「我心張開明眸／給你每日的第一次祝福」（《祝福》），深沉地將愛埋在心底，為愛人真誠祝福。當然他也揭露現實中愛的虛偽與欺騙，詰問「是誰偷去我十九歲驕傲的心／而又毫無顧念的遺棄」（《雨天》）？他更為自己的過去懊悔不已，幻想著舊夢復歸，「日夜等待著熟悉的夢覆我來睡」（《慨歎》），可見癡情之深。這就是何其芳式的愛情，它不同於至上的愛情肉感的愛情，它深情繾綣，細膩纏綿，蘊涵著真摯純潔、健康真誠，既有「只是近黃昏」的悲淒，也有「夕陽無限好」的嫵媚，並且因其悲涼而愈顯其美。毫不誇飾地說，在人心不古、物欲橫流的現代社會，這是一種令人溫馨、令人感動的可貴情感。

夢再美也終要醒，夢與現實格格不入的撞擊，使詩人不得不從理想中回到現實，品味「舊社會的不合理」，從幻滅的愛情走進卷二「荒涼的季節」，充分感受成人的憂鬱，「從此始感到成人的寂寞／更喜歡夢中道路的迷離」（《柏林》）。經兩次返歸故里的省察、現實不勝負荷的抽打，他難再留戀於花香與月色織就的柔美夢中，目光開始向《古城》遍是風沙、野草與霜雪的荒涼延伸，有了一個個「風沙日」和「失眠夜」，輾轉反側的結果是陷入了對現實浸滿苦惱悲哀的不滿怨訴中。他厭惡戰爭，預言世界將在沉默中爆發一股熱力（《短歌二》），他在《夜景一》裏「曾看見石獅子流出眼淚」，再現出下層人陰暗淒涼的無望生活圖景，他的一切觀照都灌注著對人類深沉的終極關懷。他矚望身外世界後再回顧往昔，「朦朧間覺我是只蝸牛／爬行在磚縫／迷失了路」（《牆》），開始否定自己過去的盲目與過失。縱觀卷二的詩，雖然仍是抒寫個人的愁苦，但已少了「為賦新詩強說愁」的意味，多了現實因子的滲透，視野無形中拓寬了；精神主調已由為自己失意的苦惱上升為不滿現實又找不到出路的憂鬱，一掃卷一中的清麗柔美。這種視點的轉移，這種關注社會與人生的離心力，注定詩人思想必然發生本質性的飛躍。

若說前兩卷詩是「扇上的煙雲」的凝聚的話，那麼卷三的詩則是「扇上

的煙雲」的消散，表現出詩人人生觀、藝術觀的覺醒和朦朧的反抗意識。大學畢業後，置身於山東萊陽灰色的現實中，目睹了世間的貧富對立，認識到一個誠實的個人主義者除了自殺便只有放棄他的孤獨和冷漠，走向人群，走向鬥爭，所以看著無數人生活於飢寒之中，就忘了個人的哀樂，反抗思想像果子一樣成熟了。他否定自己的過去「不過嗡嗡嗡／像一隻蒼蠅」（《醉吧》），決定「不再歌唱愛情」，把自己的過去埋葬，同時也把那個世界埋葬。在面對現實的《聲音》裏，他抨擊帝國主義戰爭製造恐怖與死亡的殘酷性，詛咒其必然滅亡。壓卷之作《雲》對比了莊嚴工作的勞苦與上層人的荒淫無恥後，凜然發出「從此我要嘰嘰喳喳發議論／我情願有個茅草的屋頂／不愛雲不愛月／也不愛星星」這樣響錚錚的反抗宣言。至此，一個與時代精神共諧、憂國憂民、心繫天下的正直詩人形象已悄然聳起。

對《預言》的精神意味世界巡視後我們發現，儘管它有情感柔弱感傷、疏離現實的侷限；但它仍有許多充滿啟迪意義的正面價值。首先它真切精細地記錄了有追求有理想又被現實煩擾的知識分子的心態，有珍貴的認識效應。儘管不少充滿孤獨寂寞的詩篇蒙著一層欲語淚先流的陰影；但它正是社會激蕩的心理折射與映照反映，寄託著詩人對黑暗現實的不滿懷疑。詩人正是以夢中迷離道路、甜美之愛的沉醉，抗擊著身外世界的殘酷與嚴峻，如此看來籠統地說它為有閒者逃避現實的結果恐怕近於武斷。其次優卓的感知方式達成了對現代人心靈的有效拓展。詩人從自我出發的內視點的詩歌藝術，偏向於個體心靈的隱秘之隅，或多或少地疏離了群黎苦痛與時代風雨，對青春寂寞、幻夢、歎息的偏重，造成了情感纖弱的充塞，以至使一些詩與現實脫了節；但是這個缺點也恰是何詩的個性，所以不必過於苛責，它契合了詩歌情感哲學的生命本質，將現代人的精神深層揭示得更為綿密細緻，尤其是詩人走向現實後接通「小我」與「大我」的吟唱，更是手寫自我、心繫風雲的藝術佳構，再次表現了詩人可貴的赤子真誠。集中不倦地歌頌愛情是何詩的一個獨到貢獻，他的詩無論是憂鬱還是歡情，無論是煩惱還是快樂，無論是自我心靈還是現實中的所見所感，詩人都一視同仁，予以真摯健康的表現，以袒露心靈的方式細緻精微地抒寫，不做作，不掩飾，不無病呻吟，不虛張聲勢，那樣認真，那樣赤誠，表現了一個詩人最寶貴的精神品格與最高尚的美學情趣，《預言》的奪人魅力恐怕就源乎此吧。

二、如煙似夢的藝術範本

高爾基在給一位青年作者的信中說：只有用合適的優美的外衣裝飾了你的思想的時候，人們才會傾聽你的詩。的確，再深透偉大的思想，一旦失去恰適藝術形式的支撐也會變得蒼白而毫無意義。作為一個詩感出眾的探索者，何其芳深得此中三味，認識到顏色美好的花朵更需要一個美好的姿態，只有文質相諧的作品才會放射出美的光輝；所以他在向憂鬱的內心世界拓進同時，自始至終都在追求著「純粹的柔和，純粹的美麗」的藝術創造。他以晚唐五代、李商隱、李清照等詩詞的美豔深厚與西方現代主義詩歌的超脫抽象的嫁接，使詩煥發出一派迷人的精美婉約的成熟氣象。具體說它表現為以下幾個方面。

（一）情感的具象策略

何其芳是一位典型的自我抒情詩人。他的詩總是敞開心扉，真誠坦率地流泄細微的靈魂隱秘與情思律動；甚至對缺點也不加掩飾，表現出一種真摯深切、豐富而扣人心弦的情感美。這一點只要做一下抽樣分析即會清楚。如寂寞、夢這種「最隱秘最深沉的心聲」，在一般詩人那裡是不願公開袒露的；可它們在何詩中卻有著深入的輻射與展開。《花環》裏有「我愛星光，寂寞的星光」，《夢後》有「是因為一個寂寞的記憶嗎？」《柏林》有「從此始感到成人的寂寞」。「寂寞」是這樣俯拾即是，那麼「夢」呢？據統計，《預言》的三十四首詩寫夢者競達十九首，出現了二十八個「夢」字，比例之高令人吃驚。「有人夢裏也是沙漠」（《失眠夜》），「我夢裏也是一片黃色的塵土」（《再贈》），「今宵準有銀色的夢了」（《月下》）。夢幻、寂寞這種內向性的真情實感，在詩中高頻率、大劑量的不加迴避的表現，足以證明詩人的真誠。並且詩人的真誠情感有多色調的表現，《羅衫》濃烈，《花環》纖細，《夜景》淒婉，《愛情》幻美，《預言》朦朧，《贈人》溫柔，諸多情調的聚合，多層次、多向度地恢復了詩人心理世界之紛繁之複雜的形態。

詩的本質規定了裸露的情思如同裸露的人一樣蒼白無力，情感的軀體只有穿上質感的衣裳才能得以直立。流動於何其芳詩中的是純個人化視境，它的朦朧美妙呼喚著間接曲折的形式寄託，為避免真情實感的直接噴湧、大喊大叫或低婉傾訴，詩人攜直覺式的詩感經驗來往於心靈與世界間，努力「捕

捉著一些在剎那間閃出金光的意象」，〔註4〕進行抒情，以萬物靈性與人類精神物質對應相通點的尋找，實現心物共振，建立了索物以託情的內聚性言說方式。也就是說，何其芳的創作不是從概念的閃動靠理性導引去尋找形體，而是依據情思需要在不斷湧來的意象中自行選擇，因為浮現在詩人心靈中的原本就是一些顏色一些圖案。這一特質使何其芳的詩思維在具象境界中進行，意象的流轉就是詩人心態的流動，聚散著靈魂的風雨；甚至有時物象本身就是血肉兼俱的詩意符號，其中寄託著詩人的感受與啟迪。如「驢子的鳴聲吐出／又和淚吞下喉頸／如破舊的木門的嗚咽／在我的窗子下」，「衰老的太陽漸漸冷了／北方的夜遂陰暗、更長」（《歲暮懷人一》），全詩灌注的是歲暮時節懷人念遠的心理感受；但它不直接和盤托出，而是用驢子的鳴聲、淚、破舊的木門、夜等意象的隱秘跳接與流動轉換來暗示，意象本身的蕭索冷清的色調特質，具有鮮明的情感指向性，帶著詩人懷念友人的深沉重量和淒清的色彩。《花環》也因想像力的提升，使幽谷裏的花香、朝霞、沒有照過影子的小溪等清麗的比喻意象不再是大自然純客觀的孤寂存在，而染上了如煙的輕愁與生命情調的沉思，暗示少女的柔美同時，使恐怖的死亡也幻化出沉靜的美麗。為使意象情感化，詩人常採用帶有感情性色彩的詞彙穿插，或化實為虛的方法。前者如「寂寞的砧聲散滿寒塘」（《休洗紅》），「一個幽暗的短夢／使我嘗盡了一生的哀樂」（《古城》），寂寞、幽暗二詞的運用，情感化了砧聲與夢，使之染上了一股淒清的味道；後者如《歲暮懷人一》中的驢子的實景，即被虛化為人的愁苦情懷。

與意象情感化相對，何詩還常通過比喻、象徵等手段，將對人生、生命等的哲思感受作客觀對象觀照，利用想像功能創造物態化的形象對應，即將難言的感覺、情緒化為生動的意象。如寫內在視境的《歡樂》通過博喻手法使歡樂化作「白鴿的羽翅」、「鸕鷀的紅嘴」，化作「一支蘆笛」、「簌簌的松聲」、「潺潺的流水」，抽象的歡樂有了色彩、聲音、形狀，難以名狀的複雜情思獲得了活脫神奇的感性寄託。「誰的流盼的黑睛像牧人的笛聲／呼喚著馴服的羊群，我可憐的心」（《秋天一》），感情通過黑睛比笛聲、心比羊群這比喻的手法，獲得了形象化外衣。若說前兩例是以比喻使情感意象化，那麼《預言》《送葬》等則是通過象徵實現情感意象化的，如《預言》中「年輕的神」即是

〔註4〕何其芳：《夢中道路》，《何其芳文集》第 2 卷，第 62～63 頁，人民文學出版社，1982 年。

象徵，以之為中心意象組構的全詩結構也是一種象徵，它在外在視象背後具有深層的意蘊；《送葬》中燃燒的蠟燭也是象徵，其中寄寓著詩人在暗夜的壓抑感，象徵著這是個送葬的時代的情感。

這種情感與意象互化的情感的具象策略，不但使詩變的質感形象，化抽象為具體、化虛幻為實在，避免了詩的空洞蒼白；而且以不說出來的方式達到了說不出來的飄渺朦朧的效應；尤其是情感的纖細柔媚與意象的綺麗空靈，更增添了詩的「鏡花水月」的韻致。

（二）藝術形態的古典化

不可否認，何其芳受過西方現代詩的影響；但他詩的骨子裏卻積澱著深厚的傳統血緣，延伸並重鑄了古詩傳統的某些因子。我們深知，運用感性形象烘托暗示人類心靈情思的意境審美範疇，是中國詩美的核心與精髓；可對這個詩畫一統的傳統新詩人大多不屑一顧。何其芳是傳統文化滋養起來的詩人，他反對食洋不化，受骨子裏鐫刻的傳統意識燭照，他的詩歌自然傳遞了古典音響，在意象選擇、意境組構、技巧運用等方面都對古典詩進行了現代翻新，在藝術上進行了積累的轉化。

意象的古典化。生活圈子的狹小，決定了何詩中少社會性意象，而多靜態型的自然與生活意象，如暮靄簷雨、衰草落葉、寒塘砧聲、月波清夢、蘭花幽徑、扇上煙雲、虛閣雲、虛閣懸琴、羅衫殘淚等，這些清朗寂寥、充滿幽渺夢幻情調的意象都是標準的國產意象，詩人正是以這種意象系統的建立，訴說著青春的寂寞與飄渺的心靈秘密。如「你青春的聲音使我悲哀／我忌妒它如歡樂的流水聲睡在綠草裏／如群星銀聲墜落到秋天的湖心／更忌妒它產生從你圓滑的嘴唇／你這頗有成熟的香味的紅色果實／不知將被齧於誰的幸福的嘴」（《贈人》），通過古典性十足的意象營造，將詩寫的宛如一支淒婉動人的小夜曲，溫柔的憂鬱與繾綣的感傷情懷被渲染的無望又溫馨，苦澀而現代。何詩就是以這些東方特有的國產意象，制約、反叛著架空的理想抒情，迷離恍惚，有一種悠遠綿厚的古典美。

意境的整合古典化。何詩在組合意象時雖不乏跳躍，常省略去意象到意象之間的連鎖，有如越過河流並不指點給人橋在何處；但對具象化情感間的銜接契合的強調，使它在組合意象時十分注意傳統詩歌的意境範疇，注意詩歌肌理的整合效果。這樣就使得眾多的意象分子間不是處於雜陳狀態，而是具有共同的情感指向性，天衣無縫地擁托出一種渾融圓潤、晶瑩如玉的意境。

如《月下》就似一幅色調淡雅的寫意畫,「今宵準有銀色的夢了/如白鴿展開沐浴的雙翅/如素蓮從水影裏墜下的花瓣/如從琉璃似的梧桐葉/流到積霜的瓦上的秋聲/但眉眉,你那裡也有這銀色的月波嗎/即有,怕也結成玲瓏的冰了/夢縱如一隻順風的船/能駛到凍結的夜裏去嗎」,白鴿、梧桐葉、素蓮、船等意象從不同的方向,向懷念遠人這一情思定點靠近;構成了一個完整和諧的有機體,讀著它有如走進了物我同一的唐詩宋詞般婉約飄渺的意境。這種追求因與傳統意境的鑒賞心理契合,所以讓人倍感親切。

古典題材、技巧、語彙、思維方式、張力等因子的轉化翻新。何詩藝術形態的古典化不獨包括意象、意境的營構,還包括其他技巧層面對古詩的承繼革新。如《休洗紅》的題目就和《羅衫怨》一樣,源自晚唐五代詩詞的題材;「又踐履著板橋上的白霜」的句式語彙,又令人感到是對溫庭筠的名句「雞聲茅店月/人跡板橋霜」的點化。《預言》那種「年輕的神」來而又去,可望而不可及的惆悵情調,既與戴望舒的《雨巷》異曲同工,又與「所謂伊人/在水一方/溯洄從之/道阻且長/溯游從之/宛在水中央」(《蒹葭》)的情調、氛圍、構思驚人地一致;對女神不正面描寫,而用「我」之感情與語言側面烘托的寫法,似乎又可看出《陌上桑》描寫羅敷形象方法的間接影響。

詩人的成功在於師古而不泥古,在傳統的翻新轉化中,又以現代語彙、意境、手法的融入進行了新的創造。如古典氣十足的《休洗紅》傳達的卻是現代人歎息愛情失去的惆悵,「我的影子照得打寒噤了」那種句式,以及對生活的感受把握方式也都是現代所特有的。再如《羅衫》《扇》《古城》等都充溢著濃厚的古詩詞韻味;但在它們的古典意境語彙裏卻蟄伏著現代的藝術信息,即象徵手法的運用。尤其《扇》抒情方式的客觀化與重知性特徵,則是後期象徵主義詩歌的影響所致。《預言》《那一個黃昏》整體象徵的構思,也都多得法國象徵詩之神韻。何其芳詩歌這種藝術形態上對傳統的創造性轉化,既促成了現代詩意的銳意精進,又避免了現代詩的過分歐化。

(三)精緻、絢麗、雕琢的語言

語言是繪製詩人心和夢的符號形式,是審美主體在客體上的情緒投影。選擇什麼樣的語言往往體現著一個詩人的審美情趣、心理意向、風格特質。與纏綿憂鬱的情思、靜穆寂寥的視象相應和,《預言》少冷僻的字眼與恢宏硬朗、擲地有聲的詞彙,出現的最多的是夏夜、月光、夢、花環等有典雅清麗色調的語彙。詩人用這種柔婉得近乎傷感、清麗得近乎嫵媚的言說方式,訴說

著對青春、愛情最複雜最纏綿最優美的情愫。如《羅衫》中舒緩節奏與清麗語言的遇合，恰切地表現了詩人細膩而纏綿的心靈無奈與哀怨，纖細清新，令人喜愛。這種語言輕盈而有詩意，純粹又意味綿長。詩人說「我喜歡那種錘鍊，那種色彩的配合」，「有時我厭棄自己的精緻」，這坦誠的自白表明，為創造晶瑩的意象、渾成的意境，為恰切有力地抒發感情，詩人十分注意打磨、雕琢語言，刻意求工，即便在夢裏也不鬆懈，「南方的愛情是沉沉地睡著的／它醒來的撲翅聲也催人入睡」，「北方的愛情是警醒著的／而且有輕矯的殘忍的腳步」（《愛情》），即是夢中吟成的神仙般的句子。如此說來這種追求已有點藝術至上的唯美意味。工夫不負有心人，由於詩人的苦吟，何詩不但文筆精緻典雅，詞藻華麗濃鬱，色彩絢爛至極；而且不少詩經通感比喻、正反組合、虛實鑲嵌的方法，變得語言濃豔雋美，陌生新鮮。如「你的聲音柔美如天使雪白之血臂／觸著每寸光陰都成了黃金」（《圓月夜》），感覺的聯通擴大了想像空間，荒誕又合理；《歡樂》一詩的比喻令人眼花繚亂，瞠目不已，「美麗的夭亡」、「甜蜜的淒動」、「歡樂如我的憂鬱」、「秋天夢寐在牧羊女的眼裏」，即是語言正反組合、虛實搭配，它們化抽象為具體，無限活力中貯滿豐厚的理意。尤其是何詩的雕琢更是突出顯眼，它在 30 年代的雕琢趨向中，既有別於卞之琳的偏重語象的對照與配合，也不同於戴望舒的傾心語言的流動與轉換，而是側重於詞語的色彩與情調，繪製明媚豔麗、情調濃鬱的圖畫，《季侯病》《祝福》等詩中的一些詩句即有迷人的色彩與情調，並且因之而使詩強化了暗示力與朦朧感。

另外，何詩善於尋找與內容情緒相諧和的體式。形式是情感的凝結，一種情感需要一種形式的承載。對應著從雲的凝聚到雲的消散的情感流程，何詩創造了一種既嚴謹整飭又靈活舒放的體式，兼具活潑跳蕩之美與簡淨凝煉之美，有較大的開放性與包容性；其中前期側重音樂性探尋，後期則側重內在律的抒唱。

最初何其芳吸收了新月詩的營養，用勻稱的章節、合度的句式、音樂的旋律包裹自己極端內隱的憂鬱；但詩人的創造天性與生活的激蕩，使他很快擯棄了豆腐乾體的拘謹，開始注重用內在律與口語的自然本色地表現生活，創造了嚴謹又舒放的成熟詩體。如三十六行的《預言》即構成了六疊樂章，章法整飭聲韻楚楚，每段變韻自然天成，與情感的由低緩沉悶而輕鬆明快而激昂強烈的內在律動對應，詩的韻律也不斷調整，高低相間，一唱三歎，餘

音繚繞；但它的句子與情思卻跳蕩不已，現代感極強。到了 1935 年以後，隨著詩人的走向社會，詩人在《古城》《失眠夜》《雲》等詩中用極自然的自由旋律表現廣闊的生活。何詩這種與情緒節奏同構的語言體式節奏追求，賦予了詩歌一種難以言說的音樂美感，**既無旁逸斜出的隨便，又無戴著腳鐐跳舞的拘謹**，而是整飭中有舒展，自由中見法度。

上述幾個特點的聚合，鑄成了何其芳詩歌如煙似夢的情調。他苦心琢磨，精工詞句，近於戴望舒，彷彿矢志把詩寫得不像李廣田那樣泥土氣息十足，樸實自然，也不像卞之琳那樣冷淡而深摯；而要華豔瑰麗，鏤金錯彩，絢爛至極。事實上何詩也確抵達了這一境界，它的情緒色彩溫婉親切，飄逸纏綿，幾近呢喃的細膩；聯想波狀柔曼舒緩，平和穩定；意象系統諧調斑斕，古典氣強，纖細精巧；也運用象徵但其中又常彌漫著浪漫情熱；語言雕琢清麗，精緻絢爛，這種藝術特質與心靈神秘感應、飄渺幽思的向心感受結合，使何詩柔、精、潤、甜，「像夕陽中晚霞一般華美」，〔註 5〕婉約空靈，多得晚唐詩風的氣象；使何其芳成了現代派**艱難瞭解**的詩人中最易讀懂的一位。難怪港人司馬長風用「如煙似夢」四個字概括何其芳的詩歌風格呢！

當我們從何其芳的詩風景中走出後，閉目瞑想，發現何其芳的整體性追求雖然過於纖弱精美；但已抵達了朦朧、婉約、精緻的審美境地，既有東方欲言又止的含蓄，又不乏現代詩跳蕩的深沉風韻，做到了世界性、民族性與現代性的三性統一。何詩是一種輕型詩，在它的世界裏找不到大江東去的豪放，也缺少金戈鐵馬的剛健；它更像是向隅低訴的縷縷絮語，燈下與友人促膝的娓娓交談。讀它會令人想起詩人李清照、李商隱、溫庭筠、柳永的延伸，想起詩人陳敬容、鄭愁予、舒婷的承繼，想起飄逸的流雲、雨後的彩虹、輕柔的白紗，想起《預言》的字眼何其美妙何其富有詩意「何其芳」！它清澈而不見底，深邃而不晦暗。何其芳詩歌對內世界的探索，雖不能說堪稱獨步的精神操作；卻也吹送了一股清新的婉約風，以與其他詩人的互補共存，增添了現代詩派風格肌體的絢麗與生氣。所以可以肯定地說，幾十年來那些一直批評《預言》為雕琢幻想的尋夢的東西，批評《預言》思想不健康，顯然是一種藝術的誤解。

何其芳是一位勇於否定自我、突破自我的詩人。1938 年他奔赴革命聖地

〔註 5〕張景澄：《〈漢園集〉中何其芳的詩》，《國聞週報》第 13 卷第 3 期，1936 年 6 月 1 日。

延安後，由一個尋夢的孤旅成為搏擊黑暗的戰士。出於對延安欣欣向榮的蓬勃新生活的熱愛，詩人開始為時代歌唱，寫下另一本詩集《夜歌》，連人帶詩一同走進了政治烽煙。為檢討清算《預言》時期抒寫個人、過於精緻的傾向，詩人懷著對過去作品的「原罪感」，嚴厲地否定自己的人與詩，從而使《夜歌》表現出別一種風貌。它以謳歌光明、謳歌革命為主要思想特色，表現了一個知識分子告別過去、力爭進步的情感。其中最有革命氣息的是《革命──向舊世界進軍》，它通過革命者與革命歷史的抒寫，揭示了革命「殘酷性與長期性」的特點，歌頌不屈不撓、艱苦奮鬥的革命力量，說明共產主義信仰才可以給人不可征服的力量。《我為少男少女們歌唱》《生活是多麼廣闊》等詩則明朗開闊富有朝氣，是對新生活的熱情禮讚，或啟發青年去挖掘人生寶藏，以堅實的勞動創造美好的未來；或歌唱「早晨、希望、正在成長的力量」，渴盼它飛入青年的心中。這些詩大都明朗樂觀，樸素單純，剛勁有力，氣勢磅礡，自由流暢，具有濃鬱的時代色澤和革命氣息；所以極有鼓舞人心的力量，當時就曾鼓舞許多青年走上「生活的正路」。

詩人這種突破式的探索是難能可貴的，只可惜在詩人那裡優點即是侷限。與思想意味的積極探索走上坡路同時，何詩在藝術上卻走了一條每況愈下的下坡路，表現出一種非藝術化傾向；在向現實開放自己的同時，藝術上卻沒有再上層樓，反倒陷入了審美價值與功利觀念衝突、意味與形式的二難窘境。放眼《夜歌》，已不見以往跳躍的意象、蘊藉的情趣、優美的調子，平白、淺淡、粗率成了人們閱讀的基本感覺。為什麼會發生這一藝術錯位呢？藝術技巧方法的準備不足，使自己無力適應表現嶄新的世界觀與生活情感，造成了思想與藝術的脫節；更為內在更為重要的原因則是詩人違反了創作個性的內在規定性，完全否定了自己已確立的藝術風格，以憂鬱柔弱的個性吃力地做粗豪激越的歌唱；並把個性完全消融在原則裏，從而泯滅了個性，失去了自己。原來何其芳的詩歌留下的經驗與遺憾同樣值得人們深思啊！

第十章　迷人而難啟的「黑箱」：
廢名詩歌解讀

　　在繆斯的版圖上，廢名是寂寞的，生前如此，死後依然。

　　好像有一條不成文的規律，詩人寫小說品位必高，而小說家寫詩卻大都失敗。廢名寫一手空靈淡遠的詩化田園小說，《竹林的故事》《桃園》《橋》都曾紅極一時；可詩名在 20 世紀 30 年代並不響亮，僅有的三十幾首詩（1945年收入詩合集《水邊》）因過分超脫奇僻，偏離流行的與大眾的趣味，難以捉摸，「無一首可解」，〔註1〕是現代詩派中最難開啟的「黑箱」。人說卞之琳的詩意連解詩行家朱自清、李健吾等都猜不中，可謂最難懂了；可實際上廢名的詩才是新詩壇上第一的難懂，所以不少人將他與李金髮並提，送他一個綽號：新詩怪。如此說來，廢名的詩解放後成為少人問津的存在與研究的冷門，也就再自然不過了。

　　隨著詩人的成就大小不該以讀者能否讀懂為評判標準觀念的確立，人們卻愈來愈發現廢名的三十幾首詩，是經得起時間淘洗並已取得永久生命的存在，它們「足以使馮文炳（廢名）成為我國詩壇某一方面的大師」，〔註2〕「即使以今天最『前衛』的眼光來披閱仍是第一流的，仍是最『現代的』」，〔註3〕

〔註1〕劉半農：《劉半農日記》（1934 年 1 月 6 日），《新文學史料》1991 年第 1 期。
〔註2〕瘂弦：《禪趣詩人廢名》，《中國新詩研究》，第 69 頁，臺灣洪範書店，1982年。
〔註3〕瘂弦：《禪趣詩人廢名》，《中國新詩研究》，第 71 頁，臺灣洪範書店，1982年。

愈難解讀愈顯迷人。它們那種交響東西方文化從傳統思想中對現代意識的引發，那種不溫不火的超脫與禪趣，以及那種自由自在的悟性思維，使自己在時尚外別開異花，奏出了現代詩派中孤絕的音響；甚至徹底超出了現代派詩歌的高度，讓人再也無法將它們混同在哪個詩派中標識個性，因為它們原木就完全屬於詩人自己。

一、盎然的禪趣

若想開啟廢名詩歌的「黑箱」，必須經過意味與形式兩道鎖。

朱光潛先生說廢名的詩「有一深玄的背景，難懂的是這背景」，〔註4〕這背景指什麼呢？我以為當指詩人的脾氣秉性、人生際遇，更主要指的是詩人心智結構中的禪宗思想，也許廢名是與禪宗結緣最深的現代詩人。

詩人與禪宗結緣有多種因由。翻開的詩人履歷表平凡又簡單：1922 年入北大預科後轉入英文系學習；1929 年畢業留校任教；抗戰時回湖北老家教中學和小學；抗戰後重回北大任教；1952 年轉吉林大學任教。幾個分鏡頭多與教師職業相關，平靜清苦的教書生活養就了詩人的孤僻內向，落落寡合，狷而不狂，生活簡樸，衣衫不檢，常留和尚髮式，仿若都市老衲。這份寂寥、多思與淡泊已暗含了禪道精神。而詩人又是禪宗聖地——黃梅之子。自幼多受鄉土文化浸染，喜歡說曾在黃梅修行過的禪宗五祖六祖的故事；稍大後常登山入旅遊勝境五祖寺，更加親近佛門，「獨具慧根。自幼多病而能忍耐痛苦。以私塾為牢獄而能於黑暗中獨自尋求想像中的光明」，〔註5〕在北大求學任教期間，因不甘隨波沉淪又無力把握社會，遂對佛經道藏興趣劇增，不僅「私下愛談禪論道」，「會打坐入定」；而且在建國前與人談及抗戰動亂中寫的佛學著作《阿賴耶識論》，仍「津津樂道，自以為正合馬克思主義真諦」。〔註6〕幾個因素聚合，使廢名富敏感好苦思，有禪家與道人風味，心向佛老，亦禪亦道，既強化了修養消釋了精神苦痛，又影響了審美趣尚，促成了自己的詩在現代派詩人中獨樹一幟，充滿盎然的禪趣。因此談廢名詩必談禪，否則將不得要領。

〔註 4〕朱光潛：《文學雜誌·編輯後記》，1937 年 6 月。

〔註 5〕馮健男：《廢名與家鄉的文學因緣》，《黃岡師專學報》1993 年第 3 期。

〔註 6〕卞之琳：《馮文炳選集·序》，《卞之琳文集》，第 337 頁，安徽教育出版社，2002 年。

　　禪宗是一種具有人文氣息的宗教，它主張從具體的、市俗的日常生活中去參悟「佛性」，詩化日常生活，培養淡泊寧靜而又達觀的人生態度；按李澤厚的《漫述莊禪》所說是，講究「破對待，空物我，泯主客，齊生死，反認知，重解悟，親自然，尋超脫」，在修行之法上則有如馮友蘭在《中國哲學簡史》闡述的那樣不求「有為」，而在於「無心作事，就是自然地作事，自然地生活」。廢名學佛參禪，把所學之禪理、所悟之禪趣，自然地融人詩中，從幾個方面開拓了新詩的詩意本質內涵。

　　首先佛道禪家的玄理頓悟與直覺聯通，注定詩人不但平日話語每帶禪機（如「最高興我的文章的是我自己，最不高興我的文章的是我自己」），令初見者每不知其所云；而且在詩中常「走出形象的沾戀，停留在一種抽象的存在」，〔註7〕表現具有參禪意味的哲學玄思感悟，滿貯智慧之氣，神秘又美麗。如《掐花》：

>　　我學一個摘花高處賭身輕，
>　　跑到桃花源岸攀手掐一瓣花兒·
>　　於是我把他一口飲了。
>　　我害怕我將是一個仙人，
>　　大概就跳在水裏淹死了。
>　　明月出來弔我，
>　　我欣喜我還是一個凡人
>　　一天好月照徹一溪哀意。

　　該詩的「動機是我忽然覺得我對於生活太認真了，為什麼這樣認真呢？大可不必，於是彷彿要做一個餐霞之客，飲露之士，心猿意馬一跑跑到桃花源去掐了一朵花吃了。糟糕，這一來豈不成了仙人嗎？我真個有些害怕，因為我確實忠於人生的，於是大概就是跳到水裏淹死了。只是這個水不浮屍首。自己躲在那裡很是美麗」。〔註8〕(2)詩人說這是一首情詩，我看倒是一首感悟人生的禪理詩。風塵與仙境的疊合，曲現著人世與超世的心理矛盾，欲超凡脫俗去飲花又怕成仙，而冷峻塵世又多羈絆的悲哀，難怪「好月照徹一溪哀意」了。它隱蔽的含義是對禪宗虛靜解脫境界的企望，是對超然物外的「拈

〔註7〕李健吾：《李健吾文學評論選》，第 121 頁，寧夏人民出版社，1983 年。
〔註8〕廢名：《〈妝臺〉及其他》，《論新詩及其他》，第 203 頁，遼寧教育出版社，1998年。

花一笑」佛境化解的禪悟。再如悟道之作《喜悅是美》這樣寫道,「夢裏的光明／我知道這是假的／因為不是善的／我努力睜眼／看見太陽的光線／我喜悅這是真的／因為知道是假的／喜悅是美」,前三句的寫實尚可解釋,後幾句暗藏的禪機則不易明白。其實它正應了禪宗在過於玄奧處領悟、在不可思議處思議的思維方式,揭示世上那些看似假的東西往往都是真的。人生如夢、白色的太陽、鏡花水月等按常規理解都是假的;但在禪宗背景下卻又都是真的,因為在禪宗看來虛即是實,無即是有,假自然也即是真了。《十二月十九夜》的玄思也有參禪意味,深夜一燈幻化出宇宙間的一切,最終一切又都歸之於燈。

廢名詩歌中禪理玄想帶來的詩情智化,似乎與卞之琳無異,其實不然。同樣充滿思辯玄理,卞詩出奇地雕琢,少自然之趣;它主要源於西方現代哲學與瓦雷里等人的理性思辯詩風的啟迪,核心是相對論思想,多屬情理合一的形上思辯,更近哲學;思維結構相對易把握些。廢名詩卻彷彿舉重若輕,涉筆即成;在詩上廢名壓根不認識魏爾侖、瓦雷里、龐德與艾略特,詩中玄理完全得益於東方禪宗哲學的靜觀頓悟,與晚唐五代溫李詩詞以及禪詩意境感覺的滋養,核心為禪意佛理,不大講究形上思辯;讀如參禪,解讀難度更大,它更近宗教。即卞之琳等現代派詩人的詩情智化多源於西方哲學詩學啟發;而廢名的智化現代意識則是從本土傳統思想體系引發而來。

其次禪宗崇尚的人生態度與修行方式,為廢名詩歌塗了一層達觀超脫的色澤。禪宗的教義表明它是一種中國化的哲學,核心是以「自我解脫」為精神歸宿的理想人格,企望人們樹立一種任運隨緣、寧靜淡泊的人生態度,以及不求「有為」的「無心」、「自然」精神。這一禪理投影在創作中,廢名便總能以恬淡的心境、無為的方式,透過平淡悲苦的日常生活現象,把握人生世界,描繪靈性化的自然與自然化的人生,營造超悲哀、親自然、樂人生的達觀超脫境界。這一追求不但體現在小說中,像《桃園》《浣衣母》《竹林的故事》就交織了田園寂靜的美與人性的美。自然景觀靜謐淡雅,是怡情養性、澄心靜慮之所在;男女老少一干人雖生活簡陋卻心地坦誠,自得其樂,有吐納萬物之情懷。人與景的交匯則構築起了自足達觀的理想樂園。就是在為數不多的詩中也有所表露。如《十二月十九夜》即是詩人精神自由自在的「逍遙遊」,宣顯著一種超然灑脫、天地萬物容於我心的精神。

深夜一盞燈，

若高山流水，

有身外之海。

星之空是鳥林，

是花，是魚，

是天上的夢，

海是夜的鏡子。

思想是一個美人，

是家，

是日，

是月，

是燈，

是爐火，

爐火是牆上的樹影，

是冬夜的聲音。

　　題目若無其他明確特指，足可見出詩人選材的靈活隨意性，即心靈的自由性。因詩人耽於禪家境界，深夜對燈思想，於是思緒心猿意馬海闊天空，進入遼遠寬闊的時空。由燈而星而思想，最終點出燈與星之室的本體：思想。禪宗認為塵世本屬虛無，內心才是實在，沒有心即無世界，沒有思想就沒有光、美和文明，沒有思想則萬古長如夜。詩人在讚頌人類思想是靈魂之家、生命之光同時，也體現出一種跳脫自如的生命狀態。如果說《十二月十九夜》有一定的樂人生意向；那麼《畫題》便是親自然的傑作。「我倚著白晝思索夜／我想畫一幅畫／此畫久未著筆──／於是蜜蜂兒嚶嚶的催人入睡了／芍藥欄上不關人的夢／閒花自在葉，深紅間淺紅」，「芍藥」真乃「夢中傳彩筆」。詩人久未著筆，想畫沒畫的畫，在入睡後卻自然地完成了，初聽不可思議，細品又覺真實。人在繽紛夢裏，花在自由開放，無須著墨，風景人物已自成一幅畫，動靜兼有，疏密有致，濃淡相宜，意境與情趣俱佳。無「畫」即有「畫」的禪意感悟裏，已蟄伏著詩人對自然的喜愛。

　　由於空物我、薄生死、尚心性這種禪宗教義的審美詩化；廢名在詩中常帶一份欣賞之情去撫摸日常生活，對悲苦題材「無所用心」，即便與窮、愁、病、死一類悲劇性題材不得已碰了頭，也因淡化處理而使悲劇氛圍變得稀薄

超然了許多。一葉知秋，體味一下詩人有關死亡詩篇的生死觀，這個觀點會更明晰。如《小園》：

> 我靠我的小園一角栽了一株花，
>
> 花兒長得我心愛了。
>
> 我欣然有寄伊之情，
>
> 我哀於這不可寄，
>
> 我連我這花的名兒都不可說，──
>
> 難道是我的墳麼？

「墳」是廢名詩中一道不錯的風景。詩人在《中國文章》一文中說「中國詩人善寫景物，關於『墳』沒有什麼好的詩句」，為改變這一文學事實，詩人特別好寫墳，如小說《橋》中就寫了家家墳、清明上墳等，詩裏墳的意象就更多。歌吟愛與死的《小園》，開篇「有寄」的「欣然」與「不可寄」之「哀」構成的矛盾，好像把詩搞得悲情纏綣；而至「我連我這花的名兒都不可說」已逸出個人的悲與喜，有名有實之花成了「無」之抽象，情若長久愛至極限何必寄花，不寄即是寄了。「墳」可解為花或小園，它與紅花、綠園聯結，不但意象妙善；而且體現出一種異於古代寫墳詩的禪宗式的死亡觀，使原本荒涼枯寂的意象煥發出蔥郁蓬勃的生機。因為在禪宗那裡，生死無別，死亦不死，「生死忘懷，即是本性」，死乃人生的最好裝飾，死乃人類的精神故鄉，《小園》表現了禪宗的達觀與徹悟。《花盆》中的植樹人稱其樹高，想起自己的墓，「彷彿想將一缽花端進去」，真是異想天開得特別又新穎，如若摸清了詩人達觀的生死觀後，自然可以理解植樹人想以「花」裝飾「墓」的心情了。

再次禪宗背景的輻射，賦予了廢名的詩一種空靈靜寂的美感。禪本是靜虛、止觀之意。禪宗的中道義往往即是一個虛幻的不可把握的東西，屬於「無」之範疇，它的最高境界乃是「空」，讓人追求心無掛礙的靈魂空悟。因此，歷代禪宗影響下的禪趣詩，都往往以「用」顯「體」，趨向清、靜、虛、空的境界。受禪宗影響，廢名的詩喜歡選擇那些月、燈、花、星、水、鏡等空寂的自然意象，作禪理、禪趣的有機載體，為自己的精神世界平添上一層空靈靜寂之美。如《點燈》從意象、意境到情調都禪趣盎然，空靈得很，「病中我起來點燈／彷彿起來掛鏡子／像掛畫似的／我想我畫一枝一葉之荷花／我看見牆上我的影子」，它已空靈純淨到一塵不染的程度。與側重外在景物空靈靜美的《點燈》《星》不同，《街上》《理髮店》等則揭示了人類生存

本質的內在精神空寂。如《街上》：

> 行到街頭乃有汽車馳過，
> 乃有郵筒寂寞。
> 郵筒 PO
> 乃記不起汽車的號碼 X，
> 乃有阿拉伯數字寂寞，
> 汽車寂寞，
> 大街寂寞，
> 人類寂寞。

　　它是詩人孤寂情思的具體體現。汽車從郵筒前馳過，郵筒無動於衷，上面的「PO」字樣像兩隻凝思的眼睛也是寂寞，被誤記號碼的汽車更為寂寞，於是大街寂寞，人類寂寞。這是對紛擾人生大徹大悟的憂患，是知音難見、人情冷漠的憂患。生活在熙攘茫茫的世界上，人與人缺少溝通理解，心與心交臂而過互不相干，這是怎樣深入骨髓的可怕情懷啊！「理髮店的胰子沫／同宇宙不相干／又好似魚相忘於江湖／匠人手下的剃刀／想起人類的理解／劃得許多痕跡／牆上下等的無線電開了／是靈魂之吐沫」（《理髮店》），這也是寫人際之間隔膜的詩。胰子沫、剃刀、無線電與宇宙、江湖、靈魂聯繫的建立，暗示人與人靈魂與靈魂溝通的艱難，胰子沫與宇宙不相干，自己與理髮匠又好似魚相忘於江湖，宇宙間的芸芸眾生正如涸澤之魚，作以無聊的靈魂吐沫驅逐孤獨之努力。《亞當》中「亞當驚見人的影子／於是他悲哀了／人之母道：這還不是人類，是你自己的影子」，亞當形影相弔孤立於天地之間，可見詩人是太識得人類的寂寞了。

　　孤寂曾大面積地覆蓋現代詩派的作品，但廢名詩中的孤寂卻異於流行的趣味，自有風度與內涵。對於現代詩派那些黑夜的尋夢者、荒原上的行路人，孤寂總伴著愁眉苦臉的苦焦慮；可廢名詩中的孤寂卻是難得的智慧福地，是走向深刻的必由之路。禪宗的統攝使詩人缺少西方存在主義哲學那種悲觀，而善致虛守靜，在孤寂中安心悟道，既得到了精神閒散自由之樂，又因溝通了儒釋道而遠離了淺薄浮躁；所以廢名的孤寂是一種「光榮的寂寞」。〔註9〕如同樣的《燈》，在戴望舒那裡化成了暗色調的生命冥思，凝結著詩人對美的追求與幻滅的心態；而在廢名那裡卻不焦不躁寧靜幽遠，以淡泊詼諧筆調出

〔註9〕李健吾：《李健吾文學評論選》，第 122 頁，寧夏人民出版社，1983 年。

之,「深夜讀書／釋手一本老子《道德經》之後／若拋卻吉凶悔吝／相晤一室／太疏遠莫若拈花一笑了……」燈下迷離的聯翩幻想,不乏孤寂;但詩人又寬慰自己「莫若拈花一笑」,尤其結尾更以冷淡的自嘲化解了孤寂,將人引入了光明朗照的頓悟世界。

　　總之,禪宗哲學的支配,決定了廢名詩歌缺少或化解了同時期詩人詩中那種儒家思想的悲憫情趣與濃重的悲劇色調;以靜美、淡雅、悠遠,在現代詩派病態的詩化青春歌唱中提供了一種風格變體。讀著廢名的詩,人們彷彿看見「一個扶拐杖的老僧,飄著袈裟,遁著上山的幽徑,直向白雲深處走去」。〔註10〕當然禪宗思想的作用,也使廢名長時間徘徊在時代洪流之外,表現出一種「出世」化傾向;但是任何嚴密的哲學背景、任何內向的靈魂頓悟,總難抵擋住時代風雨的侵襲,成為永久的獨立存在,所以在《北平街上》與《四月二十八日黃昏》中,人們就看到詩人入世化的努力,以詩承載民族危亡關頭對周圍人精神麻木的悲涼思考。

二、美澀之間

　　廢名寫詩出奇的快,像《妝臺》的吟成只一二分鐘光景。這更令人感到詩人寫詩信手拈來,平淡灑脫,既沒有複雜意象,文字也明淺如話,毫無艱深,但這是表層的假象。廢名的詩本質上內蘊幽深玄奧,言近旨遠,具有淡而濃的意趣。筆者以為這種詩美的形成,與晚唐詩詞、六朝文的影響分不開,更與「深玄的背景」——禪宗的思維、表達方式息息相關。

　　作為一個溝通東西方文化傳統面向世界的詩人,廢名受益於古典哲學與詩學最多,立足現代,從古典傳統中發掘現代性,正是他殊與他人的立身之本。在他看來,中國詩詞發展有兩大趨勢,一是元(稹)白(居易)易懂的一派,一是溫(庭筠)李(商隱)難懂的一派。溫李一派如庚信的賦一樣潛藏著與新詩相通的藝術精神技巧因子,李詩「具有詩的內容」,溫詞真是「詩體的解放」,「簡直走到自由路上去了」,〔註11〕「他可以橫豎亂寫,可以馳騁想像」,〔註12〕它們與「內容是詩的,文字是散文的」新詩極其相似,新詩本質上就是溫李一

〔註10〕司馬長風:《中國新文學史》中卷,第131頁,昭明出版社,1976年。
〔註11〕廢名:《已往的詩文學與新詩》,《論新詩及其他》,第25、29頁,遼寧教育出版社,1998年。
〔註12〕廢名:《已往的詩文學與新詩》,《論新詩及其他》,第29頁,遼寧教育出版社,1998年。

派的發展。而真正的六朝文如何？廢名在《三竿兩竿》一文中認為「是亂寫的，所謂生香真色人難學也」，廢名對其的「亂寫」曾心儀許久，所以吸收過莎士比亞、哈代、梭羅古勃等厭世派西洋文學的法度與技巧後，一掉頭就迅速回山向六朝文的「亂寫」傳統，可以說，溫李詩詞、六朝文傳統是廢名詩的第二影響源，它與廢名詩的第一影響源禪宗的靜觀、心象、頓悟、機鋒交匯，形成了廢名的「立體的內容」與「天上地下跳來跳去」的自由形式結合的詩學理想，以及獨特理想統攝下的美而澀的藝術風貌，這種風貌概括說表現為以下兩個方面。

（一）表現的簡潔

廢名詩語的簡潔有口皆碑。他的詩體制一色的短小，倒不是詩人來不得長篇巨構，而實在是簡潔至極的表現。它們常常小而大，短而豐，追求結構詩意包孕的極致，雋永而耐咀嚼。正如詩人用唐人絕句方法寫的小說一樣，他用禪宗表現方式寫的詩同樣有唐人絕句的意韻。禪宗倡導「不立文學，教外別傳」，認為在真正的玄旨面前一切的語言文字都蒼白無力，即便非運用語言文字不可時也該單刀直入，明心見性，「直指人心」，「決不贅以便疣，以便寄寓遙深，啟人開悟」。〔註13〕為求禪家語的效果，詩人從幾個方面進行了嘗試。

首先是運筆節制，單刀直人。廢名的詩惜墨如金，簡淨至極，甚至有些吝嗇。不論敘述還是描繪都力求乾脆利落，句子短捷，不拐彎抹角拖泥帶水，儘量剪去形容詞修飾語的婆娑虯枝，使詩枯瘦得只剩下靈魂的樹幹，本色質樸地「直指人心」。如《理髮店》的前三句簡練天成，枯澀中見豐潤，寥寥四句便容納交合了場景、心理與形象，似漫不經心，實寄寓遙遠，巧妙地表現了詩人深入骨髓的孤獨。《十二月十九夜》也沒有曲折迴環的造句，沒有華語豔詞的渲染，除卻前三行外一律起用直指式的「是」字結構，別致而有力地傳達出詩人行雲流水般的、一氣呵成的情緒動勢。「是」字結構「讀起來有些單調。實際上是服從於寫情與造境的需要，如飛流直下的瀑布，造成極大的感情落差，讀者的想像不能不跟隨作者的急驟的想像而疾速地跨越向前」，〔註14〕這種多得不厭其煩的結構是詩人獨具的特色，它有一定的情思衝擊力，縱橫酣暢。如「我想寫一首詩／猶如日，猶如月／猶如午陰／猶如無邊落木蕭蕭下」（《寄之琳》），在表達上與《十二月十九夜》異曲同工，可導引出讀者的

〔註13〕羅成琰：《廢名的〈橋〉與禪》，《中國現代文學研究叢刊》1992年第1期。
〔註14〕孫玉石：《讀廢名的詩》，《中國現代詩歌藝術》，第421頁，人民文學出版社，1992年。

綿綿遐思，本色而簡雋，疏蕩而遒勁。

其次是感性化抒情。廢名不以才學與文采人詩，對偶然瞬間的感悟總是借助意象加以斂曲抒發。應和於理念感悟的空濛，詩人拈來的意象也大都是心智生發的、以禪理為本的空濛意象。除卻《北平街上》《街上》《理髮店》等少數「都市詩」出現的郵筒、巡警、飛機、胰子沫似的都市意象外，更多出現的是「星」、「燈」、「海」、「畫」、「妝臺」、「小園」、「樹影」、「高山流水」、「夢」、「桃園」、「小溪」等迷離靈秀的意象。作者描寫這些自然景觀又不侷限於自然景觀，而在其中蘊含感受到的禪境與領會到的禪意。這樣表面上看去各不相干的存在，就構成了一個圓滿自由、和諧空靈的「真如」境界，既含蓄雋永又神韻超然，「羚羊掛角，無跡可求」。這個模糊而不確定的意象系統，恰好與無定飄忽的禪悟感念達成了契合。如說夢詩《鏡》的性善論宗旨就是通過鏡一般的感性化境界表現的。

> 我騎著將軍戰馬誤入桃花源；
> 「溪女洗花染白雲」，
> 我驚於這是一面好明鏡？
> 停馬更驚我的馬影靜，
> 女兒善看這一匹馬好看，
> 馬上之人
> 喚起一生
> 汗流浹背，
> 馬雖無罪亦殺人，──
> 自從夢中我拾得一面好明鏡，
> 如今我曉得我是真有一副大無畏精神，
> 我微笑我不能將此鏡贈彼女兒，
> 常常一個人在這裡頭見伊的明淨。

詩人夢中騎戰馬誤入「桃花園」，波光如「鏡」的溪旁，心地明淨、思無邪的少女彷彿一副善的「好明鏡」，照出了「馬上之人」的醜惡與猥劣，詩人遂由自悟自愧而自警，於是桃園又成為人生的「好明鏡」。詩人就是借助「鏡」意象，將夢幻式的偶然人生啟悟，寄寓在略具情節事態的具象化視境中，既實現了勸人向善的目的，又朦朧含蓄，「非有妙悟，難以領略」。《路上》有關人生命運的禪機，也是借助樹影──傘──燈閃跳又自然的轉換完成詩意的。

另外，像《宇宙的衣裳》《畫》也都表現了類似的藝術狀態。

再次是追求語義的複調性。詩人清楚，「一切藝術只要不是單純地講故事或單純地描寫人物，就都含有象徵意義」〔註15〕，所以用意象構製玄幽之境時一些意象自然就具有了象徵性，這與詩作的悟性發生機制結合，使廢名詩的意念常成為一種充滿弦外之響的複調系統，不同人從中會悟出不同的東西。《妝臺》產生於即興的敏捷悟性。「因為夢裏夢見我是個鏡子／沉在海裏他將也是個鏡子／一位女郎拾去／她將放上她的妝臺／因為此地是妝臺／不可有悲哀」。詩人說這首一二分鐘即寫好的詩本意只注重一個「美」字，認為女子哭不好看；但從情詩角度看它的巧思又源於「愛」的甜蜜，「我」是鏡子，掉進海裏被女郎拾出擺上妝臺窺照，這樣「我」與女郎便合成一個，這不正是愛的理想境界嗎？還可以說該詩表現了人生的「悲哀」，雖然「你——我」合為一體，但也不過是鏡花水月，天各一方，空歡喜一場。《詩情》也具有多義性特徵，「病中沒看梅花／今日上園去看／梅花開放一半了／我折它一枝下來／待黃昏守月／寄與嫦娥／說我採藥」，按詩人侄兒馮健男解釋，詩是寫詩人的深情。「採藥」可解為自己正處病中，也可解為嫦娥有相（鄉）思病，寄梅花慰之治之；嫦娥可說是天上仙女，也可以說是世間美人，一切隨你。廢名許多詩的解釋都可或此或被亦此亦彼，有明顯的多義性。對之很難做出十分確切判斷，但可找到大致的詩意方向。

運筆節制、感性化抒情與語義複調性的追求。使廢名詩的表層文字背後常潛藏著畫外音，充滿廣闊的聯想再造空間，言簡意繁辭約義豐，真是「禪」得經濟又現代。

（二）思維的奇僻

崇佛習禪的廢名所寫的詩，潛移默化地受了禪宗思維方式的影響。禪宗的致思方式說穿了就是一種悟性思維。禪道一樣都講究止觀、內照與妙解，認為一切事物都乃「真如」的顯現，對之不能以正常的邏輯思維進行判斷推理，而要用神秘的直覺——頓悟去把握，在過於玄奧處領悟，在不可思議處思議。這種思維方式契合了從情感層次透視人性的藝術視角，能迅速進入並展示人的剎那心理，讓人在迷離中豁然開朗。它曾助長過唐詩宋詞的空靈、

〔註15〕葉芝：《繪畫中的象徵主義》，《諾貝爾文學獎作家談文學》，第47頁，北京大學出版社，1987年。

宋元繪畫的神韻，也培植出了廢名「妙悟、頓悟，擅發奇論甚至怪論的思想方法」，並造成了廢名詩歌一系列的奇僻反應。

首先是結構的跳躍性。九葉詩人鄭敏說的「結構感是打開全詩的一把鑰匙」確有道理，只是廢名詩的結構感特殊得太難把握。對溫李詩詞「自由聯想」的推崇，對六朝文「亂寫」的追慕，尤其對不重事物推理過程、缺少邏輯中介的禪性思維的汲納；使廢名常常「筆下放肆」地「亂寫」。在結構上進行主觀的想像飛躍，上天入地恣意馳騁，而飛躍鏈條間的「悟」性連接痕跡卻被完全省略，有時一節一句即是一個世界，而節與節、句與句之間卻是一片空白，轉換得奇俏突兀。這種詩意斷裂、詩意空缺的結構方式，類乎小說中的意識流，有時確實能將人引入淡遠幽深而朦朧蘊藉的境界，利於揭示心靈隱秘又活躍的心理動感；但過於突兀奇俏的跳躍則難免晦澀神秘得莫名其妙，令人難以理清結構詩意的來龍去脈，更難企及廢名詩的奇絕境界了。《星》即可視為詩人精神自由自在的「逍遙遊」。「滿天的星，／顆顆說是永遠的春花。／東牆上海棠花影，／簇簇說是永遠的秋月。／清晨醒來是冬夜夢中的事了。／昨夜夜半的星，／清潔真如明麗的網／疏而不失，／春花秋月也都是假的，／子非魚安知魚」。它多變，時而天上時而人間，時而夢境時而空間；形式也靈活自由，起的突兀結的隨意，中間句與句、意象與意象間的跳躍轉換似乎也是毫無關聯的「亂寫」，這樣意味自然地就迷離閃爍不易把捉。但只要破譯結尾處留下的精神密碼仍可獲得詩意答案。「子非魚安知魚」源自《莊子·秋水》，說的是莊子由自己在濠上之樂推及水中魚之樂，是典型的審美直覺的移情。知曉了這一點就不難看出，詩人是夜深凝視太空，把舒展自由之樂移情於星星，從而表達出自己悠然自得的心境。而那視點多變、結構跳躍和開篇夢中想像的自由無束，則出了詩人悠然自得心境的外化和折射。《北平街上》這一點更突出。它是古今中外雜陳的「亂寫」，是街上即景的大「拼貼」；幾乎一句一個視點，毫無關聯，但它詩情跳脫，自然又自由地寫出了戰爭中人們的荒涼心情。《十二月十九夜》也是想像的飛躍，笛卡爾式的心理活動的飛躍，「作者在哲學深思時突出的一瞬，忽然看見了這些併發的事物都是相通相連相似的，但他把這瞬間裏（相信是真的）悟得萬物相通的痕跡和這一瞬間發生的氣氛和印象完全忽略了」。〔註16〕對於這種思維天南地北來去無憑的詩，須費些工夫才能讀懂。

〔註16〕葉維廉：《中國詩學》，第 233 頁，三聯書店，1991 年。

　　其次是借用化用舊詩詞的詞句和典故、神話。禪宗思維的無拘無束與中外詩學的「亂寫」傳統，使廢名有時興致所至便不避成規禁忌，大膽引用借用化用古詩文或先哲典籍中的一些詩句、典故，或加以引申或賦以新意。如《掐花》不僅開篇借用清代詩人吳梅村的原句「摘花高處賭身輕」，引申出自己身為凡人擺脫不了欲望糾纏而尋求希望的心態，為後文的尋求解脫起了蓄勢作用；而且「此水不現屍首」一句又借用了「海不受屍」的佛意大典，《維摩經》曾記載「海有五德，一澄淨，不受死屍」，按大乘佛學說佛門弟子死在海裏，是向更小更苦眾生的最後一次施捨，詩人這裡用此典無疑美化了死亡，將「不現屍首」的境界寫的煞是美麗。《宇宙的衣裳》中「我認得是人類的寂寞／猶之乎慈母手中線／遊子身上衣」，乃用了孟郊《遊子吟》的原句，點明詩人的寂寞源於人生世態的憂患，那種對人類的誠摯之愛同母性偉大的愛是相通的。《寄之琳》也用了杜甫《登高》中的一句「無邊落木蕭蕭下」，喻詩人思念友人的孤寂淒清。典故與古詩文詞句的合理化運用自有妙處，它能以與現代白話語言的比照形成一種新鮮張力，節省筆墨。有時一個典一句詩用的恰當勝過數十倍的鋪展解釋，還可以暗示一些東西；但用的過多過濫，則會令樸素的詩中顯出文白互見的蕪雜，節外生枝的詩意聯想方向轉換讓人一下子難以摸清頭腦，再者所用者本身的生疏也令人產生隔膜，沖淡人們的閱讀興趣。

　　再次是意在言外的機鋒藝術。廢名詩中的對話語言似與西方詩中的戲劇化處境相通，實則借鑒了禪宗的機鋒語言藝術。禪宗的傳宗一般憑靠公案訓練法，即將歷代高僧的禪理豐盈而無答案的語錄或對話讓傳人體悟，以求開悟；機鋒語言與它類似，一般都點到為止，從不說破，內裏玄機讓人去參悟，似像信口說出，但已表意思，不過意思不在話中而在話外，這也是繞路說禪的方法。《海》就是道地的悟禪詩。

　　　　我立在池岸
　　　　望那一朵好花，
　　　　亭亭玉立
　　　　出水妙善，——
　　　　「我將永不愛海了。」
　　　　荷花微笑道：
　　　　「善男子，
　　　　花將長在你的海裏。」

它以非理性的對話形式表現了帶理性意味的禪意。初看不涉理路。覺得荷花亭亭玉立出水妙善，遂語「我將永不愛海了」，可荷花卻道「花將長在你的海裏」，「你」又何海之有？再讀則覺它寄居著相對性原理，尤其第五句表明詩人已進入禪宗（心智）的「無明」狀態，後幾句則表明世間花本非花，海亦非海，花海同一，愛花即是愛海，「花將長在你的海裏」，就是長在你自己的悟性裏。本詩就是誘發讀者產生一種美的心境，去創造美，因「花」就長在你的心海裏，沒有主體的參與悟，美便不復存在。《花盆》也是這樣的作品，它以樹言「我以前是一顆種子」、草言「我們都是一個生命」、植樹人言「我的樹真長得高——我不知道哪裏將是我的墓」組構作品。樹、草、人的對話彷彿根本接不上話茬，各說各的，種子、生命、死亡也好像三個獨立的存在；可它們組構聯結成一個整體後，人們便可以悟出許多言外之旨。種子、生命、死亡正是人與自然命運的「三部曲」，正如草與樹會生會死一樣，人的生與死也是無法迴避的必然；所以人生應該淡化漠視死亡。這樣想「將一缽花端進去」以裝飾「墓」的淡泊寧靜也就再自然不過了。廢名詩的禪機語言常迴避事物的表層指向，落筆於人意料之外，在他人看來不合理處發現可能性，險中取勝。

廢名把藝術作為無意識活動，以觀念情緒為詩本身已朦朧得不易捕捉，禪宗哲學的突入滲透使他的詩愈加玄理深奧。這種意味特質與語言的過分簡潔、思維的奇僻頓悟、文體的渙散無序結合；就使廢名詩歌更意念飄忽，迷離隔膜，幻美而晦澀，「曲高和寡」了。對於這種介於美澀之間的詩文本，必須有較強的感受能力與豐富的閱讀經驗積極參與介入，才可能得出一個並不一定十分確切的「解兒」來；當然這也是詩獨立享有的權力，一旦詩的含義被無遺地確切說出，人們就會興趣索然，感到它已異化為散文。也就是說，廢名的詩雖然如同鏡花水月，無法完全破譯；但仍有「解兒」，對之既要求解，又要不求甚解，做到彷彿得之即可。但不可否認，廢名的一些詩如《雪的原野》等過於晦澀·如癡人說夢，似瘋僧胡言，無從索解，完全「攔住了一般讀者的接識」，把讀者擋在了詩外，這就是自設陷阱了。因為文學作品一旦問世就不再完全屬於作者自己，如果令人無從索解還莫如擱置山林；所以說廢名詩因超詣奇僻犧牲了許多讀者無疑是刀刃上的舞蹈。朱光潛說「廢名所走的是一條窄路」，的確，他走的是一條通往智慧福地的路，也是一條通往無人區的荒僻之路；這種選擇是他的價值，也是他的侷限。

第十一章　傳統詩美的認同與創造：
林庚詩歌的創作個性

　　因為學術成果豐厚，林庚的詩人身份逐漸被學者光彩淹沒了。其實林庚首先是位詩人，早在 20 世紀 30 年代他就是《現代》詩群中雖不顯要卻十分活躍的歌者，詩作數量有限詩品卻很高。他不但以《夜》《春野與窗》《北平情歌》《冬眠曲及其他》等四部詩集，築起了詩壇上一道清遠、雅潔、美麗的藝術風景線；而且以詩情、詩藝方面對古典詩美的沉潛認同與堅守，以自己的獨特價值創造，打破了現代詩群源於西方現代主義詩歌影響的發生發展機制的錯覺，表明真正的中國新詩完全可以不受依賴西洋文學影響而獨立存在，從而宣顯出東方民族藝術的恒久魅力。難怪有人認為「在新詩當中，林庚的分量或者比任何人更重些，因為它完全與西洋文學不相干。而在新詩裏很自然的，同時也是突然的，來一份晚唐的美而」；〔註1〕稱林庚為優美的閒雅的「中國氣息的詩人」。〔註2〕林庚是東方現代詩的尋夢者，是傳統詩美的守望者、創造者。

一、「路上」的詩情

　　斷言林庚是古典詩美的重鑄者，依據當然既涵括其詩藝具有東方化傾向，又涵括其詩情與傳統詩意味特質具有一致契合性，在古典詩歌中都曾有過。

〔註1〕廢名：《林庚與朱英誕的新詩》，《論新詩及其他》，第 171 頁，遼寧教育出版社，1998 年。
〔註2〕李長之：《春野與窗》，《益世報》1935 年第 5 期。

那麼林庚詩擁托出了怎樣的詩情形態？也許瞭解一下詩人的生平創作道路對搞清這一問題會有所幫助。

林庚，字靜希，福建閩候人，1910 年生於北平。書香門第出身的文化氛圍與開明自由的空氣，夯實國學基礎的同時也胚胎了林庚心中的詩歌生命；所以 1928 年由北師大附中考入清華大學物理系後，課外的書海泛舟喚醒了詩人的詩心；1930 年轉入中文系，獲得了更恰適的成長背景，與詩友創辦系刊《文學月報》，詩名迅速傳遍清華園，此時詩人寫舊體詩，第一首詞《菩薩蠻》即語意渾成，不弱於古調，深受俞平伯贊許；「九‧一八」事變後寫的「為中華，決戰生死路」那首抗日戰歌，在全校風靡一時，之後曾隨請願團赴南京要求國民黨抗日。

請願回校後林庚悟出古詩類型化語言難以表現現代人情感，以往自己「並不是在真正的進行創作，而是在進行著古詩的改編」，〔註 3〕於是告別舊詩始作自由詩。被解放的詩情的自由噴發成就了詩人，使之短期內即走向了成功，在 1933 年與 1934 年分別捧出《夜》《春野與窗》兩本自由詩集，聲名鵲起。1933 年林庚畢業留校任朱自清的助教，兼任北平《文學季刊》編輯；1934 年毅然辭職去上海，幻想靠專門寫詩生活，當年秋又重返北平，先後任教於北平國民學院、北平大學女子文理學院、北平師大。1935 年始改寫格律詩，並發表《質與文》等系列論文闡明自己的理論主張，出版了《北平情歌》《冬眠曲及其他》兩本格律詩集。抗戰爆發後，赴廈門大學任教授，從事古典文學教研活動同時，也致力於新詩理論研究，開設「新詩習作」等選修課；1947 年回北平任燕京大學教授。解放後改任北京大學中文系教授，在古典文學研究領域著述豐厚，蜚聲宇內，先後出版有《詩人屈原及其作品研究》《詩人李白》《中國文學簡史》《天問論箋》等專著，以及詩與詩論合集《問路集》；並一直關心新詩研究，1950 年後參加自由詩與格律詩討論中的某些觀點，曾產生過廣泛影響。

林庚的生平與創作道路縱向描述表明，詩人 30 年代與時代現實之間的關係一直若即若離。他關注時代風雲變幻，但沉靜內心性情等因素的限制卻使他始終處於時代的邊緣，從未置身於火熱生活激流，步入時代的中心，「在他裏邊，分析社會認識社會的理智，似乎還沒有開始活動，直觀的詩人林庚，

〔註 3〕林庚：《問路集》，第 278 頁，北京大學出版社，1984 年。

是不大瞭解現代社會的機構的」。〔註4〕加之林庚涉足詩壇時，正值開掘人的內心與深層體險、追求純化的《現代》詩風盛行；所以順應這一藝術潮流，詩人便理所當然地走向了對詩情的提煉與抒發，將情感作為詩歌生命的第一要素，無意中一開始即進入了對新詩藝術本質的探尋。詩人認為「人類的永恆的情感，才是走向純藝術的第一步」；〔註5〕對於詩，內容「永遠是人生最根本的情感，是對自由、對愛、對美、對忠實、對勇敢、對天真……的戀情·或得不到這些時的悲哀」，〔註6〕受這種觀念支配，詩人將筆觸伸向了深邃細膩的靈魂深處進行開掘，為讀者提供了一個心靈敏感精神豐厚的抒情主體的個人化情思天地、體驗世界，再現了一個暗夜尋夢者在尋找「路上」心靈的孤獨寂寞與渴望籲求。也就是說，林庚當時寫詩，是懷有「一個初經世故的青年」心緒，去展示「內心深處的荒涼寂寞之感」，展示心靈中縈繞著的「理想與現實的矛盾」。〔註7〕它有對光明、未來與美好理想的追求；但卻朦朧得常停浮於觀念的空想的層面。在這片「路上」的詩情中，找尋不出什麼微言大義與衝天氣魄；因為它缺少宏鐘大呂的震撼力，因為它「若即若離的人間味」裏現實主義氣息微弱。但它們所展示的心靈世界真誠深邃，豐富無比，以特殊的形態與視角保持著與現實間時濃時淡或濃或淡的聯繫。

任何生命個體都維繫在社會群體與氛圍中，多事之秋的「時代病」籠罩，使初入詩壇的林詩染上了感傷的時代情緒色澤，跳蕩著幻滅的心靈哀音。雖然詩人缺少直接突人生活獲得正確認識的心理機制，但銳利敏感的直覺又使他能在某些時候把握住社會片斷的本質真實，準確捕捉「九·一八」後動盪現實與人們心靈的信息。《月上》中「每個風塵的臉／帶著不同的口音與切望」，活畫出了農村破產經濟恐慌的逃難情形；透過《風沙之日》的雲層，詩人看到了「慘白的是二十世紀的眼睛」；至於《二十世紀的悲憤》「乃如黑夜捲來／令人困倦／漫背著傷痕，走過都市的城」，對現代都市罪惡的詛咒與否定已溢於言表。但在沉重的現實而前，詩人無力做徹底的擴張與批判；所以只好返歸內心，飲吸生命的寂寞與孤獨。眾所周知，寂寞孤獨是種可怕的情感，可林庚卻一度十分酷愛它品味它，他說「我是天性願意忍受一些悄悄與荒涼

〔註4〕穆木天：《林庚的〈夜〉》，《現代》第5卷第1期，1934年。
〔註5〕林清暉：《上下求索：林庚先生的詩歌道路》，《新文學史料》1993年第2期。
〔註6〕林庚：《春野與窗·自跋》，開明書店，1934年。
〔註7〕林清暉：《上下求索：林庚先生的詩歌道路》，《新文學史料》1993年第2期。

的；而且我也曾經在苦中得到過一些快樂；乃使我越法對於寂寞願意忍受下去」，〔註8〕他覺得「在這個世界上／沒有一個人真的愛我」(《古園》)，感到「眼前只有影子混來／在那裡欺騙慰藉」(《冬風之晨》)；因而獨戀暗夜與黃昏，「燭光搖動著一團黑影／直閃過不定的明年」(《除夕》)，對未來的不可知中要「今宵有酒今朝醉」(《夜行》)，不管將來，不問明朝，幻滅的情思淌動中已有剎那主義的享樂之嫌。詩人之所以身陷寂寞孤獨，除了源於社會擠壓，其他的原因詩人已在詩中提供了答案，「才出世的蒼蠅啊／你怎樣與人認識的呢／生於愚人與罪人之間／因覺得天地之殘酷」(《在》)，原來詩人心目中社會之人只是愚人與罪人的湊合，將自己剔除人群者必被社會與人群所剔除，空餘下寂寞孤獨。

林庚的寂寞固然源於荒誕時代的擠壓，但更是熱愛青春的智者對形上問題探尋而產生的寂寞。林庚的一些詩就是對生命價值與自由境界叩問追求的形象詮釋，就是物象與心象融合的哲思超越。因為詩人深知憂傷與寂寞於世無補，所以在展示其同時更在尋求著超越的途徑。《夜》是逃離寂寞的心象圖。「夜走進孤寂之鄉／遂有淚像酒／／原始人熊熊的火光／在森林中燃燒起來／此時耳語吧？／／牆外急碎的馬蹄聲／遠去了／是一匹快馬／我為祝福而歌」。孤寂讓尋夢者流淚；但死寂裏的馬蹄聲卻隱喻了對寂寞現實的逃離，寧靜而熱烈而急驟的三層意象轉換，曲透出詩人躍動的渴望光明之心。而《無題二》則抒發了人到中年的憂傷感受。「海上的波水能流去恨嗎／邊城的荒野留下少年的笛聲……黃昏的影子哪裏是呢／晚霞的顏色又是一番了」，它道出時光的流逝、自然的變遷、人生的失落永遠也難以追挽與彌補，人必須體味領會那些無法拒絕與逃避的承受，這是誰都要獨自品嘗的美麗而憂傷的人生況味，抽象命題的昭示中透著一種從容與鎮靜的超脫。進一步說，林庚就生活在希望之中，他對美好的事物始終懷著堅定的信念與嚮往。在《五月》裏，他建構「蘆葉的笛聲吹動了滿山滿村」的理想化牧歌世界；在黑夜裏，他聽到渴望已久的「額非爾土峰上刻碑的聲音」。看見「平原之歌者／隨風而走上綠草來」，「踏著歡欣之舞步」(《時代》)，這燭照生命之光正是引導詩人擺脫苦悶、邁向理想世界的原動力。再如「破曉中天傍的水聲／深山中老虎的眼睛／在魚白的窗外鳥唱／如一曲初春的解凍歌（冥冥的廣漠裏的心）／溫柔的冰裂的聲音／自北極像一首歌／在夢中隱隱地傳來了／如人間第一次的誕

〔註 8〕林庚：《問路集》，第 180 頁，北京大學出版社，1984 年。

生」(《破曉》)，跳躍的意象並置，整體烘托出一種欣喜向上的情思，它傳遞的是晨醒前似夢似醒的紛繁心象，尾句一出，那種對青春向上的展望、對人——人間獲得新生的歡愉喜悅，已昭然若揭。詩人對美好事物的追求嚮往是多向度輻射的，在有關春天題材的詩中體現得最為強勁有力。對春天詩人似乎情有獨鍾，具有特殊的敏感，竟寫下那麼多關於春天的詩。如《春天》《春野》《春晨》《春雨之夢》《春天的心》《欲春之夜》等，不勝枚舉。人說只有熱愛人生的人才會熱愛春天，在詩人筆下春已累積成希望、歡欣與美的象徵與代名詞。《春野》裏生長著蔥郁的生機；《春雨之夢》滿滋著土地對春天的生命渴望；《春天的心》充滿生命蘇醒的歡欣，「春天的心如草的荒蕪／隨便的踏出門去／美麗的東西到處可以撿起來的……江南的雨天是愛人的」，它境界高遠，句式的跳蕩中春的溫柔；纏綿與歡欣已緩緩滲出。

　　現實的嚴酷黑暗，希望又顯渺茫，自然而然地林詩中表現出對過去的眷戀回顧。痛苦的抑或歡樂的、絢爛的抑或黯淡的，所有逝去的在詩人筆下都幻化成美好的記憶，慰藉著詩人空虛之心。《那時》的童年樂園敞亮透明，清新爽朗，「與友伴嬉戲在小山間」，天真爛漫歡樂無比；與如今的險惡冷酷的人生格格不入。《秋深的樂園》裏流露出童年樂園荒蕪的惆悵。《斜倚在……》更滿貯著田園牧歌氣息與「欣欣的古意」，「斜倚在荒原暮景的山坡／有童子唱著古代游牧之歌／遠處的笛聲與牛羊的低叫／隨晚風流出芳草的深笑／這時正有：一行白鷺／從天邊帶著晚紅／跌人野霞飛處」，它的境界溫馨如畫，優美似詩，英雄美人，其樂融融。這個境界也許是現實的存在，也許只是虛幻的創造；但無論怎樣它都屬於藝術的真實，既表現著詩人否定現實人生的價值取向，又說明了詩人對美好事物追求的執著。

　　可見，林詩建構的情思世界，乃是一個遠離時代風雲的知識分子尋夢「路上」的個人化詩情，它視野狹窄，現實氣息微弱，格調也嫌感傷纖巧，具有「短詩派」作品的短處；但它決非毫無價值的淺斟低唱．詩人的許多體驗感悟已融匯了現實因子與人類群體經驗的深層，所以能在一定程度上恢復時代與人們心靈的面貌，引起人們的精神共鳴，提供不盡的人生啟迪。也正因為這種「路上」的詩情與時代現實的中心情緒「若即若離」；才保證了詩人對時代、現實審美意義上的觀照，使詩獲得了空想的觀念的色彩，為詩平添了一份空靈、朦朧、閒雅與清麗，從而與內向性的古典詩情特質達成了契合，還給了讀者一份親切。

二、「晚唐的美麗」

　　林庚詩歌藝術的傳統色彩遠遠勝於其意味的傳統色彩。戴望舒認為「舊詩倒給了林庚先生許多幫助」，「林庚不過想用白話一點古意而已」，是「拿白話寫著舊詩」，〔註9〕這無疑是因為藝術與心靈隔閡而造成的誤解貶低，好在它無意中道出了林庚詩歌的優卓之處，即其中流貫著強勁的東方古典風。林庚開始寫詩時的確受過西方現代派先驅的藝術影響，波德萊爾的作品曾使他熱血沸騰、周身顫慄，並因此知道自己是活人才愛上文學；但最有力地推動他詩藝發展成熟的乃是古典詩歌藝術。詩經、楚辭、唐詩宋詞的長期浸淫，使詩人不但內心萌生了溝通新舊文學的願望；更在實踐中努力運用古詩的形式技巧表現現代人的心靈，重鑄古典詩美，為新詩送來一份「晚唐的美麗」。這種古典美在詩情之外的藝術天地遨遊中有更為內在徹底的表現。

　　意象選擇的古典性。林庚詩歌呈示著濃鬱的抒情傾向，它常常以景與物抒情，用意象暗示表現生命的體驗和感悟，間接、客觀、朦朧。它這種抒情傾向與傳情模式都暗合了整個現代詩派的追求，以至當時人們就稱林詩為「中國所流行的意象詩派」，只是詩人在這種意象藝術追求中已加入了獨特的創造：常用傳統意象傳達現代情緒，或者說化用古詩的境界與意象表現心靈，引入體驗的象徵內涵。稍作檢索就會發現，林詩中除常用遠山的獅吼、冰裂的聲音、春天等幾組熱烈明朗的意象，以求與詩人追求渴望的樂觀明亮情懷對應外；大量存在的是黃昏孤燈、荒村枯樹、細雨秋風、靜夜斜陽等古詩常見意象，同詩人孤獨寂寞的心靈相契合，這一趨向賦予了詩整體象徵的深層意蘊以及完整的境界，能夠喚起人們蟄伏在心底的審美體驗積累，讓人倍感親切。如「鄰院的花香隨著晚風／黃昏的家門蝴蝶飛出了／沒有夢的昨夜留戀什麼呢／無聲的荒草變了顏色／遠處杜鵑啼／一聲聲的／暮色沉重下／雙燕如青春的影子／掠過微黃的窗外」（《春曉》）。隨著繽紛意象花瓣的飄落轉換，詩曲折地暗示出了詩人由寂寞而悲愁而欣悅的心理情緒流程。這種以意象暗示的寫法避開了浪漫的直抒，是象徵詩的典型寫法。間接婉轉而又含蓄；但它的意象幾乎全出自舊詩，尤其五六句愈見古詩之神韻，內涵也明朗而定型，子規啼夜的杜鵑固定寓意，令人一下子即可捕捉到詩人的悲愁心境。《春野》以春風流水暗示詩人心靈的欣喜也是象徵筆法。但「春天的藍水奔流下

〔註9〕戴望舒：《談林庚的詩見和四行詩》，《新詩》1936 年第 2 期。

山／河的兩岸生出了青草」這種景色渲染，與「柔和得像三月的風／隨無名的蝴蝶／飛入春日的田野」這種境界、畫面、比喻，在古代田園詩中都屢見不鮮，多而又多。

需要指出林庚詩的意象藝術追求，並非無益的復古。因為林詩的意象語彙的外形是舊的、古典的，而境界情感的內生命卻是新的、現代的。對這一點稍留意一下他的春天詩與古代的春天詩就會清楚。同寫春天，古詩多以春天的系列意象烘托情感，意象本身的地位醒目突出；而林詩意象的繽紛錯落已讓位於現代人生命的自由自覺、現代人生的解放與舒展。前者讓人承受的是某種心靈觸動，後者卻會讓你感動而切近。如《春天的心》中桃花、眼睛、水珠、江南的雨天等傳統意象，已成為現代情緒、現代人青春躁動複雜情緒的載體。這也正體現了林詩現代性之所在。

林詩藝術傳統化的第二個特徵是語言的簡雋暗示。在林庚看來，多餘的詩句會減小詩的力量，尤其是形容詞更容易把原有的氣象限制住；所以他寫詩常為錘鍊語言而嘔心瀝血，在注重意象的跳躍外十分注重語言的刪繁就簡，精益求精。在寫《窗》那首詩時他「不斷的把七八行詩變成兩行．一行，到有一句可用彷彿才可以喘過一口氣來」。〔註10〕《破曉》更是數易其稿，堪稱千錘百鍊的結晶，前八句跳躍的意象並置有蒙太奇之奇妙，那是一種氣韻生動、美妙絕倫的意象流轉，至結句「如人間第一次的誕生」則已是前八句水到渠成的噴湧，在無窮的韻味裏陡增了詩的雄厚。

為追求詩的凝煉簡雋，詩人還起用了一些陌生的手段，主要的一是有時故意把向度相反或相對的兩類意象或情感等因素拷合一處，使其相生相剋，給人以多重複調感，收到尺短意豐的效果。《春曉》以花香、晚風、蝴蝶與荒草、杜鵑、暮色兩種相反色調的意象對比交織，凸現寂寞又歡欣的兩種不同的感受。《時代》也混合了抑鬱與歡欣兩種對立的情思，詩人因時代醜惡而憂鬱，又因時代中萌生打碎醜惡的力量而歡欣；正因為有了足以概括那個時代的複雜情感，所以才有了如此宏大的題目。如果說《春曉》《時代》等是憑藉意象、情感的特殊組合爆發出張力；那麼《春天的心》則是靠語勢的對立轉換而尋找張力的。「美麗的東西到處可以揀起來／少女的心情是不能說的」，「含情的眼睛未必為著誰／潮濕的桃花乃有胭脂的顏色」，這四句詩裏卻隱含

〔註10〕林庚：《春野與窗·自跋》，開明書店，1934年。

著語勢的轉換變化，前二句間是相反的平衡語勢，一正一反，一輕柔肯定一輕柔否定，兩行相聯完整又妥貼，三四句間則相互描寫，花與眼睛相互襯托印證，出人意料又十分美妙，透著一種心的愉悅，相反的平衡、相互的描寫這不同語勢的對比相合，適口活潑，妙不可言。林詩這種意象、情感、語勢的有跨度的矛盾對立架構既拓寬了詩的內涵量，擴張了詩的聚點與情緒寬度；又以特殊的張力促成了詩的活潑變化、儀態萬千。第二個陌生化手段是時而創造令人眼花繚亂、不可重複的比喻，將一切事物化作內心世界的暗示聯想。除卻路易士的《你的名字》外，筆者從未見過象林庚那樣比喻繁富的詩。如「人的嬌小／宇宙的函容／童年的欣悅／像松一般的常浴著明月／像水一般的常落著靈雨／像通徹的天宇／把心亮在無塵的太空／像一塊水晶石放在藍色的大海中／／如今想起來像一個不怕蛛網的蝴蝶／像化淨了冰再沒有什麼滯累／像秋風掃盡了蒼蠅的黏人與蚊蟲嗡嗡的時節／像一個難看的碗可以把它打碎／像一個理髮匠修容不合心懷／便把那人頭索性割下來」（《那時》），一連串綿延不絕的比喻，清新爽朗乾脆痛快，處處洋溢著生命的喜悅。再如《自然》中「獨角鬼追逐著風／來去如尋找／吹過如留戀……」一連串「如」的連用，將具象與抽象、景語與心語交錯得閃爍迷離，難辨涇渭，流動而不確定。奇的是林詩不少「像」、「如」的連用根本不是為創造比喻，而是想讓一切印象、意念與形象間呼喚出共同的回聲，把一切事物都化成相關的暗示聯想，顯示意象的聯繫，這無疑增加了林詩語言的新鮮與純粹。

三是「現代絕句」的創造。

有一點令不少人迷惑不解。當林庚具有散文詩情趣的自由詩漸趨藝術峰巔、聲譽如日中天之時，卻於 1935 年逆流而上，反叛戴望舒等人提出的自由詩不乞援於音樂的純詩觀，反叛散文化，並闡述韻律主張，開始格律詩創作，以致遭到了戴望舒、錢獻之等人的圍攻。實際上林庚自有他的道理。他認為在新詩黃金時代的 30 年代，《現代》的自由詩成了繼詩界革命後的又一次革命高峰；但革命即短命，它與那些口號詩同樣泛著散文化弊端，而散文化太重的詩尚不及舊詩的境界，因此新詩在革命後應走向建設，不能讓散文革了自己的命。怎樣建設呢？歷史上詩歌每次散文化熱潮後必有詩化過程，如楚辭後乃有五、七言詩這種傳統藝術回顧，為詩人指明了方向；他認為深入活潑，但只宜深入不宜淺出，一淺出就會倒入散文的泥淖，它只宜表達剎那的心得，是來不及醞釀發酵的創作；只有韻詩才行有餘力從容自然，具有深厚

的蘊藏，具有文質一統後諧和均衡的成熟氣象，也只有它才能把新詩從散文化困境中解救出來。在這種觀念指導下，林庚開始創作四行詩和兼俱四行詩、自由詩長處的節奏自由體，並在實踐中尋找新的音組與節奏。他認為平仄只是應該去除的裝飾性外在物，漢詩節奏上有種類似「逗」的節奏點，發現「凡是念得上口的詩行，其中多含有以五個字為基礎的節奏單位」；〔註11〕同時以五字音組為基礎嘗試九字、十字、十一字、十二字以至十五字的詩行探索。如《秋夜的燈》《道旁》《北平自由詩》《四月》《井畔》《古意》等都可視為典型的現代絕句，都吻合了詩人的理論主張，外形整飭對應，音樂感強。如《秋深》這樣寫道：

> 北平的秋來故園的夢寐輕輕像帳紗
>
> 邊城的寂寞漸少了朋友遠留下風沙
>
> 月做古城上情人之夢吧夜半角聲裏
>
> 吹不起鄉愁吹不盡旅思吹遍了人家

首句點出懷鄉之思，次句裸現遊子寂寞之心，朋友稀疏平添了一層寂寞，而深秋風沙所起的焦躁更加重了寂寞之深，尾句則發出無奈之感歎。它不但意象群落古典氣十足，詩行排列更是別致，實現了詩人五字節奏最自然的理論主張，那整齊劃一的字數、貫穿又自然的韻律、字句繁富的重疊，正適於表現深厚的意蘊，從而把鄉思的寂寞寫得含蓄內斂，層層疊疊，環環推進，意味深長。其實林庚 1935 年以前寫的一些自由詩也都具有格律詩成分，如《洗衣歌》即似清新歡快的勞動歌謠，輕鬆活潑，有著極強的音樂性。

林庚的新格律詩理論主張與見解在當時出現是相當深刻的，只是它在自由詩盛行的特定環境下有些不合時宜，因而被人們忽視了。對詩人來說，這是個不小的遺憾。

與那個闊大的時代相比，林庚的詩歌天地是狹小的，聲音是微弱的。有些詩只是印象毫無深意的排列；但它畢竟以獨特的存在留下了一代知識分子心靈跋涉的清麗幽邃的詩情，真誠而又真實。尤其是詩人以一種嚴謹的藝術態度，為後人創造了一片不可一目十行瀏覽必須句句細讀的優卓藝術景觀，令人沉醉流連，讓人豐富提高，為《現代》的總體格調中吹送進了一股沉鬱而雅麗的北國信風。

〔註11〕林庚：《九言詩的「五四體」》，《光明日報》1950 年 7 月 12 日。

第十二章　偏僻而智慧的抒情之路：
金克木的詩歌選擇

　　正如施蟄存一直堅持根本不存在現代詩派的觀點一樣，金克木始終不承認自己是「現代派」詩人；但我們說他是「《現代》派」詩人恐怕是不會錯的。

　　金克木走進《現代》多少有一點偶然。他雖然在 20 世紀 20 年代於故鄉安徽壽縣讀小學時即已開始習詩，1930 年前後來往於北平的幾所大學旁聽時筆耕愈勤；但當時他並「沒有以詩出名的欲望，甚至沒有掙稿費的『野心』」，〔註 1〕只是借詩抒發感情而已。1932 年，在山東的中學與初級師範任教的他，隨意將草就的《秋思》等幾首小詩寄給北平的一位朋友，不想那位朋友竟把它交給《現代》刊發了。因之詩人深得編者施蟄存、戴望舒賞識，彼此成了朋友，也結識了徐遲、南星等詩人；並經戴望舒舉薦，詩集《蝙蝠集》被列入邵洵美主編的《新詩庫》於 1936 年出版，漸成《現代》與《新詩》雜誌的創作骨幹。

　　那時金克木寫詩比較自覺，不但在非寫不可時才動筆寄情；還以「柯可」為筆名撰寫了《雜論新詩》《論中國新詩的新途徑》《論詩的滅亡及其他》等詩論，研討現代詩現狀及存在的問題，新見迭出。他認為「新起的詩可以有三個內容方面的主流：一是智的，一是情的，一是感覺的」，〔註 2〕並具體分析了三種主流詩的特質；稱其中的主智詩走的是文學之路中的「僻路」，「然而正因其僻，卻適成其為新」。〔註 3〕針對當時詩壇之詩普遍書卷氣過重的僵

〔註 1〕金克木：《金克木先生訪談錄》，《詩探索》1995 年第 4 期。
〔註 2〕柯可：《論中國新詩的新途徑》，《新詩》1937 年第 4 期。
〔註 3〕柯可：《論中國新詩的新途徑》，《新詩》1937 年第 4 期。

化局面，他呼喚野蠻、粗獷、新鮮的詩風崛起，並且以其滿貯「智慧」與「野性」的詩創作，印證了自己倡導的新智慧詩理論，成了繼卞之琳、廢名之後智性抒情「僻路」上又一位卓越的探險者。

一、「以智慧為主腦」

金克木詩歌的意象視界斑斕而闊達。從《更夫》的「單調」到《黃昏》的「飄忽」；從《晚眺》的「寂寥」到《生辰》的「清愁」；從《鄰女》「微笑」的戀繫到北方《鳩喚雨》「變調的哀哭」，幾乎心靈內宇宙與現實外宇宙，經詩人靈性的撫摸都幻化成了詩的情思符號。

1930～1937 年間斷續的北平學院生活煉就的敏感，使飽具藝術良知的金克木在詩中對「九‧一八」事變後嚴酷的世態與心態都有所感應。《秋思》中淚珠「不息地流下，千滴，萬滴」，不乏悲秋的感傷；《春病輯》的十首小詩在詩學主題上統統患了「三春小病」的美學流行症。這種時代主潮之外的情思咀嚼，「小處敏感，大處茫然」，充滿哀傷幽怨的浪漫情調。但這並不等於悲觀消沉，因為它是與深切的憂患相伴生；所以現實黑暗苦痛的矛盾觀照中仍有理想主義的筋骨支撐。《晚眺》枯樹、落日、西風織就的頹敗景象中，詩人聽到的是充滿震顫、生機的「邊塞的笛聲」，「叫破這無窮的寥寂」；《愁春》面對殘春中被折磨的老人、肺病的女兒等黯淡世相，卻「願北征的燕子／將南國的春信捎來／給這憂愁的大地吧」。這些擁抱著鄉愁的都市抒情，在某種程度上摺射出了北國蒼茫沉鬱的心靈顫動。孤寂中，《期待》《雨雪》《肖像》《鄰女》《招隱》等情詩開始大面積生長。這些情詩多寫情而不涉及「性」，純潔無瑕，情趣盎然，近於五四時期湖畔情詩的天真爛漫。如《雨雪》的男女之親被寫得那般潔淨，纖塵不染；《默訟》有對情侶拋爽盟約的責備埋怨，但深層則是對往昔戀情的纏綿留戀，無望卻執著，辛酸又美麗。詩人這種具有清麗純潔趣味的情詩，不但在象徵詩風盛行的三十年代；就是事隔半個多世紀的今天也十分少見，因此彌足珍貴。

按理說，僅傳達北國心靈信息、昭示愛之純潔深摯這一點已令人傾目；但詩人風騷詩壇的拿手戲遠非這些。金克木認為新的智慧詩「以不使人動情而使人深思為特點」，「極力避免感情的發洩而追求智慧的凝聚」；〔註4〕(1)他的詩之所以能確立個性，打動人心，憑藉的就是對宇宙、人生、生命等抽象

〔註4〕柯可：《論中國新詩的新途徑》，《新詩》1937 年第 4 期。

命題智慧的體悟玄想。如《生命》即是詩人剎那間對生命存在形式的體驗審視。

> 生命是一粒白點兒，
>
> 在悠悠碧落裏，
>
> 神秘地展成雲片了。
>
> 生命是在湖的煙波裏，
>
> 在飄搖的小艇中。
>
> 生命是低氣壓的太息，
>
> 是伴著蘆葦啜泣的呵欠。
>
> 生命是在被擎著的紙煙尾上了，
>
> 依著嫋嫋升去的青煙。
>
> 生命是九月裏的蟋蟀聲，
>
> 一絲絲一絲絲地隨著西風消逝去。

它類似思維平行而無交叉的無主題變奏，生命是悠悠碧落裏變幻的雲、歷經飄搖的舟、被迫呻吟出的無可名狀的啜泣、煙尾上的青煙、隨西風消逝的蟋蟀聲；但它們卻共織成了生命由變幻莫測到溘然消逝過程的憂患感悟，詩人在絕望的處境面前頓悟到生命之渺小之壓力之沉悶，進而觸摸到了進取與掙扎、美好與悲哀並存的生命本質內核。《羞澀》也是對生命內涵的體認。「一笑便低下眉眼／你有什麼不如意嗎／得意才感到不安呢／又被我猜對了嗎／／乍來到世間旅行的生客／你的自覺的悲哀開始了／你已自己知道自己的可愛／不久便會聽到你的幽怨聲了」，隨意的寫法似有從智性層次逃脫之嫌，其實不然。詩人從「得意」與「不安」的組構裏悟出「可愛」與「幽怨」乃人生的二重奏，生命原本就是如此殘酷又真實。再如《神話》已進入死亡觀的揭示層面。「死於非命者不得託生／永久的漂流，無期的飄流／自由的枷鎖，枷鎖的自由／安心了吧／／安心享你的福命／在世執著，出世解脫／一切苦厄，永劫不磨／遊魂呀，去吧」。人生乃無盡無休的飄泊，充滿各種各樣的羈絆；因此活著該平靜地面對苦厄，死時也不必驚慌，那是一種解脫的福份。宗教用語轉世、託生、福命的介入，為詩塗上了一層神秘的宿命光暈，達觀背後隱匿著人生的大悲哀。金詩的慧思不僅表現為上述詩的整體性覆蓋，在一些詩中也表現為局部穿插與閃爍。如長詩《宇宙瘋》那「從有到無是這

宇宙的目的／無中生有便是宇宙的玄機的抽象」、那「群星」「動」與「死」的
辯證、那霹雷與死寂的交替，無不包孕著一種耐人尋味的深厚哲思。

　　金克木的詩不但抽象化命題的玄想沉潛著智慧的風度，就是那幾首「不
是情詩的情詩」（金克木語）也都理趣豐盈，不直接抒寫愛本身，而展開一種
愛的思索與體驗。如《肖像》「你的相片做了我的鏡子／我倆的面容在那兒合
成一個／／我在熱鬧場中更感到孤獨／到無人處卻並不寂寞／因為我可以對
你私語／我有那些說不盡的回憶……因此我願在無人處對著你／看你的迷人
的永遠的微笑」。它雖然散文的意味濃些，但卻內含著能給人以深省的哲思；
在愛的過程中，海誓山盟固不可少，但那只是外在的形式，最重要的是心與
感情的流通，二人「合成一個」，成為互相的「鏡子」；愈是熱鬧愈會產生思念
戀人的孤獨，而愈是無人時卻愈會感到內心充實，可以盡情在精神世界裏展
開對戀的憶念。辯證的思維向度，整合了愛的複雜感受與多重體驗。

　　金詩詩情智化帶來的哲理深度，墊高了新詩的藝術品位。可貴的是詩人
雖是享譽國內外的東方文化研究專家，卻從不賣弄知識以學問作詩；而選擇
了一條「同感情的」、「非邏輯的」詩性道路，所以他的詩總能「情知合一」，
將慧思內涵化為意象的整體體現，達到形象、思想、情感的三位一體化。並
且「新詩人若要表現新人生又不能漠視其所處的環境，又不能不對周圍的人
事有分析的認識和籠括的概觀」〔註5〕這一觀念導引，又使詩人的慧思總是力
圖在現實的底版上展開，以時代因子的滲入強化詩情詩思的現代性，從而超
越了古代智慧詩，新穎而不「狹陋」。

　　如被公認為尋找價值與理想伊甸園的哲思神品的《旅人》，就實現了情、
知、象的同一。「你背負著雨傘的／辛苦的旅人啊／豔陽天是早已不在這裡了
／且枕著枯樹根／沉沉睡去吧／難道你還要尋覓夭桃穠李／／是那天角有綠
窗／引誘你奔走嗎／辛苦的旅人／待噪倦了歸鴉時／小飯鋪裏的馬槽邊／無
罩的煤油燈將要撫慰你了……可別曳了這裡的沙漠風／去傷害遠方的未婚花
鳥」。它在遠天的「綠窗」與現實的「沙漠」對立背景上，表現尋夢的旅人不
計路程、時日、後果，向誘惑人的「綠窗」跋涉的價值；其間有對旅人勞頓的
同情、矢志前行的禮讚與實現理想的祝願，達到了情緒流動與慧思的交融。
而象徵性意象的出臺與承傳遞進，又形成了自然而深沉的感情梯度與深度，
使形象大於思想，整體寓意趨於含蓄，生活具象有了超越自身的內涵。「綠窗」

〔註5〕柯可：《論中國新詩的新途徑》，《新詩》1937 年第 4 期。

可視為遙遠又迷人的理想之境，「未婚花鳥」當是夢中未被社會庸俗欲望污染的純淨樂園，「沙漠風」則也有現實社會氛圍的深層所指，它們與「旅人」形象結合既有透明度又具暗示力。《生命》優卓於一般說理詩就在於它的慧思是在整體抒情建構中隱蔽、深藏、展開，在五個並置比喻提供的一串生動意象中進行立體化的詩意呈現。主體與喻體間「是」的聯繫建立，似平淡單調；但其喻體本身的朦朧實際上模糊了主體與喻體間橋樑聯結點，仍使詩在給人以啟悟同時充滿朦朧美。再如「遙遠的夢。遙遠的夢／三年，九年；三十年，九十年／人生不過百年哪／待天邊飄起一片雲時／花的夢，鳥的夢，月的夢／都是風裏的蜘蛛網了／殘留的許只有這臨水的岩石」（《抒情詩》），詩表現了歲月飄忽、人生短暫、世事多變，花、鳥、月等意象的起用，使這抽象的思考與懷戀舊情的傷感變得具體可觸。金詩的慧思還有一定的現代性。如《生命》就無法抽掉時代的底版求解，正是 30 年代的腥風血雨戰亂頻繁，才使詩人感到世界一無是處、生存方位無定，頓悟到生命之渺小與渺小生命壓力之沉重，那是與古詩中憂患之思搖盪之秋不可同日而語的典型的現代情緒。《晚眺》中的「笳聲」，正是時代的心音、北國靈魂尋求新生的搏動。

　　總之，金克木的新智慧詩，既在橫向上與那些以詩形式說明道理的說理詩、賣弄聰明的警句詩大異其趣；又在縱向上超越了出離時代感悟人生的狹陋的古代智慧詩。它以體悟的「現代性」與「向來產詩的道路」的「詩性」融匯，達到了智性與感性、哲學與詩的同構，避免了詩思僵化，將繆斯引向了智慧的「新」路，雖非人人可解，卻多有上佳的明珠。

二、「野蠻」的活力

　　金克木放眼 30 年代詩壇後指出：詩的僵化在於書本氣太重，過於文明，因吃得多而營養不良，被古今中外的傳統壓倒；「必有野蠻大力來始能抗此數千年傳統之重壓而前進」，「要有野蠻、樸質、大膽、粗獷，總之是新鮮的青春的活力來的詩中間才能使人耳目一新」。〔註6〕因此他呼喚要創造詩壇的一種野蠻新鮮的活力。

　　與理論的倡導同步，金克木在創作中盡力擺脫各種傳統的因襲，不拘一格地進行創造。也許是受《蝙蝠集》扉頁所題的兩句詩「山石犖确行徑微，黃昏到寺蝙蝠飛」（韓愈《山石》）影響，當年就有人認為金詩「有意無意地在學

〔註6〕金克木：《雜論新詩》，《新詩》第 2 卷第 3、4 期，1937 年。

『樂府詩』」，意境蒼老，多取古代的事物做背景。〔註7〕事實上這只看到了事物的表層，因為金詩確多古詩的時空和意境造型，但它從中卻總能蛻化出現代意識與現代審美意趣，有種「化古為今」傾向。同時金詩也「很難說直接受到西方現代派文學、現代主義詩歌的影響」，〔註8〕艾略特以及其他現代派詩人的作品和理論，都是詩人開始寫詩有一段時間以後才看到的；所以對之不能簡單地用西方現代派詩歌的先驗模式去套評。甚至金詩與 30 年代的現代詩派也「貌合神離」，它具備施蟄存論述的《現代》詩的共同特徵，不用韻，句子段落的形式不整齊，混入一些古字或外語，詩意不能一讀即瞭解；也追求純粹性，認為新詩應從根本上拒絕散文的教師式的講解，讀之應類似參禪的人的悟道，「詩在現代世界上總是一部分人的事，不能和大眾中流行的歌曲相比，無法熱鬧」。〔註9〕但他初期詩歌的意象聯絡不會太誇張，題旨也不像現代派的有些詩那樣晦澀難懂，他的詩起用現代詩派鍾情的象徵藝術，卻無它的晦澀。也就是說金詩既不是模仿外國詩，更脫掉古詩痕跡，以對古今中外各種傳統入乎其內、超乎其外的創造性轉換，創造了具有「野蠻」新鮮活力的「現代的中國人寫的現代詩」，促成了現代主義詩歌在中國具有積極意義的演進。難怪抗戰後詩人諷刺汪精衛的《烏鴉》等詩，就已背棄了現代派藝術啦。

金詩野蠻新鮮的藝術活力來源主要有三個途徑。

一是野蠻新穎的意象、想像，飽具一股陌生鮮活的衝擊力。如《年華》：

> 年華像豬血樣的暗紫了！
> 再也浮不起一星星泡沫，
> 只冷冷的凝凍著，
> ——靜待宰割。
>
> 天空是一所污濁的池塘，
> 死的雲塊在慢慢的散化。
> 呆浮著一隻烏鴉，
> ——啊，我的年華！

〔註7〕孫作雲：《論「現代派」詩》，《清華週刊》第 43 卷第 1 期，1935 年 5 月 15 日。

〔註8〕金克木《新詩斷想》，《詩探索》1995 年第 4 期。

〔註9〕金克木《新詩斷想》，《詩探索》1995 年第 4 期。

　　首句隱喻一語點破年華牲畜般被砍殺的慘狀，暗紫的豬血虛指青春已凝凍而無一絲熱氣；而苦難猶未了結，屍體般的青春還要靜待宰割，愈見殘酷。高高在上的天空也異化為污濁的泥塘，布滿死的雲塊；連唱輓歌的烏鴉也難以幸免地呆浮為詩人年華的典型意象。豬血、泥塘、烏鴉這以往詩中少見的意象，已讓人感到新鮮不已，而年華像豬血、天空似泥塘的出人意料的「遠取譬」更大膽駭人；然而詩人正是借助它們傳達了獨到的發現與思索：置身於醬缸文化的社會，人的生存圓已局促到天地不容無所棲止，活即死，死亦如活一樣悲哀。創新的意象獲得了批判的指向與力量。《生命》用明喻呈現對生命的思考，它把生命比成煙尾上「嫋嫋升去的青煙」，隨西風逝去的「九月裏的蟋蟀聲」，這種美妙又奇詭的意象想像令人經久難忘，且內含著一種徹悟：生命的消逝不可違抗，生命的最後昇華即是死亡，生命走完艱難旅程後必然進入告別自身的季節。閉目瞑思，好像真的感覺到生命如輕煙縷縷、蟲聲陣陣漸漸消逝、空留下嫋嫋又沉重的餘響。再如詩人這樣寫旱天見雲，「黑衣女。莫更矜惜你的鴆毒吧／許已有攜了清涼劑的／匿名的醫師姍姍來了呢」，這種感覺真是別致得新鮮，別致得可愛。

　　金詩這種「野蠻」新鮮的意象，這種在風馬牛不相及、間距遙遠的本體與喻體間尋找聯繫的「遠取譬」，不僅增強了詩的抒情力度和陌生感，造成了一種飄忽不定的朦朧；而且它與習慣的彼特拉克式的老化死亡比喻拉開了距離，顯示出詩人蔥郁蓬勃的創作生氣。

　　二是俏皮奇絕的巧思，「合道」又「反常」。這方面最典型的詩篇是《雨雪》：

> 我喜歡下雨下雪，
>
> 因為雨雪是你的名字。
>
> 我喜歡雨和雨中的小花傘，
>
> 我們可以把臉在傘下藏著；
>
> 我可以仔細比比雨絲和你的頭髮，
>
> 還可以大膽一點偷看你的眼睛。
>
> 我喜歡有一陣微風迎面吹來，
>
> 於是你笑了笑把傘轉向前面；
>
> ……
>
> 我喜歡微雨中小小的紅花紙傘；
>
> 我喜歡下雨，因為我喜歡你。

但我更喜歡晶瑩的白雪，

願意作雪下的柔軟的泥。

以戀人名字與自然景物偶合點的尋找作為構思契機，這種構思法相當少見。以戀人的名字「雨雪」作為實題，不比路易士《你的名字》的虛題，本身就意味雋永，情思觀照充滿溫情，有一點兒遊戲似的新鮮；而至正文愈見其妙。因有戀人名為雨雪的前提，愛屋及烏的詩人開門見山地破題，「我喜歡下雨下雪」，這只是它一般內外延含義，真正的內涵是雨天在傘的掩護下，可以盡情大膽地觀貪戀人的容顏秀髮，所以詩有四分之三的篇幅寫傘下情趣。結尾二句似乎隨意突兀，實則感情負荷最重漂亮至極；將雨雪分為兩種感情層次，就使詩在溫柔繾綣中又加入了深沉的情愫，透露出詩人願與戀人做淺層的感情交流，更願做深層的感情滲透的心曲，言近旨遠，餘味綿長。《默訟》以季節性詞語、句子作為結構組織的框架，溝通了過去愛情的姣好、如今詩人的孤獨以及對未來無望的企盼，很新穎。「從梁間燕子的呢喃／聽到長空的鳴雁／然而何時才聽得你足音登然呢」，「西風驅落葉打我的紙窗／又拾起積雪來敲我牆壁／然而還不是你的剝啄聲哪」，這兩段詩表明詩人從春到秋、從秋到冬，一直等待著戀人踐約的足音與剝啄聲，可卻始終沒候到。前後兩段旋來轉去的複查，將悱惻的責備與深情的怨艾傳達得一唱三歎，婉轉濃鬱。《招隱》的構思也帶著些許俏皮。它的第一人稱「我」與「遠遊的人」對話，確切說是以「我」對「遠遊的人」的呼喚展開構思．既符合「招隱」的口吻，又使「遠遊的人」成為詩人情緒外化的載體，令人們感到「我」與「遠遊的人」有種心心相印的契合關係，可以互換。這種有意無意的「模糊」構思，比直接讓「我」抒情更具包孕力和含蓄美。

三是反諷的張力。反諷在新批評理論家普魯克斯那裡解釋為「表示詩歌內不協調品質的最一般化的術語」，是「承受語境的壓力」；在瑞恰茲那裡被稱為「反諷式觀照」，即「通常互相干擾、衝突、排斥、互相抵消的方面，在詩人手中結合成一個穩定的平衡狀態」。〔註10〕不論人們對反諷概念怎樣界定，它的內涵都是指詩中諸種因素的對立與不協調，它具體有語調反諷、語義反諷、意蘊反諷等幾種類型。反諷這種現代派詩歌常用的技巧，在金克木詩中已由一般的方法上升為思維方式的本體論層面，開放出許多「矛盾」情

〔註10〕趙毅衡：《「新批評」文集·引言》，趙毅衡編選：《「新批評」文集》，第 379 頁，百花文藝出版社，2001 年。

境的智慧花朵。如《年華》這富有詩意的字眼，本該是如花似月、青春活力的同義語；可在詩人筆下卻變奏為生命被壓抑生活調侃的意蘊反諷，幻化為靜候宰割的牲畜、呆浮的烏鴉。這種打破常規的構想，使詩帶上了意向的多種可能性，是隱性批判生存圓，還是暗喻生活之沉悶，抑或昭示青春的被動狀態？你無法用習慣的思維方式去窮盡它。它的事實應具有的美好形態，與現有的殘酷形態，在截然不同的悖逆中有股難以遏止的張力。《招隱》不但全詩中沙漠的幻想的美與都市生活沙漠現實的寂寞反差強烈，把逃離寂寞的主題表現得極具張力；一些段落也具體運用了語義反諷筆法。如「遠遊的人啊，我要你快來，快來／快來同我一起到沙漠中去／／都市是喧嘩的沙漠／這沙漠卻一點也不可愛／這裡又沒有風，又沒有太陽／有的只是永遠蒸騰著的寂寞」，它的筆法有一種類似悖論的效果。喧嘩的都市反倒成了沙漠，充滿寂寞，不再可愛；而並不可愛的真正的沙漠卻成了人心所向，語義的錯綜中，將詩人沉痛的寂寞感與逃離企圖包容起來，對都市的不滿與對自由自在的開闊的嚮往趨於直露。《旅人》兼用了語義反諷與語調反諷。「且枕著枯樹根／沉沉睡去吧／難道你還要尋覓夭桃穠李」，詩人不甘沉睡卻又無奈，在荒漠中尋找夭桃穠李只是美麗又荒謬的夢，這一事實本身就造成了所想與實際間的對立與差距，容納著旅人明知不可為而為之的頑強與可悲。而對於旅人的勞頓不堪，詩人卻以「難道你還要尋覓夭桃穠李」的戲謔出之，在實際的艱辛與故作輕鬆中拉開了距離，以自我譏諷的方式從相反方向強化了跋涉的艱辛。另外像「一任花兒自開自落／到兩極去尋找溫暖吧」（《雪意》）也是典型的語義反諷。

　　金詩的反諷運用，使我們得到的不是浪漫的衝動，不是機智的笑聲，而是智慧難以簡單征服對象而引起的艱澀與含蓄，它賦予了金詩一種無窮的張力。

　　金克木「野蠻」新鮮充滿活力的詩藝探求，敦促詩歌剔除了學問家的書卷氣，擺脫了傳統的因襲與限制；使詩人成了智慧抒情「僻路」上的高手，「僻」得新，「僻」得智慧，「僻」得才氣奪人。

第十三章　都市放歌：徐遲前期詩歌的創造性

　　魯迅在評介勃洛克的《〈十二個〉後記》一文中說「我們有館閣詩人，山林詩人，花月詩人……沒有都會詩人」；評論家孫作雲也認為「現代派詩中，我們很難找出描寫都市、描寫機械文明的作品」。〔註1〕他們兩位的觀點恐怕很難讓人信服。如果說魯迅文出自現代詩派、九葉詩派崛起之前的 1926 年，僅僅忽視了郭沫若等零星都市詩存在，尚可理解；而孫文在交錯田園鄉愁與都市風景的現代詩派出現之後，卻否認都市詩的存在，就有失偏頗，與歷史真相相隔膜了。

　　應該承認，都市詩從未領略過主潮的殊榮。但作為一種詩的類型，都市詩的歷史卻與都市同齡；即便在三十年的現代詩史上，也聳立著一條迷人風景線。從郭沫若、李金髮、卞之琳、陳江帆、羅莫辰，到艾青、袁水拍、唐祈、袁可嘉，都做過出色的都市詩操作；尤其是 20 世紀 30 年代上海大都市的發達膨脹，更掀起了一股都市詩熱潮，現代詩派的後來者、最年輕的徐遲，也以詩集《二十歲人》的寫作。成了都市文明最熱烈的歌唱者，在詩壇上刮起一陣年輕有力的「都市風」。只可惜徐遲的詩探索當時沒引起人們充分的注意，後來又被其散文、報告文學的輝煌遮住了光彩。1996 年 12 月 12 日，當歷史尚未來得及對詩人的創作經驗進行必要總結時，徐遲這顆藝術的星辰卻過早從詩國天空殞落，不無神秘地永別了人間。如今是該標識出徐遲在新詩史上位置的時候了。

〔註 1〕孫作雲：《論「現代派」詩》，《清華週刊》第 43 卷第 1 期，1935 年 5 月 15 日。

一、新詩歷史的「化石」

　　說徐遲是新詩歷史的「化石」、典型的詩化人生者並不為過。詩人的一生
與詩結下了不解之緣，雖然形式上有疏離詩的跡象與時日；但在精神上從未
割斷與繆斯的聯繫，可以說詩人的一生就是一首婉轉的無字詩。他差不多參
與了現代中國新詩創作和理論建設的全過程，或者說他的詩歌活動就是一部
濃縮的新詩簡史。

　　徐遲 1914 年降生於浙江省吳興縣南潯鎮。江南清新秀麗的自然風光賦予
了他詩以靈氣；書香門第的自由空氣為他營造了最初的詩氛圍；而父母為走
教育救國之路不惜傾家的義舉與犧牲又在他幼小的心田孕育了詩的激情與敏
感。所以一俟 1931 年從蘇州東吳大學附中升入東吳大學，便選擇了外國文學
作品為攻讀方向。九‧一八事變後棄學北上，想奔赴東北抗日戰場為國捐軀；
途徑北京受阻，於 1932 年到燕京大學借讀。冰心女士在《詩》課中對拜倫、
雪萊、華滋華斯、柯爾律治的精彩剖析，引起徐遲對西洋詩風的迷醉。1933 年
返回南潯及東吳大學後讀到發表西方現代派詩歌的刊歌《獵犬與號角》，萌生
了創作欲望，嘗試用現代手法寫詩並在《現代》雜誌發表，處女作《獻》就多
得意象派詩不用修飾、不用詩來敘述的精髓，隨後詩人頻頻亮相，成了《現
代》雜誌活躍的重要詩人。1936 年詩集《二十歲人》出版，在詩壇吹起了一
股奇崛瑰麗的都市詩風。是年，又與戴望舒、路易士（紀弦）一道籌辦「新詩
社」，創辦《新詩》詩刊，繼續倡導現代詩風，這無疑是《現代》停刊後現代
詩派藝術活動的延伸，為新詩進入黃金時代建立了奇功。與同時期海明威影
響下的散文創作的明朗化不同，《二十歲人》及後來因戰亂夭折的詩集《明麗
之歌》相對晦澀難懂一些。

　　抗戰爆發後，歷史進入了「抒情的放逐」年代。順應時代的呼喚，詩人
一改自己的思想與詩歌風格，他說「從四十年代一開始，我接觸了馬克思主
義和毛澤東思想，初步弄懂了一些革命的道理，就跟了共產黨走。我批判，
並捨棄了現代派」。〔註2〕受毛澤東在詩人紀念冊上親筆題贈「詩言志」事件
鼓舞，他伴著現代詩派由熾熱而衰微的節律，徹底拋棄了純詩，努力使詩成
為人民的武器，寫出了突破一己情思范圍、匯入爭民主反黑暗浪濤聲的詩集
《最強音》。朗誦詩運動掀起後，他不但身體力行，親自組織詩人到會場、街

〔註2〕徐州師範學院：《中國現代作家傳略》上輯，第614頁，徐州師範學院編印，
　　　　1981年。

頭去朗誦自己的詩作；還從理論上探討朗誦詩與詩朗誦，寫了我國第一本研究朗誦詩的專著《詩歌朗誦手冊》，認為詩朗誦是詩作的再燃燒，推動了朗誦詩運動的深入。此時的《最強音》《歷史與詩》《社論》等詩，已從內心悲觀的色調走出，更注目現實人生，具有現實主義的雄健筆力，顯示出詩人擁抱時代切入現實的熱誠努力。建國以後，詩人先後以《人民中國》《人民日報》特約記者身份，兩度採訪朝鮮戰場，足跡遍及大江南北。火熱的生活撞擊著詩人心靈，他在撰寫大量的特寫、報告文學同時；又以按捺不住的喜悅搞起「副業」，寫下《戰爭‧和平‧進步》《美麗‧神奇‧豐富》《共和國之歌》三本詩集。此時的詩兼具記者的敏銳觀察與行吟詩人的即興歌唱特點，以經濟建設中平凡而新鮮生活細節的描繪，彈撥出嘹亮的時代交響樂。1957 年對徐遲來說是值得大書特書的一年。這一年，他在中國作協理事會上首先對中國偌大的詩國無一本詩歌刊物的現狀表示不滿，力倡創辦《詩刊》；並且經過他與臧克家、呂劍等人的奔走、呼籲、聯絡、籌備，終於使《詩刊》創刊號與大家見了面。創刊四年裏，作為副主編的徐遲大量地約稿、編稿、發稿，甘願為別人做嫁衣，引渡出一批詩壇中堅力量，這是詩人對中國詩壇的最大貢獻。此間詩人詩創作大量減少，理論上留下一本《詩與生活》，記錄了當時詩歌的歷史現象，有一定的指導意義。

十年浩劫中，詩人在劫難逃，被下放到漢水中游一個五七幹校勞動，所受折磨苦不堪言。新時期伊始，投入自由的散文懷抱，以火熱的激情為科技戰線的英雄們樹碑立傳，接連發表《歌德巴赫猜想》《地質之光》《生命之樹常青》等報告文學，起了替思想解放、尊重知識與人才政策鳴鑼開道的作用。這些作品既有激情又具思辯力，形式上是散文，本質上則是詩，它們將詩人推向了文學生命的輝煌峰頂。進入 80 年代後，徐遲基本上不再寫詩；但他仍然不忘詩人本色，關注新詩命運。承續 1979 年提出的新詩現代化命題，1982年發表《現代化與現代派》一文，尋找現代化與現代派二者間的聯繫，這篇不乏建設性觀點的文獻，顯示了詩人勇於探索的精神，反響強烈。詩人最終的通常意義上的死亡，也彷彿是為赴宇宙深處遙遙又親切的呼喚，對地球以外其他星球的無限想往，死亡也帶上了濃鬱的詩意。從這一角度看，徐遲是繼徐志摩之後詩壇上又一位「想飛」的詩人。

徐遲的詩歌創作歷程的描述表明，他的一生是一首婉轉曲折的無字詩。始終保持著真與激情的品格氣質，一直與繆斯結伴而行。從他的人與詩這顆

新詩歷史的精神化石中，人們不難感受到新詩沉浮曲折的歷史軌跡，每一階段的風雨潮汐、累累斑痕與紋理走向。總之，徐遲的人與詩已構成一部袖珍的新詩歷史。

二、鄉村人在都市

徐遲現代派時期的詩歌，是青年知識分子由鄉村進入都市後矛盾複雜感受心態的凝聚，是讚頌與詛咒情緒的二重奏。它既有對都市文明進步欣喜熱情的禮讚，又有對混雜於繁華中的都市病態與畸形的詛咒，和因不滿都市而生的對鄉村自然閒適秩序的懷戀。

應和現代文明的感召，徐遲不甘鄉鎮的寂寞而投奔到都市。憑著詩人的敏銳直覺，他感受到了都市乃神奇與腐朽的統一體。一面是摩天大樓、接踵商場、電報電話、學校醫院寫就的繁華喧騰；一面是妓院賭場、童工乞丐、棚戶區、白相人支撐的屈辱與醜惡。它讓人崇拜想往，也給人以壓抑與憂鬱；自鄉間帶來的生活節奏與心理結構慣性，更使詩人與它格格不入，陡出生一份迷惘與失落。徐遲也曾情不自禁地讚賞年輕迷人的都市女神，歌頌都市文明。二十歲的他「年輕、明亮又康健」，「挾著網球拍子，哼著歌」，「歡喜著呢」（《二十歲人》），充滿活力與希望。他意識到「在異鄉／在時代中灌溉我的心的田園的／是熱鬧的，高速度的，自由的肥料／我的心原是一片田園／但在異鄉中，才適合於我自己」（《故鄉》），不無矛盾的心態認識中，飽含著對都市文明的渴望與崇拜。但是更多的詩篇卻都是集中批判都市的生活罪惡等負面質素，抒寫現代都市的內在厭倦與感傷。如《都會的滿月》：

> 寫著羅馬字的
>
> I II III V VI IV VII VIII IX X XI XII
>
> 代表的十二個星；
>
> 繞著一圈齒輪。
>
> 夜夜的滿月，立體的平面的機件。
>
> 貼在摩天摟的塔上的滿月。
>
> 另一座摩天樓低俯下的都會的滿月。
>
> 短針一樣的人，
>
> 長針一樣的影子，
>
> 偶或望一望都會的滿月的表面。

　　　　知道了都會的滿月的浮載的哲理，

　　　　知道了時刻之分，

　　　　明月與燈與鐘的兼有了。

　　這是純都市化感受，借時鐘、滿月意象暗示出人被異化（或人為物役）
而失去美的靈性的哲理，揭示了都市生活的真諦。說明都會裏沒有大自然的
滿月，只有奴役人的人為的滿月。都市人每日先感到的是摩天大樓上的時鐘，
那十二個羅馬字的星圍繞著一個齒輪，象徵著都市生活的秩序，它與其說是
日日的時鐘，勿寧說是夜夜的滿月；它不似天上陰暗圓缺的月，而無論何時
都運轉不停，這又象徵了都市生活的機械單調。這個似月非月的「滿月」兼
有月亮、燈、時鐘三種功能，它足以左右人的命運，指揮通都大邑跟著它運
作；望著它的表面人們會感到自己就是都市機器上的一個部件，人與影子如
同在固定位置上的時針分針，從早到晚不停忙碌，單調又緊張。

　　都市人追逐物質富足時，必然會在精神上走向貧乏，失去一些正常品質。
所以詩人不但表現都市芸芸眾生被異化的非人狀態；而且揭示了浮躁迷惘、
無所適從的都市流行病。如《微雨之街》這樣寫道「雨，沒有窮迫的樣子／也
不會窮盡的／／飄搖飄搖／我的寂寞／／泛濫起來／雨，從燈的圓柱上下降
了／／薔薇之頰的雨／薔薇之頰的少年人／／神秘之街上／雨從街的鏡面上
升了／／神秘之明鏡／從雨的街上顯靈了」。全詩流瀉著對雨的內在心理感
覺。那是自然之雨更是心靈之雨，連綿的雨落在街上，象徵著詩人寂寥徘徊
的綿延不絕。神秘的明鏡照著詩人臉頰，彷彿自然美景消釋了詩人的寂寞煩
憂；但被排斥在繁華外的雨街行走，愈顯出詩人的無聊與憂鬱，愈顯出詩中
深入骨髓的寂寞泛濫。《七色之白晝》從「幽會或尋思只是兩人的事呢」一句
看似是情詩；但它的深層指歸卻是對都市眩目的色彩生活的反叛。七色之白
晝如「七種顏色」、「七個顏容的胴體的女郎」，富麗無比，好像美與愛的象徵；
可它只在午夢中，七色不但對愛與美，就是對「晝眠」也太多，「單色的霧」
之純潔才是美，大多的顏色塗飾就是太多的花哨偽裝。詩人以辯證思想的展
示，對都市外在的富麗尤其是追求浮華的內在浮躁靈魂進行了獨到的批判。
原來詩人生活在都市，卻是都市生活的批判者。

　　徐遲的詩學主題中，與批判都市文明並行的是對理想鄉村形態的讚美與
懷戀。德國漢學家顧彬在《中國文人的自然觀》一書中，曾經論及過每當人
類對文明生活的複雜性感到厭倦的時候，就會嚮往一種更接近自然或淳樸的

生活方式。由於對都市文明的厭惡反感，徐遲的詩在與之對抗時自然把情感定位在理想化的農業社會，定位在天人合一的田園牧歌式的鄉村的懷念禮讚上。說來難怪，哪個赤子不愛家園？哪個赤子心中家園不是一塊純潔的聖地？《春天的村子》就表現了這種情感。

> 村夜，
> 春夜，
> 我在深深的戀愛中．
> 春天的村子，
> 雪飄著也是春天，
> 葉飄著也是春天。

打眼看出，詩裏似乎充滿悖論。春夜該鳥語花香，和風習習，怎麼卻飄著雪飄著葉？雪和葉是冬秋的特有景觀，詩人為何偏把春夜與這兩個不同季節的物象拷合？是故作驚人之語，還是另有企圖？但一旦把情感詞「深深的戀愛」與它們聯繫一起考察，便會覺得它反常又「合道」。因為愛的力量神秘巨大，移情作用可令一切事物變形；正因為詩人對村子熱戀，所以什麼也改變不了故鄉在他心中的形象與位置，飄雪也是春天，葉落也是春天，故鄉永遠溫暖，永遠充滿希望。這裡的「戀愛」不該理解得太實，它不僅是男女情感的專指。如果說《春天的村子》的故鄉之愛尚顯抽象，那麼《苦雪的溪水上》的鄉村之愛則具體得多。「荻蘆的塘岸／故鄉的竹籬／短牆上繁茂著牽牛花……風吹著／水田，桑林，祠廟與屋宇／在故鄉的住處／感情與詩奇怪地融合了」，那裡有「水車與芙蓉鳥唱著俚俗的歌謠」，「興啊福啊的小橋與小巷／平和的象徵，靜穆的長廊」；所以詩人在「我的慈母的生地」，「在那肥腴的土地上／栽下著我的戀了」。最日常化的鄉村物象、生活細節的選擇描述，恢復了江南故鄉如詩如畫的真實形象，寄寓著最深厚最誠摯的欣喜愛戀情懷；寧靜平和的鄉村裏，人們的生命形式憩適悠然，清靜自得，合度自然，健康優美又充滿野趣。鄉村《橋上》的一瞥，也充滿原始田園牧歌的氣息，在那世外桃源般的存在裏，一切的煩惱與矛盾都將得到消解與療治。

詩人是以鄉村文明作為參照系統來對抗都市文明的；所以常將鄉村與都市並置對比，在鄉村的野趣自由閒適與都市的喧囂苦悶壓抑對立抒寫中．使情感愛憎了了分明。如《春爛了時》「街上起伏的爵士音樂．／操縱著螞蟻，螞蟻們。／／鄉間，我是小野花，／時常微笑的；／隨便什麼顏色都適合的；

／幸福的。／／您不輕易地撒下了餌來。／鑽進玩笑的網／從，廣闊的田野／就搬到螞蟻的群中了。／／把憂鬱溶化在都市中，／太多的螞蟻，／死了一個，也不足惜吧。／／這貪心的螞蟻／他還在希冀您的剩餘的溫情哩，／在失卻的情中，冀求著。／／街上，厚臉的失業者伸著帽子。／『布施些，布施些。』／／爵士音樂奏的是：春爛了。／春爛了時，／野花想起了廣闊的田野」。演奏爵士樂的春天，芸芸眾生在都市操縱下，異化為疲於奔命的螞蟻，互相缺少溫情，互相傾軋競爭，或者存活或者死去，這異化生命為被動接受體的都市裏沒有春天；而鄉間卻是另一番情調，那裡生命如野花般自由自在地生長，合度自然，充滿「微笑」與「幸福」，春天永屬於「廣闊的田野」。都市與鄉村兩類語彙的異質對立中包孕著強勁的張力。長詩《一天的彩繪》中，如河如星的草原的自然之女，在都市的動物院、咖啡座、音樂廳裏處處感到隔膜不已，淡漠表情與行動裏隱約表露出對都市的不滿無奈，與對自然天籟的回想。

徐詩的另一詩學主題是沉迷愛情。為擺脫都市病的糾纏，更因為詩人正處早霞般開放自己的青春季節；愛情的吟唱便自然而然地覆蓋了《隧道隧道隧道》《故鄉》《戀女的籬笆》《七色之白晝》《六十四分音符》《六幻想》等大量詩作，構起一方庇護慰安靈魂的精神天地。如《隧道隧道隧道》「我，掘隧道人，／有掘隧道的下午的，夜的……我只是掘著隧道而已／不及黃泉，毋相見也……她掘了一條隧道，／我掘了一條隧道……可是，我卻不知道／這寶貴的礦床的剖視圖上，／兩條隧道是否相見呢？」這裡僅引用了詩的主幹，卻已完全地表達了初戀情懷。已成陳詞濫調的海枯石爛的愛情，因構思的別致與《左傳》典故的借用，在此爆發出了新意，愛的渴望忠貞被傳達得熱烈又含蓄。《六十四分音符》這首活潑明朗的青春戀歌，則橫畫出「愛笑的少女，劃舟的少年」水上泛舟的嬉鬧圖。「愛情的春江」上，陽光燦爛，水波舒緩，木舟自由飄蕩，少女的抓水聲笑鬧聲，如同六十四分音符般美妙動聽。詩雖運筆節制，愛的甜美溫馨卻已溢出畫外，令人遐想。徐遲情詩的獨特在於總與美麗的田園風光、鄉野之趣交織，愈顯得健康優美，如《六幻想》即是。

詩人又是熱情坦誠、篤於友情者；所以也寫了一些友情詩驅遣寂寞。如《贈詩人路易士》只通過老朋友善在「火車上寫宇宙詩」、常拄著「烏木的手杖」、願豪飲「鯨吞咖啡」等幾個個性化細節，便活脫地刻畫出路易士爽朗豪放的性格。尾段暗示友情對自己的影響，「因為你來了，握了我的手掌／我才

想到我能歌唱」，說明友情可以趕走寂寞，帶來喜悅和力量。五行小詩《寄》也很有味道，「躺在床上的時候／我不相信我們的中間是遠離著的／有三個省份／有一條三千公里的鐵道／有了黃河長江」，有水陸交通工具，多遠的旅程都是咫尺，萬水千山只能阻隔視線卻永遠隔不斷對朋友的牽念。

對鄉村理想化的企羨、對都市異化罪惡的厭倦，乃是鄉下人在都市心態的一體兩面，它們互為參照互為依存，難以割裂。而愛情吟唱則是都市裏鄉下人情思的逃避與釋放。說穿了徐遲的三個詩學主題都是典型的都市情緒。詩人正是從不同角度切人都市情緒，才恢復了現代都市的內在精神脈動，傳達出了現代都市的慌亂、焦灼與感傷；從而與歐美紅色三十年代「對都市文明批判」的主題趨向接上了軌，為現代詩歌題材開拓了新的疆土。徐遲詩歌這種自由抒發的情感「是純粹的都市生活體驗，這種詩學主題在中國現代詩歌史上是從未出現過的新的創造」。〔註3〕(1)可見，二十歲的鄉村人在都市的滋味並不全是輕鬆，雖然它少生活重壓的沉鬱之氣，還有一種故作深沉之嫌；但那輕淺的感傷寂寞卻同樣感人。當然，詩人對鄉村田園牧歌式的絢麗色彩塗抹，似乎與 30 年代鄉村的現實本身有些距離；但仍是藝術的真實與美，這恐怕也是一切藝術的權力與優長所在吧。

三、前衛位置上的表演

坦率地說。現代派時期的徐遲並不十分重視詩的社會意義，倒是一位忠於藝術者。他深知藝術的天職在於創造：所以只要可能從不放過一個創造與突破的機遇。正是這種藝術態度促使他的詩以殊於他人的態勢，進入了現代詩歌實驗的前衛位置。

詩人憑藉什麼看家本領在詩壇一領風騷？看一下詩人類乎自畫像的詩《我及其他》也許會找到一點答案。它並非無意義的文字遊戲，而是一種有意味的形式。詩中之「我」被無限擴大，仿若宇宙主人，上下左右自由翻滾，不同方向的呈像排列，暗喻出「二十歲」詩人的天性率真、無拘無束，完全是個美化、浪漫化的自由之子。正是這種心態使詩人順利地走向了詩人之路。那時徐遲的詩興勃發不同於戴望舒、何其芳、林庚等現代派詩人，先有古典詩詞功力，即便走向象徵主義後詩中仍充斥著一個古典靈魂；而是借助外文水平的精湛，一開始就迷上龐德、林德賽、桑德堡等外國詩人，引發

〔註 3〕張同道：《火的吶喊與夢的呢喃》，《文學評論》1997 年第 1 期。

了自己的創作。由於詩人個性的狂放不羈，由於詩人直領西方詩歌薰香，由於詩人自南潯的書香世家到燕京的文化沙龍、上海的同人詩藝氛圍從未離開過文化人圈子，更由於詩人在詩學主題開拓上常鍾情於少年生命勃發的渴望衝動式的新鮮都市生活體驗，僅僅玩味一種感受；所以徐遲的詩最多掙脫束縛的野性自由，最少民族傳統的古典元素，詩性空間裏彌漫著強烈的現代風與十足的「洋味兒」，從而也最具前衛性。這種前衛性在以下幾方面中有所體現。

一是詩語選擇力避墨守成規，而是刻意衝擊語言慣性模式，似信手拈來自由隨便，又奇峭陌生躍動鮮活。不說《輕的季節》「栽下著我的戀了」這虛實搭配的經濟含蓄，不說《我及其他》書寫方式的花樣頻出驚人越軌，也不說《都市的滿月》《繁華道上》冒險地將羅馬字與分數寫入詩中；單是一些詞彙、結構的排列就歐化得令你不解，奇峭得讓人瞠目。如《秋夜》：

秋夜，雨滴著，仿

佛是，是春夜雪溶瀉的時候的滴水

我的年齡的思想。

急驟發展的語言框架本身已造成一些詩意空白；連綿詞「彷彿」的斷句破行排列法更是少見的大膽嘗試，既突出了詩歌陌生感，又外化出雨斷續滴落的形態，它與《我及其他》一樣都有種立體主義傾向。上述探索尚可理解，而像《MEANDER》這種所謂的「現代的詞藻」則太費解了。

圖案

卍

MEANDER 是我生活的日常中的戀愛了呢。

抉了 MEANDER 的青天，

我對 MEANDER 懷戀著………

它歐化自由過了頭，題目即用外文，正文又文白夾雜，中外文混用，詞句間跳躍太急，阻礙了情思傳達，令人丈二和尚摸不著頭腦，望而生畏。看來語言創新也要有度，過度即失敗了。

二是同位對應於迷茫躁動現代情緒的現代意象，與象徵、暗示、自由聯想等現代性手段遇合，賦予了徐詩一種「瞻之在前，忽焉在後」的難以確定的隱形美。施蟄存在《現代》四卷一期的《關於本刊的詩》中說現代派的詩，「彙集著大船舶的港灣，轟響著噪音的工場，深入地下的礦坑，奏著 JazZ 樂

的舞場，摩天樓的百貨店，飛機的空中戰，廣大的競馬場……甚至連自然景物也和前代的不同了」，徐詩有力地印證了這一點。如《都會的滿月》中，古典文人鍾愛不已的明月已發生變異，不再是夜空中的王后，它與齒輪、時針、摩天樓、街燈、匆匆的行人及影子等純然現代都市意象雜糅，其構圖本身即像有的論者所言具有了一種反諷意義。如說該詩側重都市自然意象展動，那麼《春爛了時》則以社會意象寄託情思，爵士樂、螞蟻與失業者伸出帽子「布施些，布施些」等瘋狂或破敗意象的攝取，已滲透著詩人的批判意向。徐遲曾迷醉過西方的意象派、象徵派，還寫過專文《意象派的七個詩人》《〈荒原〉評》等，介紹龐德與艾略特等詩人；所以他詩中的意象多與象徵暗示關聯。如《微雨之街》中的雨，就既是自然之雨，又象徵著詩人的心靈之雨，微雨之街也是一個象徵。《火柴》也具有現代藝術的意象。

> 男子是這樣的多啊，
>
> 反正，是安全火柴的匣子中，
>
> 排列著隊伍呢。
>
> 蠢蠢然一次一次地燃燒眷，
>
> 而又一根一根地消失了。

「火柴」與男子契合，已超出簡單比喻層面既可看作意象，也可說成象徵，還可解為象徵之意象。至於說火柴一次次燃燒又一根根消失，是說對青春之愛一次次渴求又一次次失敗的悲涼，還是說渴求愛又怯於愛的無奈自嘲，則難以說清。

如若徐詩的意象藝術僅止如此也就不足為奇，它還提供了重動感與色彩感的新質。作為工業文明的歌唱者，徐遲的詩情也如同都市一樣膨脹，騷動著新生力量。《二十歲人》從植著杉的路、網球拍，到歌者、煙的意象彈跳，將年輕康健又明亮的青年形象由遠而近地推到你面前。《一天的彩繪》從草原到動物院、咖啡座、海濱、音樂會、大街、蔭巷、公共車，視點的頻繁閃跳流轉，就是抒情主人公思維線路的運動過程，一個個電影鏡頭似的閃爍，既凸現了都市工業文明的力度與速度，又表現出抒情主體與自然之女「她」那種興奮而疲倦、激動又緊張的都市心態。這種意象攜帶的心理動感，為徐詩輸送了一種「二十世紀的動的精神」、一種搖曳嫵媚的風姿，因為「媚就是動態中的美」。

徐詩意象不僅有音樂的流動，還因受用色彩呈現情感的美國詩人維琪‧

林德賽影響，對意象的色彩、光線把握異常絕妙，有種繪畫般的凝定，《輕的季節》《夜的光》《六幻想》《七色之白晝》等都體現了這一特徵。如「雨，從燈的圓柱上下降了」，「薔薇之頰的雨／薔薇之頰的少年人」（《微雨之街》），僅只三句，即可看出印象派繪畫神韻。前一句寫雨被縮小成一束束眩目的光線，意象簡潔優美，耐人尋味；後兩句則寫出薔薇色的燈光照耀，染紅了雨、染紅染醉了少年寂寞心和漂亮臉的色調光線，美不勝收。《七色之白晝》對白晝之光的紅橙黃綠靛藍紫眩目七色的分解與單一朦朧白色的溶合，表現得令人歎為觀止，借助七色板的神奇調弄，將美與愛的思想揭示得辯證又獨特。再如「乳色的三月／流蕩著了呢／／桑椹在浮動著紅色了／野鴿子，伴著野鴿子／從水中的白雲裏飛近來／／褐色的檜木的橋欄干／單戀著／那悠然而逝的水波」（《橋上》），這無疑是幅濃淡相間、疏密有致的色彩圖畫，不必言情，其間已含「感情的韻與旋律」。乳色、紅、白、褐色輕淡地呈現在畫布上，造成一種清麗、恬靜、閒適的氣氛，與蘭波等象徵詩人對色彩的重視殊途同歸，色彩與意象的調配，增加了詩的美感。這些色彩即思想的成熟詩作表明，徐遲堪稱設色的妙手。

徐遲對意象藝術的講究，將詩歌推向了現代化前沿，推向了充滿靈性又奇崛朦朧的領地，單純又複雜，透明又朦朧。

三是想像與幻覺的躍動常將詩帶入似真似幻的意境，含蓄雋永，開闊了人們的眼界。在內視點的詩歌藝術中，想像是詩的翅膀，是創造力的保姆，沒有想像就沒有詩歌。徐遲具備這種想像力，他的詩中結滿了剔透的想像珠玉。如《戀女的籬笆》：

> 你的頭髮是一道籬笆，
>
> 當你羞澀一笑時，
>
> 紫竹繞住了那兒的人家。
>
> ……
>
> 如今我記不起你眼眉的一瞥，
>
> 只有我伏著窺視過的籬笆，
>
> 我記得開放在上面的有一朵黃花。

將戀人的頭髮比喻成紫竹籬笆，將戀人顏面比喻成整個人家，戀人的一笑也就化成了竹籬上的一朵花兒，這異想天開的神來之「比」，將戀人那種小家碧玉的美和盤托出，真虧詩人想像得出。《都會的滿月》將天上的月與星想

像成鐘錶的銅齒輪與周圍的十二個羅馬星，天空猶如一架自鳴鐘，摩天樓的尖頂像是鐘塔。純都市化的感覺想像，使月、鐘、燈渾成一片，難分天上人間，貼切又漂亮，既有象徵性的整體貫穿，暗指多於實敘，又有朦朧的理趣，形象大於思想。《隧道隧道隧道》中，把給情人寫情書喻為掘隧道，已很新鮮；而隧道的「彎彎曲曲」及「不及黃泉，毋相見也」，又見出初戀情節的婉轉隱蔽，對溝通愛情心願的執著。

林德賽的影響輻射，使徐遲常進行幻覺想像，騎著幻想的金烏「精鶩八極，心遊萬仞」，在虛幻境界中自由翱翔。《七色之白晝》即幻覺織就的華章，在午夢的框架中溶合幻覺與現實、七色的白晝與單色的霧等對立性因素，一切都在幻覺中進行。再如《六幻想》的幾段：

> 你幻想秋郊的半棵樹，
> 幻想半棵樹的吐露：
> 「風不刺人，陽光和暖」；
> 是宜於戀人郊外行的氣候；
> 正允許了戀人們的手攀住戀人們的腰
> 如秋水攀住秋橋
> ……
> 幻想一下我們在稻中央，
> 你也是；
> 幻想我們在稻中央的秋之吻；
> 秋之吻是甜的，
> 因兩人皆是豐收之年的
> 熟透的果實。
> 六幻想
> 邀約你到秋收的稻田去。

詩人在《〈最強音〉增訂本跋》中說「我認為只有在戰爭之後，我才可以再歌唱『明麗之歌』，雪的幻想，雲的幻想，草原、動物院、音樂會的幻想，秋收的幻想與多幻想的少女的幻想」，足見詩人的幻想之多，該詩是其一套幻想之六。整詩即是借向戀人鋪敘的幻想中的秋景的美麗，調動戀人情趣，暗示一種含蓄又深沉的戀情；構成全詩的幻想，也給人以無限幻想。「半棵樹的吐露」似向戀人表白赤子之心的情狀；「最後的一張葉子的殘落」如向戀人暗

示青春易逝思想。可以說，幻想是該詩的生命，沒有幻想就沒有該詩。這種幻覺奇想常使詩人妙筆生花，在不羈的躍動中顯出輕靈的亦真亦幻情調；以實有與虛擬的交錯增加嫵媚，神采飛揚。

第十四章　意象抒情：施蟄存的詩歌風貌

　　「文壇怪傑」施蟄存，1905 年生於江蘇松江。少時熟讀古詩文；上中學期間就有小說在鴛鴦蝴蝶派雜誌《禮拜六》《半月》上亮相；1926 年由上海大學轉入震旦大學法文特別班；1928 年後參與《無軌列車》《新文藝》等刊物的編輯工作；1932 年受邀於上海現代書局，主編大型文學月刊《現代》，促成了現代詩派的集聚與新感覺派小說的崛起；1935 年辭去《現代》之職，轉而編輯《文藝風景》《文飯小品》，繼續《現代》的方向；1937 年後先後任教於雲南大學、廈門大學、暨南大學、光華大學；1952 年起一直任華東師大中文系教授。施蟄存有《上元燈》《將軍的頭》《梅雨之夕》等數部小說集行世，另外還著有《燈下集》《待旦集》；更以古典文學、現代文學研究的斐然成績贍滿華夏。

　　施蟄存在創作企圖上最初致力於詩；但翹楚文壇的卻是小說。他對現代詩派的主要貢獻在於對詩派的大力倡導與扶持。他主編的《現代》不僅發表了果爾蒙、羅威爾、阿波里奈爾、夏芝、桑德堡、龐德以及日本的天野隆一等帶有意象派特徵的詩人詩作，親自撰寫《芝加哥詩人桑德堡》《詩歌到底往何處去》，或組織他人撰寫《意象派的七個詩人》（徐遲）、《未來派的詩》（高明）、《美國詩壇概觀》（邵洵美）等文章，評介意象派的詩歌理論及成敗得失，對現代詩派的形成發展起了啟發與推進作用；而且扶持引渡出戴望舒、卞之琳、曹葆華、陳江帆、李心若、玲君、路易士、侯汝華、南星等抒情高手，使用意象寫詩的做法一時間蔚然成風。尤其是施蟄存最早感應西方意象派詩的審美

追求，在《現代》創刊號上就共時性地推出《橋洞》《祝英臺》《鯉子》《沙利文》《銀魚》《衛生》六首「意象抒情詩」，它們與《烏賊魚之戀》《嫌厭》一道，使施蟄存成為《現代》前三卷中發詩僅少於戴望舒的詩人。客觀說來，施蟄存的詩作數量很少，實際發表者僅二十來首，成績也遠遜於他的同窗戴望舒；但它們卻以超越本體的力量姿態，影響了一批作者一股詩風，為詩派的形成盡了拓荒之力。

說施蟄存是三十年代現代詩派的引渡者恐怕並不為過。試想，如果不是他主編《現代》，也許現代詩派就不會那般生機盎然，就不會演出那些精彩紛呈的連臺好戲。因此，施蟄存的人與詩的研究理應作為進入現代詩派研究的一個必要通道。

一、都市的「心理分析」

施蟄存在《現代》四卷一期上寫過這樣一段話：「《現代》中的詩是詩，而且純然是現代的詩。它們是現代人在現代生活中所感受到的現代的情緒用現代的詞藻排列成的現代的詩形。所謂現代生活，這裡面包括著各式各樣的獨特的形態：彙集著大船舶的港灣，轟響著噪音的工場……甚至連自然景物也和前代的不同了」。這與其說是《又關於本刊的詩》的「文藝獨白」，勿寧說是都市詩的宣言。事實上，施蟄存本人就是《現代》都市詩風的開創者與都市風景的歌唱者，他那些「意象抒情詩」即是明證。如《沙利文》是對上海咖啡間一瞥的感覺呈現；《銀魚》則是詩人在菜市場上見到銀魚瞬間印象幻覺的迭合。施蟄存都市詩的優卓在於，因為受英美意象派詩歌向內心進軍，以心理真實為最高真實主張啟發，超越了僅為都市畫像的浮光掠影層面，觸摸到了都市情感靈魂內核，展示了他這個「現代人在現代生活中所感受到的現代情緒」。

有人說施蟄存的散文中沒有烈火狂飆、鐵騎奔騰，更多的是飛花點翠、光風霽月，施蟄存的詩境也同樣狹小。詩在他那裡已將綿延的現實風景線驅逐出境，而完全成了個人瞬間感受與思索的承載器；並且時代愁雲慘霧的幻滅情緒籠罩，與個人參加革命而被上海市黨部通緝的心理陰影遮蔽，又決定了詩人的都市心曲是「個人低回情調的詩意的抒寫」（朱自清語），彌漫著在畸形都市中出路莫明的小資產階級知識分子苦悶憂鬱的情緒氣息。

如《烏賊魚之戀》就在擬人化的純個人戀愛情感中，展示了一種無可愛

戀的人生悲哀。春天到了，「烏賊魚作獵豔的散步」，「烏賊魚以十隻手——熱情的手／顫抖地摸索著戀愛／在溫暖的海水的空氣裏／／但這是徒然的／雖有十隻手也無濟於事」。烏賊魚之戀熱烈灼人，魯莽又可愛；可是那些「美麗的小姑娘」——輕盈敏感的魚群，都因與他不屬於同類，而「閃避了他的魯莽的牽曳」，他只能徒自「以自己的墨瀋／在波紋的箋紙上／寫下了他的悲哀——戀的悲哀」。熱情呼喚的結果只是一片空虛，烏賊魚的失戀十分悲哀；可一旦風暴到來，他「悲哀的記錄」也將飄散得毫無蹤跡，一個「但」字轉折貌似悟到失戀只是人生大潮中一個微小波瀾的悲哀化解，實質流露出人生本質上深層的大悲哀。微乎其微的何止失戀，與海闊天空的大千世界相比，人的生命不就是自生自滅的纖塵嗎？也許抽樣比較一下施蟄存與郭沫若的詩，能更深入體察到施蟄存的感傷的詩魂。同是都市的煙囪，在郭沫若的《筆立山頭展望》中，它是大工業偉力運動的、反抗的時代精神的凝固與象徵，「一枝枝的煙囪都開著了朵黑色的牡丹呀／哦哦，二十世紀的名花／近代文明的嚴母呀」，奇崛想像與熱情語調裏，謳歌近代工業文明的情感宛然可見；可在施蟄存的《桃色的雲》中，它已失卻生機，蛻化為都市虛假繁榮的點綴，暗示著中國都市工業先天不足、後天失調、乍現即衰的病態美，「在夕暮的殘霞裏／從煙囪林中升上來的／大朵的桃色的雲／美麗哪，煤煙做的／透明的，桃色的雲／／但桃色的雲是不長久的／一會兒，落日就疲怠地／沉下大西路去了／／鵲噪鴉啼的女織工／從逼窄的鐵門中湧出來時／美麗的桃色的雲／就變做在夏季的山谷中／醞釀狂氣的暴雨的／沉重而可怕的烏雲了」，桃色的雲借助殘霞映照，類乎肺結核病人臉上的潮紅，類乎垂死者迴光返照的容顏。這綻開在郭詩中的二十世紀的名花在施詩中的凋落，雖寄寓著都市人性異化的批判旨歸，卻更多濃鬱的感傷與憂鬱。施詩中即便偶有《彩燕》振翅飛過長衢，「剪掠寒流，溜出了城闉」、尋找春天的企望；但它的情思底色仍是風、雪，是「蜘躕不定」的矛盾折磨。

　　對詩中的感傷情調，詩人也供認不諱，表白在精神上想竭力避免戴望舒似的感傷色彩，「但這也是不容易的」，自己寫成的幾十首詩「終於都還免不了這種感傷」。〔註1〕這種內向性感傷，不論是現實中具體的悲哀，還是形上的人生困惑，都限制了詩對外世界的擴展攝取，使施蟄存的詩時代的「人間

〔註 1〕施蟄存：《我的創作生活之歷程》，《創作的經驗》，第 126 頁，上海天馬書店，
　　　　1933 年。

「煙火」味兒淡薄，情思過於精細狹窄，缺少大的氣魄。

　　事物的發展總是辯證的，有「深刻的片面」，也有「片面的深刻」，有時一個優卓領域的喪失倒意味著另一個優卓領域無意間的獲得。施詩心理上的律動確有狹窄之弊，但弗洛依德心理學說的滲透，又使之融入了一些可貴的新質。詩人說他 1927 年到上海以後，首先接觸的就是奧地利的顯尼克勒的心理分析小說與「弗洛依德等心理學家的書」；並且學會了「他們那一套本領」。〔註 2〕心理分析小說以對人深層內心的分析來說明人的行為；弗洛依德認為活動是「無意識」（包括潛意識與前意識）的表現與象徵，理性只屬於邊緣地位，無意識才是精神的真正實際。對心理分析小說技巧與心理分析理論的接受，使施蟄存的詩同他的小說一樣，往往突破意識與理性的一般心理層面，潛入到人的潛意識的感覺層面，描寫自己遠離火熱生活徘徊歧路時的夢魘、幻覺與意識流；感覺本身的隱秘飄忽，則賦予了施詩意向以模糊與不確定性，體現出一種不易把握的「心理分析」深度。或者說新感覺派小說家的身份決定施詩具有濃重的「心理分析」色彩。如《嫌厭》這樣寫到，「迴旋著，迴旋著／永久環行的輪子／一隻眼看著下注的／紅的綠的和白的籌碼／一隻眼，無需說，是看著／那不敢希望它停止的輪子／但還有──還有一隻眼／使我看見了／那個瘦削的媚臉／湧現在輪子的圓渦裏……迴旋著／我是在無盡的歸程裏／指南針雖向著家園／但我希望它是錯了／我祈求天，永遠地讓我迷路／對於這神異的瘦削的臉／我負了殺人犯的隱慝／雖然渴念著，企慕著／而我沒有吩咐停車的勇氣」。它類乎薩特的「厭惡」、海德格爾的「厭煩」的題目，就已宣顯出詩是對現代人生存狀態與命運的深層揭示。因為命運本身即難以把握，是看不見的不可知的謎團，展示命運本身就無疑進入了一個神秘的天地，象徵意象車輪、骰子，共同暗示著人的迷茫焦慮的體驗。人生正如充滿不盡歸程的車，不知將被命運的輪子載向哪裏；人生又像賭博，充滿誘惑又充滿殘酷，而人生路前時時閃動的「瘦削的媚臉」又是什麼？那是多情又無情、嫵媚又兇惡、可愛又可恨的宿命。人在旅途孤獨又無聊，嫌厭漫長的路，又怕車輪不再迴旋走向死亡；嫌厭就像影子一樣何時何地都伴你左右，驅趕不盡，它令你噁心而又無奈。這是怎樣的人生的永恆悲劇，這又是怎樣深入骨髓的心理分析啊！再如感歎是虛幻無形的，可《你的噓息》卻化作了

〔註 2〕施蟄存：《中國現代主義的曙光：答臺灣作家鄭明娳、林耀德問》，《聯合文學》
　　　　1990 年第 6 卷第 9 期。

「一縷煙」，「被忘卻的故鄉的山腳下／有我的鉛皮小屋／那頹圮的屋頂上／久已消失了／青色的炊煙」、「捲菸的煙／茶的煙、摩托車的煙」；而「你的噓息是如此之恬靜／願他們在這偶而的機會中／暫時地給我作安居之符號／讓我欺騙別人，又欺騙自己」。那從都市而鄉村、由噓息而炊煙而茶而摩托車煙的、超絕時空的無序的「意識流」淌動，那種以「夢」當真的心理企圖，已有一種「白日夢」傾向，詩被它敦促著也從情緒拓入到了純粹的感覺幻覺世界。而《橋洞》更是對未知命運與人生的形而上探索，抵達了神秘邊緣。一種只有詩人才具備的直覺頓悟，使剎那的人生感覺，超離了表面與直接意義，為詩帶來了人生哲思的心理分析深度。

施蟄存對都市風景的歌唱，因為交合著心理分析，所以在留下讚頌與詛咒結構成的都市心曲同時；又以一般詩人難以企及的感覺、夢幻、潛意識領域的拓進，而將現代人的心理揭示得精細而有情味，難得地新鮮與深邃，卓而不群，獨標一格。它在人生哲理、自然景觀與人的心理表現方面，如魚得水，應付裕如，狹窄卻幽深；當然在宏闊寬廣的時代風雲面前，又常有力不從心、捉襟見肘的尷尬與無奈。這也許就是「片面的深刻」與「深刻的片面」的辯證統一吧。

二、「意象派」的詩學法式

初讀施蟄存的詩也許會產生一種錯覺，落入經驗的圈套，以為施詩充盈著古典氣。因為是唐詩宋詞啟動了詩人最初的創作欲望；因為詩人的不少作品內含古典質素，如《祝英臺》的輕呢口吻似質樸的樂府民歌；《秋夜之簷溜》中臨窗獨立者歎天涯海角，感秋風落葉的憂傷，酷肖仿古意；《新燕》的情景構成又如南宋婉約詞重現。但是只要搞清詩人當時「對於詩的興趣是很複雜的」，在中國詩裏「喜歡李賀、李商隱，也喜歡黃山谷、陳三立」，在外國詩中「喜歡哈代、夏芝、也喜歡惠特曼、桑德堡」；〔註3〕只要瞭解詩人是「看了英美近代詩選集和評論集」，才使「荒落了好久的詩的興趣重新昇華起來」〔註4〕的創作背景；只要能透過詩人設置的古典氣的表層紗幕，就會發現「中西合璧」的施詩有更濃烈的現代風，他的那些意象抒情詩更多受了英美詩的影響。

〔註3〕施蟄存：《最後一個老朋友——馮雪峰》，《新文學史料》1983年第2期。
〔註4〕施蟄存：《我的創作生活之歷程》，《創作的經驗》，第51頁，上海天馬書店，1933年。

而在外國詩中，詩人對本世紀初崛起的意象派情有獨鍾。他不但在《現代》上從龐德到羅威爾到弗萊契重頭紹介；並且以意象派詩觀闡釋現代詩派的詩歌。斷言《現代》的詩「決不僅僅是一幅文字的圖畫」，「必須要從景物的描寫中表現出作者對於其所描寫的景物的情緒，或說感應」，〔註5〕「《現代》詩人的運用形象思維，往往採取一種若斷若續的手法，或說跳躍的手法」，「有些比喻用得很新奇或隱晦。這些都使讀者感到難於理解」。〔註6〕尤其是他本人即是《現代》中意象派詩歌的開拓者，他的「意象抒情詩」就是用意象派的詩學策略構築的精神結晶。

首先施蟄存的詩注意創造意象實體。通過意象進行感覺和思考。與龐德提倡的二十世紀的詩「完全無情感的濫用」、「藝術家尋覓出鮮明的細節，在作品中呈現出來，但不作任何說明」的精神暗合；施蟄存反對直接說明詩意，反對明白曉暢觀念，以為詩要雕琢，藝術表現上要曲折，重視「曲寫和暗示」。為防止濫情與直接議論，他的詩除了《祝英臺》那樣面對古代傳說，直抒對祝英臺悲劇命運感慨的零星存在外，基本上體現了意象派詩歌的抒情形態：直接對題材進行處理，以短暫或瞬間的感覺和印象創造意象實體抒情，不作毫無必要的評說。如《沙利文》即是以意象呈現感覺之美的作品。「我說，沙利文是很熱的／連它底刨冰的雪花上的／那個少女的大黑眼／在我不知道的時候以前／都使我的 Fancy Suudaes 融化了／我說，沙利文是很熱的」，它未直說沙利文少女的熱情，但僅以沙利文的「刨冰的雪花上的／那個少女的大黑眼」的瞬間美麗意象捕捉，便元氣淋漓地傳達出了她的情熱，鮮明而有力度。《冷泉亭口占》本欲表現對時光流逝的瞬間茫然與感喟，但它也未將心內思考直接和盤托出，而是借急流奔湧的「寒泉」意象寄託的。

施詩的意象組合方式也是形態各異。如《銀魚》呈現情緒時運用了意象迭加法。「橫陳在菜市裏的銀魚，／土耳其風的女浴場。／／銀魚，堆成了柔白的床巾，／魅人的小眼睛從四面八方投過來。／／銀魚，初戀的少女，／連心都要袒露出來了」。它將土耳其風的女浴場、柔白的床巾、初戀的少女，這詩人在菜市場裏見到銀魚時腦海中閃回的三個互不關聯的意象，靠情緒的聚合放在一起，不加議論而詩趣盎然。它與其說是寫「銀魚」，不如說是寫三個意象令人回味的相似點：浴場中有著潔白柔嫩肌膚與柔和曲線形體的浴女

〔註5〕《社中座談》，《現代》第 3 卷第 5 期。
〔註6〕施蟄存：《〈現代〉雜憶》，《新文學史料》1981 年第 1 期。

類乎銀魚；柔白的臥具床巾的堆放，與橫陳的銀色相似；初戀的少女單純坦白，喜怒哀樂都寫在臉上，不僅像銀魚般潔白，而且連肺腑心肝也像銀魚般要裸露出來了。三個分別與銀魚建立聯繫的幻覺意象，乃詩人自設的三個路標，借助它們的昭引才可把握住詩作情思的邏輯脈向，原來它是靠三個意象從形體到容貌到心靈，暗示女性美的魅力。而《烏賊魚之戀》則運用了意象推衍法，在烏賊魚與海藻、珊瑚、海水、彩雲、波紋等意象組合推衍成的敘述性結構中，隱喻無可愛戀的人生悲哀。它不像胡適的《老鴉》、朱湘的《貓誥》那樣，借外在事物託物言志；而完全以縱向流動的意象自身呈現情思。是具體狀繪了烏賊魚的生物學特徵與生活習性，是真正的烏賊魚之戀；但它擬人化的直覺描述，又能讓人領悟到字面外的隱藏很深的人生悲哀。與《銀魚》的意象迭加，《烏賊魚之戀》的意象推衍不同，《秋夜之簷溜》用輻射狀意象結構表現灰色人生情思。它以簷溜為中心，向周圍派生出清溪的視覺意象、銀笛落葉奏成的催妝曲的聽覺意象，以及詩人恍如船中乘客希圖以愛情保全生命的幻覺意象等，恰切表現了靈魂的多元色調與音響。

　　這種通過意象感覺思考、進行抒情的方式，既以意象的新鮮與質感，使感覺情緒獲得了感性對應物的直接呈現與依託，達成了心靈與外物的同構；又避免了使用連接詞、抽象詞的直接抒情的淺薄繁瑣與直白，客觀內斂，直接又簡淨，具體又朦朧。

　　意象抒情帶來的暗示朦朧效應，是施蟄存詩歌的又一特點。英美意象派詩歌本不允許鑿實的解釋，對之應感受即止，不問意思。受這一特質影響，施蟄存也認為如散文可以「不求甚解」一樣，讀之也應「彷彿得之」即可，不要刨根問底，只要產生一種與詩人相近的感覺就算讀懂了一首詩，「讀者如果一定要一讀即意盡的詩，或是可以像舊詩那樣按照調子高唱的詩，那就非所以語於新詩了」，〔註7〕現代詩原本應該寫得「新奇或隱晦」一些。在這種貴族性的超前的詩觀支配下，施詩表現出一種閃爍跳躍、涵義朦朧乃至晦澀的美學形態，某些詩成了「測不准」的「無題詩」，讀者能夠感受到其中包含著一種象徵思想、一種情緒感受，但它們到底是怎樣的卻無法完全說清，做出切實的定位。

　　如《橋洞》最典型地體現了這一特點。「小小的烏篷船／穿過了秋晨的薄霧／要駛進古風的橋洞了／／橋洞是神秘的東西哪／經過了它，誰知道呢／

〔註7〕《社中座談》，《現代》第3卷第5期。

我們將看見些什麼//風波險惡的大江嗎/淳樸蕭穆的小鎮市嗎/還是美麗而荒蕪的平原//我們看見殷紅的烏桕子了/我們看見白雪的蘆花了/我們看見綠玉的翠鳥了/感謝天，我們底旅程/是在同樣平靜的水道中//但是，當我們還在微笑的時候/穿過了秋晨的薄霧/幻異地在龐大起來的/一個新的神秘的橋洞顯現了/於是，我們又給憂鬱病侵入了」。詩好像是船過橋洞印象與感受的凝聚，實則充滿了暗示效應。它是以江南常見的橋洞作情緒承載體，船過橋洞的擬喻，暗示了人生就是一段神秘的旅程，在不盡的行程中充滿一個個「橋洞」——神秘的命運環節。人過了一個橋洞就征服了一種神秘，各色美景就會給你帶來平靜的水道、賞心悅目的微笑；但不論過了多少橋洞，前面總有一個「新的神秘的橋洞」等待著你，將你推入未知的憂鬱中。人生不正是這樣嗎？微笑與神秘、歡愉與憂鬱、期待與失望總是比鄰而居，相伴而生。未進橋洞前人會猜測命運的形態如何，是「風波險惡的大江」似的人生困厄？還是「淳樸蕭穆的小鎮市」似的人生安寧？抑或是「美麗而荒蕪的平原」似的人生嶄新天地？前途莫測；出了橋洞前方仍有新的橋洞等待著，那將更是未知神秘的存在。在詩中，橋洞是真實的自然存在，但卻包含著詩化人生感悟的象徵意味，它究竟象徵著什麼？是希望等待的神秘，還是人生的命運？是指田園詩的憧憬，還是冷冰冰的現實世界？可以仁者見仁，智者見智。只要你能感到詩人是在以之象徵著一種神秘與憂鬱交錯的人生感悟，就算讀懂了它。《橋洞》就是這樣神秘，神秘得一如施蟄存的詩本身。再如《桃色的雲》美麗透明，但它「是不長久的」，並且它最終「變做在夏季的山谷中/釀造狂氣的暴雨的/沉重而可怕的烏雲」，恐怕也是暗示性情思建構，而決非煙囪上冒出的黑煙的簡單比擬。「桃色的雲」的一閃即逝，是否在暗示中國工業文明未及發育便衰落的命運？它轉化成「烏雲」是否隱喻著政治形勢的變化？「狂氣的暴雨」是否暗指一種帶有衝擊性的革命力量？讀者可以沿著這樣的聯想方向思考，但卻不能完全肯定地將之限制在一個平面上。這種使詩在寫實與象徵間飛動的暗示法，強化了詩歌內涵朦朧。只是有些詩的符號與所指間過於陌生遙遠，暗示度太高，讓人不知所云。如《衛生》意象的快速閃跳、前言不搭後語的思維結構，就令人無法索解，望而生畏，詩寫到這個份上就無異於一種迷誤了。

　　至於在體式與語言上的追求，施蟄存則認為現代詩應是自由的創造，「以自由體詩為主流」，所以他的詩除了偶有《雨》似的格律美外，基本上都不求

詩行、詩節、韻腳的整齊優美，注重以賦的散文美形式創造意象與意境，以日常口語創造「詩散文」；有時為了表達情感需要，還在詩中運用文言詞與外文字。需要指出的是詩人這種追求是在保證節奏流暢，意境蘊藉的前提下進行的。如《烏賊魚之戀》就以賦的形式鋪排了烏賊魚之戀的各種方式，詩語平白，有如說話；但它比喻的奇巧又使詩不僅不寡淡無味，反倒詩意十足。再如《祝英臺》的第二段，「牆之東／牆之西／何處是永久的侶伴呢／早知終於要離散的／飄蕩的戀女之心／也該悔艾了吧……徒然地炫耀著／幸福的新生」，全詩無韻，句子也不整齊，文言虛詞「之」不時閃現，簡直就是分行的散文；但它內在情緒節奏的出色把握，仍把愛情悲劇的感慨抒發得起伏有致。

　　施蟄存的「意象抒情詩」在《現代》刊出後，因其藝術上的新鮮優卓，不少詩作者競相仿傚，使《現代》收到「許多——真是可驚的許多……意象派的詩」，〔註8〕漸漸釀成了一個形式與風格相近的流派；而這些詩多少都受了施蟄存的「一些影響」。

〔註8〕《編輯座談》·《現代》第 1 卷第 6 期。

第十五章　感傷又明朗的繆斯魂：
　　　　路易士的詩歌殊相

　　路易士者，紀弦也。30 年代，一首《脫襪吟》使他的名字不脛而走，雖然流浪的腳與襪子俱臭，卻也率真拙樸得有些可愛。作為現代派的藝術同道，他不像金克木、施蟄存那樣，斷定現代詩「必然是所謂難懂的詩」，讀之「類似參禪的人的悟道」；對之只能「不求甚解」，「彷彿得之」。相反，他認為「如果不『難懂』，就不『現代』，那真是一個天下的笑話」；〔註 1〕所以路易士雖是百分之百的現代主義者，但詩歌「現代」得並不十分純粹。不但藝術上呈現著從浪漫到象徵的嬗變軌跡，內涵也經由了由現實向現代的轉換過程，容易把握，「一點也不難懂」。〔註 2〕這倒鑄成了現代詩派藝術方陣中一處孤絕的個人化風景。

　　在論題展開之前有一點必須交待，雖說路易士的稱號少有人知，紀弦的名字顯赫宇內；但慮及本文是以詩人現代派時期的創作為研究對象，而「紀弦」是詩人因羞於抗戰間參與漢奸活動的聲名狼藉，於抗戰後才改用的筆名，故用副標題「評路易士 20 世紀 30 年代的詩」。

一、永不退役的詩壇「戰士」

　　原名路逾的路易士，是一個矛盾複雜的存在。他祖籍陝西秦縣，1913 年生在河北清苑，長於故都北平，學在武昌美專，後又長期寄居揚州，父親希

〔註 1〕紀弦：《紀弦精品・自序》，人民文學出版社，1995 年。
〔註 2〕紀弦：《紀弦精品・自序》，人民文學出版社，1995 年。

望他學航空，他卻偏偏搞起美術，戀上了詩歌。

詩人「寫詩和初戀是同時開始的」，十六歲就早早邁入了詩國之門；是十足的豐產怪才，光詩集就出版了近二十部。尤其他詩齡最長，自 1929 年出道至今，已遠遠超過了一個甲子。六十餘年的滄桑變幻，他癡心不改，詩興常在，始終鍾情於繆斯，已將生命和繆斯同化，這在新詩史上可謂寥若晨星。僅僅是詩人這種專一、執著、勤奮的精神，就堪稱詩人表率，就應該銘記詩史。

路易士的創作歷程可以分為三個時期，即「大陸時期」（1929 年至 1948年去臺）、「臺灣時期」（1948 年至 1977 年從臺北成功中學退休後移美）、「美西時期」（1977 年至今）。它各個時期的詩歌儀態紛呈；但躍動其中的濃烈激情卻是貫通一致的。

大陸時期。詩人複雜曲折經歷的投影，使詩思斑駁陸離。處女詩集《易士詩集》雖內含一些感傷小曲，但禮讚戀愛自然、抒寫現實社會的情思主旋律，倒與左翼詩的鳴唱十分接近，從內容到藝術表現手法都沒有一點現代派的氣息。1934 年至抗戰爆發前的兩部詩集《行過之生命》《火災的城》，則因受戴望舒、李金髮影響詩風有所變化，煩憂寂寞上升為情思主宰，從詩情到詩藝都日趨現代了。抗戰後又出版過《愛雲的奇人》《煩哀的日子》《不朽的肖像》《出發》《夏天》《三十前集》六部詩集。整體看它們的情思消沉虛無，早期追求自由、改造社會的心音已相當微弱；尤其是參加漢奸文學活動之故，詩與進步文學形成了對立。如《述懷篇》尚屬面對左翼作家指責自命清高的辯解；而《文化的雨季》已是顯明的政治聒噪，在他這個「被迫害者」眼裏，「克里姆林舉著獵槍／延安舉著獵槍／不要臉的投機分子舉著獵槍／善妒的低能兒舉著獵槍」，它足以表現詩人踏入了反動的黑色歧途。對大陸時期的詩，詩人於五十年代曾編了《摘星的少年》《飲者詩抄》兩本詩集作為「小結」。

值得肯定的是詩人在這一時期裏比較活躍，幾乎參與了該時期所有的現代詩歌活動。先是獨立創辦《火山》，加入星火社，躋身於名詩人之列；後又與韓北屏、常白等人在蘇州創辦《菜花詩刊》（後改為《詩志》），籌辦《新詩》雜誌，同吳奔星等辦的《小雅》遙相呼應，以鼎立三足之勢致力於新詩現代化建設。1944 年以領袖身份在上海組建詩領土詩，創辦《詩領土》；1948 年再組建異端社，出版《異端》。另外 40 年代他還撰寫了《詩與科學》《新詩之諸問題》《紀弦詩論》等文章，繼續倡導現代派詩歌創作。這種維繫了近二十

年的「現代詩」情結，正是他赴臺後仍不忘圓現代派之夢的內在精神火種；
這些詩歌活動的參與，對推動中國新詩發展做出了不可磨滅的貢獻。

　　臺灣時期。此乃詩人藝術生命中最輝煌的時期。他寫詩、辦刊、組派，
成了詩壇公認的「祭酒」。進入臺灣後，詩人一度曾任職於成功中學，心情煩
悶，大寫反共詩；但不久即醒悟到被愚弄的尷尬，轉而獨來獨往，修煉藝術
功力。1953 年他創辦《現代詩》季刊，勇發新詩再革命先聲，之後在藍星詩
社和創世紀詩社的響應下，終使 30 年代現代詩派的旁枝發了新芽，開了新
花，展開了一場轟轟烈烈的現代主義詩歌運動；他本人更以出色的理論倡導
與創作實績，化作臺島現代派詩中一面獵獵作響的感召旗幟。這時期詩人出
版了以《檳榔樹》為總題的甲、乙、丙、丁、戊集和《飛揚的時代》《無人島》，
還出版了《紀弦自選集》《新詩論集》《紀弦論現代詩》等。這時期的詩激越詼
諧，多憤世嫉俗的憂思。抒寫嘲弄人類的醜陋與荒謬，渲染自己與之的勢不
兩立；同時詩人嬉笑怒罵，頻頻調侃，在人生視境中留下許多感人至深的佳
構；此時之詩也有鄉情的湧動。詩人這時期的創作有交響樂式的氣魄，主題
日益純粹，詩風也走向朦朧了。

　　美西時期。詩人的創作漸呈衰頹之勢，存留下《晚景》《半島之歌》兩部
詩集，從數量到影響都難再與前兩個時期抗衡，但卻別具意義。此時詩人似
乎愈加悟清了與命運的和平共處之道，自嘲與嘲人特質也愈加淡漠，而代之
以寬容、詼諧而不失敦厚的態度。或者說人生抒寫的內蘊依存，只是社會現
實觀照的比重減輕，從喧囂走向平和的個人情感因素強化了，那種昨日人生
的回味賦予了詩飄逸超然的神采。如《一小杯的快樂》就認同了儒家「順乎
天命」的觀念，「不再在詩中作憤世族俗的『悲壯』表演，也不再自我嘲弄地
裝出一付故作灑脫的『詼諧』面孔」，〔註3〕而是平靜地「知命」，順乎自然地
與命運共處，昭示著一種人生態度的超越。詩人這時期的詩，詩情飽滿又深
沉，風格明朗而含蓄，平和、寧靜地演繹出了一片返樸歸真的成熟化境。

　　俗話說人活七十古來稀，而路易士的詩齡就已將近七十載，這是詩人的
造化與自豪。詩人不安於規範不甘於寂寞的品性，又使他在近七十載裏時時
處於詩壇風暴的中心，出盡了風頭，也吃盡了苦頭，但不論是風頭還是苦頭，
都未阻擋住他詩路跋涉的步履，他一直在不懈地前行著、耕耘著。至此，我
們才感到臺灣詩評家舒蘭那句「在詩的國度裏，他是一個永不退役的戰士」，

〔註3〕劉登翰：《〈晚景〉論紀弦》，《詩探索》1995 年第 1 期。

說的真是太恰切，太精粹了。

二、「銀灰色」的心靈雕像

詩人在《紀弦精品・自序》中由衷地說「我雖求新、求美、求變不遺餘力；但我決不游離現實，蔑視人生：我不是一個虛無主義者或一個頹廢派」。的確，本質上更近浪漫主義的詩人，路易士的詩無不根生於他的生活，無不是他個性的真實寫照。詩人自稱寫詩的前幾年心靈經歷了一個「銀灰色」時期，他現代派時期的三本詩集《易士詩集》《行過之生命》《火災的城》，就是他「銀灰色」心靈的雕像，其中混凝著憂鬱，混凝著感傷，混凝著希望與追索的心理意向。

路易士的詩歌文本與前衛理論之間存在著明顯的距離與悖裂。他一生都在為「純詩」呼籲奮鬥，企圖創作一種超越時空的限制的具有恆久性廣域性的純文學；但是他在純詩理論統攝下的實際操作，卻時時偏倚傳統，爆發出並不純粹的內涵。休說那些政治表態的雜音有傳統的「載道」意味，不夠「現代」；就是最能代表詩人個性的大量外張、內潛詩，也都深深蟄伏著詩人「達則兼濟天下，窮則獨善其身」的傳統人格。或者說，互為表裏、難以分割的入世憂思與出世神遊，正是傳統儒道精神的現代變格。但是無論是入世還是出世情思，都是現實人生的產兒，都構不成嚴格意義的超越時空的純詩。

入世情結。《易士詩集》的現實氣相對濃些。雖然它「內容多半是些情詩。而都帶有相當濃厚的感傷色彩」，﹝註4﹞有「為了美而生存／復為美而死」（《踏海》）的愛情至上、唯美主義之嫌；但「九・一八」事變後的現實震動，則使它充滿對人類生命的關懷與改造社會的願望。如「哪天才能唱我們的歌？——有個魔鬼堵住我們的嘴」，「哪天才能跳我們的舞？——有根鏈子鎖住我的腿」（《喂！夥計》），詰問中已包含對黑暗現實的不滿與掙脫羈絆的渴望；而「挨冷的，受餓的／我們得想個法子啊」（《當我感到冷時》），對下層群黎疾苦的關懷，則蘊藏著反抗的鼓動。詩人這種對生命的憐愛，對現實人生的批判，正是傳統儒教入世、向上精神的詩意閃爍。

但是不久詩人的歌唱就變了調兒。自傲清高的個性、改造社會願望的受阻、個人奮鬥的屢屢碰壁、身患大病的肉體折磨、30 年代揚州人「懶惰、浪

﹝註4﹞《紀弦回憶錄》，轉引自白少帆主編《現代臺灣文學史》。第 312 頁，遼寧大學出版社，1987 年。

漫、頹廢」〔註5〕性格的薰陶，尤其是戴望舒、李金髮感傷詩風的浸淫，這眾多因素的合力作用，使《行過之生命》《火災的城》的精神網絡中充滿的再不是憧憬、理想乃至良知，而是純粹以「自我」為出發點，或歌詠「二十世紀的煩憂，或抒寫生命的寂寞」。詩人「無所希望於明日，但是厭惡昨日與今日」，〔註6〕「對人類，甚至對宇宙有一種幻滅感」，〔註7〕詩中抒寫的「是一種近於或者趨於悲觀的厭世主義或者出世思想」〔註8〕，觸目皆是生死煩憂、孤獨虛無的情思苦味兒。如「我是知道這太短的蠟／有一朝要永遠熄滅／或在半途上為颶風捲去」（《生命的白蠟》），人生如蠟的比附感歎，怎不令人頓生生命短促的寂寞哀淒？被人稱頌一時的《傍晚的家》這樣寫道「傍晚的家有了烏雲的顏色。／風來小小的院子裏。／數完了天上的歸鴉。／孩子們的眼睛遂寂寞了。／／晚飯時妻的瑣碎的話──／幾年前的舊事已如煙了，／而在清菜場的淡味裏，／我覺出了一些生之淒涼」。儘管它包裹著一層巧妙含蓄的外殼，但仍掩不住靈魂的內在感傷。它由飯前到飯時、孩子到大人、妻到我、瑣碎話到現實，直指主題中心「生之淒涼」，暗喻出生命的淒涼悲哀無時不在，無所不在。《競技者》的「生活如一條索／繫在兩懸崖之間」，狹窄險峻，步步充滿煩憂令人顫抖。《烏鴉》則是經歷坎坷的詩人的孤獨吟唱。「烏鴉」在傳統習慣中被認為是惡鳥，詩人以之為題本身即透露出了心靈的陰暗，具體描寫的情感更沉悶滯重。惡鳥的到來，使詩人「黑色的歌」中灑下滿地落葉似的悲哀，片片落葉上都馱著窒息的夢；烏鴉的離去又使詩人疲憊煩重的心要乘鴉背以遠揚，永遠與深黑的鴉背為伍，永遠見不到光明。觀照對象的選擇與具體描寫本身足以表明，詩人心靈的陰暗和失落感的沉重已抵達難以挽回的境地。《蝶》在自然物象背後更聳起了一種消極虛空的生命哲學。「有紅花綠花的蝶／有一道耀眼的金邊／有濃形如月牙／烙在大蝶的臉上／／有黛花紫花的蝶／金邊黯淡了／沉默著，摟著年輕的女兒／她的更濃的月牙烙上臺布／／空蝶的光彩與沉默／非為裝瓜子花生的日常生活／有什麼愉快或是悲哀／／花生衣的命運是飄零的／一口氣／不知飛往哪兒去了」。蝶不論當初怎樣鮮豔輕盈，光彩照人，但隨著時間的流駛必然會走向黯淡沉默，任衰老與

〔註5〕易君左：《閒話揚州》，上海中華書局，1939 年。
〔註6〕杜衡：《行過之生命·序》，未名書屋，1935 年。
〔註7〕施蟄存：《行過之生命·跋》，未名書屋，1935 年。
〔註8〕宮草：《讀〈行過之生命〉》，《新詩》第 4 期，1937 年。

沉滯捉弄，這是宿命的必然、命運的邏輯，平淡而又徹骨地真實；所以面對花生衣般飄泊的命運，該冷靜依然·不愉快也不悲哀，順從是最明智的選擇。《火災的城》也象徵詩人心情的惡劣與煩亂。

出世意向。置身於極度的感傷虛無中，若想使精神不走向崩潰就必須尋找平衡與解脫；於是出世化情結便在詩人入世而不見容於世後大面積展現在讀者而前，它具有多樣化的途徑與表現形態，它有對愛情的沉迷。如《你的名字》即是愛戀之情的優美滑動，刻骨銘心之愛被表達得令人歎為觀止，不能再純。再如《戀人之目》：

> 戀人之目：
>
> 黑而且美。
>
> 十一月，
>
> 獅子座的流星雨。

它寫了妻子的美目盼兮。戀人之目黑白分明，它本身就很美；它轉動時的眼神愈發如流星雨一般迷人。《等待》也十分誠摯親切，「冬天是已經來哪／那鋪在你心上的懷歸草／還依舊是青青的麼／但我卻天天等待著／壁爐也天天等待著──你，這屋裏的女主人啊」，它有獨居的淒寂，更有盼妻歸來的焦灼渴望與甜蜜折磨。與愛情的沉迷並行的還有對抗生之苦惱的死亡吟唱。如「死是極樂世界／是沒有煩憂的」（《死之謳贊》），在詩人心目中死亡是痛苦的解脫，它比起生來更是一個理想的歸宿。

但愛的沉迷與死亡禮讚並不是詩人最具特色的出世化表演。在這方面詩人是以外星球世界與夢幻世界的遙想式建構，作精神逃避與遨遊的樂園，對抗現實的殘酷與醜惡。對這一特點徐遲早就有所感覺，所以說詩人「匆匆地來往／在火車上寫宇宙的詩」（《贈詩人路易士》），真不愧為知音之談。路易士許多詩的想像觸角，伸向了人類居住的地球以外的星球，灌注著強烈的宇宙意識。如「一現的慧星消逝了／我在天道上奔馳著／大宇宙裏有的是行星／光芒都太暗淡了／北斗七星最亮的一顆／也不過才比得上螢火……我要騎上慧星底脊樑／讓無限的太空任我馳騁」（《慧星》）。詩人突發奇想，要騎上慧星馳騁太空，傳遞出欲掙脫現實羈絆追求自由的心理信息。《時常我想》的出世傾向更為明朗。「時常，我想，在我的窗外／應該有一條地平線·一個天，和一個海／明兒，我將飄流到一個不知名的珊瑚島／去聽無限的風濤聲……月夜的窗外，有人魚之悲吟」。詩人心靈所趨的「珊瑚島」乃是一個烏托邦王

國，那裡風濤陣陣，歌聲朗朗，旭日普照，一切都天然又自由，與充滿「悲吟」的現實世界形成了尖銳對立。《煩哀的日子》是尋夢的精神奇葩。「今天是煩哀的日子／你徒然做了天國的主人／你說夢有聖潔的顏色／如愛人天藍的眸子／於是你便去流浪／學一隻心愛的季候鳥／涉過了無窮的山河／越過了無窮盡的山嶺／你終於找到了一片平原／在一片不可知的天藍之國土／那裡是自由的自由／你可以高歌一曲以忘憂／而你將不再做夢──『如今的天國是我之所有』」。因現實充滿煩哀，所以詩人才有了幻想逃離之夢，才有了夢幻之國，這美麗而聖潔的所在，那天藍的國土，乃是充滿誘惑力的世外桃源，在那詩人可以成為整個國土的主人。《航海去》也彌漫著類似的精神情調。這種融入了現代科技中宇宙意識、夢幻意識的出世鳴唱，不但在同時期的現代詩中難以尋覓，就是同古代知識分子寄情山林、詩酒的出世詩也有本質的區別。

　　從路易士生命中流出來的入世情結與出世意向，進與退感受的交錯，恢復了詩人「銀灰色」的心靈原貌。它既是「個人的」存在，又具「社會的」性質；既是對自己人生的體悟，又是對社會的況味；既是對現代人內心世界的深入拓進，又是對社會風雨的間接輻射。它恰好是 30 年代知識分子心態一體兩面的反映，從中也不難看出詩人不甘流俗的倔強，與貼近現實人生的可貴品質。

三、「一點也不難懂」

　　以為詩歌「現代」者必「難懂」的迷信必須擊破。現代感強與奇僻生澀是兩回事兒，樸實平凡的文字、意象同樣能夠抵達現代性藝術福地。路詩的現代派特色主要寄居在內向性的感傷憂鬱質裏，而不體現在藝術技巧層面。即路詩少紛繁的意象組接與奇特的觀念聯絡，雖然也有《時間之歌》等晦澀詩的零星點綴；但從整體上看，詩人的性格特點與注重切入現實的傳統儒教精神制約，又使它對現代詩派的朦朧詩風產生了背離。路易士自詡為「天才中之天才」，孤高自傲，心懷坦蕩，不習慣也不願意隱藏自己的思想感情，而總是急欲表達自己；他「無一字不生根於現實」〔註9〕的詩歌來源，也注定了他無法模糊主題，故弄玄虛，而喜歡用傳感性較強的語言、結構抒情。這種更近於浪漫主義的心智與藝術結構機制，使路易士的詩「並不『晦』更不『神

〔註 9〕紀弦：《紀弦精品・自序》，人民文學出版社，1995 年。

秘』」，〔註10〕風格明朗，「一點也不難懂」。

這樣說並非意味著路詩平淡庸常，疏於技巧的講究。事實上路易士始終執著於詩歌立場的高雅純粹，視藝術女神為與己默契的紅顏知己，聖潔而不可欺，「若有庸俗的腳步／闖入我幽靜的書齋／她乃迅速地奔避了」(《幻象》)，渺不可追；而且詩人又是一位喜歡標新立異的藝術探險者，認為「技巧決定一切」，情緒的素材不經技巧的詩化難以成其為詩，詩的純粹化要在「『表現』上下工夫」，〔註11〕在實踐中非常注意藝術手法的含蓄、多變與豐富。正是因為路易士不刻意求「現代」，又在表現上下工夫；所以他的詩明朗而有魅力，不比卞之琳、廢名、曹葆華、金克木等人的難解，倒像何其芳、李廣田一樣易懂。當然，詩人走的又是異於何其芳、李廣田的道路。

路易士詩藝的首要特徵是求「形隨意移、意形相彰」的效果。詩人創作的題材多種多樣，手法千變萬化；但是「採取什麼樣的一種表現方法，要看所處理的題材如何而定」，〔註12〕以題材決定手法。即路詩儘管有象徵的，有寫實的，有抽象的，有超現實的，手法變化多端；但卻都不是純技巧操作，而常常形隨意移，隨意賦形，達到意味與形式的共融共生。如《烏鴉》中命運多舛的詩人感到的是現實的陰暗人生的沉重，所以它的意象選擇都帶有陰暗沉重的情緒色澤，烏鴉、黑夜、落葉、煩重的心等淒清冷靜意象的出現，恰切傳達了詩人憂傷悽楚的情懷，這種情調仿似古詩詞中「枯藤老樹昏鴉」悲愴情調的現代延伸。與視象呼應，詩少美麗的字眼與珠圓玉潤的詞藻，選擇的黑夜、悲哀、窒息、疲憊等，無一不呈示著寂寥冷漠的暗色調。這種形式上對意象、詞語色彩的選擇與沉重陰暗的內涵達到了高度契合。《你的名字》更是形意結合得天衣無縫的佳構。

　　　　用了世界上最輕最輕的聲音，
　　　　輕輕地喚你的名字每夜每夜。

　　　　寫你的名字，
　　　　畫你的名字，
　　　　而夢見的是你的發光的名字。
　　　　如日，如星，你的名字。

〔註10〕杜衡：《行過之生命・序》，未名書屋，1935 年。
〔註11〕路易士：《新詩之諸問題》，《語林》1944 年 12 月至 1945 年 2 月連載。
〔註12〕紀弦：《紀弦精品・自序》，人民文學出版社，1995 年。

如燈，如鑽石，你的名字。

如繽紛的火花，如閃電，你的名字。

如原始森林的燃燒，你的名字。

刻你的名字，

刻你的名字在樹上，

刻你的名字在不凋的生命樹上。

當這植物長成了參天的古木時，

啊啊，多好‧多好，

你的名字也大起來。

大起來了，你的名字。

亮起來了，你的名字。

於是，輕輕輕輕輕輕地喚你的名字。

　　為表現對戀人刻骨銘心、難捨難分、念念不忘的纏綿之情，它通過複沓迴環手段的起用，創造了一個惠特曼式鋪排的濃鬱的藝術氛圍，優美獨特的旋律，使詩迴腸蕩氣，一唱三歎，風情萬種，有如深情曼妙的謠曲。在一首十八行的小詩中連用十五個「你的名字」可謂破天荒，首尾兩段的重複呼應與大迴環、二節與三節之間的近距迴環、四節與二節之間的遠距迴環，使迴環成為壓倒之勢也可謂「前所未有」；但這種手法卻把纏綿的情思傳達得淋漓盡致，不著一個「愛」字，癡愛之情卻溢滿字裏行間，多情又別致，外在詩美與內情運動狀態的同構堪稱一絕。詩人這種形神一致的藝術追求是值得人們借鑒並加以仿傚的。

　　路詩藝術上的第二個追求是創造「散文的音樂」。詩人認為現代詩的一大特色是在工具上捨棄了韻文，使用散文，形式上捨棄格律體，使用自由體；並在實踐中貫徹了這種主張，於是我們看到路詩好用平淡、樸實、明朗的語言外殼包裹情思內核，不講究平仄韻律，散文化的流淌瀟灑隨意，曉暢活潑，儘量做到語隨其意，自然為美，儘管內蘊豐厚，但一讀就懂。如《脫襪吟》「何其臭的襪子，／何其臭的腳，／這是流浪人的襪子，／流浪人的腳。／／沒有家，／也沒有親人。／家呀！親人呀！／何其生疏的東西呀！」詩也許會令高雅之士皺眉。它毫不矯飾，平白如話的口語操作，既粗俗又不夠深沉，連「臭」都堂而皇之地擠進了繆斯殿堂，真「俗」得可以；但卻率直真實地寫出流浪者的孤伶和四海飄泊的淒苦。《寒夜》更加散文化，「今晚‧我聽

見了原野上／飄來的幻異的犬吠／和救火車急促的警鐘聲……『你需要一杯熱些的茶嗎』／我將回答說我不要／而你已忘了我心上的寒冷」。流淌的口語簡直就是分行的散文，一洗貴族氣的典雅整飾，俗白又親切；但它們是凡俗日常生活細節、普通的心靈孤苦最理想最恰適的承載體。

當然這種散化的明白並未與直露淺薄搭界；而是深沉含蓄，自由而又呈現著詩的韻律。不少詩因圓順流暢，內在情緒節奏的注意更像抒情動人的輕音樂，以淡然之表建奇妙之本，兼具散文化與音樂感，融匯了散文與詩。如《藍色之衣》就是一首內含音樂精神的散文化作品，「歸來呀，待你良久了／想看你藍色之衣／／你也許悲哀於我之蒼老／我將說那是江風吹的／我便告訴你幾個江上的故事／而你是默默地傾聽著／然後我們各自流淚了／而這眼淚又是多麼甜蜜的／／歸來了，待你良久了／想看你藍色之衣」。娓娓道來的風度，首尾兩段重複呼應，有一種口語的自然之美，如一首動人的輕音樂。在它毫不艱澀的語言舒緩淌動中，一種等待的深情、一種美麗的哀傷，被詩化藝術化了。再如《追求》則接近口語的「賦」，一連串綿延不絕的排比敘說，有令人應接不暇之感，自然而有力地傳達了詩人遭逢險惡環境的黯淡失望情緒。從上述例證的分析中可以看出：詩人的確實現了「文字工具之革新，散文主義之勝利」，這是詩人對詩壇的最大貢獻之一。

路詩藝術上的又一特徵是運用高度私人化的象徵與動靜、光色相宜的意象手法。路易士並不拒絕西方現代派藝術的援助，而是適度地吸收了其象徵、意象等全球化的現代藝術手段，只是詩人已對之進行了大膽的「改編」，這樣就使路詩中的象徵都是高度私人化的，意象也是動靜相宜、光色交錯。不說煙斗、拐杖、擯榔樹在他後期詩中幾乎成了專利，成了某種精神的象徵符號；就是現代派時期中煙斗、拐杖、魚、蒼蠅等意象象徵，也都屬於不可重複的戛然創造。如《二月之窗》《在地球上散步》就運用了煙斗、手杖的典型象徵。煙斗在路詩中大多象徵著詩人的靈感，是對理想、真理追求的標誌，可它在《二月之窗》中卻「無煙」，流露著詩人的憂傷與孤獨，手杖在路詩中一般象徵著嫉惡如仇的作風，是面對現實的；可它在此時的路詩中也發生了變異，「在地球上散步／獨自踽踽地／我揚起了我的黑手杖／並把它沉重地點在／堅而冷的地殼上／讓那邊棲息著的人們／可以聽見一點微響／因而感知了我的存在」（《在地球上散步》），詩人要用手杖點地發出聲響，才能讓人感知到自己的存在，那無疑昭示了個體生命的本質孤獨以及尋求溝通的渴望，那無

疑是孤獨的散步，心靈痛苦的散步。路詩中多次出現的「魚」也有原型意義，詩人不厭其煩地自白「我是魚」，「有對於海的懷鄉病」（《像贊》），「我是一尾自覺的魚」（《魚》），顯然「魚」已成為追求自由的心靈抽象。尤其是暗喻人類中渣滓與無恥之徒的「蒼蠅」意象，不僅在後來的《人類與蒼蠅》《蠅死》中多次出現，就是 30 年代也是詩人關注的對象。《蒼蠅》是「討厭的黑色的小魔鬼／一切醜惡中之醜惡」，可正當詩人怨恨創造它們的上帝時，它們「卻齊聲地唱起讚美詩來了」。詩的內涵題旨的拓展，使它與魯迅筆下的「狗」原型有了異曲同工之妙。路詩中的私人化象徵，不僅是詩人創造力的弘揚，更達到了化抽象意念為具體的效果，既新鮮又防止了浪漫詩的濫情。

　　至於《火》《霧》《烏鴉》《蜂》《影》《光》《小小的波濤》等大量半是象徵手法、半是意象抒情的作品，則都因與詩人的繪畫特長結合，而使其意象與意象間的聯繫「總是展現一幅畫面，讓你可以看得見，指示一種境界。讓你可以走進去」，〔註13〕「在意象上時呈飛躍之姿」（張默語），光色俱佳，動靜相宜。如《二月之窗》「二月來了／我撫摸無煙的煙斗／而且有所沉思／我沉思於我之裸著的／淡藍的下午的窗——彼之透明的構圖使我興憂／西去的遲遲的雲是憂人的／載著悲切而悠長的鷹呼／軟軟的，如青青海的帆／而每一個窈窕多姿的日子／傷情地，航過我的二月窗」。詩如一幅美妙的畫，初春二月，獨立窗前，淡藍的下午，白雲遲飄，如青春海的帆，詩人目睹此情此景，傷情、沉思不已，有雕像的凝定；而將空中景象比喻成海、把西去的雲比喻成青春海的帆，就有將詩的意境化靜為動、化美為媚的美妙，那是雲的流動，更是憂思的流動。再如「江南的水城多窈窕之姿／一街吳女如細腰蜂／營營然踏著暮色歸去／馥郁的影子飄過銀窗」（《江南》），乃是對小城傍晚景象的一瞥，多得畫意之美，寥寥四句，有遠觀有近視，有動作有聲音，有色彩有味道，動靜相生，濃淡適度，夠得上千古絕唱了。

　　另外詩人在思維上體現出來的宇宙意識也值得人們注意。

　　上述幾種藝術追求將路易士的詩帶入了這樣的境界：不乏東方含蓄的韻致，又多得現代明朗的風采，內蘊豐厚又易破譯，一點也不難懂。至於晦澀之風的旋起，那已是詩人移入臺灣去的後話了。

〔註13〕紀弦：《紀弦精品·自序》，人民文學出版社，1995 年。

第十六章　開放的現代主義：艾青的詩歌傾向

在《中國新詩六十年》一文中，艾青稱現代詩派「是以《現代》雜誌為中心發表新詩的一群」，其實他本人正是這「一群」中的一位。

艾青 1910 年出生於浙江省金華縣畈田村的一個地主家庭。因他出生時為逆生而被父母認為不吉利，送到鄰村一個叫「大葉荷」的農婦家寄養，由此使他淡漠了與家庭間的關係，感染上了農民式的憂鬱，培養了對農民的深厚感情；五歲時被領回家後，這個地主的兒子卻成了家裏的「外人」。十八歲時艾青考入西湖藝術學院繪畫系，後接受院長建議去法國留學專攻繪畫，因為家庭斷絕經濟資助，他一邊打工一邊學習，度過了「物質上貧困、精神上自由」的三年。留學間的困厄與顛波反倒充實磨煉了精神，他接觸了法國與俄國大詩人的詩，以及莫奈、雷諾阿、畢加索、凡高、高更等人的繪畫藝術，為他日後走上文壇奠定了良好的藝術基礎。

歸國後因與江豐等人一同組織進步藝術團體「春地畫會」，參加民主活動，於 1932 年被捕入獄。鐵窗中失去了作畫的條件，卻開始了寫詩的另一種人生，對此詩人後來不無詼諧地說「決定我從繪畫轉變到詩，使母雞下起鴨蛋的關鍵是監獄生活」。[註1] 1933 年詩人寫下的代表作《大堰河，我的保姆》，經親人從獄中帶出以艾青的筆名發表在《春光》雜誌上，因生活基礎、思想水平、藝術修養幾種因素合力造成的高起點，使之一發表便產生了廣泛影響。

〔註1〕艾青：《母雞為什麼下鴨蛋》，《人物》，1980 年第 3 期。

1935 年出獄後創作進入爆發期，1936 年出版了處女詩集《大堰河》。抗戰爆發後，艾青投入了火熱的生活，詩如泉湧，迎來了詩的豐收季節，至建國前的時間裏又相繼出版了《向太陽》《他死在第二次》《火把》等十一部詩集，加上《大堰河》，它們占解放前新詩集出版總數（約一千四百餘種）的近百分之一。抗戰勝利後，他先後任魯迅文學藝術學院文學系主任、華北聯合大學文學院院長。解放後詩興不減，1957 年反右鬥爭中他在劫難逃，被下放到生活的最底層新疆長達二十年之久。1978 年復出後再度煥發創作青春，像當年以《大堰河，我的保姆》等詩領導詩壇潮流一樣，又一次以《光的讚歌》《歸來的歌》等詩領導了詩壇潮流，成為眾所矚目的詩壇領袖，成了世界三大和平詩人之一。1996 年詩人在一場春雨中辭別人間。艾青不但在詩歌創作上卓有成就，在詩歌理論上也頗多建樹，《詩論》《艾青談詩》極有創見性與生活氣息，一直深受人們歡迎。

艾青不是那種以寫作數量取勝的詩人，支撐起他藝術生命的是響噹噹的詩歌貨色本身。艾青是中華民族忠誠的兒子，他立足於中國大地，用從歐羅巴帶回的「蘆笛」，吹奏出了 30 年代中華民族風雨與愁雲交錯的心曲；創造了一種東方美與西方美結合的藝術風格，因此同臧克家、田間一道，成為 30 年代詩壇的驕傲，成為繼郭沫若之後新詩藝術的集大成者。

這裡將要論及的只是艾青 1937 年以前的詩歌，包括詩人歸國時所作的幾首詩、二十五首獄中詩以及出獄後的三四十首詩。

一、憂鬱「時代的詩情」

寧可失敗於藝術也不失敗於思想的艾青，受「最偉大的詩人，永遠是他所生活的時代的最忠實的代言人」〔註2〕觀念制約，從不去經營風花雪月，做淺斟低唱，他的詩情總與多災多難的祖國、土地和人民跳動著同一脈搏；因此他在詩中抒放的就既是個人的情思感覺，又常是民族的類情思與「時代的詩情」。

閱讀艾青早期詩作一個明顯的感覺是，它們大都透著憂鬱的情緒底色與基調，大都是「濺血的震顫」、「嘶啞的歌聲」，這恐怕也是人們確認他為現代主義詩人的主要依據之一。如 1932 年歸國船上詩人不無感傷地寫下的《陽光在遠處》，就是感歎陽光不屬於自己，屬於自己的只是「暗雲遮著的河」、「暗

〔註 2〕艾青：《詩論》，第 160 頁，人民文學出版社，1983 年。

的風」、「暗的沙土」、「暗的旅客的心」。同時期的《那邊》也顯露著同一情緒色調，「黑的河流，黑的天／在黑與黑之間／疏的，密的／無千萬的燈光／看吧！那邊是／永遠在掙扎的人間」，黑色本屬憂鬱的外化色，再與「永劫的災難」，「掙扎的人間」組構，愈見詩人心靈感傷之沉重。

　　詩人緣何如此憂鬱？這是多方面原因促成的。詩人寫作之時，中華民族正值多災多難、生死存亡關頭，這種時代氛圍與詩人自小感染上的農民式的憂鬱、半流浪式生活培植起的行吟詩人的感傷氣遇合，注定了詩人無法不迸發出愛與憂交織的情感。說來難怪，「叫一個生活在這年代的忠實的靈魂不憂鬱，這有如叫一個輾轉在泥色的夢裏的農民不憂鬱，是一樣的屬於天真的一種奢望」，〔註3〕但更主要的這種憂鬱還是對人民深沉之愛與對生活思考的結果，「在本質上，詩人的憂傷並不是產生於對人生的厭棄，而是產生於對舊世界的悲憤與憎惡」「和對人民的摯愛」。〔註4〕另外艾青此時詩的憂鬱與監獄的寫作背景也不無關係。因此我們說艾青詩的憂鬱不是無病呻吟，而是充滿生活實感的嚴肅痛苦；不是退讓的歎息，而是改造人生與世界的動力；不是冷淡的哀愁，而是對祖國人民之愛與殘酷現實矛盾產生的熱切思慮，它是和詩人戰鬥的激情相伴生的深沉情緒的一種昇華。

　　如此說來是否意味著艾青早期詩都籠罩著憂鬱感傷呢？否。與憂鬱比較，艾青早期詩更多閃爍的是積極向上的情思光點。

　　揭露現實的醜惡與黑暗、對下層不幸者寄予同情與熱愛，是艾青早期詩作的一個基本主題。如《大堰河，我的保姆》就是詩人獻給自己的保姆、母親，也是土地、根的「讚美詩」，寫給「不公道的世界的咒語」。1933年的一個雪朝，艾青在獄中望著窗外紛紛飄落的雪花，不由得想起被白雪覆蓋的死去的乳母「大葉荷」，心中無限感慨，於是寫下這首自傳體的抒情詩。它以真摯的感情展示了大堰河痛苦悲慘的一生，控訴了舊社會的黑暗與罪惡，傳達了對勤勞善良的農婦大堰河的讚美與懷念。大堰河純樸善良、勤勞仁慈，在從事難以數計的勞動後，還要精心養「我」，把「我」這個不是兒子的兒子抱在懷裏。可她的命運卻十分淒苦，從小即做了童養媳，甚至沒有自己的名字；婚後丈夫打罵，生活貧困，為了生活還要給地主家作奶娘和傭人，艱苦操勞；死後更加寂寞荒涼，「同著四十幾年的人世生活的凌侮／同著數不盡的奴隸的

〔註3〕艾青：《詩論》，第212頁，人民文學出版社，1983年。
〔註4〕呂熒：《艾青論》，《人的花朵》，重慶大星印刷社，1945年。

淒苦」,「含淚地去了」。她的悲劇是舊中國廣大勞動婦女的典型縮影,是對黑暗社會的控訴與抗議。詩人在對大堰河的回憶讚美中,凝聚了自己無限的愛與恨,那是一種哀悼,那是一種追念,那是一種愧歉,那是一種悲憤;激情的淌動中,讀者可以窺見到詩人對地主家庭的叛逆、對自己家庭「忸怩不安」感覺的緣由以及詩人早年激進的民主主義思想的輝光。這種愛恨交織,讚美與詛咒俱有的熾熱而深沉的情感增強了作品的感染力。

出獄後詩人與現實更為貼近,他以強烈的憂患意識正視腥風血雨的現實,揭示人間苦難,《死地》《賣藝者》堪稱這方面的佳作。「大地已死了——躺開著的那萬頃的荒原/是它的屍體……看見的到處是/像被火燒過的/焦黑的麥穗/與枯黃的麥杆/與龜裂了的土地」(《死地》)。四川農村乾旱災難中破敗荒涼景象與飢餓、剝削事象交織的人間苦難俯瞰,蟄伏著詩人慾哭無淚的悲憤;而「那旋轉著、旋轉著的/旋風它渴望著什麼呢//我說/如有人點燃了那飢餓之火啊」這樣的結尾,則又寓意著現實的發展契機。

艾青早期詩不僅有批判力量,而且還注意發掘民眾身上潛存的偉力,呼喚一種抗爭。這一意向在他的第一首獄中詩《透明的夜》中已初露端倪。

> 油燈像野火一樣,映出
>
> 我們火一般的肌肉,以及
>
> ——那裡面的——
>
> 痛苦、憤怒和仇恨的力。

它描繪了一幅徘徊於夜的曠野上,茫然無歸的「醉漢、浪客、過路的盜、偷牛的賊」等一夥對舊社會懷有復仇心理和流氓無產者圖景,他們雖沒有真正覺悟,甚至還有些茫然陰鬱;但他們卻向這個世界昭示出了旺盛的生命強力與叛逆意識。《九百個》則以中國歷史上的農民第一次暴動——陳勝吳廣起義故事的敘述,暗示讚美了下層人民剛武不屈的叛逆屬性,說明農民才是「大地真正的主人」,啟迪性的蘊含不宣自明。而至《煤的對話》已從被壓迫者身上看到了不死的意志與偉大的希望,給人以民族自信的昭示。它以「你」「我」一問一答的方式,創造了一個意蘊深廣、象徵覺醒民族的巨人形象,它住在「百年的深山裏」、「萬年的岩石裏」;年紀比山更大比岩石更長,它從地殼第一次震動時「沉默」了,可它最終卻在怨憤的沉默中喊出「死?不,不,我還活著——請給我以火,給我以火」,呼喚活轉再生,呼喚要奪回光明,這是怎樣驚天動地令人興奮的聲音啊!

　　與揭露黑暗同情民眾、呼喚抗爭主旨意向並行不悖的是，流貫艾青早期詩的對光明與希望的嚮往追求，「對於人類再生之確信」。對太陽、春天、黎明、火焰等許多事物與主題的專門謳歌，鑄成了艾青早期待的詩魂。它也賦予了艾青詩一種火一般燃燒的激情。詩人是樂觀的，身陷囹圄、肺病纏身也沒有使他被生活擊倒，他仍一往情深地矚望著明天與夢想。即便身處暗中。也仍「悵望著／白的亮的／波濤般跳躍著的宇宙」（《叫喊》）；即便被關進鐵窗內，心卻想往著從歐羅巴帶回的、象徵著自由與藝術的「蘆笛」，發誓將用它「吹送出／對於凌侮過它的世界的／毀滅的詛咒的歌」（《蘆笛》）。

　　如果說獄中的張望與希冀還顯模糊微弱，出獄以後則變得更加明朗強勁了。雖然當時的中國處於「風雨欲來風滿樓」的民族解放戰爭前的密雲期；但詩人已預感到中華民族將在這場戰爭中獲得新生，加之監獄生活磨煉了詩人堅強的品格。能夠在荒涼中見出生機，於船淡中見出光亮，所以情不自禁地發出了嚮往光明、預示光明的昂揚呼喚，創作出《太陽》《春》《生命》《黎明》《復活的土地》等為主體的光明組詩，寄託民族復興、人民解放的深切嚮往。如《太陽》：

> 從遠古的墓塋
> 從黑暗的年代
> 從人類死亡之流的那邊
> 震驚沉睡的山脈
> 若火輪飛旋於沙立之上
> 太陽向我滾來
> ……
> 於是我的心胸
> 被火焰之手撕開
> 陳腐的靈魂
> 擱棄在河畔
> 我乃有對於人類再生之確信

　　全詩奔湧著光明衝擊黑暗的力量，那宏大的氣勢、強健的節奏，使人明顯地感到一種神聖的東西在降臨，它將使所有的生命得以自由呼吸，使所有冬蟄的生命醒來，它該是怎樣令人振奮的神聖的事物啊！《太陽》的姊妹篇《春》，則通篇圍繞「春從何處來」進行構思，寫「龍華」（左聯五烈士被殺害

的刑場所在）的桃花「在東方的深黑的夜裏」開了，並以此暗示烈士的鮮血澆開了龍華桃花上的蓓蕾，孕育了江南的春天；它的結句意味深長，「人問：春從何處來／我說：來自效外的墓窟」，它的內在含義是在緬懷讚揚烈士，正是他們的流血與犧牲喚醒了沉睡的民眾，他們的鮮血與生命將催升中國社會的春天。

綜上所述，艾青早期詩確有明顯的現代主義痕跡，但它那種對現實詩性介入所煥發出的崇高使命感與悲劇感，那種與民眾命運血肉相連的入世濟世的憂患情思底色，那種將自己的哀樂融匯於大眾歌哭的抒情視角，都宣告了現實主義詩學原則的復蘇與勝利。艾青以心靈之火去點燃人類、歷史、時代之火，以切合時代脈音節拍的精神音響彈奏，對整個現代詩派的內涵特質，構成了一種優質的「變奏」。正是循著這一方向，艾青從《現代》脫離後不久便走向了北方。走向了革命的深層，走向了「黎明的通知」，以詩內現實性的日益強化，終成一代現實主義藝術大師。

二、「綜合」氣度與創造風采

「一首詩的勝利，不僅是它所表現的思想的勝利，同時也是它的美學的勝利」，[註5] 在這一點上艾青的理論與實踐是高度統一的。

艾青不同於郭沫若、聞一多等新文學第一代詩人那般古典文學功底修養深厚，他進入文壇時具有「相對純粹」的文學背景。「所受的文藝教育，幾乎完全是『五四』以來的中國文藝和外國文藝」，[註6] 使用的藝術武器是從彩色的歐羅巴帶回的「蘆笛」；但蟄伏在靈魂深處的憂思意識與詩人的獨特生活經歷，使他的詩具有「某些明顯的歐洲影響」同時，又使他成為「同代中國詩人中扎根自己民族土壤扎得最深的一位」，[註7] 詩的字裏行間都充滿著傳統藝術的入世色彩。艾青接受了莫奈、雷諾阿、畢加索、凡高、高更等人印象派繪畫影響，強調感情對感覺的深入、生命力的進發，近於波特萊爾、果爾蒙、凡爾哈侖倡導的象徵派詩歌的本質；但印象派繪畫那種快速準確並清晰呈現視覺印象的方略，又使他的詩免去了象徵主義的神秘。他運用了象徵派詩歌的意象暗示、象徵等現代性先鋒藝術手段，有較強的朦朧感；但造型藝術培

〔註5〕艾青：《詩論》，第 176 頁，人民文學出版社，1980 年。
〔註6〕艾青：《談大眾化和舊形式》，《詩論》，第 72 頁，人民文學出版社，1980 年。
〔註7〕卡特琳·維耶爾：《艾青的詩·序》，巴黎，1979 年版。

養出的精緻觀察力敏銳審美力，詩人密切關注民眾的情感傾向與半流浪式的坎坷經歷結合，又使他的詩筆始終保持著飽蘸土地色彩的寫實品格。也就是說，艾青不是恪守傳統藝術的「孝子」，也不是迷醉西方藝術、樂而不返的「浪子」，他是以傳統與現代、東方與西方、藝術與現實的多元理想化的交響，體現出高層次上的個性多元包容的「綜合」品格與創造風采。在寫實、浪漫、象徵各類詩歌中，你很難確切地指出這位最少束縛最善創造的詩人與詩作，應該歸於哪類品格的名下，因為哪一種品格都包容不了他詩歌的勃然生機。在他那裡，「寫實不僅是感知的對象，而成了象徵的鋪墊」，「象徵也不再是簡單的擬喻。而是充滿了特定的寓意和方位感」，「寫實僅僅具有框架的意義，抒情指向著普泛的情緒，象徵延展著現實的版土，而哲理呢？更以感興走向了思辯的心靈」。〔註8〕艾青是聰慧畫家、激情歌者、沉思哲人三位一體的綜合，他以古今中外藝術「綜合性影響」與「背離性創造」的統一，為詩壇提供了一種將深沉與奔放、雄偉與細膩、抒情與哲理、樸實與綺麗交融的「綜合性品格」。

艾青早期詩美是團狀的生命存在，各部分間很難截然分開；艾青早期詩美正如豐厚的礦藏，永遠也無法完全窮盡。那種《春》似的將意象追求具體化為感覺的探索，那種《太陽》似的象徵性結構空間的建築，那種《復活的土地》似的用理性把握的情感抒放等，都是值得人們借鑒的方面。出於使問題清晰、具體的考慮，這裡僅就其畫意美及象徵性、形式上的散文美特徵，作一番粗淺的分析。

欣賞過畫家林鳳眠的畫後，艾青寫下「畫家和詩人／有共同的眼睛／通過靈魂的窗戶／向世界尋求意境」。這首《彩色的詩》與其說是對林鳳眠畫的讚賞評價，不如說是艾青早期的自畫像更為確切。艾青早期詩歌充滿著濃鬱的詩情畫意。繪畫藝術的訓練與象徵詩的暗示觀，影響了詩人感受世界再現世界的方式，使艾青十分重視形象思維。他曾不止一次地表達這樣的見解：「詩歌是富於形象的思維」，「詩人一面形象地理解著世界，一面又借助於形象向人解說世界」，〔註9〕並且詩人將這些理論付諸於藝術實踐，遠在留學期間，他就開始試驗在速寫本裏記下一些瞬即消逝的感覺印象和自己的觀念之

〔註8〕王邵軍：《他含淚注視著時代的黎明：關於艾青創作個性的思考》，《山東師範大學學報》1985年第3期。

〔註9〕艾青：《詩論》，第198頁，人民文學出版社，1980年。

類。學習用語言捕捉「美的光，美的色彩，美的形體，美的運動」，〔註10〕它無疑表明，詩人開始寫詩時是在用語言作「畫」，用印象派的畫法作「畫」。這樣我們看到的艾青詩就常常能以新鮮的比喻，豐富的想像構成深刻的形象。如「有時／我伸出一隻赤裸的臂／平放在壁上／讓一片白堊的顏色／襯出那赭黃的健康／／青色的河流鼓蕩在土地裏／藍色的靜脈鼓動在我的臂膀裏」（《生命》），生命原本是說不清的籠統的概念，可在詩人神奇的聯想類比之下卻成了質感具體的存在。《陽光在遠處》《那邊》也都是瞬間印象的速寫，詩人歸國途中對命運歸宿的思考、希望與憂鬱參半的預感，都得到了豐沛的現代意象的呈示。

尤其是印象派畫與詩人繪畫天賦的影響，決定了詩人不單是對情感隨類賦形賦彩，還做到了「給思想以翅膀，給感情以衣裳，給聲音以彩色，給顏色以聲音；使流逝幻變者凝形」，〔註11〕創造立體感的畫意美，使一首首詩成為一具具心靈的活的雕塑。具體說艾青的詩善於組織一連串光彩很強的意象，構成生動的立體感的圖畫。土地、太陽、黎明、火把、燈、煤等光色俱有的意象，似乎已成了詩人青睞不已的中心意象群；它們滲入詩中，化為詩的骨骼與基調，對應烘托出詩人對土地、農民的憂鬱之愛和執著追求光明的情思。如「黎明／為了你的到來／我願站在山坡上／像歡迎／從田野那邊疾奔而來的少女／向你張開雙臂」，「而當看見了你／披著火焰的外衣／從天邊來到陰暗的窗口時啊——我像久已為饑渴哭泣得疲乏了的嬰孩／看見母親為他解開裹緊乳房的衣襟／淚眼迸出微笑／心兒感激著／我將帶著呼喚／帶著歌唱／投奔到你溫煦的懷裏」（《黎明》），該詩具有畫家寫詩特有的色彩、形體、光線感，大量黎明的想像景觀意象清晰生動，互相間組合成迎接黎明的和諧圖畫，有著很強的空間層次感，畫面背後詩人在黑暗壓抑中渴望光明的情懷昭然若揭。

艾青對色彩、線條、明暗對比等因素的敏感與捕捉力，常使他的詩實現了「光和色的交錯」。如《當黎明穿上了白衣》的一段：

　　　　紫藍的林子與林子之間
　　　　由青灰的山坡到青灰的山坡，
　　　　綠的草原，

〔註10〕艾青：《母雞為什麼下鴨蛋》，《人物》，1980 年第 3 期。

〔註11〕艾青：《詩論》，第 232～233 頁，人民文學出版社，1980 年。

　　綠的草原，草原上流著

　　——新鮮的乳液似的煙⋯⋯

　　短短五行詩內，色彩斑斕準確的把握，不僅有視距的遠長、黎明光線的微弱感，而且展示了黎明的特徵與美，其間洋溢著輕快歡樂與對自然的愛憐。《透明的夜》也注意色彩的光線感與對比效果，煞是成功。

　　艾青深知色彩即思想。在印象派繪畫中，色彩不再僅僅是印象感覺的記錄和被動攝取；而是一種能動的反映，其中象徵或暗示著某種激情與思考。因此艾青的早期詩就不僅常常先「色」奪人，設「彩」造境，給人一種直覺的審美愉悅，停留在可視性、直視性復現範疇；而又努力使之轉換成感應性、意蘊性的再造，實現「彩」與「情」的縮結，「直覺」與「意味」合一。如《大堰河，我的保姆》中「呈給你黃土下紫色的靈魂」一句，就是設色的象徵，「紫色」當象徵著一種痛苦。再有《燈》中燈的白、亮，也有一定的暗示能，寄寓著詩人對光明、溫暖的追求。詩人說「一首詩裏面，沒有新鮮，沒有色調，沒有光采，沒有形象，——藝術的生命在哪裏呢？」〔註12〕可喜的是艾青的早期詩以新鮮、色調、光采、形象的複合，鑄成了戛然的藝術創造。

　　艾青詩歌另一個顯要的特徵是散文美。毫不誇飾地說，郭沫若是自由體詩的第一座高峰，艾青則是自由體詩的第二座高峰。為什麼要選擇自由體？艾青有一套理論依據。他在著名的詩論《詩的散文美》中認為：散文是先天的比韻文美，它富有人間味，使人感到無比親切；所以自從發現了韻文的虛偽與人工氣，而熟視了散文不修飾的美、不需要塗脂抹粉的本色，充滿生活氣息的健康後，它就肉體地誘惑了詩人。有了如此充分的理論奠基後，詩人在實踐中便毅然應和多變的生活節奏，將自由體的散文美納入表現範疇，以散文詩句的自由抒寫，不講究整齊，也不押韻，奔放自如，語言也樸素單純明快，採用日常的鮮活口語，從而衝破了格律詩的樊籬。艾青這一體式上的價值取向，與郭沫若等人的自由詩追求是一致的；但它並未墮入拖杳冗長、囉嗦鋪張、海闊天空不著邊際的散文化泥潭。它是有章可循的，即傾向於根據感情的起伏而產生的內在旋律的要求，追求內在節奏，「是在變化裏取得統一，是在參差裏取得和諧，是在運動裏取得均衡，是在繁雜裏取得單純，自由而自己成了約束」，〔註13〕具體手段是常以排比、複沓的運用，形成活潑新

〔註12〕艾青：《詩論》，第 192 頁，人民文學出版社，1980 年。

〔註13〕艾青：《母雞為什麼下鴨蛋》，《人物》，1980 年第 3 期。

鮮的內在旋律美與節奏感，這樣就使自己的早期詩從華而不實的矯飾風氣中解脫了出來，同時又樸實而餘味綿遠，念起來順口，聽起來和諧，既有行雲流水之美，又具珠走泉流之妙。

詩人的代表作《大堰河，我的保姆》就是典型的自由體詩，體現著散文美的趨向。

> 大堰河，今天，你的乳兒是在獄裏，
> 寫著一首呈給你的讚美詩，
> 呈給你黃土下紫色的靈魂，
> 呈給你擁抱過我的直伸著的手，
> 呈給你吻過我的唇，
> 呈給你泥黑的溫柔的臉顏，
> 呈給你養育了我的乳房，
> 呈給你的兒子們，我的兄弟們，
> 呈給大地上一切的，
> 我的大堰河般的保姆和地們的兒子，
> 呈給愛我如愛她自己的兒子般的大堰河。
> 大堰河，
> 我是吃了你的奶而長大了的
> 你的兒子，
> 我敬你
> 愛你！

它是一首無韻詩，全詩找不到一個韻腳，節奏感也幾乎沒有，句子長短極度自由，多則一行十八九字，少則二三字。這一切似乎給人造成一種感覺——此詩與詩的概念矛盾，詩怎麼可以這樣散？但仔細讀過後人們發現，它並非毫無規律可循，它的一停一頓都遵循著詩的內在節奏。這種自由而自己成為約束的探索，使情感的抒放自由無羈、一派天然，複雜的長句也契合了詩哀婉深沉的情感；因為正如短句宜於表達歡快強烈的情感一樣，長句宜於表達壓抑悲憤的感受。大量的排比句運用，不但沒有堆砌之感，倒有一種奔瀉直下之勢，酣暢痛快，能讓人長時間沉浸在它所設置的環境氛圍裏，悠長低回，有種深沉的旋律美。《蘆笛》《巴黎》等大量詩篇，也都普泛地追求著散文美。

　　從新詩的發展看，郭沫若推翻古詩功不可沒，但後來又衍生為散漫無序；聞一多等人倒嚴謹了許多，但過於規範化又限制了詩的情感生氣的抒發。艾青早期詩的散文美追求，無疑是對他們雙重超越的優卓之舉。

　　當然任何事物的存在與發展都是辯證的，優點與缺點可能是事物存在與發展的一體兩面。艾青早期詩對民眾生命強力的發掘給人以希望亮色的同時，也顯得有些盲動與茫然；散文化追求給人親切淳樸感覺的同時，也時而滑向平淡的境地。但無論怎麼說，艾青的詩以詩對現實環境從屬性與新詩藝術自身獨特性的整合，詩意蔥籠，生機勃發，形成了有所創新又有規律可尋的自由體詩，衝擊了詩壇流弊，鞏固了自由詩在詩壇的地位。僅憑這一點，艾青就是無愧的，就是值得人們欽敬的。

第十七章　泥土裏開出的精神之花：
李廣田的詩歌特質

　　新詩進入黃金時代的一個重要標誌是詩壇上成熟了一批年輕的歌者：戴望舒、何其芳、卞之琳、艾青、田間、臧克家……可以列出一串閃光的名字，李廣田（1906～1968）便是其中的一位。李廣田這位興趣廣泛的文壇多面手，曾經四面出擊，最初以詩名世，30年代初《地之子》的低沉長吟，吸引過一片驚歎的目光；而後轉攻散文，以《畫廊集》等構築起一座渾厚真摯、清淡自然的藝術殿堂；同時還兼搞小說與評論創作，《引力》與《文藝書簡》《詩的藝術》等著作出版後都不同凡響。

　　與量多質高的散文相比，李廣田的詩少而又少，拋卻建國後的詩集《春城集》不論，30年代的詩只有《漢園集》（與卞之琳、何其芳的詩合集）中的《行雲集》，與寫於二、三十年代之交的手抄詩稿《嚮往的心》中的一部分，充其量只有一百首左右；藝術水準也未完全抵達理想的化境，還只能說是由新月向現代轉換的過渡中間物。但是李詩那種濃鬱的泥土馨香、「地之子」的深情與質樸清新的審美品格，卻一直深受讀者的歡迎，它既是新詩由草創向成熟演化進程的一個標誌，又代表了現代詩派一種獨特的文化脈動與走向。

一、「地之子」情結

　　故鄉是每個人的生命之根、存在血脈與歸宿形式，即便走到天涯海角人也走不出故鄉影子的蔭護；對鄉土的觀照一直是人類最美好的情感與騷人墨

客最鍾情的文學母題。因此有一位外國作家說,「決定作品能否經受時間的考驗的,首先是對童年所抱的態度和對鄉土的情感」〔註1〕,李廣田詩歌經久彌新的魅力就在於:以對童年記憶親切的詩意撫摸、對鄉土命運與情感旋律的切入,向故鄉奉獻了赤子熾熱深沉的親絲愛縷,那是鄉土的饋贈,那是從鄉土上成長起來的詩。

詩人將情感定位於土地之前,也走過一段「空虛的哀傷」路。二、三十年代之交,時代的幻滅情緒籠罩著所有正直的國人;詩人於大革前因購買進步書刊在濟南被捕下獄的沉痛,鬱積日久無法消解;西方象徵派頹廢派藝術感傷情調的輻射等多種因素的合力,使心繫天下又未投身革命洪流的李廣田,不可避免地患上了孤獨寂寞的時代流行症,朦朧地咀嚼起苦味的情思。新批評理論家弗萊說「一個語象在同一作品中再三重複(例如艾略特《荒原》中水的語象),或在一個詩人先後的作品中再三重複(例如葉芝筆下的拜占廷),就漸漸積累其象徵意義的份量」〔註2〕,成為一種帶有原型意義的主題語象。而李詩中出現頻率最高的語像是秋與夢,如「靜夜的秋燈是溫暖的/在孤寂中,我卻是有一點寒冷」(《秋燈》)、「秋天/它是那樣樸素/那樣哀婉」(《在這夏天》)、「在草叢裏/抱著小小的瑤琴/彈奏著黃昏曲的/是秋天的歌者」(《秋天的歌者》)、「我可是一輛負重的車/裝滿了夢想而前進」(《第一站》)、「我是沉入在蒼白的夢裏」(《哎吶》)、「做一個透熟的/八十春秋的酣醉夢」(《生風尼》)……可見,李廣田「對於秋天具有特殊的敏感」,像情人和春天很近一樣,「一個寂寞的詩人,卻更其體味秋黃」〔註3〕,李詩中秋的語象大量湧現,無疑隱含著一種信息:詩人的歌唱與憂鬱感傷結下了不解之緣,而憂傷寂寞無法排遣,為了逃避現實,詩人只好企求夢的庇護,「夢」的大面積「生長」,既是受現代藝術喜歡捕捉非邏輯的夢的題材的影響,又婉曲傳達出對現實的不滿、對美好事物的籲求。李廣田早期這些內涵憂鬱、情調朦朧的詩,混在 30 年代流行的現代派詩中,還缺乏個性的聲音,還沒有獲得藝術上的立身之本。

詩人真正確立起個性並引起廣泛注意,是從那些走出寂寞幻夢、定位在土地上的詩篇開始的。眾所周知,一個詩人可貴的品質在於具有一顆愛心,

〔註1〕王西彥:《散文的魔力和我所連奉的主泉》,《文藝報》1981 年第 9 期。
〔註2〕趙毅衡:《新批評》,第 151 頁,中國社會科學出版社,1986 年。
〔註3〕劉西渭:《畫廊集》,《咀華集》,第 142 頁,花城出版社,1984 年。

攜著它與自然、歷史、現實進行親切的對話，李廣田不但有這樣的愛心，並且更渾厚博大，這種特性決定了李詩中的愛既不同於何其芳詩中的情愛，也有別於卞之琳詩中的友愛；而表現為一種超出個人情感的、對鄉土國土的高品位的「大愛」。詩人曾這樣傾訴，「我對於故鄉的事情最不能忘懷；那裡的風景人物、風俗人情，固然使我時時戀念，就是一草一木也彷彿都關住了我的靈魂」〔註4〕，「我願意我能夠把這個世界裏所見到所感到的都寫成文字，我願意把我這個極村俗的畫廊裏的一切都有機會展覽起來」〔註5〕。有了鄉土「不朽的地基」的生活積累，又有了表現鄉土意向的感情積累；於是故鄉的山川大地、風土人情、自然事象，便綿延不絕地在《旅途》《流星》《鄉愁》《異鄉》《過橋》等詩中躍動起來，化成詩人心野上情思意緒的詩性符號，並使李詩如一幅幅返樸歸真的水彩風俗畫，滿貯著鮮活的意象、純樸的情調與十足的地方風味。

可貴的是，詩人的筆觸沒有僅僅流連於山光水色、風土人情的民俗性層面，僅僅為詩歌包裹上一層鄉土意象；而是以「愛鄉間，並愛住在鄉間的人們」的態度，走進了鄉土生命意識的深處，切入了鄉土命運與鄉土人情感的旋律，表現鄉土人的喜怒哀樂苦辣酸甜，從而在更高層次上逼近了鄉土文化的實質。對應著現代鄉土內涵的繁富多元，李廣田的鄉土詩在意向模態上體現著一種雜色特徵。為分析方便起見，我們大體將之分為理想圖式與現實模態兩種。

理想圖式。李廣田生於山東鄒平的平原上，一直在鄉村長大，與自然、鄉土無法分開；所以寫詩時雖已是北京大學的大學生，身處燈紅酒綠的都市，但有關故鄉的種種影像卻總在記憶與夢境中閃回，撞擊詩人的心房，使之產生一種返歸衝動。他這個「鄉下人」正是從鄉土的懷戀沉迷，來慰藉心靈，對抗著異化的喧囂緊張的都市文化；這與從鄉土外超功利觀照鄉土的審美視角遇合，促使詩人無意中理想化了鄉土，執意表現鄉土的清靜閒適、鄉土人的優美品性以及對鄉土的禮讚懷念，甚至有時寬宥了鄉土固有的缺憾。如《歸的夢》就烘襯出一個寧和幽雅、田園牧歌式的意境，以農舍、濕苔、家犬、老嫗等織就的田園畫面，以鄉風之純樸、人情之純潔的展示，凝聚著詩人深摯的熱愛。表現這種情感的代表作當推《地之子》：

〔註4〕李廣田：《雀蓑記·序》，文化生活出版社，1939年。
〔註5〕李廣田：《畫廊集·題記》，商務印書館，1936年。

　　　　我是來自土中，

　　　　來自田間的，

　　　　這大地，我的母親，

　　　　我對她有著作為人子的深情。

　　　　我愛著這地面上的沙壤，

　　　　濕軟軟的，我的襁褓；

　　　　更愛著綠絨絨的田禾，野草，

　　　　保姆的懷抱。

　　　　我願安息在這土地上，

　　　　在這人類的田野裏生長，

　　　　生長又死亡。

　　　　……

　　　　我無心於住在天國裏，

　　　　因為住在天國時，

　　　　便失掉了天國，

　　　　且失掉了我的母親，這土地。

　　這首「作為人子的深情」戀歌，以舒緩而莊重的筆調把對大地母親的深情傳達得熾烈又深沉，即便有「天國」的誘惑，也難以改變詩人要「永嗅著人間的土地的氣息」的意願。這裡的土地，已成為祖國、母親乃至人間的內蘊代指。

　　正是基於鄉土自然人文景觀的高度現想化，「浪子」詩人的詩中又添了一串解不開的「家園情結」、一股濃鬱的文化鄉愁，《歸的夢》《無題》《鄉愁》《盲笛》等詩就充滿著對文化之根——故鄉的思念懷戀。「在這座古城的靜夜裏／聽到了在故鄉聽過的明笛／雖說是千山萬水的相隔吧／卻也有同樣憂傷的歌吹」(《鄉愁》)。詩人觸物生情，因聞笛聲勾起對故鄉苦痛而無奈的思念，對故鄉的浪慢情懷與茫然無依的淡淡憂傷交織，把鄉愁這固執的情感表現得千回百轉，苦澀而現代。看來「不以物喜，不以已悲」恐怕只能是難以企及的理想境界了。

　　現實模態。飽具藝術良知的詩人深知，對理想鄉土的迷戀，若缺少理智的支撐必走向盲目的歌頌；所以在構築理想鄉土圖式同時，詩人又把視點移向了人間煙火氣十足的境域，而真正的人間煙火氣是殘酷的，於是詩人又刻

寫了農家的疾苦貧困、農家人的災難屈辱以及鄉土的剝削與抗爭，將愛推向了下層不幸的人們，揭示了鄉土本質的另一側面。如觀照江湖窮藝人的《嗩吶》就是這一模態的作品，它酷肖一幅下層人血淚掙扎的炭素畫。它寫到一個下等藝人，「一個失了軀體的影子」，為了生存，徘徊「啼泣在長街」，沒有人喝采與施捨，有的只是無限的人生孤寂與荒涼，他每一聲嗩吶讓人聽來都如同啼泣。貌似客觀的細節場景裏，涌動著一腔同情、憤慨的心理潛流，憂鬱又淒清，它是一種惋歎一種控訴一種欲哭無淚的鳴唱，它是一種對弱小者命運奉獻的摯愛關懷與沉思。《笑的種子》寫到「把一粒笑的種子／深深地種在心底／縱是塊憂鬱的土地／也滋長了這一粒種子……播種者現在何所呢／那個流浪的小孩子／永記得你那偶然的笑／雖然不知道你的名字」。它既對流浪的兒童寄予了人道主義的終極關懷與同情，又弘揚歌頌了他那種不向命運低頭、達觀而頑強的生命意志。《土耳其》則是對不知姓名國籍、客死他鄉的異邦人的觀照，異鄉人悲慘命運流程的冷態敘述背後，隱匿著詩人的滿懷悲憫與對黑暗現實的不滿控訴。李詩這種現實模態的人間煙火氣捕捉，與鄉土精神的觀照，為詩歌吹送進一股或濃或淡的時代風。

　　理想圖式與現實模態是一對迥異又聯孚、相生相剋的因子，是現代鄉土本質的一體兩面。前者著重發掘了鄉土之「美」，後者偏向逼迫了鄉土之「真」；前者表現了「農家樂」一面，後者顯示了「農家苦」一面；前者昭示了一種自然健康優美的親和性，後者則相對寫得悲涼沉重。李廣田的鄉土詩正是以這種異質辯證因素的互補，觸摸到了現代鄉土古樸而悲涼、美麗又憂傷的靈魂內核，以一扇扇詩的窗口，透析了現代鄉土以及「地之子」自身的精神脈動與生命情韻；並且在現代詩歌唱鄉土的綿延精神音響中，找到了屬於自己的聲音。它既不像郭沫若《地球，我的母親》那樣熱烈，也不像艾青《大堰河，我的保姆》那樣深沉；而是透著「地之子」的質樸，感情淳厚，元氣琳漓，體察入微，有著入骨的親切與強勁的內在生命力。當現代詩派的詩人們紛紛迷醉於自我生存的精細文雅，在病態情境中做病態的矯情表演時，李詩卻固執地扎根鄉土，以鄉土之鏡折射農人心曲與現實風雲，並踏實地靠近了鄉土本質，這種探索某種程度上抗衡並反撥了詩壇意識的傾斜。

　　李廣田對鄉土的執著與深情，說穿了是對現實生活的關注與理解，這種人格品質的延伸，決定了詩人走向現實主義道路的必然性；所以抗戰開始以後，詩人的創作視野明顯地由一己的鄉土擴大到整個國家民族的「大鄉土」，

情感也隨之走向了粗壯。

二、清新的「土味兒」

　　布封說「風格即人」，雖然不能說「文如其人」是普遍存在的規律；但多數情況下文格與人格是統一的。李廣田淳厚樸實、真誠正直的人格投影在詩中，就使他的詩一如他的人，樸素自然，明朗清新，帶著齊魯平原的「土味兒」。應和著「地之子」精神情結內涵對形式外殼的呼喚，李詩不刻意求精巧婉約的詩風與象徵隱喻等高難技巧；但又不以情思噴射為快，而是立足鄉土，向傳統文學乃至西方文學做開放的吸收，從而確立了與何其芳的纖麗婉約、卞之琳的機智幽深不同的藝術個性。具體說主要表現為以下幾個方面。

　　一是以直抒為主的情思言說方式。一味重視生活或一味重視情感都乃詩之大忌；所以李詩表達情思時便綜合了主觀表現與客觀再現，以直抒為主兼及其他，或通過平凡瑣細的生活事象與細節抒情，或抒發由客觀物象現實孵化的心靈意緒，創造了融合事物與心靈的情思言說方式。如《寂寞》以形寫神，通過「我」低首暗數足跡、抬頭悵望四壁、捫心自問與讓心在懷中飲泣四個行為動態情景，用直陳其事的傳統賦法，毫不掩飾地傾吐憂鬱之至的寂寞情懷，朦朧又易把捉。再如《歸夢》前三節描繪了詩人回歸故里時遠眺、近觀所見的三幅恬靜悠閒的家景，其間滲透著愛的濃情厚意；在這三幅家景鋪墊蓄勢的基礎上，詩人便在第四節直抒引爆出「夢裏所見的是當年的歡欣／那許多故事都演過／在祖母面前和這美的鄉村／夢的金衣已被我脫掉——如今我卻又歸來了」，不僅點了「歸」「夢」之題，而且激情四溢，「我又是幾年不歸了」的情思獨白反覆穿插，更強化了鄉愁表現的明朗濃烈。這種情思言說方式既避免了直抒的淺露與純用意象抒情的迷離，隱顯適度，質感而明朗；又表現出濃鬱顯豁的畫意美，《歸夢》《嗩吶》在事態或意象組構時便注意了直觀性、統一性效果，或聲色俱佳，或黯淡悲涼，體現出較強的畫意美與豐盈的東方美學意蘊。

　　詩人在情思言說方式選擇上的優卓在於沒有固守傳統的直抒，而是根據內容需求合理地吸收了象徵、暗示等現代藝術手段，使不少詩成了象徵性建構。如「沿著鐵軌向前走／盡走，盡走／究竟要走向哪兒去……我知道，鐵軌的盡處是大海／海的盡處又怎樣呢……海是一切川流的家／且作這貨車的第一站吧」(《第一站》)。車與大海兩個意象聯結建立的象徵性情思空間裏，

有著讀者再創造與想像的廣闊天地，海已成為一種理想的象徵，那樣壯闊、深邃、豐富，而詩人又僅把大海作為人生「貨車」的第一站，那麼人生目的的遙遠、壯觀與美妙也就不言而喻。《秋燈》中秋燈與金甲蟲的意象營造，與詩人孤寂又嚮往光明幸福的心情融為一體，暗含著一定的象徵成分。這種以意象暗示象徵的新手段運用，使詩情常飛動於寫實與象徵之間，統一了人間氣味與形而上學，強化了主旨的多義性。總之，李詩的情思言說方式是量體裁衣的選擇，多數近於傳統。

　　二是樸素的語言態度。李廣田認為「質樸，自然，是人民語言的特色」〔註6〕；並把之作為一種美學境界追求，從而創作了一首首語言土味兒十足的樸素的詩。它不求苦心孤詣地粉飾雕琢，不炫耀知識，不賣弄文采，無意關注冷僻暴戾的字眼；而鍾情於鄉土色彩濃鬱的物象詞彙，讓人感到親切，而由它們銜接組合成的事象、畫面便如出水芙蓉，透著洗盡鉛華的明朗與清新。這樣就使李詩的語言如風行水上，似白雲出岫，明白如話，樸素如泥，具有一種無技巧化的力量。如「誰曾嗅到了秋的味／坐在破饅子的窗下／從遠方的池沼裏／水濱腐了的落葉的——從深深的森林裏／枯枝上熟了的木莓的——被涼風吹來了／秋的氣息」（《秋的味》），它可以說是最不端架子的詩，口語式的敘述直接、隨意、自然，不故作高深之語，更無洋化嫵媚之嫌，詞彙語象都稔熟平凡；但它平靜得出奇的語言，卻輕輕道出了隱秘的蕭索感傷的生命之昧，細緻纏綿，縈繞不絕，自由舒展的語言態度與自然質樸的生命諧調得天衣無縫。語言與情思的同構鑄成了詩歌小溪般流淌的風格，清新樸實，令人回味依依。而像《鄉愁》《地之子》《歸的夢》等詩那種順敘、對比對稱、疊字複沓的運用，更有民歌民謠風吹拂的感覺，這正應了詩人後來認同的「中國的新詩將來可能在民謠中找一條道路」〔註7〕的理論，獲得了「中國作風與中國氣派」，強化了鄉土詩語言的活潑。

　　李詩「離文化遠一點」或曰「反文化」的語言態度，本色、簡潔又率真、天然，達成了與鄉土情緒精神的契合，它改變了詩歌生硬典雅的貴族氣，清淡而有詩意，拙樸又意味深長，來自鄉土又能返歸鄉土，在讀者與文本間架起了溝通橋樑。這種語言態度也使李廣田的多數詩少大幅度的跳躍與意象連

〔註6〕李廣田：《文學枝葉·〈淚和朝霞〉》，《李廣田文集》第3卷，第128頁，山東文藝出版社，1984年。
〔註7〕呂劍：《詩人李廣田》，《詩與詩人》，第261頁，花城出版社，1985年。

接，某種程度上與散文美搭了界，顯出從容不迫舒緩有致的質樸態度，《那座橋》《土耳其》《上天橋去》等幾首長詩在章法、句法、節奏、韻律上就多得散文情趣。當然這是非絕對的主流傾向，詩人有些受唯美藝術影響的詩在形態建構上還十分講究節奏感與形式美，《夕陽裏》《旅途》即是以連綿音節、拈連手法與低回的句子，來斂藏傷感抑鬱情思的詩。

三是夢真交錯的抒情視角。英國詩人華滋華斯說詩是強烈情感的自然流露，它起源於在平靜中回味起來的情感。李廣田身居喧器的都市，長期沉於「地之子」情結中，咀嚼往日的心理積澱，聯翩思緒迫使他自然從心中流出許多關於鄉土的詩。這是一種有距離的觀照，它常將記憶與現實結合、夢與真交錯，是記憶中故鄉的恢復，又是想像中鄉土的重構，如《異鄉》就是這種幻覺與實感交錯之作，它抒發了詩人行路所見景物觸發的一片鄉情。異鄉路上，似曾相識的景象，使詩人如墮返歸故鄉的幻覺路上，故鄉自家的門廊裏「該坐著個白髮老媼」，那個久別的母親，短牆內該有歌唱的「天真的」「阿妹」；前兩節或然態的猜想也是半信半疑，「應是」「將」「憶起」等字樣已點明這親切明麗的畫面都是詩人的想像鋪展。果然最後一節「殘酷」的現實替代了虛幻聯想，「是故鄉，還是他鄉／有幾個不相識的面孔穿過了街巷／一隻瘦狗在向我狂吠／我倉皇地離開了這座村莊」。人面生疏，瘦狗狂吠，使詩人頓覺正身處異鄉。記憶想像中的景象事態反襯出詩人飄泊的惆悵，它們愈美好，鄉夢醒後的惆悵就愈濃重；特定的視點把詩人的鄉思表現得曲折婉轉，煞是朦朧。《歸的夢》也是歸的現實與夢的情境疊合，既以歸時想像中的夢的情境來印證夢的故事，又凸出了詩人歸鄉的激動與興奮強度，在他看來歸家的現實就如夢一樣令人不敢相信。《窗》抓住昔日戀人如今從窗前走過的剎那展開詩思，將過去的情感「戲」與現在的情感「戲」定格在一瞬間，變短暫的物理時空為九載漫長的心理時空，女友的「變」與自己的「不變」、女友的無情與自己的癡情對比構思，在強化悲劇感同時，充滿了辯證思維意識。

在李廣田記憶與現實交錯比照的詩中，鄉愁鄉戀總與童年的歡樂連繫一處，記憶與想像總是美好溫馨得令人嚮往，而現實卻常浸漬著一股黯淡凄清的人間氣味，這實際上已暗含著詩人對鄉情的情感回歸與置身都市的異己感，無形中為李詩罩上了一層美麗而憂傷的情思霧障。詩人這種以夢當真或真亦為夢的寫法，這種以回想式敘述觀照逝去記憶的寫法，常將繆斯推向亦真亦幻境地，親切而渺遠，超然又清晰；常使詩歌心律繁富五味俱全，喜人又惱

人，誘人又傷人，如歌如畫如煙如夢，味似橄欖，卻也清新。

　　李廣田詩歌藝術個性的剖析表明：他詩中有些現代風的存在；但大部分為立足鄉土的歌唱，帶有濃厚的鄉野「土味兒」。與那些現代性的先鋒詩比較，李詩倒多些現實主義的藝術因素，確切說它是現代詩派這個現代主義藝術陣營中現實主義藝術的孤絕音響，是「都市裏的村莊」。雖然它還僅僅是新詩從新月到現代的過渡中間物，還僅僅是新詩從初創到成熟旅程中的鏈條或驛站；但它的寫實品格在現代詩壇流程日趨向現代化歸赴過程中，卻使繆斯更接近了現實與土地，更接近了讀者心靈。

　　世事終難兩全，成績與缺憾往往同時並存。李廣田的鄉土詩並非高度理想化模式，過重的散文羈絆時而使它淡化詩意，過於直露，想像力的不足也常導致它不夠凝練；但它的價值仍然不可忽視。它不僅為現代詩派提供了一個新的藝術品種，更重要的是它提供了許多啟迪因素。首先它以對傳統鄉土詩的超越，加強了詩的人世精神。傳統鄉土詩大多屬於小農經濟的桃園夢想，核心是道家出世的「內聖」思想和隱逸精神，是封建士大夫鬱鬱不得志的寄情山水、終老林泉之作；而李廣田的鄉土詩在表現鄉土的溫厚清爽同時，更切入了鄉土人勤勞純樸善良背後的悲哀命運旋律，寫出了鄉土的壓迫及生命憧憬，開拓了鄉土詩的新內涵。其次昭示了一種超前的先鋒文化走向。費孝通認為「從基層上看去，中國社會是鄉土性的」〔註8〕，鄉土是中國自然和人文狀況的整體背景；因此李詩從鄉土透視去把握民族的性格與心理，就成了一個相當理想的角度。它雖未與鄉土的時代性高度同步，但仍或濃或淡地折射著鄉土與現實的風雨潮汐，鑄就了一定的認識價值。尤其是當我們放眼二十世紀世界文壇就會發現，隨著都市文明缺點的日益顯露，一股回歸舊有文化的詩歌潮流正在湧動；因此李詩對鄉土文化的認同飯依，就暗合了世界藝術潮流的脈動，提供了某種具有未來意義的現代主義因子。再次李詩以其藝術新質的發掘，實現了對傳統鄉土田園詩溫柔敦厚、閒適空靈風格的創造性背離，獲得了與中國文學現代化進程相一致的審美趣味。那種美麗而悲涼的基調、象徵性的意象與本色清新的語言，都構成了傳統鄉土詩的現代變奏，為後來的鄉土詩探索設下了豐富的啟迪場。

〔註 8〕費孝通：《鄉土中國》，第 6 頁，北京大學出版社，1998 年。

第十八章　不該被歷史遺忘的「星辰」：
「小」詩人凝視

　　在 1930 年代現代詩派的藝術競技場上，每一個詩人都有自己的獨門拿手戲。戴望舒風格清麗蘊蓄，醇淨自然；卞之琳冷凝幽秘，貌似清水實為深潭；何其芳婉約空靈，有著如煙似夢的境界；廢名充滿盎然的禪趣，亦美亦澀；林庚用原始語言傳達清麗幽邃的情思，灑脫醇冽；施蟄存善寫意象抒情詩，詭異飄渺；李廣田樸實濃厚，自然大度，是典型的「地之子」；金克木意境蒼老；南星深婉精微；番草如透明淒清的殘月……堪稱姚黃魏紫，各臻其態。詩派中的一個個抒情分子，猶如天空中一顆顆閃爍的「星辰」。它們中有的耀眼奪目，有的忽明忽暗，有的一閃即逝。對之人們不能等量齊觀，但也不能因為前者的耀眼，就忽視或無視後二者存在，正是這些「小」詩人和「大」詩人交相輝映，才共同織就起了詩國銀河的爛漫與輝煌。所以，歷史不該遺忘那些平素不大為人注意卻同樣重要、個性鮮明的嚴肅「星辰」。

一、曹葆華：冷澀的生命沉思

　　從樂山走向世界、享譽中外的翻譯家曹葆華（1906～1978），在 1930 年代原本是一位多產的詩人。僅僅在抗戰之前，他就出版了《寄詩魂》《靈焰》《落日頌》《無題草》等四本詩集。

　　1920 年代末，曹葆華就開始了繆斯之戀，只是那時他尚在新月詩派的蔭蔽之下。當年，他這匹「千里馬」對自己的「平庸」、沒有才華近乎絕望時，是「伯樂」朱湘及時的肯定與鼓勵，才使他馳騁詩壇的。受聞一多、徐志摩等

新月詩人的影響，他那時主要歌唱不安定靈魂中純潔的愛情與失戀的苦痛，《她這一點頭》《寄》《寄詩魂》等就是其中真誠纏綿的個人化聲音再現，形式大致整齊，風格熱情明朗。

在 1930 年代初期接受過法國象徵詩與英美現代詩的洗禮之後，「清華詩人」曹葆華躍入了現代主義詩歌的創作階段，無論是內涵探掘還是藝術表現上都有了令人耳目一新之感。應該承認，當時曹葆華一些對現實進行突入、擴張的詩有一定的積極意義。如《落日頌》就裸露著譴責黑暗、渴望光明的意向，它在歌頌落日華貴威嚴的同時，又乞求它不要落入黃昏的懷抱，讓黑暗來統治宇宙。但是大部分詩歌的內在感傷與《寄詩魂》《靈焰》兩部詩集仍相去不遠，詩中觸目即是的「墳墓」、「死亡」意象乃充分的明證。如「只聽遠處幾聲木柝／叫醒了無家的鬼魂／想來摸撫著死屍慟哭」（《無題三章(二)》）、「半撮黃土，兩行清淚／古崖上閃出朱紅的名字／衰老的靈魂跪地哭泣」（《無題三章(一)》），它們的出現是詩人這一時期美與理想幻滅後絕望痛苦情緒的外化。再如詩人的名篇《古槐》這樣寫到：「古槐葉上滴下清涼／階前黃昏正徘徊著／喝一口苦茶，歎一口氣／誰從牆外輕步走過／惹起多年夢中的憂思／／久想浮起一隻木搓／漂向那三山外的荒島／獨自守著一斗天地／不見天上掠過慧星／照出古代寂寞的仙魂／／中年白髮更稀少了／飄落在地上錚然有聲／多少日子哭泣走過／獨在荒冷的角落裏／砌造自己晦色的墓碑」。它借古槐及古槐旁影像的捕捉，表現了詩人瞬間的感傷。前二段設置了兩個世界，前者為現實世界，寂寥而伴著苦澀與感歎，後者為幻想世界，自由神秘又平和；但是前者卻無法逃避，後者又飄渺得難以企及。這兩個世界的對立撞擊，已把詩人的失落矛盾心理凸現得十分清晰。而第三段則進一步將詩人這一心理意嚮明朗具象化，在矛盾與感傷中只能傷痛地任白髮脫落，任哭泣與淚水折磨，以終日勞作為自己砌造墓碑，等到死亡到來。

引人注目的是詩人理想與愛情的感傷詠歎中，已融入自我的探尋追求與人生沉思的質素，探尋人生意義、追求生命價值已上升為詩人歌唱的主旋律。如《無題三章（三）》：

> 設想自己遊歷亂山中
> 掉了身邊古怪的鑰匙
> 歸來開不了一椽茅屋
> 安放下無邊空漠的心

（還有多少白日夢
也閃著各樣顏色）

設想又悵然回到山中
遍問路上的一草一石
露珠閉了閃亮的眼睛
森林不吐出往日話語

（只有山半的墓碑
鑴上了一個名字）

　　詩傳達了一種自我的失落與尋找的主旨。丟了鑰匙開不開茅屋的門，無法為無邊空漠的心找到歸宿，已見出幻滅的悲哀與失落的惆悵；而想尋找鑰匙又找不回來的沉思則更見詩人情思之悲淒。以往閃亮的露珠閉了眼，森林也說不出往日的話語，它表明以往詩人心靈依託的自然已發生異化，詩人在那裡找不到自己及歸宿，於是只有走向人生的最後歸宿——永恆的死亡。超越詩的語義表層，就會感覺到詩是對宇宙、人生的思索，表現了人生與自然的異化疏離與自我的喪失，於是要探尋失落的主體探索人生的意義；但歸宿的指向卻是死亡。這種帶有傷感色調的苦澀追尋，賦予了曹葆華的詩一種哲學意義。

　　曹葆華現代派時期的詩在藝術上精雕細琢，慘淡經營，在走向思想深邃、詩語硬朗的同時，又詩意幽暗，詩骨嶙峋，詩味冷澀，怪僻奇崛，有了「郊寒島瘦」之遺風。具體說，詩人對待情感力求有距離的不動聲色的冷靜觀照，造成一種陌生的間離效果，它再與象徵、隱喻手法結合，更常使詩有弦外之響，令人一時難以捉摸透其深層的旨歸。如《古槐》中對槐樹的描寫十分客觀，使其植物性特徵十足；但實際上詩人要表現的卻是瞬間的感傷，詠物之外的內涵必須透過物之描述才可把握，有種「隔」之感覺。再如「如古代的雄主登坐九重寶鑾／你披著金黃的龍袍，踞坐在迢遠的／高山……我求你，燦爛的神！要高登太空／把下界赫然照管；切莫像愚昧的／庸主，沉入黃昏的懷抱，讓黑夜／闖進這遼闊的塵寰」（《落日頌》）。詩對光明的禮讚、描繪是虛寫，而對黑夜來臨時種種景象的描繪才是實寫；至於此中隱喻光明不可得、黑暗猖獗乃是現實，以及當權者並不體恤下情的寓意，則是從字面上很難看得見的。曹葆華詩歌另一個顯著的特徵，是呈現著時空突兀轉換的蒙太奇狀態，忽而夢境，忽而玄想，忽而現實，它們的交錯合一，在擴大詩的語義與聯

想空間同時，也線索繁富，令人閱讀時很難一下子完全準備就緒，並且必須不時調整視角。如「怎得有一方古鏡／照出那渺茫的前身／是人，是鬼，是野狗／望著萬里的長空／一輪紅日突然隕下」，這是《無題三章（一）》的上段，前三句對人存在本體、目地、意義的探尋，與高更的名畫《我們從哪裏來，我們是誰，我們到哪裏去》有異曲同工之妙；而至四五句就已由生命的玄想轉入自然界的觀照，下段就更是人世尋找價值理想的現實情思呈示了。

　　《無題草》是詩人現代派詩藝的高峰，也是詩人舊生活結束的標誌。抗戰後不久，詩人就奔赴了革命聖地延安，詩也隨之步入了樂觀雄健的福地。

二、澄澈古典呂亮耕

　　別號恢佘的呂亮耕（1914～1974），生於湖南益陽一個沒落的書香門第，他體質文弱氣度蘊藉，談吐從容為人淳樸；但一生卻命運多舛，行蹤飄忽，鮮有定所。

　　1934 年，懷著作家夢的呂亮耕獨闖大上海，從亭子間開始文學創作生涯。先是象徵派詩歌、新感覺派小說、纖麗奇巧的散文俱寫；及至受長相來往的戴望舒影響後，寫作重心才轉到詩上面，作品在《新詩》《文叢》等報刊上偶露崢嶸。抗戰爆發後，呂亮耕騰挪於抗戰洪流中，詩思活躍，感受空間不斷拓展，相繼編報紙《詩歌戰線》，辦刊物《中國詩藝》，出詩集《金築集》（另一集《長江集》編好未出），作各家報刊主筆，散文、雜文、詩、專論、小品都寫。建國後回故鄉益陽做中學教員，1957 年被錯劃為右派，飽受許多折磨與顛沛流離之苦，1974 年含冤而終。

　　呂亮耕在現代派時期作品數量不多。只有《Ottava Rima 四帖》《獨唱》《索居》《譬喻》《冬簷下的夢》《低頭見》《欲渡之前》等數首詩。這些詩有它們的不足：多停駐於個人天地，咀嚼心靈的情思，詩風狹窄枯澀；過分依賴生活語言，固然親切自然，但也助長了詩質稀薄的說白之風；傳統色彩的濃重，也有因襲之嫌。它們「象徵主義的色彩比較濃厚，憂鬱、凝重，大多是個人感傷情懷的詠歎」〔註 1〕。由於詩人重視藝術技巧又無唯技巧論的偏頗；所以藝術上起點甚高，質量上乘，情深、精美、純熟，晶瑩澄澈，深得象徵詩的藝術奧妙，又迴蕩著強勁的古典風。

〔註 1〕徐遲：《沉舟已經升出水面──〈呂亮耕詩選‧序〉》，湖南文藝出版社，1989年版。

　　呂亮耕此時的詩有較強的象徵色彩，由於它注意情景交融，善於創造融感覺、知覺、記憶、表象於一體的民族審美意識積澱深厚的意象，所以在隱與顯的藝術表現分寸感把握上，做到了恰切適度，使詩歌含蓄而不神秘，朦朧卻不晦澀。如《Ottava Rima 四帖》之一的《眼》：

　　　　比目魚，比目魚，
　　　　——神話中曾傳說的名字。
　　　　我不敢輕道臨淵的羨語，
　　　　袖手看盟鷗自來去。

　　　　哪是洋洋的魚樂園？
　　　　——我亦志在乎水。
　　　　願思維是一笠帽，一垂綸，
　　　　我好肩一肩細雨不須歸。

　　該詩興發於此而歸於彼，比較理想地結合了古典意象與現代情緒。作者以傳統意象比目魚之「目」生發開去，轉看盟鷗自來去，曲喻著對自由的羨慕神往。而魚生長在快樂國度與「我亦志在乎水」的聯繫建立和奇妙神思，既能夠喚起讀者「青箬笠，綠蓑衣，斜風細雨不須歸」的審美積澱，又更能見出嚮往自由情思之深切。

　　《眼》的分析也表明，呂亮耕的抒情詩因為注意運用意象派的藝術手段，所以是感情的而不是濫情的。如《索居》意欲表達一腔念遠的愁思，但是詩人沒有讓它淪為赤裸的感傷噴射，而找到了「遠遠的秋砧」這一情思對應物寄託。「當霜寒堆上土蟀的破琴／老松也噤無一言／而朔風偏為人送來感慨／你聽：遠遠的秋砧／／彷彿記起那一個人的叮嚀／一句句從砧聲裏透／夢回後：還塞一聲雞——啼濕了夢中人手繡的枕頭」。萬物蕭索的秋日，單調寂寞的搗製寒衣的砧聲，怎能不令孤寂的詩人愁起天涯？微茫慘淡的意趣，借助秋砧的寄託，既不直白又可理解，有種半透明的朦朧美。「一個人」是母親還是情侶？詩人不直接說出真是聰明之舉，在這裡不說就是最好的說，是母親還是情侶隨讀者想像去好了。

　　豐富的想像力使呂亮耕的詩常出語清新，活潑凝煉，生活中淘洗出的生動新鮮和古詩詞中有生命力的語彙結合，也自是風情萬種。如「三峽風吹散兩地思／化作斷了消息的血潮」（《纖》），「墨色夜流鋪了一篇夢／浪嘯是海客的枕頭」（《海客》），「風動：櫺上一片蕭蕭聲／但悲哀再掀不起一頁記憶」（《冬

簷下的夢》），頻繁地比喻，皆屬於他人未發的「遠取譬」；虛實相生的語句與之撞擊，使呂亮耕的詩雖是新詩，但其洗煉其精粹卻不讓古典絕句。

三、陳江帆：尋找現代田園

陳江帆是在現代詩派的核心雜誌《現代》上發表作品較多的詩人。他的生平至今不詳無論如何是種遺憾；但真正的詩的生命不是靠名字、經歷而是靠作品支撐起來的，只是《現代》上的十八首詩，就足以使陳江帆走向永恆。

陳江帆的詩歌世界是闊達的，闊達得包容了現實外宇宙與心靈內宇宙，闊達得筆觸伸向了現實、歷史、自然、人生各個領地。那裡有《戀女》《夏的園林》的戀愛情緒跳蕩，有《端午》《南方的街》遊子思鄉心理的披露；但其間最活躍的是兩個角色，即結構詩人人生兩極的都市與田園，二者的分別具現與對立轉換，使陳江帆的詩爆出了盎然生趣與多元姿彩。

對於都市，詩人有著辯證的認知表現，既宣顯了它的威力、神奇、文明的一面，也未迴避它的罪惡、繁亂、異化的一面，「都會的版圖是有無厭性的／昔時的海成了它的俘虜／起重機晝夜向海的腹部搜尋／縱有海的呼喊也是徒然的／／現在，我們有嶄新的百貨店了／而帳幔築成無數的尖端」（《都會的版圖》），都市的擴張在詩人筆下是美的，它對大海的挑戰中表現出了無限的威力、摩登與人定勝天思想。而像這樣的描寫「林蔭道，苦力的小市集／無表情的煤煙臉，睡著／果鋪的呼喚已缺少魅感性了／縱然招牌上繪著新到的葡萄」（《海關鐘》），已蟄伏著對工業化畸形都市文明的揭露批判，對疲憊不堪的勞動者的同情；《減價的不良症》也再現了經濟蕭條境遇下都市在「大減價」聲中的病態痙攣。對都市文化的厭惡以及生存於都市的困惑在《麥酒》中表現得最為充分。它表明在中西文化碰撞的十里洋場上海，知識分子患上了嚴重的心理失衡症與精神衰弱症。他們在時尚與傳統間被置於二難尷尬境地，左右搖擺。既怕「過時」為隔日黃花被社會淘汰，又怕失去滋養之地失去傳統，「浮空體」意象具體地外化了這種六神無主、沒有歸宿的茫然感、失落感與身心分裂造成的衰弱症。怎樣抵制「香粉」、「時裝」的氛圍？怎樣抗衡人類異化的都市流行症？詩人的形象回答是「讓窗子將田舍的風景放進來」，以真正的自然替代調養十二月的「朱砂菊」的人工自然；而「麥酒」正可以促成從香粉時裝組構的時尚中回歸自然，顯然這裡的「麥酒」已成為自然、淳樸傳統的象徵，只要向自然與純樸傳統回歸，即可治癒現代都市文明的衰弱

症。在這首詩裏，都市與田園自然已完全對立。

　　正是在種心理背景下，詩人的情感理所當然地趨向了古老淳樸、恬淡安溫的田園風情。需要指出的是作為置身都市的詩人，這種心理意向決非簡單的思古之幽情，它是現代人對精神維繫、精神家園的尋找，它是詩人意欲領略生命中單純空明一面的意識衝動。如《百合橋》「月色浮上百合橋／今夜，是我村的社日／／單純調的二簧低唱著／有感冒性的憂悒開始了／／是海色的鰻魚陣嗎／烏桕路只見少婦的市集／／我遂有暗然的戀了／載著十年的心和老的心」。它以特定的聲、物、色的集合與感情的渲染，以及集市所呈現的幻象，獨出心裁而又真切異常地托出遊子欲返歸牧歌般鄉土的複雜情思，它帶給人的是情緒的撥動、經驗的復活。《窗眺》更具說服力。

　　　　豐富田園風的新村，
　　　　我安詳地住下來。
　　　　那映在松林間修潔的廬舍，
　　　　備為牧群住的板屋，
　　　　不遠的蔭路與草陵，
　　　　屢屢引起我作晨昏的窗眺。

　　　　我競疑慮要成為原始人了，
　　　　窗眺的心釀著荒誕的夢——
　　　　叢樹簇列著星珠的凝眸，
　　　　星珠是天國的窗戶，
　　　　幻想我沿叢樹直下，
　　　　復倚憑窗戶而歌。

　　窗眺的物象與其說是自然的勿寧說是心境的。前段描寫的遠離喧囂傾軋的安詳清靜沖遠的客居環境，是先代文人謝靈運、孟浩然、王維等住過的，詩人對自然田園風光的窗眺，其深層底蘊更是對先賢們精神世界的嚮往；下段「原始人」的幻想，則是審美意義上的生命感悟。《荔園的主人》坐在籬下，更像坐在溫煦寧謐的牧歌裏，「五月的荔子園／晚風吹著圓熟的花果」，「一個牧羊的歌女／踱進了籬旁」。上述詩作證明了一個事實：陳江帆是一個尋找現代精神田園的詩人。在目下現代人生的空前焦慮中，讀讀他的詩對慰藉心靈也許不無益處；當然陳江帆詩歌對古典美的過分依戀，也一定程度上減損了

現代詩學內涵的繁富性。

契合著詩情的田園風味，陳江帆的詩大多刻意經營意象，追求情境的畫面感，同意象派詩歌的美學原則保持著高度一致，在瞭解了《百合橋》《窗眺》後這一點也無需多論。陳江帆的詩對意象的呈現有時甚至還帶有一點唯美氣息，如《燈》面對靜夜燈火，已不再誇飾浪漫主義的感傷，而關注它在瞬間產生的那種鮮明、結實、充滿活力的唯美特徵；《麥酒》意象的奇峭調配在一般詩人那裡也十分少見。至於語言，陳江帆走的是戴望舒那種自由又典雅的路線。

四、玲君：憂鬱又婉約

玲君（1915～1987）原名白汝瑗。他在現代詩壇上雖一閃即逝，但在 1930 年代卻是相當出色的現代派詩人，曾在《現代》上發表過八首詩，出版有詩集《綠》。他的詩傾向於婉約、明麗、牧歌式的樂感，長於輕柔細膩的內在情感的表達，也時而透著來自北國的憂鬱與寂寥。玲君的詩是「一束幻想的書簡，它是一封封對於世界、人生及其所生活的人的問訊」〔註2〕。而 1930 年代的人生景況與氛圍，又決定了詩人的許多詩都染上了普遍的憂鬱流行症。如「風向要把我向，哪一方面吹去呢／我不敢用寂寞來呼喚我的名字／永遠是在冬天啊／有沒有盡頭呢？我不知道」（《寂寞的心》），它酷肖當年徐志摩《我不知道風是在哪個方向吹》中迷惘的翻版。詩人不只心的寂寞如冬魚沉入冰河，連人的名字也寂寞得沉入記憶深處。在詩人那裡，即便是羅曼諦克的戀情也伴著孤寂與失落、抑鬱與恐懼，對此詩人也供認不諱，講他的詩是一束脆弱的記憶，可以縊死在女性的髮絲間。《藍色的眼睛》就有這種情調，它「帶著貴寶石的光采／藍得可以駭人」，使「我沒有立即起身之勇氣」，對有藍眼睛的「她」，「我只能用宗教一樣虔誠的情緒去注視她」，「只能做一個環繞著她的衛星」。這種「永遠思慕著」的執著愛戀令人感動，卻也不乏傷感與憂鬱。

對於生命中的孤寂失落，詩人也在尋找著擺脫的途徑。如「午間聽騎驢的鈴聲由遠方來／夜間看山的眼睛巡邏似探海燈／我的寥寂，你的冷靜，與／山的憂鬱，是／三位同一體」（《山居》），詩人彷彿已將自己化入了純淨的大自然，與之結為一體無法分離，以至詩人的詩心「為大山所鐐銬了」。詩人這種隱遁山林，雖不乏無可奈何的成分；仍可看出意欲擺脫黑暗之努力。也

〔註2〕玲君：《綠·前記》，上海新詩社，1937 年版。

正是因為他寫了許多這樣的迷醉自然的詩篇，他在詩壇一出現就被稱為最有希望的田園詩人。

臺灣學者周伯乃說玲君的詩不在任何一位現代派詩人之下，我想主要應當指的是藝術性。詩人在藝術上的多方探索，煥發出婉約細膩的魅力。

玲君是一個最富有想像力的詩人，他的不少詩都是幻象、聯想鋪就的華章。如「這裡，嚴冬駕御著載客的大車／轟轟地由遠方馳過／山川封鎖。草木蕭索／一切屋頂也都被塗上了白色……」（《雪》）。乍看題目，不禁為作者捏了一把冷汗。雪，平凡又平淡，吟誦它的詩何止千萬，怎樣才可以把捉好，有所突破？待至讀畢，疑慮頓消。一個傳統而古老的題目，被渲染得那般絢爛多姿，詩趣盎然。它成功的關鍵是超越了現實沉滯，以擬人化的想像飛昇獲得了無限的靈氣。雪幻化成了一個知心的朋友，它接受嚴冬之神的邀請，隨著載客的車輛而來，一切屋頂都被塗成了白色；為歡迎它的蒞臨，我虔誠而忙碌地收拾茶具，它的到來使屋內頓時光亮開朗，主人欣喜萬分；它如同一位少女，沉靜、安詳而羞澀，怕見燈火，怕見太陽的殷勤，它的到來使花鳥沉靜無語地守在一旁；我和它在這靜溫的甘美之夜，相伴絮語著，共話將來，躲開星光月亮與一切光熱，相約「明日你帶我去晶瑩的冰河」。在交談的幻想中，地下呈現的只剩下一個晶瑩潔白純淨的世界。而這甘美的幻想又會給人多少奇妙的遐想啊！正是這擬人化的神思妙想，使雪化無形為有形，獲得了可以觸摸可以感覺的具象實體，實在又超脫，具體又空靈。再有《舞女》，是表現在紙醉金迷的舞廳混生活的歌女「零碎的身世感」，其中心意象「人們舞在酒中」就是靠聯想與虛構創造的意象。《噴水池》被詩人想像出的攀升超脫情態，也能讓人聯想領悟到向上進取的心態、企圖，美且朦朧。

詩人也善於起用現代藝術手段，如《鈴之記憶》通篇皆由通感構成，它以生花的妙筆博採意象，以喻鈴聲，妙趣迭出。在詩人筆下，鈴聲如「海上浮來薄晨的景色」；又如一個老人「翻開輝煌的古代舊事／饒舌在迷茫的夜裏」；還如「閃動在吉普賽野火旁／那奇異的車鈴的聲音」，「零落如過時薔薇的花瓣」，聽覺與視覺聯通已屬新鮮，與想像交合愈見別致，它把人的感覺傳達得更為細微迷離。《樂音之感謝》的通感運用也給人目不暇接之感。語言的鈍化陳舊，是詩歌死亡的前奏標誌，要想激活一首詩必須首先激活其語言表現力。玲君除常用意象打磨、妙化語言令人耳目一新外，還十分注意詞彙語調與內

涵的呼應，《雪》的語言就如同清澈的溪流，從心靈中汩汩流出，似與朋友促膝交談，娓娓道來，讓人倍感溫馨與親切，同內容達成了同構。

可惜的是玲君成功的作品少了一些。

一個流派的形成絕非眾多個體的求同過程，現代詩派是由眾多音響匯成的合聲鳴奏。正是詩派中眾多詩人並存互補，交相輝映，增強了流派整體風格的肌體活力與絢爛美感，開拓出了讀者多樣化的期待視野。

附　論

新月詩派的巴那斯主義傾向

　　新月詩派誕生至今已有 70 餘年的歷史，但它的風格歸屬卻始終未得到學術界的切實定位，這不能不說是一種遺憾。呈壓倒之勢的觀點認為，新月詩派是創造社後浪漫主義詩潮的核心層，也有人循著艾青的「現代詩派是由新月派與象徵派演變而來的」的思路，斷言後期新月詩派是象徵主義的，具有象徵詩朦朧感傷的特質；還有人認為新月詩派的風格隸屬於唯美主義範疇。我認為上述幾種觀點或過分著眼新月前期（《詩鐫》時期），或過分強調新月後期（《新月》時期），都存在著缺少整體綜合意識的片面性。其實新月詩派既非純粹的浪漫派，也非嚴格的象徵派，倒有一種從浪漫派向象徵派過度的「中間」色彩，即巴那斯主義傾向。

　　何為巴那斯（又譯為帕爾納斯）主義？這一話語是本文論題得以展開的理論支撐。簡單說，巴那斯主義是 19 世紀萌生於法國，後遍及歐州各國的詩歌流派。它承上啟下，既是經典浪漫主義與唯美主義的藝術延伸，又促成了後來的象徵主義詩潮的崛起。在法國它的代表為特德·李勒，在英國經典浪漫主義與 20 世紀意象派之間的維多利亞詩風是它的同路，代表人為丁尼生、勃朗寧。它具有藝術至上的傾向，反對浪漫主義直接赤裸的抒情，提倡藝術形式的精巧完美，主張節情與格律，將主觀情思潛隱在唯美形式中。它在本世紀 20 年代經新月派譯介進入中國，並鑄成了一定影響。

　　這裡無意考察巴那斯主義的歷史及特徵，簡捷紹介的目的只是為闡明新月詩派巴那斯主義傾向這一事實。

　　說新月詩派具有浪漫主義風格，恐怕是不爭的事實。它至少有以下幾點依據。

　　首先，浪漫主義詩歌強調個人情感，以主觀抒情為核心特徵，這種重情感因子的特質幾乎遍染了新月抒情分子。他們大都固守自己渺小的一掬情感，向靈魂內世界拓進；尤其早期，攜著青春火氣崛起的新月群落，更因西方經典浪漫主義詩歌影響，時代心態的滲透，彈奏出了五四精神及五四運動落潮的浪漫精神餘響，弘揚主體，歌頌愛情，崇尚自然，追求理想。

　　天生感情型的徐志摩，在《迎上前去》一文中力主表現「筋骨裏迸出來，血液裏激出來，性靈裏跳出來，生命裏蕩出來的真純思想」，這種崇尚性靈的觀念使他早期詩有強烈的內視性，狂放激情的燒灼又使他的詩如山洪爆發，整本《志摩的詩》差不多就是感情的無關闌的泛濫。憧憬愛情的《雪花的快樂》，陶醉自然的《朝霧裏的小花》都是來自性靈暖處的情思流動、靈魂呈現。聞一多早期評價《冬夜》時認為俞平伯用理智壓抑的情感為第二流情感，反對以理抑情；而極力褒揚郭沫若熱情如火的《女神》並將之引為同調，創作出一本「燒沸世人的血」的《紅燭》。如「太陽啊，刺得我心痛的太陽／又逼走了遊子的一齣還鄉夢／又加他十二個時辰的九曲迴腸」（《太陽吟》），通過對太陽的怨悵祈求與詢問，表現出遊於思鄉的熱烈痛苦的心態。朱湘在《中書集‧北海紀遊》中也說「藝術品的中心是情感」，雖然他不少詩籠著一股恬淡之氣，但《答夢》等詩仍然浪漫味十足，充滿欲忘卻但難以忘卻的一已纏綿情思。陳夢家在《新月詩選‧序》中說新月詩人對抒情詩有種偏愛，可謂一語中的。事實上新月的成就與魅力也的確表現在抒情詩的創造上。聞徐兩位新月領袖忠實於自我情感表現的詩觀，對後期新月影響極大。如林徽音的詩就多表現個人細膩優雅的剎那哀樂情緒波瀾；陳夢家、方瑋德也是以極端個人化的情詩創作登上詩壇，構築感傷或超越感傷乃至虛幻的情思天地；邵洵美更專事情詩，視美與愛的剎那為永恆，表現愛的煩惱、欺詐與苦悶；方令孺則「嚴守著她的靜穆」，做女性的淺斟低唱。一句話，主情說仍為新月詩派的理論柱石，在此基礎上產生的標舉性靈、充滿情熱的詩篇，自然烙印著清新飄逸的浪漫主義色澤。

　　浪漫主義詩的第二個特徵是追求真善美，抒發理想並籲示其實現。新月早期歌唱中占較大比重的詩就都充滿著對崇高、美、莊嚴的渴望，體現著美醜並置的美學原則，即便出現醜與惡的描寫也只是為襯托美的存在。聞一多飄零異國、身受凌辱造成的視點錯位，使整本《紅燭》處處淌動著家園的思戀與精神孤苦，將祖國心造成美的象徵；並暫時忘卻了苦惱與醜惡。雖也有恨，但多是以美與愛的情調忘情地澆鑄民族形象。「莫問收穫，但問耕耘」（《紅燭》）的奉獻精神真切感人；《憶菊》在典雅的東方風俗歷史氛圍裏，將「我要讚美我祖國的花／我要讚美我如花的祖國」的由衷之情渲染得色調繽紛。「中國布爾喬亞政權的預言樂觀詩人」徐志摩，竭力美化自己的政治、生活理想。他的情詩之所以魅力無窮就在於將愛的追求與理想自由的渴盼契合，既應和了時代精神的詩意閃爍，又充溢著明朗樂觀的色調。《為尋一顆明星》凸現為了實現願望即便衝擊「綿綿黑夜」累死也在所不辭的進取情思，這正是五四精神的呼應高揚。最典型的《嬰兒》視理想中的祖國為嬰兒，寫到它安詳端麗的母親，在慘酷的絞痛中受罪，又滿懷喜悅地「盼望一個潔白的嬰兒問世」。這裡且不問此嬰兒是否為英美式的資產階級的「德莫克拉西」，也不問詩人是否從個人主義立場來抒寫信仰，單是那追求理想的頑韌精神就足以令人心動。朱湘彷彿矢志要把詩寫得精美復精美，他「要修建一座美的皇宮／不到力竭精疲不肯停工」，《雨景》與其說是對自然雨景的觀照，勿寧說是對自然美、生活美的追求與期待，「我心愛的雨景也多著呀／春夜夢回時窗前的淅瀝／急雨點打上蕉葉的聲音……不知哪裏／飄來一聲清脆的鳥啼」，雨的多彩意象承載的是詩人不但愛現實中已經展現的各種美，更愛尚未展現的令人神往的美的情思意向。饒孟侃的《家鄉》濃淡相間動靜相宜，優美如畫，它是記憶想像中的理想家鄉，這種以夢當真的心態本身就昭示著對美善的執著嚮往，至於大革命失敗後彷徨歧路的後期新月詩人，更以藝術象牙塔的營建慰籍心靈，追求藝術上鏤金刻玉的美感。可以說，新月的許多詩就是真善美的別名，新月詩人創造的一個個情思建築物中間，跳蕩著一個理想主義的精靈。

　　再次，浪漫主義詩歌十分推崇想像和比喻。對之新月詩有積極充分的應和，出於對早期的白話詩平實沖淡的反撥，他們幾乎把想像和比喻「當作詩人的藝術全部」。無拘束的徐志摩最「講究用比喻──他使你覺得世上的一切

都是活潑的」，〔註1〕出世的奇想常使他妙筆生花，在不羈的躍動中顯現出飄逸輕靈的夢幻情調。「我想攀附月色／化一陣清風」，「吹下一針新碧／掉在你窗前／輕柔如同歎息／不驚你安眠」（《山中》）這首幻象鋪就的佳品，借助想像將自己化作清風，將思念捎給戀人，迷茫得如煙似夢。聞一多的「想像弛騁於一切事物之上」，〔註2〕他善於在現實的場面、情景中做入世神思，險中取勝，如「騎著太陽旅行」、「噩夢掛著懸崖」、「珊瑚色的一串心跳」等就驚人越軌巧奪天工。《劍匣》借李白縱酒放歌撲月而死的傳說，隱曲凸現自己為藝術而藝術的觀念，浪漫想像的介入彷彿使死亡也帶上了幾許浪漫的詩意。其他的新月詩人也都具備用想像與比喻把抽象感覺具象化的能力。如「那水聲，分明是我的心／在黑暗裏輕輕的響」（陳夢家《搖船夜歌》），愛人「眼角裏水似的晶瑩／永遠是我沐浴著的大海」（梁實秋《贈》），那浪漫唯美的比喻運用，使直抒式的詩避開了空泛直露。有些瑰麗的詩完全由想像與比喻構築，如林徽音的《你是人間的四月天》中繁富的比喻四月天、雲煙、月圓、白蓮等如花雨飄落，美不勝收，增加了詩的嫵媚。想像與比喻的運用，使新月充滿理想情熱的性靈抒唱更為神采飛揚，更有浪漫情調。

對個人情感的張揚，對真善美與理想的追逐，對主觀想像與靈感比喻的強調，表明新月詩派這個抒情群落確實有浪漫主義特點，難怪長期以來不少人一直視之為創造社後浪漫詩潮的核心層呢！

新月詩藝具有一種雜色特徵。我們指出其具有浪漫風格同時；又發現其從前期向後期的流變中，實現了浪漫與象徵的兩極互動，並且越到後期它反浪漫主義感傷的象徵主義色彩越加顯明。

新月的象徵主義風格標誌之一是現代的「苦味兒」情思越到後期越呈上升趨勢。悲觀幻滅時代氣氛的彌漫，抒情主體或戀愛婚姻不幸失意或人生坎坷窮困潦倒的精神體驗，使曾帶著青春火氣的新月詩人們，逐漸將借鑒視點由經典浪漫主義轉向哈代、鄧南遮、波德萊爾等現代主義詩人，抒放出一曲曲孤獨悲觀、憂鬱苦悶的情思樂章。從花一般的幻想中醒來的聞一多，發現祖國乃一溝絕望的死水；於是自然地厭棄起《紅燭》，稱其為「不成器的兒子」，厭棄其風流倜儻，充滿激情眼淚的偽浪漫主義傾向，轉而受桑塔耶那的《美感》影響，開始表現現代式的直覺印象，那「雞聲直催，盆裏一堆灰／一股陰

〔註1〕朱自清：《中國新文學大系・詩集導言》，上海良友圖書印刷公司，1935 年。
〔註2〕沈從文：《評〈死水〉》，《新月》第 3 卷第 2 期，1930 年 4 月。

風偷來摸著我的口／原來客人就在我眼前／我眼皮一閉，就跟著客人走」(《末日》)，已是極現代的生存體驗，荒誕中顯示出末日的恐怖與驚心。壓卷作《奇蹟》也以躍動不居的句式傳達複雜微妙的現代情緒。理想坍塌後的徐志摩也由再婚前的詩興噴湧轉向再婚後的詩爐灰冷，憂鬱絕望中的他轉向哈代、波德萊爾，稱後者為「靈魂的探險者」，其《惡之花》創造了「新的顫慄」。隨之而來的是詩思苦澀得不斷地向瘦小裏耗，到《猛虎集》《雲遊》時只剩下微妙靈魂的秘密，被扭曲靈魂的絕望幽思，情調也日趨頹廢悲觀陰冷。如《生活》對於以快樂為本色的詩人成了陰沉黑暗「甬道」的歎息掙扎；詩人更哀歎「我不知風在哪個方向吹」，詩已開始向死亡沉落。于賡虞其人其詩都透著一股哀怨悲涼，包裹著一層絕望的厭世煩亂的情思，孫大雨則以《訣絕》揭示了愛乃是虛無的承諾，天地和萬有開始永劫就因為「她向我道了一聲訣絕」。饒孟侃的《惆悵》充滿天涯，那是一種念遠的平凡情懷，更是一種形而上的幽思。邵洵美的《季候》不僅具象對應愛由萌發、高潮、破敗而幻滅的過程，情調也由平靜而熱烈而冷清而淒婉，它已與徐志摩的《渺小》一樣，帶上神秘的氣息。而朱湘則以自殺的結局實現了對現代主義的最後皈依。新月意味探索已實現了由古典詩意向現代詩意的轉換，「苦味兒」的悲劇性內涵拓進，已抵達了西方現代主義情思領地。雖然它的不少詩篇到後期仍浪漫氣十足，但其情調已由積極轉向了消極。

　　新月象徵主義風格的第二年標誌是美善原則已為醜惡原則所替代。在浪漫詩學那裡，詩與美總結伴而行，醜惡只是次要的陪襯；可新月的後期詩卻不僅大膽地把醜惡推上詩美殿堂，還常常以醜為美加以欣賞。徐志摩不但翻譯過波德萊爾的詩歌《死屍》，還仿傚他的《惡之花》進行創作，《毒藥》《白旗》就顯現出波氏的「惡」與「奇豔」、「香」與「毒」。其實他早些的《無題》已初露這一端倪，荊刺、狐鳴、腹蛇、斑斑血跡等為不宜入詩的意象本身就醜惡陌生，詩人卻以其的共融共生表現人生旅途的艱難。聞一多也把醜放到相當的地位，從印象主義繪畫的角度接受了羅丹以醜為美的原則；並在創作中加以貫徹。如《夜歌》中的癩蛤蟆、墳堆中鑽出的婦人、屈死鬼的夜哭等醜陋意象，共同烘托出一種荒原式的情思感受；《死水》更為這方面的典範，它用反諷手法，以絢爛現象與污穢本質作比，用美麗事物喻醜惡事物，這樣以美寫醜的結果是使美醜更見分明，獨特而深刻地暴露了中國表面繁華下腐敗骯髒的本質。至於「感傷的詩人」于賡虞的詩集《骷髏上的薔薇》與邵洵美的

詩集《花一般的罪惡》，它們的名字本身就有一種波德萊爾意味。一葉知秋，僅以愛情詩在新月後期的變化即可窺見其一班。愛情這永恆快樂的同義詞，到新月後期詩中卻少了浪漫的虔誠與和諧優美，《你指著太陽起誓》（聞一多）昭示海枯石爛的情話是不攻自破的謊言，《別擰我，疼》（徐志摩）已成官感刺激、杯水主義的輕薄，《花一般的罪惡》則充滿著肉慾的氣息。醜惡性的引進在一定程度上拓展了生命的多元感情領域，但也大煞了美的風景。如若像聞一多那樣的把這視為被克服的對象尚有積極意義；而如若像于賡虞、邵洵美的一些詩那樣僅僅做醜惡的展覽，則是不可取的了。

新月詩派具有象徵主義特徵的第三個標誌是後期藝術手法日趨現代化。它擯棄了浪漫的直抒方式，而在浪漫的想像中融入了隱喻象徵，或將感情隱於具體的意象中加以表現，使情感抒發獲得了客觀化的依託。如徐志摩《我等候你》那種焦灼甜蜜交織，失望渴望並存的複雜心態，借助「生命中乍放的陽春……打死可憐的希望嫩芽／把我囚犯式的交付給／妒與愁苦」這種具象的表現，達到了情感客觀化境地。《偶然》用雲彩偶而投影在波心又轉瞬消逝，來象徵人生愛情與幸福的短暫，暗示浮生若夢。《死水》把情思凝結在一系列意象花瓣上，以喻黑暗中國為一溝絕望死水的象徵性構思貫穿，擴大了情思容量，隱顯適度張力無窮。朱湘則注意直覺與外物的感應、心物契合交響。上述的《雨景》如此，《當鋪》更把哲思融入了象徵的形象中，「美開了一家當鋪／專收入的心／到期人拿當票去贖／它已關門」，可謂純粹意象詩，表達人人都有追求美的熱情但得到的往往是失望。陳夢家不僅刊發了梁宗岱的象徵《詩論》，也善於用象徵詩的思維手法，以瞬間直覺印象捕捉，達心物契合，《雁子》就以自由快樂無拘無束的雁子生命形態的觀照，暗示出人要像雁子一樣淡泊無為地體驗人生、實現生命自由。朱大柟的《笑》也以紅紅的火苗、白蓮的新苞、雪亮的寶刀三個意象與「笑」的聯繫建立，揭示近於潛在狀態的人生感悟、思辯內涵。現代性藝術的手段，增加了新月詩的暗示性與表現張力，使詩含蓄朦朧，為讀者創造了廣闊的審美再造空間。

必須指出的一個事實是，在陳夢家、孫大雨、林徽音等新月後期骨幹創作向象徵主義轉換同時；戴望舒、卞之琳、梁宗岱、曹葆華等人循其路數，從新月中分離而出直接走向現代詩派，這可以說是新月詩派風格由浪漫轉向象徵的最有力明證了。

　　新月詩派的生命運動軌跡表明：它是介於浪漫主義與象徵主義之間的一個詩歌派別，前期浪漫風格中雜糅著象徵主義因子，後期象徵風格也未與浪漫主義徹底決裂。這種浪漫與象徵的互滲交響，構成了新月詩派特有的風格形態——巴那斯主義傾向，它具有以下兩個最基本的特徵。

　　一是以理節情的美學原則選擇。

　　對詩壇的感傷主義、偽浪漫主義，新月詩人是極為不滿並反叛著的。徐志摩清算浪漫主義時說「情感不能不受理性的相當節制與調劑」；饒孟侃認為感傷主義是新詩裏的一個絕大危險；梁實秋主張文學的力量不在放縱，而在集中與節制；朱湘則認為新詩中的感傷主義與囿於自我傾向就應當批評。為結束詩壇混亂，新月詩人們選擇了以理智節制感情的美學原則，要讓情感的自然流淌讓位於心理深層思索的開掘，以理性駕馭感情，節制想像；即使抒情也應避免主觀成分和個人感傷成分，尋找客觀化的表現手法，並以與理論對應的實際操作，整體上實現了詩歌客觀對象的主觀化與主觀情感的客觀化。其具體的探索方式如下：

　　首先是情感的淘洗錘鍊。新月詩人大都主張對情思對象做有距離的審美觀照，對表現材料、形象、意思等進行深化、修正、潤色、提煉。藝術大於個人的觀念使他們創作時靠理性控制總比情感驅遣多些，能竭力克制住感情衝動，從回味的情思輪廓中挖掘詩的意蘊，這種錘鍊濃縮過的情思也異常純粹深厚。聞一多就認為美不是現成的，詩是做出來的，它需要錘鍊，《死水》《相遇已成過去》都是沉思的情感晶體。陳夢家的詩也因理性過濾滲入顯出了一定哲理深度。《紅果》即以物象觀照，暗示愛情也有一個熟知、理解、生長、結果的過程，其實學問、人生、事業又何嘗不如此？朱湘更把詩作為藝術的崇高創造，認為寫詩要用冷靜的態度去觀察人生，逃避個性；所以他雖活得乖僻焦躁坎坷，詩卻寫得出奇地寧靜淡泊，如詛咒假君子的《尋》非但無感情的強烈渲瀉，反倒點到為止，有種淨化過的平靜。沈從文的《我歡喜你》的調子也都建立在平靜上面。苦煉是新月詩人的一致追求，他們的許多詩都是深思熟慮的結晶。這種淘洗錘鍊是種理性的靜觀，它的冷靜與克制是防止濫情的最佳方式。

　　其次是尋找情思表現冷處理的客觀化手段。新月詩人在表現情思時儘量不動聲色，沉著冷靜，使詩情寄託滲透在客觀形象中；有時甚至冷靜到殘酷的地步。徐志摩等主情詩人常憑藉活躍的想像力運用前一種方式，如林徽音的

《一串瘋話》,「好比這樹丁香,幾枝紅山杏/相信我的心裏留著有一串話/繞著許多葉子,青青的沉靜/風露日夜,只盼五月來開開花」,那大膽的情愛渴盼、急不擇言的紊亂心理,借助丁香、山紅杏等意象表達方式,使燦爛的心事言說得得體而有分寸,有含蓄溫婉的大家閨秀氣。而聞一多等理性詩人則常運用後一種方式,聞一多對人生事物凝眸的《死水》全集都在平靜調子中體現著一種哲學的冷靜,如《荒村》沒有任何情感流露。僅僅通過桌椅水上漂、蜘蛛結網、門框裏嵌棺材等畫面的客觀白描,就隱含了對下層人不幸命運的深切關注。方瑋德的《微弱》也是純客觀的描摹,無一字一句言情,但通篇又都彌漫著思人的愁苦寂寞。

再次是以敘事成分的強化,建立戲劇抒情詩體式。朱湘說詩的概念應是寬泛的,除了抒情詩外還有敘事詩、諷刺詩、詩劇等;並真的創作了《王嬌》《還鄉》等敘事長詩。聞一多、徐志摩等人則大膽吸收小說戲劇的技巧,把戲劇獨白、人物性格引入詩中,通過戲劇化情節表現人物命運,聞一多的《天安門》就是他創立的戲劇抒情詩之一首,它通過人力車夫對乘客的獨白,敘說了天安門血腥屠殺後的恐怖情景,突出了「這一個」獨白者的個性,表達了詩人的苦澀心境。徐志摩的《一條金色的光痕》也運用了戲劇獨白手法。再如方瑋德的《海上的聲音》在鎖、鑰匙、男人、女人幾點間關係的設置中表達了愛情的多變,她「給我一貫鑰匙一把鎖」的贈物與「我」在海上尋找丟失鑰匙的動作,以及「請你收存」「要我的心」對白,鑄成了一種戲劇化傾向,顯示了客觀謹嚴的故事性效應,平實親切中又有言外之旨。

二是新格律詩形式的建構。

新月詩人認為詩也要有紀律,為防止藝術情感走失,要使情感納入嚴格規範的形式中,使繆斯獲得一個合理適當的完美軀殼。聞一多說戴著腳鐐跳舞,才跳得快,跳得好,陳夢家也呼喚一種規範與鐐銬,使詩的舞步更優美輕捷純熟,徐志摩表示新月的責任是替詩構造適當的軀殼。事實上,新月詩人們的確是量體裁衣,為理性化的情感戴上了理想的「鐐銬」——格律化。這種理論主張的核心是音樂美繪畫美與建築美,這種形式創格理論倡導實踐的結果是使詩獲得了控制的傳達,達到了形式的完整和諧,使詩日趨精美規範,走向了成熟階段。當然這種創格追求在每個詩人那裡又各臻其態。

新格律詩倡導最有力者聞一多能在一種規定的格律之內出奇制勝,對外形、音律的要求嚴格苛刻,真正達到了節的勻稱和句的均齊。《死水》詩集堪

稱形式美的實驗，它恰如人們所言五節的每一節無不燦爛，每一節四行無不抑揚頓挫，每行九字無不熨貼自然，每九字皆由三個二字尺一個三字尺構成，誦之若行雲流水，聽之若金聲玉振，視之若晚霞散錦，充分體現了三美的主張。徐志摩為詩尋找的軀殼即對「新格式與新音節的發現」。他的詩幾乎全是體制的輸入與試驗，散文詩、十四行、無韻體等不拘一格，格式韻律極為考究，但比聞一多相對活潑自由。在他看來一首詩的秘密就在它的內含音節的勻稱和流動，因此更注重音節美，注重韻律的鏗鏘與平仄的和諧；不大求句的均齊，但求節間的對稱。《再別康橋》可謂典型代表，它那種輕淡的節奏，有如詩人足尖點地走路輕輕悄悄的音響，就是詩人飄逸溫和風度的外化，這種在自然音節中的內在節奏的追求使徐詩有種自然天成之美。朱湘則強調音樂美，認為詩無音樂，那簡直與花無香氣，美人無眼珠相等，寫詩不能謝絕音韻的幫助，因為音韻是音樂美的來源。如《採蓮曲》就是音調勻稱形式均齊的詩篇，有極強的音樂美與可唱性，它把採蓮的視覺節奏轉為空間的聽覺節奏，句子內部參差錯落，各節間排列又完全一致，形成變化又整齊、活潑又有法度的特有節奏，以先重後輕的韻表現蓮舟隨波上下浮動的感覺，也十分奇妙。孫大雨不贊成過分呆板的豆腐乾式的整齊，他善做音組、音步的試驗，把音節的諧調整齊作為建構詩行的根本，成功地引入了西洋詩的技巧，如《訣絕》就體現了商籟體（十四行）的押韻格式與每行五個音步的特色。清華四子中除朱湘之外的于賡虞、饒孟侃、劉夢葦也都極為重視格律探索，饒氏講究格調，劉氏講究整齊又變化的形式。至于邵洵美、方令孺、朱大枏都在無形中走了一條相近似的道路，即承續聞一多的藝術精神，追求格律的謹嚴。新格律形式的構築，使新月的詩情趨於精練和集中，相對規範；使情感表現找到了深層回味與動態聚合昇華的條件，少了些自由卻多了些法度，為詩找到了精美的形式軀殼。

　　新月詩派應和澄清詩壇類型混亂、反對詩壇感傷放縱的呼喚，以理智節制情感、新格律詩形式的藝術探索，使詩歌獲得了規範合度的感覺表達方式，體現出成熟的氣派。這種努力把詩寫得像詩的追求，比起新月詩派之前儘量把詩寫得不像詩的情形來說是一種進步，它是對情感走向外溢與浮泛的有力矯正，是對新詩已有藝術成果的鞏固拓展。因此，在某種程度上可以說：新月詩派的巴那斯主義追求，標誌著新詩已由注重新舊階段進入注重美醜階段，已開始轉入一種藝術自覺。

新詩史上一支的「異軍」：1920 年代的象徵詩派論

　　1925 年，李金髮一場朦朧的「微雨」，開啟了象徵詩派的源頭，宣告現代主義藝術開始自覺地在中國生長。爾後，直領「異國薰香」的創造社三詩人王獨清、穆木天、馮乃超，與轉承法國象徵詩影響的蓬子、胡也頻、石民等推波助瀾，漸漸醞成一股現代主義詩潮——象徵詩派。它流動鬆散，既無綱領組織，又少刊物園地；但在審美趣味與藝術取向上卻表現出驚人的一致性。半個多世紀過去了，它的生命仍在否定與贊膽之間延伸著，起伏著。廣泛的注意證明它重要得無法忽視，評價的極端對立暗示它本質上矛盾複雜。事實上它究竟是一支新詩發展中的逆流，還是一支有代表性的潮流？為廓清它的固有面目，為標識出它的成敗得失以及在詩史上的位置，讓我們再度走進這片詩的森林。

一、全方位呈現現代靈魂的情思世界

　　那是一片菁蕪交雜、鮮花與野草共生的藝術原野。

（一）內斂化的感知方式

　　象徵詩派是西方藝術與中國現實撞擊而滋生的「獨生子」。應和現代主義文學根本向內轉的美學原則，敏感而脆弱的象徵詩人們宣稱「詩的世界是潛在意識的世界」、〔註1〕「藝術家唯一工作，就是忠實表現自己的世界」。〔註2〕這種超前的貴族性詩歌觀念制約，使漂泊海外或愛情失意有慘痛經歷的抒發者在感知方式上發生了巨大變異，它的觀照視點不在時代現實的風景線上尋找詩意，而轉向心理真實心理體驗內宇宙的精微狹小的天地；詩不再是社會歷史變化的晴雨表，而成為個人靈感情緒的記錄器；詩少了人間煙火的投影，而更多是詩人精神無矯飾的自傳獨白。

　　詩人心靈裏流出來的是這樣一曲曲獨特的樂章。《慟哭》（李金髮）是沉痛的生命孤獨詠歎，因人與人間隔膜傾軋而否定了同情與憐憫的存在；《秋歌》（蓬子）從自然變化感應出頹喪陰森的悲秋情思，隱喻人生悽楚瑟肅的悵惘；《劫》（胡也頻）中的怪異比喻承載的是人生易逝、煩擾難排的傷感與悲哀；《良夜》（石民）欲丟棄凡心凡世做精神逃脫，可謂陷入精神苦孽煉獄的極至哀音……在一幅幅心靈圖畫上，五四時代那種個性反抗、呼喚自由的高揚音

〔註1〕穆木天：《譚詩》，《創造月刊》第 1 卷第 1 期，1926 年。
〔註2〕李金髮：《烈火》，《美育》創刊號，1928 年 1 月。

響，似乎已退化為記憶遙遠的風塵。他們彈奏更多的是一群畫夢者躲在時代大潮之外，對酸甜苦辣寂寞空虛心靈潮汐的咀嚼與回味，充斥視野的是理想與現實脫節錯位後的悲劇性感受，悲人生之多艱，歎前途之渺茫，孤獨疲憊，厭世絕望。總之憂鬱感傷的情調成為占壓倒優勢的主旋律。透過夢一般迷朦恍惚的面紗，人們看到的是一群帶著病態情緒與脆弱靈魂，感傷得難以自拯的世紀末患者形象。

　　說來難怪，遍地憂患的土壤怎能不生長出遍地憂患的詩人呢？連頑強的反封建鬥士魯迅尚且發出「荷戟獨徬徨」的悲涼喟歎，更何況感傷的他們？肉體與精神皆受凌辱的李金髮，必傳達出人心難諧、名實難符這種殘缺生命的孤獨之音；心理失衡、備受生存折磨的落魄情調型詩人王獨清，無法不流露出對都市享樂陶醉與悲哀的浪人愁思；目睹故土淪喪有家難回的東北詩人穆木天，怎能不產生身受式民族憂患，使《旅心》「隱伏著無限的血淚」？從這個意義說，象徵派詩的人生情感投影裏，也飽含著對時代、現實因子不自覺的折射與消融，所以透過一首首病態的詩窗口，看到的將是一個病態的社會風貌。從這個意義上說，與其稱他們為頹廢詩人，不如稱他們為頹廢時代的詩人更恰適。

（二）「反常」的「泥沙」

　　拋卻別的不談，僅僅從反覆大量出現的死灰、枯骨、落葉、墳墓、殘陽等陰滯冷森的意象群落，便會捕捉到這樣的情感信息：象徵派詩表現的是對於生命欲挪揄的神秘及美麗的悲哀這「反常」的主題，它歌詠的感傷憂鬱情愫，具體輻射為人生與命運的悲哀無常、愛情的失意與苦痛、夢幻與死亡的讚美與企盼等三個主要情思走向。

　　在他們筆下生活醜惡、命運無常、人生如夢。馮乃超的《紅紗燈》整集歌詠就是頹廢、陰影、夢幻、仙鄉，感傷又痛楚；《棄婦》（李金髮）中的棄婦說穿了是人生和命運的象徵，「衰老的裙據發出哀吟／徜徉在丘墓之側／永無熱淚／點滴在草地／為世界之裝飾」，它意欲表明人生深沉的孤寂與悲哀任何人也無法理解。《雨絲》（穆木天）那飄蕩的綿綿不絕的雨絲就是詩人寂寞苦悶的情緒外化。《新喪》（蓬子）中的「夜色有覆屍的黑紗／掩上西山／便是猙獰的樹枝尖的塔／也抓不破這新喪者之殮衣」，隱約透露的是悲哀沉重的信息。這種頹廢消沉的情調幾乎遍染了詩人所有的吟唱，它無疑因給了人們以凝滯沉痛的感覺，而被理所當然地視為情思的「泥沙」。

這群「中傷的野鶴」無時不幻想超越悲哀的泥淖,矚望遼遠的青空飛翔,於是作為對超越途徑的尋找,愛的「精神之屋」的營造便敷衍為不斷吟誦的主題原型;但它已不是甜蜜幸福的正常之愛,而是一種反常的變形之愛,伴隨著折磨苦痛與串串凄婉的歡息。愛不到永遠的悲哀幾乎成為貫穿《為幸福而歌》(李金髮)詩集始終的情緒基調,未得到愛時生怕得不到,得到愛後又唯恐失去,一種憂慮一種焦躁一種矛盾的呈示,一種懷疑一種痛苦一種否定的流淌,將詩人苦難矛盾的靈魂坦露無遺。《在你面上》(蓬子)嗅到的是「威士忌的苦味/多刺的玫瑰香味糖砒的甜味/以及殘缺的愛情滋味」,它的愛情已遠非少年熾熱的愛戀,而是殘缺愛情的甜蠻憂思,散發著頹敗死亡之氣與愛情消耗青春的歡息,實為對愛情的不忍詛咒。《現在》(馮乃超)中「一朵枯凋無力的薔薇/深深吻著過去的殘夢」,沉思中無力自救,沉入殘夢懷想中的花朵,暗示著一個弱者幻滅的絕望與悲痛,美的凋零也便是愛與理想的凋零。

愛之防空洞坍塌後,只好另求庇護,於是追求以死亡為手段、與自然諧和的死亡境界也就漸成超越憂患的最佳選擇途徑;於是歡吟葬歌、讚美墳墓、嚮往死亡漫延為一種潮流性的精神現象。「何處有安息的墳塋/給我永眠的安息」(馮乃超《死》),輕紗詩人希圖在傷感境界的死亡中尋找痛苦的解脫,甚是頹廢。《死者》(李金髮)直接讚美死者「長臥在亂石之下/奏自由之胡笳」的自由境界,願做死神「唯一之崇拜者」;《有感》(李金髮)的「如殘葉濺血在我們腳上/生命便是死神唇邊的笑」,表明生與死近在咫尺,所以要載飲載歌,及時行樂。《死前的希望》(王獨清)竟把「荒涼的墳場」當做「休息的臥房」。在他們那裡,死亡意識極其淡漠,它不僅毫無陰森恐怖之感,反例如「晴春般美麗」,充滿了永恆的誘惑。因為在死亡面前人人平等,一切喜怒哀樂都無意義,所以他們把死當作人類一去不復返的故鄉,當作生命的淨化與昇華。一種生的苦悶生的厭倦生的徨惑和死的渴求死的讚美已躍然紙上,魏爾侖式的揶揄、波德萊爾式的陰冷飄渺暗淡,令人毛骨悚然又驚歎不已。

種種情思走向表明,象徵派詩是對法國象徵派的精神認同與皈依,但它只學到了人家的虛無與頹廢,卻失去了直面冷酷人生的批判勇氣與鋒芒。他們這種個人休戚的狹窄而陰暗的鳴唱,是五四落潮之際感傷時代情緒的一次定向掃描與展示。

（三）「泥沙」裏的「金子」

正如波德萊爾生活在惡世界卻愛著善之花一樣，象徵派詩反常情思流淌中也不乏正常而美妙的浪花跳蕩；尤其當他們恪守的內斂化宣言原則與創作產生矛盾乃至悖離時，迷離恍惚、晦澀頹廢的詩思泥沙裏，便裸露出一些熠熠閃光的情感「金子」。它們具體表現為真善美統攝下的家園感、情愛美、異國情調三種主題思路。

祖國是遊子心中夢牽魂繞的永恆主題，故鄉更是詩人日思夜想的美麗寄託。於是漂泊無奈渴望歸根，尋找精神家園的情思意向便自然地滲透在這群遊子或精神遊子的鳴唱之中。「幾時能看見九曲黃河／盤旋無際／滾滾白浪」（穆木天《心響》），以幼兒渴盼乳母的呼喚傳達出綿綿的鄉思鄉愁；不乏懷念的苦悶憂鬱，更見赤子熾熱的愛國衷腸，摯樸淒切。《弔羅馬》（王獨清）貌似雨中憑弔意大利的荒涼古城，實為對故鄉頹敗衰微的懷戀，為他的長安招魂，感傷的輓歌裏，飽蘊一腔痛切呼喚新文明的愛國之情。《故鄉》（李金髮）在淺草溪流、新秋紅葉和兒童嬉戲場面的鋪排裏，充滿了生活情趣，傳達出一個遊子熱切而悲涼的鄉思，情真意純。這種傳達家園意識的遊子之歌，雖無同時期的郭沫若、聞一多等詩的慷慨雄揚，也缺少冰心等人的纏綿靜婉；但其中跳蕩的一顆顆愛國心靈宛然可見，啟人心智更感人肺腑。

抒情主體大都處於早霞般開放自己的年齡，自然把歌唱女性與愛情之美作為畫夢生涯中的普泛追求。眾多篇什中雖滿溢著愛的歡息與苦悶，卻也流淌著許多美好情操與真熾情熱；雖有頹廢，卻也染看清麗。《記取我們簡單的故事》（李金髮）只擇取「螞蟻緣到背上」與「雕塑的珍品般」兩個微小細節，便把初戀男女熱烈羞澀的純潔情愛寫得砰然心動、楚楚可人。《願望》（胡也頻）對異性美的追求迷戀顯示著高雅的情趣。「少女」「如新浴般站在我眼底／我會把溫柔的頭髮去揩乾」，裸體少女浮雕式呈示與迷醉，流露出對生命美、青春美以及人體美的張揚肯定，寄寓著對理想愛情的刻意渴求與積極嚮往。《玫瑰花》（穆木天）以淡黃頭髮、深藍眼睛、蒼白面頰及優雅神態的捕捉，橫畫出一位美麗文靜的深情女郎；借愛情象徵物玫瑰，傾吐了對她的無限癡愛，纏綿異常。即便失戀詩也表現著可貴的情感品質。《在淡死的灰裏》（李金髮）闡明愛的實現不在肉體是否結合，而在精神的可靠尺度、愛的無條件與持久力，深刻又婉曲。象徵詩派的這些愛情詩與郭沫若、汪靜之、徐志摩等詩人的愛情詩一起，共同拓寬了讀者的期待視野，成了反對封

建禮教的個性解放的火焰。

象徵派詩是一扇扇領略異國風光、異國文明的窗口，透過它們可以發現一個色調斑斕、獨立迥異的天地。這種異國情調不僅表現於風物、情事情調上，甚至也浸漬在語言運用上。如《Frika》（李金髮）逼真地再現了異國少女初戀時的內心情態。她單純樂觀心，天真無邪，只懂得愛、鮮花與睡眠，景觀、形象與情調完全外國化，不時夾雜的外文字更平添了這種感覺。在大量異國情調詩中既有異國風土風情的恢復讚美，又有對西方資本主義文明罪惡的鞭撻與揭露。《朝之埠頭》（穆木天）完全可視為日本碼頭的灰色風景畫，陰暗蕭瑟色彩中灌入的是飄泊異國青年的淒苦心境與感傷情思，間接傳達出對如此生存圈的否定。《巴黎之夜景》（李金髮）是一種悲哀的眷戀，更是一種沉痛的詛咒。塞納河畔巴黎夜景的觀照與大都市腐朽生活觀照結合，揭露了資本主義文明和平繁華面紗下恥辱、死亡與悲哀的反動本質。新詩自面世以來從未如此充盈濃鬱的異國情調，象徵派詩讓讀者熟悉了一個陌生的身外世界，它無疑開拓了新詩題材領域，動搖了資本主義社會的樂觀情緒。

另外一些自然詩，如《園子》（李金髮）、《落花》（穆木天）、《洞庭湖上》（胡也頻）以主客體契合表達情思，才華勃發生趣盎然，貼切而有力地再現了繽紛的心靈之音。

需要指出的是，象徵派詩的情思世界並非一成不變的凝結物，而是一脈浩浩蕩動的流體，它對現實社會經歷了一番由疏離、關切而逼近的艱難歷程，最後與時代達到了同步共振。在李金髮那裡完全是個人命運與人生的悲哀，死亡夢幻的追尋；到王獨清等創造社三詩人那裡，雖仍寫心底波瀾，卻能把個人感喟與民族悲哀結合，低抑裏閃動一絲苦悶時代的影子；而到了胡也頻那裡，則以切身遭遇控訴社會，轉向為社會而呼號了。

象徵詩派的情思世界不是一團烏鴉、清一色的頹廢，相反倒是苦樂摻半明暗交織、泥沙與金子共存的二元世界。它一定程度上承擔了現代人心靈歷史的全方位呈現，恢復了現代人心靈中存在卻常被人忽視或不願提及的愁雲一面，因此不能輕率地否定象徵詩派為新詩發展中的逆流，而應承認他們為人類靈魂的執著探索者。如果從詩與現實關係轉向詩與心靈關係的詩歌本體論角度透視，更該肯定他們走向了更加深遠的拓展。尤其它以個體心靈的碎片來承代群體意向，現實意識逐漸強化的探索，無疑鑄就了時代心靈歷史的某些側面，提供了一定的認識價值。

二、藝術世界：象徵的森林

　　象徵詩群以詩人藝術家而遠非哲人思想家的身份，隱曲傳達了由風雨與愁雲交錯的 20 年代心靈歷史某些方面。他們似乎缺少思想家的深刻、識力與胸懷，而更多詩人的直覺、敏感與纏綿；所以與意味探索比較，他們的貢獻與成績更在於藝術形式探索，一片迷朦幽微藝術世界的營造上。

（一）現實與心靈交疊的第三世界──象徵構築

　　象徵詩群是置身於藝術啟迪場內站在巨人肩上向繆斯山攀援的。受馬拉美「直接稱呼事物名稱就已經消失了四分之三的詩歌快感」的神秘主義與波德萊爾對應論影響，順應現代詩的物化趨勢，他們把意象與象徵晉升為詩本體，以求隱蓄朦朧的效應。他們認為外物與心靈間存有某種交響。山川草物皆可向人發出信息，隱含對應的精神秘密；於是主張抒情要力避客現直敘，擺脫情緒噴發，而將情思移植在聲色俱佳的情緒對應物上，達到具體物象包含抽象意義；甚至提出「詩是要暗示的，詩是最忌說明的」，〔註3〕，「詩越不明白越好」，〔註4〕強調詩意的神秘與不確定性。這種以物的律動呈示心的律動、主客交響的情緒象徵詩俯拾即是。《棄婦》（李金髮）即有強大的象徵能量。它初看似對棄婦同情、飽含絕望憂傷的沉痛哀戚；而深層意味則因思考體驗滲入而使之成為象徵意象，既是人生象徵，又是命運的象徵。正因它的作者總能在殘缺醜痛意象中發掘灰暗的情愫，才被譽為「中國意象派之先驅」。再如《洞庭湖上》（胡也頻）底層意蘊寫浩瀚狂暴的風雨痛擊「無抵抗的空間」，高層審美指歸則暗指人間強暴風雨對下層弱者的欺凌，或者更多的什麼內涵，客觀中充滿了不平與憤慨，空間狹小卻意向高遠。象徵在他們詩中再也不是局部瑣屑的手段，而成了整體意義的本體內容；而它功能的多層性又規定了抒情意象與結構的二重性，使詩既寫事物的本身，又有事物以外的無限包孕，在寫實底座上總有象徵光影閃爍，它已不單純訴諸感受力，而給人一種抽象意旨的哲理感悟。朦朧不定、經濟內斂。這種象徵美的自覺追求是象徵詩群的獨創貢獻。

　　異於一般象徵手法的整體象徵境界與形而上意蘊的刻意尋求，鑄成了象徵派詩的弦外之音、言外之旨，令人感到情思存在又難以把握。既象徵製造

〔註3〕王獨清：《再譚詩》，《創造月刊》第 1 卷第 1 期，1926 年。
〔註4〕穆木天：《譚詩》，《創造月刊》第 1 卷第 1 期，1926 年。

朦朧含蓄性同時，又貯滿了詩極大的神秘暗示能；一首首詩是一個個飽含潛在情思的暗示場，透過意象林莽便會有一條條通住心靈的小路。「輕煙籠罩著池塘的安眠／沉默枯朽著夢裏的睡蓮……」（馮乃超《默》）通篇對冬天景觀輕煙、烏鴉等枯敗蕭索的觀照，已從純客觀的復攝化為象徵性的個人體驗。它的精神旨向是人類「靈魂的日暮」，濃烈的批判意識滲透於色彩之中，只有仔細聯想思考才可品琢出來。「如殘葉濺血在我們腳上／生命便是死神唇邊的笑」（李金髮《有感》），血、死神、唇等意象分子組構成一個群落時，便由鬆散毫無意義而爆發出一種總體暗示效應，凸現起一種人生哲學。恐懼滲透於風與愛中，一切歡樂與人生價值全被嚇倒，這可視為主體人格壓抑下體味的崇高感，因此對死神否定便構成對社會理想美肯定，貌似下跌心態裏卻有股向上之力的積聚。《朝之埠頭》（穆木天）灰暗自然景觀攝取中暗示著詩人一腔彷徨、愁思與厭倦。《新喪》（蓬子）、《律》（李金髮）等在短小尺幅裏也都有著深厚暗示能量。

這種去明顯而就幽微、輕說明而重暗示的象徵森林構築，強化了詩的朦朧美與情思寬度，矯正了五四以來新詩把話說盡的缺憾，因此可以說是及時、明智而有效的藝術抉擇。

（二）形式即內容──純詩追求

為救治詩壇通俗平易坦白奔放構成的疲軟無治狀態，象徵詩群力圖將中西文學「兩家所有，試為溝通」（李金髮語）作為關鍵渠道。他們除接通西方詩的交響理論與傳統詩「興」理論構築象徵世界外；還從魏爾崙、馬拉美、蘭波的音樂、色彩美接受啟迪，追求詩歌純粹性，即使詩情不借助語言文字表達，以各種藝術品類的交互融合，以音、色、形的系統化調動，向音樂靠攏，通過朦朧音樂暗示心靈萬有交響，從而達到形式增殖，形式即內容的美感效力，每首詩都充滿抒情的旋律。

穆木天似乎是個嚴重的形式主義者，他認為「一切的音色律動都是成一定的持續曲線的，裏頭雖有說不盡的思想……這是一個思想的深化」〔註5〕實際上，它所強調的詩的持續性、音樂性是詩在混沌之初音樂、舞蹈、詩歌三位一體形態的創造性恢復。如他的《蒼白的鐘聲》。

〔註 5〕穆木天：《譚詩》,《創造月刊》第 1 卷第 1 期，1926 年。

聽　殘枯的　古鐘　在　灰黃的　谷中
入　無限之　茫茫　散淡　玲瓏
枯葉　衰草　隨　呆呆之　北風
聽　千聲　萬聲　——朦朧　朦朧——
……

　　詞語本身意義已退居次要地位，發出的音響卻成了人們關注的熱點中心，音樂旋律構成了自足性。它以感覺挪移的通感化聽覺為視覺，詩行排列上句子的斷續起伏狀如記憶打鐘聲音波動的印象，沉緩疲憊，固執悠長的鐘聲就是音調、倦怠、病態情思的直接外化。深秋日暮時分曠野鐘聲迴蕩的直覺映象，通過語言的擬神態表演，點化出一種迷朦茫然、沉靜飄渺的風姿。若說穆木天擅長音樂氛圍營設，那麼王獨清似乎更是個設色的妙手。作為唯美詩人他走的更遠。「有種色、音交錯的感覺，在心理學上叫做『色的聽覺』，在藝術方面即所謂，『音畫』」，〔註6〕這種被稱為最高藝術的「音畫」可視為他的藝術觀。《我從 cafe 中出來……》聲色、律動、情調高度統一。全詩完全是醉漢搖晃行程軌跡的復現，語音毫無倫次的斷續正是醉後斷續起伏思想、現代人無家可歸流浪感心靈的碎片載體。「冷靜的街衢、黃昏、細雨」是種灰朦朧的色，它與音調本身已不再是外在東西，而即是情緒了。輕紗詩人馮乃超的繪畫訓練，使之能迅疾把感覺轉化為視覺形象，《紅紗燈》可謂色彩即思想。濃麗的色彩語言描繪了一幅簡淨圖畫，漫漫黑暗中，一線小燈寂寞孤獨卻微弱地燃著，那不正是詩人心意的象徵暗示嗎？再如《莫心痛》（蓬子）雖不清麗卻色調鮮豔，「你的歌聲需花似的繽紛」，視覺聽覺交錯，自然的一切已幻化為生命的存在。

　　象徵詩派創造了一種獨立的詩歌語言，使語言成了詩的生命實體。排除社會自然成分的純詩追求造成了詩的曖昧恍惚與朦朧效應，尤其是注重音樂繪畫與題材主題情緒相應形式的建構，在豐富新詩表現手法同時，更催化了藝術形式的完善。這種帶有拓荒性質的詩歌本體意識自覺，推進了新詩現代化進程，它對新月詩派的新格律詩理論建設既是一種互補又是一種啟迪。

（三）視點多變，意象奇接——結構的自由跳躍

　　「詩是根據詩人的隨意性東一筆西一筆塗抹自己刹那的感受」，〔註7〕擯

〔註6〕王獨清：《再譚詩》，《創造月刊》第 1 卷第 1 期，1926 年。
〔註7〕李金髮：《盧森著〈療〉序》，轉引自邱立才：《李金髮生平及其創作》，《新文學史料》1985 年第 3 期。

棄理論思考的內心視境拓進，與對詩歌意境明確性的否定，使象徵派詩很少圍繞一個或幾個中心固定意象寬泛而深入地展開，而總去攫取另外聯想軸上相近甚至毫不相干的意象景觀，構成鏈條間距陌生悠長、聯想方向眾多的自由跳躍式結構。

《夜之歌》（李金髮）乃意識自由流動的曲線，貫穿十餘組意象，始寫夜間散步，次寫記憶縈繞，續寫月色野骨，再寫以諸生物厭煩欲離現實，形象間跳躍略去了構思中的連繫，毫無規律與秩序，可謂「思接千載，視通萬里」，盡是官感塗鴉，而無統一性，只有從總體氛圍上靠想像力搭橋把捉，似乎才可洞悉其內在感傷。《雜亂的意識》（胡也頻）更是「不統一的思想重溫」，由更鼓而肺病老人的咳嗽而心裏舊疾，聯想焦點變幻風馬牛不相及，讓人丈二和尚摸不清頭腦。《酒後》（蓬子）時而布枕，時而酒瓶，時而未成稿，時而飢餓，前不著村後不著店，真乃無跡可求，真乃如酒後思維一般紛繁而凌亂，自由地亂寫。

過於散漫的思維流動和意象的大跨度結合，造成了個人感覺意念的隨意性輻射，無機而飄忽，這種力求展現氛圍的散化結構雖有運思總體方位感為支撐前提；但它的少內在邏輯與奇特聯絡讓讀者閱讀時很難一下子完全就緒，這就需要積極參與，在意象間、句子間、章節間憑依想像力搭設「串兒」的橋樑，才可把握詩整體意味。它在人類感情與藝術形象間開拓出一塊跳躍的中間地帶，以暗示能與凝煉度的強化給人以突冗、新奇感；同時也調動了讀者閱讀的能動性，拓寬了思考空間，有助於把握藝術規律。

（四）「遠取譬」‧省略‧通感——語言陌生化

詩的成功最終得力於語言形態的物化。所以象徵詩群把提倡「作詩須如作文」的胡適看作新詩發展的罪人；並刻意追求語言陌生化與暗示力。具體途徑則為遠取譬、省略、通感的運用。

省略即常違反日常文通字順的邏輯習慣，大膽斷句破行、顛倒語序、減去不必要的連接詞與主語。「即月眠江底／還能與紫色之林微笑／耶穌教徒之靈／吁，太多情了」（李金髮《自畫像》），仿如癡人說夢，如不修補省略的詞讀解幾近無法。這種被人喻為糊塗法的做法也可稱為經濟法，它至少以新奇刺激了閱讀興趣，以內涵的濃縮跳動強化了詩的朦朧多義性，這也是象徵派詩的秘密。

象徵詩群不在人們熟悉的領地內馳騁詩思，而靠想像力飛昇，以心靈為主

軸，在普通人以為不同中看出同來，重組經驗感覺，也即朱自清說的「不將那些比喻放在明白的間架裏」的「遠取譬」。毫無關聯的事物常被他們硬性銬在一起，殷紅壯美的落日晚霞竟像「新喪者之殮衣」（蓬子《新喪》），主觀經驗流動隱藏的比喻讓人沉重悲涼。「街頭的更鼓／如肺病的老人之咳嗽」（胡也頻《雜亂的意識》）、「青春是瓶裏的殘花／愛情是黃昏的雲霞」（馮乃超《紅紗燈》序詩）。擬人化的比喻簇新而深邃，唯美追求中低悒苦痛漸漸滲出。李金髮的比喻想像性距離更遙遠，不止於美好事物中追求喻體，還從醜惡物象中提煉喻體，美好的生命卻成了「死神唇邊的笑」，對莊嚴典雅美的反動，詭譎而難以捕捉。這種設想奇特的比喻，伸延了人的感覺領域，通過變形強化了藝術表現力，它完全打破了傳統比喻以物比物的想像路線，新奇深刻，大膽異常。

　　為貼切暗示內心信息，象徵派詩人還將聯絡、觀念不同之詞不按正常秩序組合，而使感覺互相挪移，讓顏色有溫度，讓聲音有形象，冷暖有力量，氣味有鋒芒。這種通感手法運用頻率極高。「奈寒氣之光輝／發出搖空之哀吟」（李金髮《一瞥間的感覺》），色彩轉換為帶情感的聲音，發他人之未發。「蒼白的鐘聲」（穆木天《蒼白的鐘聲》），聲色聯通，流瀉著靈魂深處的幽暗與憂鬱。「濃綠的憂愁吐著如火的寂寞」（馮乃超《紅紗燈》），更唯美得純粹高超。通感運用造成了詩的新奇與間離感，超出了正常想像力的軌道，是想像空間與再造空間的雙重拓展。

　　眾多間接性處理因素的聚合，鑄成了詩美極強的表現力和朦朧暗示性；但也讓人感到他們的詩「沒有尋常的章法，一部分一部分可以懂，合起來卻沒有意思……藏起那串，你得自己穿著瞧」。〔註8〕當然隨之而來的是許多缺憾。

三、一支代表性的潮流

　　新生事物出現決不會盡善盡美，總要存有或這樣或那樣的缺憾，也只有這樣它才會充滿生命力；因為事物發展的兩面一體性規定成熟也便意味著死亡。人與現實撞擊而生的藝術尤為如此。所以作為矛盾統一體，為現代詩發展尋路問津的流派象徵詩派，成就與缺陷同樣特殊顯明，同樣有代表性。朱自清說新詩誕生以來的自由詩派、新月派、象徵派這三派「一派比一派強……新詩是在進步的」，〔註9〕這段由藝術方面生發的感慨，為後人遵循歷史主義

〔註8〕朱自清：《中國新文學大系・詩集導言》，上海良友圖書印刷公司，1935年。
〔註9〕朱自清：《新詩雜話・新詩的進步》，第8頁，北京三聯書店，1984年。

原則，評說象徵詩派的優勢得失提供了一把必要的藝術鑰匙與尺度。

　　一、象徵詩派的貢獻與意義不在於怎樣傳達時代風雲變幻的意味探索，而在於傳達意味途徑形式探索的尋找上。

　　他們以頑韌探索精神與幽邃神秘、新奇怪麗的風格，豐富了詩品種類，壯大了新詩前進的聲勢，標誌新詩發展的一個重要階段，促成了中國現代詩的誕生。尤其對意象象徵暗示功能的強調、想像力與語言陌生度的追求、色彩聲音等手法構成系統的認識，都標誌著一種詩歌本體自覺意識的覺醒萌動，極大程度地調動了讀者的閱讀能動性與心理興趣，為新詩發展開闢了一條不失有生命力的藝術通途。他們的藝術拓展也為後來者設下了豐富啟迪場，在五四的戰鬥者與當代詩之間架起了一座橋樑，在現代詩派、九葉詩派、朦朧詩潮中激起了美麗的迴響，所以儘管它有不少瑕斑，但應該肯定作為中國現代主義詩的拓荒者，他們「引進象徵詩有功」，至少它融匯中西藝術經驗的行為本身即說明了一個道理：在世界藝術日趨一體化的今天，閉關自守是行不通的，每個民族欲與世界對話的權利必須依靠交流與創新獲取。他們順應詩歌運行規律的藝術操作，矯正了詩壇存在的弊端，重新把詩領上了正確的發展軌道。新詩運行至 20 年代中葉，滋生出了嚴重的危機，文學研究會為主體、與時代精神同構的現實主義詩歌從平易通俗滑向了淺白粗造的停滯；創造社為主體的狂飆飛進的浪漫主義詩歌也日漸直露，走入疲軟。走進人生者走出了藝術，走進藝術者走出了人生。「一切作品都像個玻璃球，晶瑩透明得太厲害了，沒有一點朦朧，因此也似乎缺少了一種餘香和回味」，〔註10〕詩壇陷入了偏離含蓄傳統的困窘無治狀態。以朦朧藝術姿態出現的象徵派詩，及時克服了詩壇的藝術缺點，為傾斜的詩壇帶來了奇妙的「新的顫慄」，與自由詩派、新月詩派構成了三足鼎力的繁榮局面，以藝術上生硬——清朗——創造的嬗變軌跡，放射出了一道清新迷人的藝術光彩。

　　他們雖未傳達出強勁的時代音響，卻以靈魂的全方位呈現，為一部分資產階級知識分子道路與情緒做了清晰真實的投影與記錄。他們詩中流淌的感傷憂鬱，正是五四退潮而新的革命尚未到來之際灰色社會情緒與某些青年悲觀徘徊心態的藝術再現，這種革命詩歌常常忽視又確實存在的情緒再現與恢復，無疑為讀者瞭解那個時代提供了一種認識價值，這種以個體心靈碎片承擔群體意向的探索，無疑織就了時代心靈歷史的某些側面。何況從道德評價

〔註10〕周作人：《揚鞭集·序》，《語絲》第 82 期，1926 年 5 月。

角度看似消極頹廢的感傷憂鬱，在心理學意義上卻有濃烈的情感審美價值，憂鬱雖晦暗，也許卻是更深刻的清醒；感傷可能由絕望不幸釀成，但也許會孕育更大意義上的積極抗爭。所以象徵派詩心靈苦痛的袒露，卻消除了諸多饑渴的讀者心靈，這正是象徵派詩藝術的特殊功能所在。

有諸多優勢的象徵詩派，為何沒有漫延成宏闊的潮流，最終走向了沉潛與消隱呢？找尋這個答案就涉及到了象徵詩派的負面價值。

二、遠離時代、悖於傳統創造、隊伍的分崩離析等缺點鑄成了象徵詩派消隱與沉潛的必然。

那個時代無法生長出完整意義的現代主義詩歌。「九一八」事變後，民族到了生死存亡的危機關頭，無數仁人志士紛紛投身抗日救國洪流。現實的兵荒馬亂、腥風血雨的殘酷，已容不得半絲纏綿朦朧、嗲聲嗲氣的淺斟低吟；而更呼喚著號角與投槍，呼喚著高揚嘹亮的戰歌與凌厲粗獷的吶喊。這樣象徵詩群仍一味躲在象牙之塔裏，在時代大潮之外咀嚼純個人休戚歡樂的心靈潮汐，顯然已不合時宜；所以這座絲毫不能給人以奮進鼓舞與力量的臨時防空洞便不攻自破地坍塌了。

更為重要的是，詩人們綜合中西藝術經驗的理想，因悖離了民族傳統、中國文學修養的孱弱，有時沒很好地實現。貴族性觀念使他們不以晦澀為悲劇，反倒把它提升為美學原則高度認識；過於推崇西方詩與古典文學根基的淺薄使他們的模仿力大大超過了創造力，借鑒只停留在赤裸的複製移植上，成了華而不實、頭重腳輕的「牆頭蘆葦」；語言陌生化常中西雜燴不倫不類，增加了漢語固有的模糊與非邏輯性；過分省略使詩成了些無規則的印象集結；心理直覺的自然堆積，因失去了理性審度而審美指向不明，結構鬆散……種種失誤使詩成了散亂而無貫穿中兒的「紅紅綠綠的珠子」，怪誕晦澀的「笨謎」。這種法國味的象徵詩，在傳統審美習尚積澱深厚而又缺少接受準備的中國讀者的面前，自然造成了諸多的閱讀障礙，難以引起共鳴，限制了影響力。

另外隊伍內部的分裂也加速了流派的衰亡進程。在殘酷現實面前，馮乃超、穆木天、胡也頻等責任感較強的詩人投入了革命巨流，藝術趣味也一改低回憂鬱為高昂明朗；李金髮也漸漸向現實主義依歸，1930年以後失去寫詩的興趣較少動筆；蓬子等愈加頹廢，成了叛徒；侯妝華、戴望舒等則致力於現代詩派探索了。選擇取向的多元使象徵詩派漸漸名存實亡。

當然，象徵詩派的消散並不就是死亡，它只是藝術探索中外來影響阻撓的階段性調整與消歇，自身機制並未萎縮；一旦環境的土壤與氣候適宜，它仍會以頑強的生命力開出鮮亮的花來，九葉詩派、朦朧詩派的崛起不就是最好、最有力的明證嗎？

綜上所述，可以肯定：象徵詩派不是新詩發展中的逆流，而是一支有代表性的潮流。它雖然已像流星一樣劃過了茫茫詩之天宇，但在人們的記憶中卻已幻化為不可逾越的永恆風景。

臧克家與 1930 年代的現實主義詩派

承續五四時期「人生派」的詩歌流脈，30 年代詩壇上掀起了一股強勁的現實主義詩潮。這股詩潮沒有社團、期刊或宣言、主張為標誌，流動而分散；但卻憑一種內在的現實主義創作方法與美學精神，把各個抒情群落、分子集聚起來。它以臧克家為潮頭，主要涵括 30 年代及其以後有明顯現實主義創作傾向且有相當成就的詩人詩作，如普羅詩派中有現實主義美學追求的殷夫、中國詩歌會的主要詩人以及艾青、田間早期的詩作等等，甚至也延伸到了 40 年代的七月詩派、五六十年代的聞捷、李季等人的生活詩。

一、浩浩的流體

這股詩潮最早萌動於革命詩人殷夫。殷夫少年時代就投身革命活動，並在詩中表達獻身革命的熱情與追求理想的信心。1929 年他在埋葬「陰面的果實」《孩兒塔》後所做的那些「紅色鼓動詩」，如《一九二九年五月一日》《別了，哥哥》《血字》等，內容充實深厚，出色地反映了那個特定歷史時期的重大主題與社會面影，忠實記錄了詩人與群眾戰鬥生活的情緒及願望，其中《一九二九年五月一日》全面記錄了一次規模宏大的遊行示威的全過程；它們都踏著時代的鼓點，洋溢著革命的激情，格調高昂，自由奔放，開啟了革命現實主義詩歌發展的新時代，所以被魯迅在《白莽〈孩兒塔〉序》中譽為「是東方的微光，是林中的響箭，是冬末的萌芽……這詩屬於別一世界」。

現實主義詩派作為一種自覺形態存在於詩壇則從中國詩歌會成立開始。為廓清新月詩派、現代詩派在詩壇造成的迷霧，應和時代與藝術的雙重呼喚，中國詩歌會作為新文學史上第一個有組織、有綱領的詩歌團體，於 1932 年在上海成立，成員有蒲風、楊騷、任鈞、穆木天、王亞平等。它的宗旨是致力於

以詩歌大眾化為中心的現實主義運動，所以要求詩加強與時代人民的聯繫，「捉住現實，歌唱新世界的意識」，形式上走大眾化道路，「使我們詩歌成為大眾歌調」，並把這作為兩面旗幟。事實上它在詩的大眾化方面的確取得了一定的成就，只是也存在著概念化的缺陷。

中國詩歌會的主將蒲風，才情充沛，作品甚豐，留下的《茫茫夜》《六月流火》《鋼鐵的歌唱》等十六部詩集，典型的體現了中國詩歌會的主張，它們及時攫取了民族災難時節現實生活中兩大迫切的主題：農民從苦難到覺醒的心裏歷程，如《茫茫夜》就寫出了「動盪中的故鄉」影像；人民抗日以圖生存的強烈要求，如《我迎著風狂和雨暴》就是呼喚戰鬥救亡的詩。他的詩具有大眾風格，語言樸實通俗，一些還嘗試著寫成歌謠；但也缺少錘鍊，深度不足，過分直露，尤其是提倡詩歌高產的「斯達哈諾夫」運動，也忽視了詩歌精神生產的規律性。其他詩人也各有特色，楊騷善以現實手法抒大眾之情，詩集《記憶之都》抒發了不滿黑暗、憧憬光明的心態，樂觀、樸素、清新；穆木天的《流浪者之歌》則充滿「唱哀歌以弔故國的情緒」，昂奮中暗伏憂思，明朗裏偶帶朦朧。

將現實主義詩派推向輝煌時代，並使之產生廣泛深刻影響的是詩歌藝術的集大成者臧克家。與自覺站在無產階級立場表現工農鬥爭的殷夫及中國詩歌會詩人不同，臧克家完全是從民主主義的角度來觀照下層人民的。

臧克家是山東諸城人，十八年的農村生活經歷為他日後成為「農民詩人」奠定了堅實的基礎。1923 年考入省第二師範讀書，並開始詩歌創作。1926 年入武漢中央軍事政治學校，討伐軍閥的戰鬥開闊了他的眼界，積累下「詩的最有價值的材料」。1930 年進青島大學學習，深得新月詩人聞一多先生的教誨與扶植。獲得如此豐厚的生活與藝術積累後，30 年代上半葉《烙印》《罪惡的黑手》兩部詩集一面世，便以淳樸謹嚴的清朗態勢衝擊了柔婉綺靡與粗豪空洞之風盛行的詩壇，完成了詩的審美品格向沉闊雄壯的轉換，宣告了「新月」等唯美主義詩派功德圓滿後的退卻，和一個洶湧著現實主義大潮的詩歌時代的隆重降臨。

臧克家曾說「比較歌頌新的來，我比較更合適暴露舊的」，這是他對自己創作十分客觀的評說。的確，《烙印》以向外世界的擴張、突進，勾畫了舊中國農村動盪破敗的淒涼景象，摹寫了下層被損害者悲慘苦難的命運。充斥視野的是這樣的一群：終生辛勞而被辭退的《老哥哥》、四處飄泊無家可歸的《難

民》、內心悽楚卻強歡賣笑的《神女》……充溢整個世界的是孤寂淒慘、恐怖動盪；是「黑暗角落的零零星星」；是民眾血淚交織的掙扎圖，此中飽蘊著詩人無限的同情和悲憤。《烙印》也表現農民們頑強的精神以及他們身上閃爍著的反抗火花、對未來的熱切關注。面對苦難與惡運，新寡的當爐女並未絕望，而是咬牙說：「什麼都由我來承擔」（《當爐女》），他們堅信「暗夜的長翼底下／伏著一個光亮的晨曦」，預言「宇宙捫一下臉／來一個奇怪的變」（《不久有那一天》）。它雖未正面寫出農民的鬥爭與出路，希望的揭示也顯朦朧；但仍是一種人生觀念和信仰的聳起，仍有一股積鬱的力給彷徨於黑夜的人們一線慰安。《烙印》也是詩人堅忍人生態度與「永久性真理」的呈示。詩人在黑暗中連「呼吸都覺得沉重」（《烙印》），覺得「有一萬支箭伏在……周邊」（《生活》）；又希冀於未來「抬起頭望望前面」（《老馬》），遙想著「來一個奇怪的變」。正是堅忍苦鬥的生活哲學的支撐，才使詩人對未來充滿熱望，這種堅忍主義是農民精神在詩作中的烙印。1934 年出版的《罪惡的黑手》選取了一個帝國主義在中國修築教堂的題材，抒泄了對黑暗社會、帝國主義侵略罪行的強烈憤慨，歌頌了工人的反抗鬥爭精神，預言他們終會勝利；並且也昭示出詩人為提高詩的深度與批判力所做的努力，即內容上由個人的堅忍主義轉向著眼實際，形式上由拘謹趨向於博大雄健。臧克家詩歌這種飽具批判力與憂患意識的情思意向，在當時詩壇獨標一格，對沉於個人的象牙塔藝術進行了一次有力的衝擊，難怪人們稱讚他的每首詩都有極嚴肅、極頂真的生活意義呢！

　　一種內容呼喚一種形式的相應表現。契合內容的深沉凝重，詩人以農民式的認真執著態度為之找到了謹嚴的形式。詩人的錘鍊苦吟賽似古時的孟郊，他常在經濟的句法裏表現容量較大的思想內涵；尤其是鍊字工夫堪稱一絕，他詩中的用字如鑲嵌一般更換不得。如極為逼真地狀繪黃昏漸濃、歸鴉翅膀漸淡的特定氛圍與景象，他字斟句酌，幾經修改最後才定下「黃昏溶進了歸鴉的翅膀」一句，真可謂嘔心瀝血。其次詩人更在鍊字同時煉意，以追求整體情境的深度與美，具體方式表現為常以融有比喻、象徵與通感手法的具體形象，連帶抽象情思，虛實結合，構築濃鬱的意境。如《老馬》一詩，詩人本來只想抒寫自己，並未想象徵農民命運；但因詩人把自己的情感轉化成了具有象徵意蘊的老馬形象，造成了幽深奇特的意境，從而獲得了主觀意圖以外的巨大暗示場與悠遠的審美效應。再次，在抒情方式上臧克家沒有直裸式的噴射，而是把熱烈的情志隱蔽在靜冷的描述中，進行客觀化的冷抒情，表現時不動聲色，以實

寫虛，極耐回味與咀嚼，或者說是常借一景一物、動作與細節揭示內在情緒。如《當爐女》僅以去年「他喉嚨裏痰呼呼地響」、今年她「白絨繩紮在散亂的髮上」兩個生活細節，便刻畫出主人公亡夫的生活變故與頑韌堅強的性格。另外，臧克家的詩構思精巧縝密，對重大主題不是正面盲目的介入；而常從小外落筆，有以少勝多的佳妙。如《洋車夫》只選擇他風雨之夜仍在等待顧客這一幅微小的畫面，就賦予了詩強烈的暗示力量，既有力地凸現出洋車夫的艱辛，又烘托出社會的動盪不平，還注入了詩人同情憐憫的情緒潛流。

二、現實的豪歌

　　臧克家領銜的現實主義詩派在行進過程中，色彩紛呈，姚黃魏紫，但都以現實主義的美學精神與創作方法為統攝，所以大致形成了如下幾個特徵。

　　這群現實主義詩人的心總和時代跳著同一脈搏，努力使詩與現實社會呼應同步，揭示生活本質與歷史的發展動向，從而鑄就了一種貼近現實、嚴肅清醒的現實主義真實觀。如30年代初，當眾多詩人大寫風花雪月、玉腿酥胸，抒發對於「天」的懷鄉病、目光上揚之際，臧克家卻把視點下移，將觀照的鏡頭對準了那些舊社會生活最底層苦難不幸的農民，以表同情於農民作為自己的創作重心，從而釀成了「不肯粉飾現實，也不肯逃避現實」的現實主義觀念。不僅如此，臧克家還力圖以自己一支柔軟的詩筆追隨時代的精神步履。抗戰爆發後，他努力調整以往雕琢的詩風，寫下《從軍行》《向祖國》《淮上吟》等歌頌抗戰民眾士兵、揭露敵人罪行的詩集或長詩；而到40年代後期面對國統區的腐敗政治，詩人一向凝煉含蓄的詩筆竟然噴射出諷刺的火焰，寫下《寶貝兒》《生命的零度》等政治諷刺詩集，犀利地揭露所謂的「民主」「繁榮」的假象，既充溢激憤之火，又滿貯抗辨之聲，發揮了極強的戰鬥力。田間及中國詩歌會的詩人們則共同反映了農村的苦難與覺醒，稱得上一群「時代的鼓手」。現實主義詩派這一審美取向是必要而明智的選擇，它承擔了對風雨與愁雲交錯的中國現代時代心靈歷史的傳達，強化了詩與外世界現實的聯繫。但是過分貼近時代、和現實沒拉開時空和審美的距離，也導致了它內容的狹窄單一及一些詩歌藝術上的粗糙直白。

　　為客觀真實地再現生活與事物的本來面目，現實主義詩人們不約而同地反對晦澀玄虛的傾向，崇尚寫實藝術，反映生活時好直接描摹，講究細節真實，用淺近質樸的語言表現深刻獨到的情思感受，仍達到了言近旨遠、淳樸

清新的效果。如臧克家為真切地反映農民的命運與生活，40 年代曾寫了一首《三代》：「孩子在土裏洗澡／爸爸在土裏流汗／爺爺在土裏葬埋」。全詩僅用了三個常見的生活鏡頭交織疊映成一幅現實人生畫面；但因詩人對土地與農民情感體驗的深入，因詩人是站在農民生命歷史的高度進行概括，所以它既勾畫出了三代人各自的命運，又是一個農民從小到大與土地相依為命的人生歷程的寫照。語言也樸素而口語化，泥土味十足的口語入詩，在縮短詩與大眾間距離的同時，顯得自然清新。中國詩歌會還提出過「歌謠化」主張，努力使詩走向工農大眾。現實主義詩派這樣的藝術態度，促成了與審美內容的契合，帶來了如下後果：一是敘事因素逐漸強化，有與抒情詩分庭抗禮之趨向；一是敘事詩體式得到了重視發展，蒲風、臧克家、楊騷、田間等人都有所嘗試；最重要的是對當時流行的以新月詩派、現代詩派為代表的晦澀詩風，實現了強有力的反撥與矯正。當然一味地追求寫實，也在某種程度上降低了藝術水準；敘事成分的過度強化，也導致了後來「放逐抒情」偏頗傾向的出現，這倒應了有得就有失，世事難以兩全的老話。

　　現實主義詩派在藝術上以開放的氣度，吸收浪漫主義乃至象徵主義的藝術技巧，形成了多元的審美品格，深化了現實主義詩歌自身。他們吸取初期白話詩排它、忽視藝術辯證法的教訓，積極從浪漫主義、象徵主義藝術中汲取營養以強壯自身，不拒絕奇特的想像，也不拒絕通感與思想知覺化手法。這是一種以現實主義為本位的借鑒，目的是使自身進一步審美化。殷夫一些詩有較強的浪漫氣息。《血字》中抒情主人公的「我是一個叛亂的開始……」的灼熱呼號，酷肖「立在地球邊上放號」的郭沫若的浪漫情思的湧動。田間也不直吐心曲，而使之附在一定的生活材料上，且有一定的象徵意味，《中國牧歌》除有急促有力的節奏旋律外，牧童殺死羊群「抖一抖污濁的衣裳」，「走向世界」的描寫，就象徵了中國人民破釜沉舟、勇赴國難的決心。臧克家更是恪守現實主義態度又帶著浪漫主義情調走上詩壇的，他的許多詩都有聞一多、徐志摩、郭沫若等浪漫詩人影響的痕跡，那深摯的熱情、敏銳的感受、奇特的想像多為徐、郭浸染的結果，而那謹嚴凝煉與格律化追求又受益於聞氏的教誨。《生活》即起用浪漫主義的想像，將其對舊社會的感受體味寫得既新穎又具體。《老馬》更是多種藝術技巧綜合影響的創造，它借物喻人，以勤勞堅毅的老馬之形象，象徵頑韌忠厚而又順從的農民，它衰弱不堪，拉著大車挨著鞭打，隨時都會倒斃在路旁；但「橫豎不說一句話」、「有淚只往心裏咽」，

苦無處訴，冤無處申，望望前面依然是說不出的苦難與辛酸。這哪裏僅僅是寫老馬，它不正是含辛茹苦、忍辱負重又堅韌頑強的舊中國農民的寫照嗎？它字字血，聲聲淚，悲哀、詛咒與控訴俱有，飽具一腔同情，由寫實導人象徵境界，含蓄深沉，形式整傷，是一首規範的現代格律詩。現實主義詩派這種對浪漫主義、象徵主義藝術經驗與技巧的借鑒，使現實主義詩歌走出了初期的偏狹，豐富、充實了自身的創作方法體系，為現代詩歌藝術的進一步成熟做出了積極而有效的貢獻。

主要參考文獻

1. 孫玉石：《中國現代詩歌藝術》，人民文學出版社，1992 年。

2. 孫玉石：《中國現代詩導讀》，北京大學出版社，1990 年。

3. 楊匡漢、劉福春編：《中國現代詩論》，上編，花城出版社，1985 年。

4. 袁可嘉：《歐美現代派文學概論》，上海文藝出版社，1993 年。

5. 袁可嘉：《半個世紀的腳印》，人民文學出版社，1994 年。

6. 〔美〕艾略特：《艾略特詩學文集》，國際文化出版公司，1989 年。

7. 呂家鄉《詩潮·詩人·詩藝》，江蘇文藝出版社，1991 年。

8. 潘頌德：《中國現代詩論 40 家》，重慶出版社，1991 年。

9. 龍泉明、張曉東主編：《中國現代文學歷史比較分析》，四川教育出版社，
   1993 年。

10. 施蟄存：《沙上的腳跡》，遼寧教育出版社，1995 年。

11. 王永生主編：《中國現代文論選》，貴州人民出版社，1982 年。

12. 王永生主編：《中國現代文學理論批評史》，貴州人民出版社，1986 年。

13. 陳紹偉編：《中國新詩集序跋選》，湖南文藝出版社，1986 年。

14. 中國社科院外國文學研究所編：《現代主義》，上海教育出版社，1992 年。

15. 曾小逸主編：《走向世界文學：中國現代作家與外國文學》，湖南人民出
    版社，1995 年。

16. 趙毅衡：《新批評——一種獨特的形式主義文論》，中國社會科學出版社，
    1986 年。

17. 傅孝先：《西洋文學散論》，中國友誼出版公司，1985 年。

18. 韓經太：《中國詩學與傳統文化精神》，四川人民出版社，1989 年。

19. 葉維廉：《中國詩學》，三聯書店，1991 年。

20. 范伯群、朱棟霖主編：《1898～1949 中外文學比較史》，江蘇教育出版社，1993 年。

21. 瘂弦：《中國新詩研究》，洪苑書店，1982 年。

22. 張清華：《境遇與策略》，忠誠文教有限公司，1995 年。

23. 李怡：《中國現代新詩與古典詩歌傳統》，西南師範大學出版社，1994 年。

24. 羅振亞：《中國現代主義詩歌流派史》，北方文藝出版社，1993 年。

25. 賈植芳主編：《中國現代文學社團流派》，江蘇教育出版社，1989 年。

26. 龍泉明：《中國現代作家審美意識論》，武漢出版社，1993 年。

27. 藍棣之：《現代派詩選·前言》，人民文學出版社，1986 年。

28. 吳曉：《意象符號與情感空間》，中國社會科學出版社，1990 年。

29. 張同道：《都市風景與田園鄉愁》，《文藝研究》1997 年第 2 期。

30. 蔣成瑀：《廢名詩歌解讀》，《中國現代文學研究叢刊》1989 年第 4 期。

31. 孫克恒：《主體感應的變異：〈現代〉及其詩人群》，《西北師範學院學報》1987 年第 3 期。

注：上述所列參考文獻不包括作為第一手研究資料的《現代》《新詩》等雜誌和各詩人、詩論家的原作。

後　記

　　窗外早已萬籟俱寂，心卻和燈一同燃燒著。

　　我想說，感謝詩歌。回眸過去，生命的旅途上，伴隨著一個個詩的片段：一片空曠的荒地上，渺無人跡，想像之風吹來童年最初的愜意；少時的一個夜晚，當父親的「瞎話兒」把我關進被窩兒，夢在那一瞬間卻悄然醒來；中學時代是在「大批判」中度過的，混混沌沌裏倒學會了分行思維；大學夢的夏天，講臺上老教授的連珠妙語，總是化作翩翩起舞的蝴蝶；工作後組詩《父親的季節》獲獎，邊境黑河的小酒店裏，幾個哥們兒喝得爛醉如泥；三年讀研，泉城的杏花春雨偏偏抵不過遙遠塞北的誘惑；初為人父時，聽到呱呱落地的小兒啼哭，高興地拋灑下瘋狂的淚水……詩是我忠實的戀人，與之結伴，雖然不諳世故，和八面玲瓏的成熟無緣；但卻充滿幻想，永遠年輕，不為世俗的喧囂與煩惱所擾。

　　我還想說，感謝生活。詩路跋涉中幸遇的師友們，已是我生命中詩的一部分。我的導師、文學史家田仲濟先生那輝煌的業績與樂觀從容的人生態度，賦予了我前行的力量與啟迪；人詩合一的呂家鄉教授既是嚴師，又是慈父，更像朋友，是他無私地帶我踏入繆斯研究之門，如今我每有懈怠，總會感到他那雙溫熱的眼睛在背後注視，於是不由得拿起筆來；王健師兄含蓄的微笑，如療治我在泉城水土不服的良劑；大學同窗鄢獻革師兄醇厚的話語，在我人生的每個緊要關頭都能指點迷津。還有中國社會科學院的袁可嘉先生、北京大學的錢理群先生、臺灣《聯合報》的瘂弦先生、上海作家協會的辛笛先生、上海社科院的潘頌德先生、武漢大學的龍泉明先生、西南師大的呂進先生與李怡先生、山東師範大學的張清華先生等都給過我不少指導與關心，還有《詩

探索》《中國現代文學研究叢刊》《當代作家評論》《文學自由談》等刊物的編輯先後刊發我的論文，堅定了我研究的信心，我要感謝生活，就要誠摯地感謝他們。

我之所以走上文學評論的道路，最初是源於大學畢業實習時著名古典文學研究家張錦池教授的啟發，而今又蒙他不棄，於百忙中為拙著寫序，對於他的教誨，我當永遠銘記在心。

最後，我要感謝我的農民父母，他們不但給了我血肉之軀，還教會了我本分善良，頑韌地做人；感謝十幾年來與我相濡以沫的愛人楊麗霞女士，沒有她時時的督促，這本小書不知何時才能寫出來。

這本小書是黑龍江省教委社會科學基金項目的研究成果。現代詩派以往是多被否定的文學流派，為改變這一研究現實，還現代詩派一個真實的風貌，我認為必須先做「矯枉過正」的努力；所以書中集中發掘了現代詩派的積極方面，偏頗之處在所難免。至於怎樣使現代詩派的研究趨於完善，當是後話。同時，現代詩派是新月詩派、象徵詩派演變的結果，又與同時期的現實主義詩歌存在著本質的差異；所以為使人們對現代詩派的認識更加清晰與深入，特附上三篇相關論文於書後，以供參考。

我期待著方家和讀者們的批評指正。

羅振亞

1997 年端午節

補記：這本小書 1997 年由國際文化出版公司推出，距今已有二十四年的歷史了，當時發行面很窄，所以才有再讓讀者認識的必要。在這二十幾年裏，曾經幫助過我的田仲濟先生、袁可嘉先生、辛笛先生、陳敬容先生、龍泉明先生，和為小書作序的張錦池先生都已先後辭世，這裏謹表達我的一份哀思；同時，對一切有恩於我的先生和朋友，致以衷心的謝意。小書能在臺灣我信任的出版社出版，有賴於四川大學李怡先生和花木蘭文化事業有限公司楊嘉樂先生的鼎力支持，非常感謝。為保持原貌，只在緒論中增加了一些整體把握中國現代派詩歌的內容，懇請讀者批評。

2021 年 3 月 30 日於天津陽光 100 家中